Patricia Schröder

Meeresflüstern

Patricia Schröder

Meeres flüstern

COPPENRATH

FSC
www.fsc.org
MIX
Papier aus verantwortungsvollen Quellen
FSC® C083411

5 4 3 2 1
ISBN 978-3-649-60319-1

Text: Patricia Schröder
Umschlaggestaltung: Geviert – Büro für Kommunikationsdesign, München, Conny Hepting
Umschlagfoto: © Anni Suvi
Lektorat: Nicola Dröge
Satz: Sabine Conrad, Rosbach
Printed in Germany
www.meeresfluestern.de
www.coppenrath.de

Niemand kann seiner Bestimmung entfliehen.
Das ist ein ehernes Gesetz des Meeres.

Prolog

Zärtlich ruhte Kyans Blick auf dem nackten Körper des Mädchens, der sich im Licht des schmalen, hoch stehenden Mondes gespenstisch vom dunklen Boden abhob. Ihre hellblauen Augen hatte sie dem Himmel zugewandt, doch ihr Blick war stumm nach innen gerichtet, und aus den Winkeln ihrer leicht geöffneten Lippen flossen dünne Rinnsale salzigen Meerwassers. Sie perlten über ihr Kinn und an ihrem Hals entlang und verfingen sich schließlich in ihrem Nacken zwischen den Strähnen ihres goldblonden Haares. Ihr linker Arm lag angewinkelt über ihrem Kopf, und die rechte Hand, die sich eben noch oberhalb ihres Nabels befunden hatte, glitt nun langsam an ihrer Hüfte hinab und landete mit einem dumpfen, endgültigen Laut im Gras.

»Nie wieder wirst du einem anderen gehören«, flüsterte Kyan.

Leise setzte er sich auf und beugte sich über sie. Ihre feuchtglänzende Haut war noch warm und die Luft über ihrem Körper flirrte geradezu von ihrem fremden, lockenden Duft.

Kyan schloss die Augen und atmete ihn tief in seine Lungen.

Obwohl er geahnt hatte, dass es nicht gut gehen würde, hatte er nicht widerstanden, und jetzt, da er diese tiefe Ruhe und Zufriedenheit in sich spürte, wusste er, dass es richtig gewesen war. Dass es so sein musste.

Eine Art Wiedergutmachung.

Abschied

Eigentlich hatte ich mir meinen letzten Abend in Lübeck ein wenig anders vorgestellt, irgendwie intimer. Außerdem war Pas Unfall gerade einmal sechs Wochen her und mir war überhaupt nicht nach Feiern zumute, aber Sina hatte unbedingt diese Party für mich geben wollen, und wie immer hatte ich ihr auch diesen Wunsch nicht abschlagen können. Sina war seit der sechsten Klasse meine beste Freundin und half mir bei allen lebenswichtigen Entscheidungen. Denn leider war ich nicht der Typ, der einfach geradeaus durchs Leben spazierte. Im Gegenteil: Ich liebte Umwege und Warteschleifen und überlegte alle drei Wochen aufs Neue, ob es nicht vielleicht doch besser wäre, irgendeine Ausbildung zu beginnen, als noch endlos weiter zur Schule zu gehen.

Ich besuchte das sprachliche Profil in der elften Jahrgangsstufe des Katharineums mit dem Kernfach Latein – was ich einzig und allein der Überzeugungskraft meines Vaters und Sinas Gebettel verdankte – und hatte die erste Schuljahreshälfte gerade einigermaßen erfolgreich hinter mich gebracht, als Pa verunglückte.

Seitdem klaffte ein Riesenloch in meinem Herzen, das niemand, nicht einmal Mam oder Sina, ausfüllen konnte. Ich hatte den Boden unter den Füßen verloren, den Blick in die Zukunft, ja, ich wusste nicht einmal mehr, ob ich mich gerade in einer Warteschleife, auf einem Umweg oder schlicht im Niemandsland befand.

Als meine Mutter dann mit der Idee kam, dass ich doch für eine Weile bei meiner Großtante Grace auf Guernsey leben könnte, um Pas Tod zu verarbeiten, mich zu sortieren und am Ende vielleicht sogar etwas ganz Neues zu entdecken, das mich begeisterte und mein Leben auf ein Ziel ausrichtete, hätte ich eigentlich vollends durchdrehen müssen. Ausgerechnet ich mit meiner panischen, irrationalen Angst vor Wasser sollte mein Seelenheil auf einer winzigen Nordseeinsel finden? – Hallo! Unter normalen Umständen wäre ich ganz sicher eher gestorben, als eine solche Reise anzutreten.

Doch die Umstände waren eben nicht normal. Ich war in einem Ausnahmezustand und hatte einfach nicht die Kraft zu diskutieren. Es schien mir weitaus einfacher, zumindest dieses eine Mal über meinen Schatten zu springen, und am Ende kam mir Mams Vorschlag mit der Insel schon fast wie eine Erlösung vor.

Für meine große Abschiedsparty hatte Sina es sogar hingekriegt, die angesagtesten Typen unseres Jahrgangs einzuladen. Bestimmt hatte sie mir damit eine Freude machen wollen, doch leider war der Schuss nach hinten losgegangen. Ich hatte zu viel Alkohol getrunken – was ich sonst nie tat –, war schrecklich sentimental geworden und hatte einfach nicht Nein sagen können: weder bei Luis noch bei Jannik und am allerwenigsten bei Frederik.

An diesem berüchtigten Morgen danach stellte ich mir dann die Frage, ob ich mich nicht vielleicht sogar ein bisschen in ihn verliebt hatte. Und auch jetzt, nachdem ich am Flughafen Lübeck-Blankensee durch die Passkontrolle gegangen war und mich in eine der Schlangen an der Sicherheitskontrolle einreihte, grübelte ich weiter darüber nach. Ich tat es allerdings nicht, weil ich darauf hoffte, dass mir meine momentan ein wenig chaotisch angeordneten Gehirnzellen eine zufriedenstellende Antwort liefern würden, sondern vor allem, um mich abzulenken. Hätte mein Denkapparat nichts zu tun gehabt, hätte ich wahrscheinlich längst einen Herzinfarkt bekommen.

Ich war noch nie in meinem Leben geflogen. Schon gar nicht allein und erst recht nicht über Millionen Liter Nordseewasser hinweg, um anschließend auf der wahrscheinlich viel zu kurzen Landebahn dieser winzigen – exakt ausgedrückt: achtundsiebzig Quadratkilometer kleinen – Insel aufzusetzen. Dass es zunächst nach Stansted ging und erst nach einer kleinen Verschnaufpause von London-Gatwick aus weiter nach Guernsey, war für mich nur ein schwacher Trost. Okay, die Flugzeiten waren auf diese Weise jeweils einigermaßen erträglich kurz, dafür verdoppelten sich sowohl der Start als auch die Landung und damit erhöhte sich natürlich das Gesamtrisiko.

»Flugzeugunglücke sind absolut selten«, hörte ich Sina sagen.

»Aber sie passieren«, war mein unschlagbares Gegenargument.

»Okay, wenn es *dir* passieren sollte, befolgst du einfach konsequent alle Sicherheitsanweisungen der Stewardessen und des Flugkapitäns«, riet sie mir. »Dann machst du die Augen zu und denkst an mich oder an Frederiks Hintern.«

»Oh nein«, murmelte ich, »das werde ich nicht tun. Ich werde hyperventilieren und schnellstens in Ohnmacht fallen, damit ich so wenig wie möglich von allem mitbekomme.« – Gratuliere Elodie, wenn das mal keine schnelle Entscheidung war!

Ich grinste in mich hinein, und als ich schließlich aus meiner Gedankenwelt in die Realität zurückkehrte, blickte ich in das genervte Gesicht einer Ryanair Groundhostess, die auf eine leere graue Plastikwanne vor mir auf dem Transportband deutete.

Überraschenderweise passierten Rucksack, Jacke und Gürtel und sogar ich selbst die magische Schwelle der Sicherheitszone ohne irgendwelche Komplikationen. Ich war mir allerdings nicht sicher, ob ich mich darüber freuen sollte, denn jetzt gab es kein Zurück mehr.

Mam und Sina saßen inzwischen wahrscheinlich längst wieder im Auto und würden mich bis zum Spätsommer mehr oder weniger aus ihrem Leben streichen. Ab sofort gab es nur noch E-Mails, Skype, Facebook, SMS und Telefonate. Oh Mann, wie sollte ich das bloß überleben? Hier und jetzt in der Abflughalle neigte ich spontan dazu, mich für geheilt zu erklären. Ich war nicht mehr traumatisiert. Ich wusste sehr wohl, wie ich mit Pas Tod zurechtkam. Und ich wusste auch, was ich mir von der Zukunft erwartete. Ich war ungeheuer zielgerichtet. Ha! Nein, verdammt, genau das war ich eben nicht! Und deshalb beschloss ich ein für alle Mal, das Risiko einzugehen und mich der Herausforderung zu stellen, damit ich nicht womöglich etwas wirklich Wichtiges in meinem Leben verpasste.

»Wenn du tot bist, ist dir eh alles egal«, hörte ich Sina sagen.

»Ja, ich weiß«, musste ich ihr diesmal recht geben. Wie sollte ich ihr auch erklären, dass manche Sachverhalte im selben Augenblick, in dem sie auf mich trafen, ihre Allgemeingültigkeit verloren?

»Ist schon klar«, erwiderte Sina und grinste. »Du bist Elodie Saller, siebzehn Jahre alt, traumatisiert und die einzige Person auf diesem Erdball, an dem sich selbst das Chaos die Zähne ausbeißt.«

»Danke, Sina, ich liebe dich«, murmelte ich, während ich mich neben einer fülligen Frau in eine gelbe Plastiksitzschale fallen ließ.

Ich seufzte ein bisschen, dann kramte ich mein Handy hervor und stellte fest, dass seit meiner tränenreichen Verabschiedung von Mam und Sina sechs Kurznachrichten eingegangen waren. Warum zum Teufel hatte ich das nicht gemerkt? Ich checkte die Signaltoneinstellungen, konnte aber keinen Fehler feststellen – wer mich kannte, wusste, dass das nicht unbedingt etwas zu bedeuten hatte – und widmete mich den SMS. Sie waren – NATÜRLICH! – allesamt von Sina und lauteten:

Ich liebe dich!
Ich vermisse dich!
Kopf hoch! Du wirst es überleben!
Ich auch!!!!!!!!!!
Ganz viele liebe grüße von deiner mutter. Sie sagt: kopf hoch! ;-)
Alles klar bei dir?

Das weiß ich erst, wenn ich angekommen bin, schrieb ich zurück und schaltete das Handy aus. Sicher war sicher.

Nachdem ich eine gute Viertelstunde neben der fülligen Frau gesessen, den Leuten beim Herumwuseln zugesehen und dabei wieder an Frederik und meine Abschiedsparty gedacht hatte, fing ich an, unruhig zu werden. Nicht, dass ich es nicht die ganze Zeit über schon gewesen wäre, aber dies war nun eine neue Stufe von Nervosität, die es mir unmöglich machte, noch eine Sekunde länger in meiner Sitzschale zu hocken. Ich sprang also auf und löste damit eine Art Lemmingreflex aus. Jedenfalls schossen auch alle anderen hoch, packten hastig Butterbrote, Wasserflaschen und Zeitschriften zusammen und stürzten auf die Absperrung zu. Und zu meiner großen Verwunderung machten es die, die eben noch umhergeschlendert waren, etwas gekauft oder in Gruppen zusammengestanden und sich unterhalten hatten, genauso.

Elodie, sagte ich mir. Du bist etwas Besonderes, du wusstest es nur noch nicht.

»Na, junge Dame, wollen Sie sich denn gar nicht anstellen?«, fragte eine Stimme hinter mir.

Es kostete mich ungeheure Willenskraft, aber ich schaffte es tatsächlich, nicht herumzuwirbeln, sondern so zu tun, als ob ich mich nicht angesprochen fühlte. Warum sollte hier auch irgendwer mit mir quatschen wollen?

Im nächsten Moment schob sich ein Kopf in mein Blickfeld, und ich registrierte ein Augenpaar von undefinierbarer Farbe irgendwo zwischen Türkis und Blaugrau, kurze dunkelblonde Locken und ein Lächeln, das ein ausgesprochen seltsames Gefühl unter meinem Brustbein hervorrief.

»Ähm, meinten Sie mich?«, fragte ich schnell.

»Allerdings.«

Der Mann, den ich auf Mitte dreißig schätzte und der dermaßen überirdisch gut aussah, dass es beinahe schon gruselig war, zog seine Mundwinkel noch ein Stück weiter auseinander und entblößte eine Reihe beeindruckend kräftiger Zähne. Unwillkürlich kam mir die Sache mit Rotkäppchen, ihrer Großmutter und dem bösen Wolf in den Sinn.

»Wenn Sie sich jetzt nicht anstellen, ist Ihnen einer der sechs schlechtesten Plätze garantiert.«

»Äh ...?« Wahrscheinlich sah ich aus wie ein Kaninchen, das versehentlich ein Ei gelegt hatte.

Der Mann lachte jetzt geradeheraus. »Kommen Sie«, sagte er und tippte mir an die Schulter. »Ich werde auf Sie aufpassen.«

»Vielen Dank«, erwiderte ich. Den Kommentar, ihn doch eigentlich gar nicht darum gebeten zu haben, verkniff ich mir. Außerdem war ich mit der Stelle beschäftigt, an der er mich berührt hatte. Es war Mitte März, ich trug meine dunkelgrüne gefütterte Cabanjacke, und trotzdem spürte ich eindeutig Kälte, und zwar direkt auf meiner Haut, klar abgegrenzt und exakt von der Größe einer Fingerkuppe.

»Wenn ich mich vorstellen darf ... mein Name ist Javen. Javen Spinx.«

»Oh«, sagte ich, und dann war ich erst mal für eine ganze Weile still, denn in diesem Moment wurde die Absperrung geöffnet, und die Menschentraube, in der auch Mister Spinx und ich inzwischen eingequetscht waren, schob sich mit einem Ruck nach vorn. Da fiel mir ein, dass die Tickets keine Platznummern hatten, und mit einem Schlag wurde mir klar, was der Lemmingreflex zu bedeuten hatte.

»Haben Sie Ihre Bordkarte zur Hand?«, hörte ich Javen Spinx neben mir fragen. Unsere Oberarme wurden gegeneinandergedrückt, und ich stellte verwundert fest, dass diese Berührung keine Kälte verursachte.

Natürlich hatte ich das Ticket *nicht* zur Hand. Es steckte im

Seitenfach meines Rucksacks, dessen Riemen ich fest umklammert hielt und der gerade irgendwo auf Kniehöhe klemmte. Ich spannte die Muskeln an und zerrte ihn unter leisem Stöhnen nach oben, in diesem Gedränge war jedoch kein Denken daran, das Seitenfach zu öffnen.

Ich ließ mich also weiter nach vorn schieben, gab mich dabei dem ulkigen Gefühl hin, nicht selber laufen zu müssen, sondern gelaufen zu werden, dachte an Frederiks Grübchen und versuchte, nicht durchzudrehen. Meine Knöchel fingen an zu jucken, was sie normalerweise eigentlich nur dann taten, wenn zu viel Wasser in Sichtweite war. Sie juckten beidseitig und immer an beiden Beinen; und besonders in Situationen, in denen es kein Zurück gab, ging das Jucken auch noch in ein fieses Brennen über, das sich bis zu meinen Oberschenkeln hinaufzog. Offensichtlich spürte mein Körper bereits, dass ich in den nächsten Monaten regelrecht von Wasser umzingelt sein würde.

Vielleicht war Javen Spinx' Einfluss so stark wie Sinas, Mams und Pas zusammen. Er zog das Ticket aus meinem Rucksack, lotste mich zielsicher in die Mitte des Fliegers, drückte mich direkt am Gang auf einen Sitz, erklärte mir den Anschnallgurt und dass ich ein Glückskind wäre und verschwand. Na ja, vielleicht war er auch so etwas wie ein Schutzengel. Zumindest wäre das eine Erklärung für die außergewöhnliche Kälte seiner Finger gewesen – ich stellte mir Schutzengel jedenfalls eher tot als lebendig vor. Außerdem überkam mich trotz geschlossener Flugzeugtüren eine bisher völlig unbekannte, extrem wohltuende Gelassenheit und das Brennen in meinen Beinen hatte ebenfalls aufgehört.

Der Flieger rollte los und der Kapitän nuschelte eine Ansage auf Englisch, von der ich nur jedes dritte Wort verstand.

Unauffällig zog ich Pas dunkelgrünen Sweater aus dem Rucksack und vergrub meine Hände darin. Dann schloss ich die Augen, spürte die Beschleunigung der Maschine und das Rumpeln des Fahrwerks auf der Startbahn. Ein paar Sekunden fühlte ich mich wie eine Presswurst, dann wurde ich leicht und mir war etwas schwindelig im Bauch und zwischen den Schläfen. Es war ein bedrohliches Gefühl, das mir jedoch keine Angst machte, ein bisschen schizo also, aber das passte ja zu mir und beunruhigte mich deshalb auch nicht weiter.

Nachdem ich mich eine Weile auf den Sweater konzentriert hatte, ließ der Schwindel in meinem Bauch und im Kopf allmählich nach, und plötzlich fand ich das Fliegen sogar angenehm. Die Sonne schien, der Himmel war glasklar, und als ich mich dann auch noch dazu durchrang, über die Beine der beiden Frauen neben mir hinweg aus dem kleinen Fenster zu schielen, sah ich tief unter mir die Nordsee und den Küstenstreifen mit den Ostfriesischen Inseln. Es war ein überwältigender Anblick.

Wasser aus einer Höhe von ungefähr 35 000 Fuß hatte ganz offensichtlich eine weitaus weniger alarmierende Wirkung auf mich als Wasser in einem Kinderplanschbecken.

Die Landung im Nordosten von London war ebenfalls kein großes Ding, abgesehen davon, dass sie für mich persönlich natürlich schon ein *großes Ding* war. Es machte mir so viel Spaß, dass ich kein Problem damit gehabt hätte, wenn der Pilot durchgestartet und gleich noch ein zweites Mal gelandet wäre.

Tief entspannt lehnte ich in meinem Sitz, während der Flieger auf das Flughafengebäude zurollte. Ich war als eine der Ersten auf den Beinen, öffnete die Gepäckklappe und holte meinen Rucksack heraus. Noch während ich auf den Vorderausgang zulief, schaltete ich mein Handy ein. Die Geschichte mit Frederik nagte einfach zu sehr an mir. Es wäre schlicht unfair, wenn er sich falsche Hoffnungen machte.

Hallo frederik, tippte ich, ich mag dich, aber bitte lass uns noch mal über alles reden, okay?
Die zweite Nachricht ging an Sina.
Hey, du stellst die fotos von der party aber bitte nicht ins internet!
Schon passiert ;-), simste sie zurück.
Dann nimm sie wieder raus!, bat ich.
Sieh sie dir doch erst mal an!
Sina, bitte!
Sei froh, dass du noch lebst!

»Miststück!«, fluchte ich. Sina war schrecklich stur. Es würde verdammt schwer sein, sie davon zu überzeugen, dass sie mir das nicht antun durfte.

Ich hatte ihre letzte Nachricht gerade gelöscht, da erschien Frederiks Nummer auf dem Display. Ohne Ton und ohne Vibration. Zögernd drückte ich auf die Verbindungstaste.

»Hör mal, Elodie, ich verstehe nicht …«, sprudelte er los.

»Ich bin gerade in London«, unterbrach ich ihn, nicht ohne Stolz in der Stimme.

»Eben«, sagte Frederik. »Du bist viel zu weit und vor allem viel zu lange weg, um ernsthaft *darüber* zu reden. Es ist der völlig falsche Zeitpunkt und außerdem der verkehrte Ort.«

Das passt doch, dachte ich. Zu mir, zu uns, zu allem.

»Hör zu«, sagte jetzt ich. »Wir haben uns *nur* geküsst.«

»Ja, und es war toll!«.

Okay, das fand ich auch. Aber war das ein Grund, gleich ans Heiraten zu denken?

»Ich muss jetzt meinen Pass vorzeigen«, behauptete ich, obwohl noch mindestens acht Leute vor mir waren.

»Ja und?«, brummte Frederik.

»Ich kann nicht das Handy halten und gleichzeitig in meinem Rucksack kramen.«

»Dann klemm dir das verdammte Ding doch einfach zwischen die Schulter!«

Hä?, dachte ich noch, da lag das *verdammte Ding* bereits auf dem Boden. »Elodie?«, brüllte es. »Elodie, bist du noch da? Was machst du denn, zum Teufel noch mal?«

Das Mädchen, das vor mir stand, drehte sich um und grinste blöd. Ich zuckte entschuldigend die Achseln und wollte mich gerade nach dem Handy bücken, als sich eine lange schmale Hand dazwischenschob und es aufhob.

»Elodie?«, sagte Javen Spinx. »Das ist aber ein sehr hübscher Name.«

»Oh, Verzeihung«, stammelte ich. »Ich glaube, ich hatte mich vorhin gar nicht vorgestellt.«

Mister Spinx lächelte. Sein rechtes Auge schillerte jetzt eindeutig türkisblau und das andere dunkelgrün. Seine Haut war hell und sehr ebenmäßig. Er hatte weder Pickel noch irgendwelche Unebenheiten, ja seltsamerweise nicht einmal Bartstoppeln.

»Hallooo? Elodiiie!«, brüllte Frederik durch den Handylautsprecher.

Die Männer, Frauen, Mädchen und Jungs vor und hinter mir starrten mich an, als ob sie in alles eingeweiht wären. Ich merkte, dass ich rot wurde, und achtete sorgsam darauf, niemandem direkt in die Augen zu sehen. Nur noch drei Leute bis zur Passkontrolle, Frederik am Handy, ein Mann ohne Bartstoppeln und mindestens eine Milliarde Augenpaare, die auf mich gerichtet waren – das war eindeutig mehr, als ich verkraften konnte.

»Elodie ruft Sie in zehn Minuten wieder an«, hörte ich Javen Spinx sagen. Er kappte die Verbindung, reichte mir das Handy und fragte: »Haben Sie Ihren Pass zur Hand?«

Äh ... Natürlich nicht!

Ich fing an, meinen Rucksack zu durchsuchen.

Mister Spinx runzelte die Stirn. »Vielleicht im Seitenfach, dort wo Sie auch das Ticket aufbewahren?«

Schön wär's!

»Ich bin manchmal etwas chaotisch«, entschuldigte ich mich.

»Schauen Sie doch erst einmal nach«, sagte Javen Spinx seelenruhig.

Der Perso steckte tatsächlich im Seitenfach. Ich zog ihn genau in der Sekunde hervor, als ich an der Reihe war. Der britische Beamte prüfte ihn eingehend, schließlich wandte er sich an meinen Begleiter. »Ihre Tochter?«, erkundigte er sich.

Mister Spinx überlegte einen Moment. »Nicht, dass ich wüsste.«

Der Beamte nickte und gab mir den Personalausweis zurück.

»Vielleicht will er die schriftliche Erlaubnis von meiner Mutter noch mal sehen«, sagte ich.

Javen Spinx schüttelte den Kopf. »Ohne die wären Sie jetzt gar nicht hier.«

Da hatte er wohl recht.

»Kommen Sie«, sagte er dann. »Während wir auf unser Gepäck warten, können Sie in Ruhe mit Ihrem Freund telefonieren.«

»Frederik ist nicht mein Freund«, erwiderte ich.

Mister Spinx grinste entwaffnend. »Nun, das wissen Sie sicher besser als ich.« Er deutete die Richtung an, die wir einschlagen mussten, und ich lief brav neben ihm her durch etliche Gänge und um diverse Ecken herum bis zu unserem Gepäckband. Seine Bewegungen waren auf atemberaubende Weise fließend, und mir kam der wahnwitzige Gedanke, dass nicht der Boden unter seinen Füßen ihn trug, sondern die Luft, die ihn umgab.

»Warum dachte dieser Beamte an der Passkontrolle, dass Sie mein Vater sind?«, fragte ich.

»Das kann ich Ihnen leider nicht sagen.« Javen Spinx zuckte mit den Schultern. »Vielleicht sehen wir uns ähnlich.«

Überhaupt nicht!

»Und wieso haben Sie so lange gezögert, ehe Sie ihm geantwortet haben?«

Er zwinkerte mir zu. »Aus Spaß.«

Aha. Eigentlich hatte ich bisher nicht den Eindruck gehabt, dass er besonders witzig wäre. Im Gegenteil: Ich hielt ihn für einen ernsthaften, ausnehmend höflichen Menschen, der sich aus irgendeinem unerfindlichen Grund um mich kümmerte, was ich aber letztendlich ziemlich sympathisch fand.

»Fliegen Sie eigentlich noch weiter?«, fragte ich, als er eine schmale Tasche vom Band nahm.

»Ja, nach Guernsey.«

»So ein Zufall!«, platzte ich heraus. »Ich auch!«

An Javen Spinx' Lippen zupfte ein Lächeln, das ich nicht zu deuten vermochte. »Nehmen Sie den Zug nach Gatwick oder ein Taxi?«, erkundigte er sich.

»Ein Taxi. Sonst kriege ich meinen Anschlussflieger nicht«, antwortete ich. Im selben Moment entdeckte ich den Rollkoffer und meine Monsterreisetasche. Ich griff nach der Tasche und schaffte es gerade eben, sie vom Gepäckband zu zerren. Unterdessen glitt mein Koffer weiter.

»Auf in die nächste Runde«, meinte Mister Spinx. »Das dauert noch mal zwei bis drei Minuten, bis er wieder auftaucht.« Er wies auf eine komplett leere Sitzreihe an der gegenüberliegenden Wand. »Ich warte auf Ihren Koffer und Sie rufen jetzt bitte diesen jungen Mann an. Egal, ob er Ihr Freund ist oder nicht. Ich möchte ihm nicht etwas versprochen haben, das nicht einzuhalten ist.« Er musterte mich abwartend. »Es ist doch einzuhalten, oder?«

»Ja, ja«, sagte ich, während ich mich setzte. »Ist es.« Ich stellte den Rucksack ab, zog das Handy hervor und suchte Frederiks Nummer heraus.

Er musste wie ein Schießhund neben seinem Telefon gewartet haben, denn er meldete sich bereits, ehe das erste Klingelzeichen verstummt war. »Elodie, was war das eben?«

»Nichts«, sagte ich. »Ich kann nicht mit dem Ding an der Schulter telefonieren und gleichzeitig etwas suchen. Ich krieg dann sofort einen Krampf.«

»Okay. Und wer war der Typ?«

»Niemand.«

»Erzähl mir nichts.«

»Er hat mir geholfen, mich zurechtzufinden«, sagte ich. »Ich kenne ihn nicht.«

»Okay.« Frederik klang noch immer misstrauisch, aber das war mir egal. Vielleicht war es mir sogar recht. »Hör mal, ich hab mir was überlegt. Ich könnte dich in den Osterferien besuchen.«

Wow! Es war ja nicht mal Sina in den Sinn gekommen, das zu tun. Wahrscheinlich, weil es zu den zwar unausgesprochenen, aber doch irgendwie intuitiv aufgestellten Regeln gehörte.

»Ich glaube, das ist keine so gute Idee«, sagte ich.

»Aber wenn wir uns ein halbes Jahr überhaupt nicht sehen, ist unsere Beziehung vielleicht schon zu Ende, bevor sie richtig angefangen hat.«

»Mensch, Frederik, ich weiß doch nicht mal, ob ich das überhaupt will.«

Ich sah es förmlich vor mir, wie er sich wand. »Elodie, du weißt, dass ich dich mag«, sagte er schließlich.

Ich schwieg.

»Lass es doch einfach auf dich zukommen.«

»Genau das habe ich vor, Frederik«, erwiderte ich. »Ich steige absichtlich für sechs Monate aus meinem Leben aus, um es auf mich zukommen zu lassen.«

Jetzt schwieg Frederik und das sprach für ihn.

»Ich erwarte nicht, dass du das verstehst«, sagte ich.

»Okay ...«

»Tschüs, Frederik«, beendete ich das Gespräch. »Wir sehen uns. Spätestens Anfang September.« Dann schaltete ich das Handy aus und verstaute es ganz unten im Rucksack. Auch Mam und Sina würden warten müssen. Jetzt wollte ich tatsächlich erst mal alles auf mich zukommen lassen.

Rafaelas Geheimnis

Wir ergatterten eins der Taxis, die direkt vor dem Ausgang des Flughafengebäudes warteten, und während der Fahrer und Javen Spinx damit beschäftigt waren, mein Gepäck in den Kofferraum zu laden, schlüpfte ich schon mal auf die Rückbank. Kurz darauf stieg auch der Fahrer ein und drehte sich zu mir um.

»Es ist immer das Gleiche«, sagte er und lächelte mir zu.

Mir war völlig schleierhaft, was er damit meinte, und so folgte ich seinem Blick durch die Rückscheibe.

Hinter uns hatte ein Polizeiwagen gehalten, zwei Beamte waren ausgestiegen und diskutierten wild gestikulierend mit Javen Spinx. Seine Tasche lag geöffnet auf der Motorhaube und einer der beiden Beamten wühlte darin herum.

»Was soll denn das?«, murmelte ich. »Mister Spinx ist doch kein Krimineller, oder?«

»Schwer zu sagen«, erwiderte der Taxifahrer. Er war ein junger schlanker Typ mit schmalen Lippen und kurzen schwarzen Haaren. Hinter seiner runden randlosen Brille blitzten wache stahlgraue Augen hervor.

»Aber Sie kennen ihn?«

»Natürlich.« Er bedachte mich mit einem Kopfschütteln.

»Jeder meiner Kollegen kennt ihn. Die Londoner Flughäfen sind sein zweites Zuhause.«

»Aha …?«, sagte ich in der Hoffnung auf eine Erklärung, die allerdings nicht kam, und ehe ich meine Frage präzisieren konnte, hatte Javen Spinx seine Tasche schon wieder zugeklappt und sich dem Taxi zugewendet. Er glitt an meinem Fenster vorbei, öffnete die Beifahrertür und ließ sich in einer geschmeidigen Bewegung auf den Sitz sinken. Der Fahrer setzte den Blinker und fuhr los.

Ich wartete gespannt auf ein Gespräch zwischen den beiden, das mir Aufschluss über den Anlass für die Polizeikontrolle geben würde, doch die Männer blickten nur stumm auf die Straße hinaus und wechselten nicht ein einziges Wort miteinander. Dafür dass sie sich kannten, war das für meinen Geschmack verdammt wenig. Vielleicht wäre allein das Grund genug für ein gewisses Misstrauen gegenüber diesem geheimnisvollen Javen Spinx gewesen, ich empfand jedoch das genaue Gegenteil. Noch nie hatte ich mich in der Nähe eines fremden Menschen so beschützt gefühlt wie bei ihm.

Das Schweigen der beiden Männer und das monotone Motorengeräusch lullten mich ein. Ich legte den Kopf zurück und schloss die Augen. Sofort überfiel mich eine bleierne Müdigkeit, für einen Atemzug spürte ich noch das sanfte Vibrieren der Räder auf der Fahrbahn, dann umfing mich eine angenehme Dunkelheit.

Aufmerksam machte mich erst wieder das Rufen eines Mannes. Mühsam öffnete ich die Augen. Es war immer noch stockfinster um mich herum, doch anstatt eines Motorengeräuschs erklang nun das Rauschen des Meeres in meinen Ohren. Ich hörte das Klatschen nackter Fußsohlen auf nassem

Sand und wie sich eine Welle an einem Felsen brach. Mein Rücken schmerzte und mein Arm war eingeklemmt. Stöhnend versuchte ich, ihn zu befreien, doch damit machte ich den Schmerz nur noch schlimmer. Zum Glück gewöhnten meine Augen sich schnell an die Dunkelheit, ich konnte nun die bizarren Umrisse zahlreicher Felsen erkennen und dahinter die Gischt, die flirrend in den schwarzen Himmel hinaufschoss.

Eine hauchdünne Mondsichel stand über dem Horizont und plötzlich tauchte unmittelbar vor mir das Gesicht eines Jungen zwischen den Felsen auf. Seine Züge waren klar und ebenmäßig und das halblange blonde Haar fiel ihm in wirren Strähnen über die Stirn. Seine vollen, wunderschön geschwungenen Lippen waren leicht geöffnet und seine Haut schillerte silbern im schwachen Licht des Mondes.

Mir stockte der Atem, und für einen Moment spürte ich das unbändige Verlangen, meinen Mund auf diese Lippen zu pressen, doch bereits in der nächsten Sekunde nahm mich der warnende Blick aus den tiefgrünen Augen des Jungen gefangen.

Sei still, Elodie, ganz still.

Ich wusste, dass ich ihm gehorchen musste, und seltsamerweise wusste ich auch, dass ich ihn kannte, doch noch ehe ich mich erinnern konnte, woher, gab es einen Ruck und ich wurde nach vorn geschleudert.

Die Nacht löste sich in der Helligkeit des Vormittags auf. Ich saß im Taxi, vor mir Javen Spinx und daneben ein junger Mann mit schwarzen Haaren und Brille, der sich wüst fluchend über die Fahrweise eines anderen Verkehrsteilnehmers erregte.

Diesmal saß ich am Fenster und Javen Spinx neben mir. Während er in der Bordzeitung blätterte, schaute ich auf den Ärmelkanal hinunter. Der Himmel war noch immer strahlend blau und das Licht der Sonne spiegelte sich in der sich sanft kräuselnden Wasseroberfläche.

»Aus der Vogelperspektive sieht alles so sauber und intakt aus, nicht wahr?«, sagte Mister Spinx. Er faltete die Zeitung zusammen und steckte sie in das Netz an der Rückseite des Vordersitzes.

»Ja«, sagte ich. »Und so unwirklich. Als ob man in einem Meer nicht ertrinken könnte.«

Er wirkte überrascht. »Sie haben Angst vor dem Ertrinken?«

Ich sah ihn schulterzuckend an. Trotz des kühlen Tons seiner Augen war sein Blick freundlich und warm. »Ich kann nicht schwimmen. Jedenfalls nicht richtig«, gestand ich. »Irgendwie habe ich immer Angst, dass etwas unter mir ist und mich in die Tiefe reißt.«

»War das schon immer so?«

Ich nickte. »Als kleines Kind habe ich einen Tobsuchtsanfall bekommen, wenn zu viel Schaum im Badewasser war, weil ich dann nicht bis auf den Grund gucken konnte. Später kauften mir meine Eltern ein Planschbecken für den Garten. Aber auch dort bin ich nur hineingestiegen, wenn mir das Wasser höchstens bis zu den Knöcheln reichte und der Boden keine Falten warf, weil sich darin kleine Steinchen, Playmobilsäbel oder tote Tausendfüßler versteckt haben könnten.«

Während er mir zuhörte, hatte Javen Spinx den Blick zur Flugzeugdecke gerichtet. Sein Profil war klar und scharfkantig, das Kinn floh ein wenig in Richtung Hals und die eigentlich hohe Stirn verschwand unter einer langen Ponylocke. Um seinen Mundwinkel zuckte es. »Haben Sie schon einmal darüber nachgedacht, dass es den Meeresbewohnern ganz ähnlich gehen könnte?«, fragte er schließlich.

»Nein«, erwiderte ich überrascht.

Ich vermied es, über Wasser nachzudenken. Okay, mit dem Duschen und auch mit dem Baden in massenhaft Badeschaum hatte ich außer einem gelegentlichen Knöcheljucken mittlerweile keine gravierenden Probleme mehr, aber ich machte einen Riesenbogen um alle Gewässer, selbst Schwimmbäder waren mir nicht geheuer. Das Rauschen von Wasserfällen versetzte mich in Panik und Tiefseefilme konnte ich mir auch nicht ansehen. Nur deswegen hatte ich ein Fächer-Profil gewählt, in dem Biounterricht keine Pflicht war.

»Schade«, sagte Javen Spinx. Er warf mir einen kurzen Blick zu und deutete mit dem Finger zum Fenster hinaus. »Das Meer tut in der Regel niemandem etwas. Man muss nur verstehen, mit ihm umzugehen.«

Interessant, dachte ich. Offenbar hielt er das Meer für eine Person, ein Individuum, zu dem man sagen konnte: »Hör mal, lass es uns doch einfach so handhaben: Ich tu dir nichts, also lass mich bitte auch in Ruhe, okay?« – Na ja, im Grunde machte ich es ja bereits genauso.

Mir war das Thema unangenehm, aber ich wollte nicht unhöflich sein, also fragte ich: »Ähm ... Haben Sie irgendwie beruflich damit zu tun?«

Jetzt lächelte er wieder. »Beruflich? Nein.« Er schüttelte den Kopf. »... nein, so kann man das wohl nicht nennen.«

»Aber Sie interessieren sich für die ...«, ich suchte nach den passenden Worten, »... äh ... Belange des Meeres?«

»Das haben Sie hübsch gesagt.« Er stellte seine Rückenlehne

aufrecht und sah mich offen an. »Ja, in der Tat, das tue ich.« Wieder zeigte er durchs Fenster auf den Kanal hinunter. »Wie viele Schiffe sehen Sie gerade?«

Vorsichtig beugte ich mich ein wenig vor. »Zwei«, sagte ich, spürte einen leichten Druck im Kopf und richtete mich rasch wieder auf.

»Tagtäglich sind es bis zu fünfhundert, die den Kanal queren«, meinte Javen Spinx. »Weil er so eng ist, kommt es immer wieder zu Kollisionen. Wrackteile liegen herum, Öl und Chemikalien fließen aus. Manche Unternehmen verklappen nebenbei ihren Abfall, obwohl es nicht erlaubt ist. Und die Fischerei wird auch nicht wirklich kontrolliert. Die festgesetzten Fangquoten sind viel zu hoch und bedrohen den Erhalt der Bestände. Das Ganze dient einzig und allein der Gewinnmaximierung. Dabei kommt ein nicht unerheblicher Teil gar nicht erst beim Verbraucher an, sondern landet auf den Großmärkten im Müll, und zwanzig Prozent der gefangenen Fische wirft man sogar direkt von den Schiffen als Kadaver ins Meer zurück, weil sie nicht auf der Speisekarte stehen.«

Aha, dachte ich, ein Umweltaktivist. Nicht, dass ich etwas gegen diese Leute hätte. Im Gegenteil: Sie gingen mit ganzer Kraft gegen Missstände vor. Ich fand sie manchmal einfach nur ein bisschen penetrant.

Vielleicht wäre es gut gewesen, wenn ich Mister Spinx gesagt hätte, dass ich Fisch ganz selten aß und ohnehin nur paniert mochte, aber ich hatte plötzlich keine Lust mehr, überhaupt noch etwas zu sagen, noch nicht einmal, ihn danach zu fragen, ob sein Engagement für das Meer in irgendeiner Weise mit der Durchsuchung seiner Tasche vor dem Flughafen in Stansted zu tun hatte. Und so schielte ich in angespannter Sitzhaltung durchs Fenster und lauschte dem Brummen der Flugzeugmotoren und dem Geplapper der Passagiere.

Der Flieger hatte sich ein wenig nach vorn geneigt, das Wasser kam näher und der Wellengang war nun deutlich zu erkennen. Ich registrierte eine grünlich graue Insel mit ausgefranster Küstenlinie.

»Das ist Alderney«, sagte Javen Spinx. »Dort wohnen lauter nette Leute.«

»Auf Jersey und Guernsey und den anderen Inseln nicht?«, fragte ich.

»Doch, doch, natürlich«, erwiderte er. »Aber die Menschen auf Alderney sind besonders weltoffen.«

Ich überlegte, wann ich meine Großtante Grace das letzte Mal gesehen hatte. Es musste mindestens zehn Jahre her sein, eher zwölf. So richtig an sie erinnern konnte ich mich nämlich nicht. Ich wusste nur noch, dass ich sie mochte und sie dieselben nussbraunen Augen wie Mam hatte.

»Wie lange werden Sie auf Guernsey bleiben?«, fragte Javen Spinx.

»Ungefähr ein halbes Jahr«, sagte ich. »Vorausgesetzt, ich komme klar.«

»Welche Schule werden Sie besuchen?«

»Keine«, antwortete ich. »Ich werde einfach nur dort sein, meiner Tante zur Hand gehen und sehen, was sich ergibt.«

»Haben Sie sich um eine Au-pair-Stelle bemüht?«

»Nein«, sagte ich knapp.

»Entschuldigung, ich wollte Ihnen nicht zu nahe treten.«

Javen Spinx sah mich an. Seine Augen hatten nun beide denselben Farbton: ein dezentes Blaugrün. Und auch seine Miene hatte sich verändert. Plötzlich wirkte er verschlossen. Ich hatte das Gefühl, dass er sich von mir zurückzog, und prompt waren der Schwindel im Bauch und zwischen den Schläfen und auch das Jucken über den Knöcheln wieder da.

Also doch kein Schutzengel, dachte ich. Und wenn, dann einer mit Prinzipien. Schutz nur gegen Gefälligkeit, und ich war ihm ganz offenbar nicht gefällig genug. Eine Wasserphobikerin, die sich nicht darum scherte, dass die Meere mit Chemikalien und Fischleichen vergiftet wurden, und die sich außerdem herausnahm, ganze sechs Monate in der Weltgeschichte abzuhängen, ohne etwas wirklich Sinnvolles zu tun.

»Ich bewundere Sie«, sagte Javen Spinx zu meiner Überraschung. »Und ich wünsche Ihnen von Herzen, dass Sie auf dieser kleinen Kanalinsel finden, was Sie suchen.«

Das waren die letzten Worte, die er an mich richtete. Danach war er eigentlich nicht mehr da, obwohl er natürlich immer noch neben mir saß. Sein Brustkorb hob und senkte sich, aber ich konnte seinen Atem nicht hören. Seine Gesichtszüge wurden wächsern und sein Blick glitt in eine andere Welt, zumindest kam es mir so vor. Er saß ganz still und unbeweglich da, während mein Herz wie blöd zu klopfen begann.

Die Stewardessen räumten die restlichen Plastikbecher zusammen und der Kapitän kündigte die Landung an. Obwohl ich mich plötzlich hundeelend fühlte, zwang ich mich, weiter aus dem Fenster zu schauen. Guernsey sah aus wie ein schillernder Diamant, der in eine bizarre Fassung aus Felsküsten und Sandbuchten eingelassen war. Das Meer rundherum war tiefblau und von unzähligen braunen und grünen Tupfen durchsetzt, so als ob der liebe Gott einfach eine Handvoll Erde hineingeworfen hätte.

Die Landeklappen surrten und meine Oberschenkel brannten wie Hölle. Einige Minuten lang dachte ich wirklich, dass ich sterben müsste. Dann setzte das Fahrwerk auf und einzelne helle Gebäude und unendlich viel Grün sausten an mir vorbei.

Als ich sie unter all den Wartenden hinter der Absperrung entdeckte, machte mein Herz einen Hüpfer. In den vergangenen zehn oder zwölf Jahren hatte Tante Grace sich kein Stück verändert. Ganz egal, wo auf der Welt und unter welchen Umständen sie mir über den Weg gelaufen wäre, ich hätte sie todsicher auf der Stelle wiedererkannt.

Ihre wachen braunen Augen unter den dunklen, wie Mondsicheln gebogenen Brauen hielten erwartungsvoll Ausschau nach mir. Ich winkte, während ich auf sie zulief. Sie stutzte, sah mich abschätzend an, schüttelte den Kopf und schaute wieder woandershin, schien allerdings niemanden zu finden, der besser zu ihrer Vorstellung von mir passte als ich. Schließlich kam sie mir zögernd entgegen. »Elodie, bist du das?«

»Hallo, Tante Grace«, sagte ich grinsend.

»Himmel noch mal!« Sie schlug theatralisch die Hände über ihren nachlässig von einem violetten Tuch gehaltenen grauen Locken zusammen. »Ich fresse eine ganze Dose marinierte Küchenschaben!«

»Ich glaube, das ist nicht nötig«, sagte ich.

»Du hast recht, ich hätte es mir denken können.« Lachend warf sie die Arme auseinander und im nächsten Moment hielt sie mich bereits umfangen, drückte mich an sich und küsste mich auf beide Wangen.

»Was?«, rief ich, ebenfalls lachend. »Was hättest du dir denken können?«

»Na, dass du ziemlich gewachsen bist«, erwiderte sie, trat einen Schritt zurück und musterte mich vom Scheitel bis zu den Schuhspitzen, »... und zudem wunderhübsch geworden bist.«

Ich versuchte, mir meine Verlegenheit nicht anmerken zu lassen. »Hat Mam dir denn kein Foto geschickt?«

»Rafaela?« Tante Grace nahm mir den Rollkoffer und die Reisetasche ab. »Wo denkst du hin! Deine Mutter lebt im Hier und Jetzt. Sie hat nie Fotos gemacht.«

»Das stimmt nicht«, widersprach ich entschieden.

Tante Grace legte den Kopf schief, sodass eines ihrer großen silbernen Ohrgehänge ihre Schulter berührte. »Besonders viele können es aber nicht gewesen sein.«

Wahrscheinlich hatte sie recht. Wenn in unserer kleinen Familie überhaupt mal jemand fotografiert hatte, dann war das mein Vater gewesen. Ein paar Bilder aus meiner Kinderzeit hatte Mam für mich in eine Kladde geklebt und drei oder vier weitere hingen unter bunten Blumenmagneten an der Kühlschranktür. Offenbar war ich die Einzige von uns dreien, die eine Vergangenheit hatte.

»Was ist?«, erkundigte sich Tante Grace. »Hab ich etwas Falsches gesagt? Weißt du, ich bin vielleicht manchmal ein wenig zu direkt.«

»Schon gut«, winkte ich ab und schob meine Hand neben ihre in die Griffe der Reisetasche. »Es geht nun aber wirklich nicht, dass du das alles ganz alleine schleppst.«

»Oh doch, und wie das geht!«, rief sie. »Du hast immerhin noch deinen ...«

Ich nickte. »Rucksack, genau. Und der ist im Gegensatz zu dieser Tasche überhaupt nicht schwer«, sagte ich und versuchte, meiner Stimme einen energischen Akzent zu verleihen.

»Gut, dann nimmst du eben noch den Koffer«, entschied Tante Grace. »Diese Monstertasche trage jedenfalls ich. Ich bin nämlich schon ziemlich windschief«, erklärte sie mit einem gewissen Stolz im Unterton. »Du dagegen solltest noch für eine Weile hübsch gerade bleiben. Und jetzt erzähl mal«, forderte sie mich auf. »Hattest du eine gute Reise?«

»Ja ... für meine Verhältnisse schon«, sagte ich. »Ich nehme an, Mam hat dir gesagt, dass ich ...«

»Dass du weder wasserfest noch flugsicher bist«, fiel Tante Grace mir ins Wort. »Ja, das hat sie. Aber du hast dich ja offenbar ganz gut geschlagen, oder sehe ich das falsch?«

»Hm«, machte ich. »Es ging tatsächlich besser, als ich mir zugetraut hatte. Allerdings hat mir auch jemand geholfen ...« Ich reckte den Kopf und blickte mich um, aber ich konnte Javen Spinx nirgendwo entdecken. Im Grunde hatte ich auch nichts anderes erwartet.

»Das ist schön«, meinte Tante Grace nur, und dann zockelte sie los, meine Monstertasche bei jedem fünften Schritt von einer Seite auf die andere wechselnd, dem Ausgang entgegen.

Sie winkte ein Taxi heran. Der Fahrer, ein untersetzter Mittfünfziger mit sonnengegerbter Haut und gezwirbeltem Schnauzer, hechtete sofort zu uns herüber, nahm ihr die Tasche aus der Hand und öffnete den Kofferraum. Er hievte auch meinen Koffer hinein, stellte wohl fest, wie schwer er war, und zwinkerte mir unter dem Rand seiner grauen Wildlederschiebermütze zu. »Verstecken Sie etwa Ihren Freund da drin?«

»Nein«, sagte ich mit einem Lächeln. »Nur meinen Laptop.«

»Hast du überhaupt einen Freund?«, raunte Tante Grace mir ins Ohr, nachdem wir uns auf der Rückbank niedergelassen hatten.

»Wäre ich wohl hier, wenn ich einen hätte?«, erwiderte ich.

Sie hob die Augenbrauen und ein etwas unwilliger Ausdruck machte sich auf ihrem Gesicht breit.

»Und du?«, fragte ich. »Hast du ...?«

»Ich?« Sie schüttelte den Kopf. »Ach woher!«

»Ich wollte dich eigentlich fragen, ob du ein Auto besitzt«, entgegnete ich kichernd.

»Nein«, sagte sie beinahe trotzig. »Tu ich nicht.«

Ich lehnte mich in den Sitz zurück und blinzelte gegen das Licht der Nachmittagssonne in die britische Insellandschaft hinaus. Die Häuser waren klein, allerhöchstens dreistöckig, und viele aus groben dunklen oder orangefarbenen Steinen gebaut. Einige waren in pastellfarbenen Putz gehüllt und mit Erkern und kleinen Balkonen geschmückt, und fast alle besaßen wunderschöne Vorgärten, in denen neben Rhododendren, Kamelien und Palmen viele Pflanzen wuchsen, die ich noch nie gesehen hatte. Überhaupt war alles sehr grün und blumig hier, obwohl der März seinen Zenit gerade erst überschritten hatte. Auf dem Weg nach St Saviour fielen mir unzählige Gewächshäuser auf, deren Glasdächer das Sonnenlicht reflektierten.

»Guernsey Diamonds«, murmelte ich.

»Was?«, fragte Tante Grace. »Was hast du gesagt?«

»Ähm ... nichts«, antwortete ich, sah sie kurz an und blickte dann weiter aus dem Seitenfenster.

Sie tätschelte meinen Rucksack, den ich zwischen uns auf den Sitz gelegt hatte. »Du solltest deine Mutter anrufen.«

Ich nickte. »Das mache ich, wenn wir bei dir angekommen sind.«

»Nein, das machst du besser jetzt.«

Ich sah sie an und seufzte. Mit einem Mal war mir klar, was Mam an der Idee, mich eine Weile auf dieser Insel verbringen zu lassen, so begeistert hatte. Tante Grace stand mit beiden Beinen fest auf dem Boden. Sie hatte einen klaren Blick und ebenso klare Vorstellungen. Bestimmt hoffte meine laissez-faire erzogene und etwas chaotische Mutter, dass ich hier bei ihr die Strukturen vorfinden würde, die sie mir daheim in Lübeck nicht geben konnte.

Pas Unfall war für uns beide ein Schock gewesen, allerdings schien Mam mit diesem Verlust sehr viel besser klarzukommen als ich. Dabei hatte doch *sie* ihre große Liebe verloren, jeder kommende Tag, jede Woche, jeder Monat und jedes Jahr würde nun völlig anders verlaufen, als sie es sich jemals vorgestellt hatte. Nicht, dass meine Mutter ständig irgendwelche Pläne gemacht hätte, nein, ganz bestimmt nicht. Sie lebte im Hier und Jetzt, das hatte meine Großtante schon ziemlich treffend formuliert, aber Pa war schließlich immer und überall mit dabei gewesen. Und jetzt, ganz plötzlich, gab es ihn nicht mehr.

Ich trug sein Bild, sein Lachen, seine Wärme in meinem Herzen. Das hatte mir auch früher schon geholfen, wenn er mal längere Zeit beruflich unterwegs gewesen war und ich ihn eigentlich dringend gebraucht hätte. Aber Mam musste er doch auch körperlich fehlen. Wie viele Nächte hatte er bei ihr gelegen, hatte sie ihn berühren, mit ihm reden, kuscheln und Sex haben können. Das war nun für immer vorbei. Und trotzdem lebte sie so, als ob sich für ihre Zukunft überhaupt nichts geändert hätte.

»Vielen Dank, Will, das stimmt so«, hörte ich Tante Grace sagen. Ich zuckte zusammen. Offensichtlich war ich so tief in meinen Gedanken versunken gewesen, dass ich unsere Ankunft in Richmond verpasst hatte. Außerdem wurde mir erst in diesem Moment bewusst, dass der Fahrer am Flugplatz gar nicht nach dem Weg gefragt hatte. Entweder hatte dieser Will meine Großtante zuvor bereits hingefahren, oder diese Insel gehörte zu den Gegenden, wo jeder jeden kannte.

Ich griff nach meinem Rucksack, öffnete die Wagentür und stieg aus. Das Taxi hatte in einer Auffahrt gehalten, deren Boden aus einer kiesdurchsetzten Grasfläche bestand. Will hob mein Gepäck aus dem Kofferraum und verabschiedete sich.

»Willkommen auf *Gracie's High*«, sagte Tante Grace. »Ich hoffe, dir gefällt dein neues Zuhause.«

Mein neues Zuhause? Ich schüttelte den Kopf. Sie redete ja schon so, als ob ich für immer hierbleiben wollte!

Tante Grace schien meine Irritation zu bemerken und fügte lächelnd hinzu: »Für die nächsten sechs Monate.«

Ich zog den Trageriemen des Rucksacks enger um meine Schulter, kniff die Augen zusammen und sah mich um.

Das Grundstück umfasste zwei Cottages, die in einem Abstand von circa dreißig Metern in einem Neunzig-Grad-Winkel zueinander standen. Beide waren gleich groß, aus groben gelben Natursteinen gebaut und mit roten Granitschindeln gedeckt. Der Garten war durch windschiefe Zäune in einzelne unterschiedlich große Abschnitte unterteilt, deren Zweck sich mir jedoch nicht erschloss. Außerdem gab es Obstbäume, an denen im Gegensatz zu den Büschen allerdings noch kaum ein Blatt spross, ein Gewächshaus und einen Schuppen.

»Im letzten Sommer habe ich das Dach anheben und ein

zusätzliches Apartment einbauen lassen«, sagte Tante Grace. Sie schlang mir ihren Arm um die Schultern und drückte mich an sich. »Als ob ich geahnt hätte, dass du kommen würdest.«

»Ach, bestimmt hast du einfach gehofft, dass Mam oder wir alle zusammen dich irgendwann mal besuchen«, sagte ich.

»Rafaela?« Meine Großtante legte ihren Kopf in den Nacken und lachte. »Bestimmt nicht.«

»Wieso nicht?«, fragte ich erstaunt.

»Weil ...« Sie zog eine Schnute und plötzlich war ihr Lachen vollkommen verschwunden. »Ach, das ist eine lange Geschichte«, brummte sie. »Die sollte sie dir vielleicht lieber selbst erzählen.«

Ich verstand überhaupt nichts mehr. Wieso tat meine Großtante so geheimnisvoll?

»Ruf sie endlich an«, sagte sie mürrisch. »Und dann frag sie.«

Ich nahm den Rucksack von der Schulter und schob meine Hand hinein. »Darf ich dich zuerst etwas fragen?«

»Natürlich!«, blaffte sie und warf ihre Arme in die Luft. »Das tust du doch ohnehin schon die ganze Zeit.«

Unentschlossen nagte ich an meiner Unterlippe. Aus irgendeinem unerfindlichen Grund war meine Großtante sehr aufgebracht. Vielleicht war es besser, sie erst mal nicht weiter zu löchern, andererseits musste ich es einfach wissen. »Kennst du einen Javen Spinx?«

Mit dieser Frage schien sie überhaupt nicht gerechnet zu haben. Ein paar Sekunden lang starrte sie mich einfach nur an.

»Nein«, sagte sie schließlich. »Nie gehört.«

Ich sah ihr an, dass sie log, und ich sah auch, wie schwer ihr das fiel. Wütend kniff sie die Lippen zusammen, dann schnappte sie sich meine Reisetasche und stapfte mit energischen Schritten den schmalen, grob gepflasterten Weg entlang auf das hintere Cottage zu.

Das Herz klopfte mir bis zum Hals, und ich spürte, wie sich in meinem Nacken feine Schweißperlen bildeten. Konnte es möglich sein, dass die Geschichte mit Mam etwas mit Javen Spinx zu tun hatte? Es war nicht mehr als eine Ahnung und eigentlich auch ein ziemlich verrückter Gedanke, doch ich würde mir auf der Stelle Gewissheit verschaffen.

Mit zitternden Fingern ertastete ich das Handy, zog es heraus und schaltete es ein. Es dauerte viel zu lange, bis ich meine Pin eingeben konnte und unsere Telefonnummer auf dem Display erschien. Das Tuten sprang auf meinem Trommelfell herum wie auf einem Trampolin und wurde von Mal zu Mal lauter, sodass es einer Wohltat gleichkam, als es endlich unterbrochen wurde.

»Saller«, meldete sich meine Mutter. »Bist du das, mein Schatz?«

»Ja, Mam, ich bin angekommen«, sagte ich gepresst.

»Oje, du klingst aber gar nicht gut!«, rief sie. »War es wirklich so schlimm?«

»Es war okay«, erwiderte ich, und dann sprach ich es aus, bevor ich es mir womöglich doch wieder anders überlegte. »Ich habe Javen Spinx kennengelernt.«

Ich hörte meine Mutter keuchen. Offenbar rang sie um Fassung. Ich lag also richtig, mein Gefühl hatte mich nicht getäuscht.

»Das ist wirklich verrückt«, sagte sie schließlich, und es hörte sich weniger gehetzt an, als ich erwartet hatte. »Wo hast du ihn getroffen?«

»In Lübeck.«

»Was?«, stieß sie hervor. »Er war hier? Aber …« Sie brach ab.

»Mam, wer ist er? Woher kennst du ihn?«

»Hat er dir das nicht erzählt?«, äußerte sie verwundert. »Oder Grace?«

»Nein, sie hat gesagt, ich soll dich fragen.«

»Wie bitte? Hat sie das wirklich?« Meine Mutter lachte. Es klang allerdings nicht besonders fröhlich. Trotzdem sparte ich mir, ihr zu erläutern, dass Tante Grace es so direkt eigentlich nicht gesagt hatte. »Und er … Javen?«, fuhr sie nach einer kleinen Pause fort. »Was hat er dir …«

»Gar nichts«, unterbrach ich sie. »Er hatte doch überhaupt keine Ahnung, wer ich bin.«

»Ach so.« Wieder musste sie lachen, und ich bildete mir ein, eine gewisse Erleichterung herauszuhören.

»Mam, jetzt rede endlich!«, forderte ich sie auf, selbst überrascht von meiner Ungeduld. »Wer ist dieser Typ?«

»Wie soll ich das sagen?«, entgegnete sie. »So etwas wie ein Freund vielleicht.«

Ich war nicht sicher, ob ich sie richtig verstanden hatte, deshalb hakte ich noch mal nach. »*So etwas* und *vielleicht*?«

»Na ja, mein Schatz. Ich war damals ja schon mit deinem Vater verheiratet«, meinte sie stockend. »Und auf so einer überschaubaren Insel zerreißt man sich schnell das Maul. Ich wollte nicht, dass Thomas aus irgendwelchem dummen Gerede die falschen Schlüsse zieht.«

»Okay«, sagte ich gedehnt. »Und welche Schlüsse sollte *ich* jetzt ziehen?«

Mam seufzte tief und theatralisch. »Gar keine«, erwiderte sie. »Javen und ich haben damals viel Zeit miteinander verbracht. Wir haben uns sehr gut verstanden. Das ist alles.«

»Aha«, sagte ich. »Und trotzdem hast du beschlossen, nie wieder hierherzukommen?«

»Hat sie das behauptet? Tante Grace?«

»Nicht direkt.«

»Na, siehst du«, sagte sie und dann: »Ach, Elodie, du kannst dir gar nicht vorstellen, wie ich dich beneide! Ich hätte ihn wirklich gerne wiedergesehen. Weißt du, er ist ein ganz besonderer Mensch. Oder findest du nicht?«

»Doch, er sieht gut aus«, bemerkte ich zögernd. »Seine Augen sind ziemlich magisch und sein Gang …«

Wieder lachte sie. »Ja, der war damals schon sehr speziell.«

»Du hast dich aber nicht in ihn verliebt?«

»Elodie, er war doch erst siebzehn.«

»Und du?«

»Einundzwanzig?«, rätselte sie und atmete auf eine Weise ein und wieder aus, als ob sie an einer Zigarette zog und den Rauch sofort zurück in die Luft blies. »Ich weiß es nicht mehr genau. Auf jeden Fall war Javen viel zu jung für mich. Und selbst wenn es vom Alter her gepasst hätte …«, fügte sie bedeutungsvoll hinzu, führte den Satz aber nicht zu Ende. Ich ahnte natürlich auch so, was sie meinte, und wenn ich ehrlich war, wollte ich es genauer gar nicht wissen. Allein die Vorstellung, dass Mam damals versucht gewesen sein könnte, Pa mit einem anderen zu betrügen, löste eine merkwürdig ungreifbare Angst in mir aus.

»Und sonst?«, fragte sie jetzt. »Gefällt es dir auf Guernsey?«

»Glaub schon«, sagte ich und reckte den Hals, um mich davon zu überzeugen, dass sich das Meer nicht in unmittelbarer Nähe befand. »Solange ich nicht zu dicht an den Rand trete.«

»Ach, Schätzchen, ich wünschte wirklich, du würdest deine Phobie endlich überwinden!«, rief meine Mutter geradezu enthusiastisch. »Die Südküste ist so unglaublich schön. Und Herm erst! Dieses winzige Stück Paradies musst du dir einfach anschauen!«

»Mam …«, sagte ich. »Ich weiß nicht. Ich möchte erst mal nur hier sein. Und sonst gar nichts.«

»Schon gut«, sagte sie leise. »Schon gut.«

»Okay«, erwiderte ich. »Grüß Sina von mir, wenn du sie mal siehst. Und bis dann.«

»Mach's gut, Schätzchen. Bis bald.«

Sie hatte bereits aufgelegt, bevor mein Finger die Abbruchtaste berührte. Ich spürte einen feinen Stich im Herzen. Nicht einmal einen Gruß für Tante Grace hatte sie übrig gehabt.

Ruby

Ich hatte mich gerade wieder in Bewegung gesetzt, da ertönte hinter mir ein Knirschen auf dem Kies, dem das hektische Klingeln einer Fahrradglocke folgte. Ich sprang zur Seite, schaffte es aber nicht mehr, den Rollkoffer aus dem Weg zu zerren. Das Mädchen schrie auf, knallte mit dem Vorderreifen dagegen und kippte mit ihrem Rad um.

»Oh, Shit, das tut mir leid!«, rief ich und ließ den Koffer fallen, um ihr zu Hilfe zu eilen. Ich packte das Fahrrad beim Lenker und stellte es auf, während sie sich um ihre Achse drehte und schließlich ins Gleichgewicht zurückfand.

»Oh Mann, du musst Elodie sein!«, rief sie und streckte mir ihre Hand entgegen. »Mein Name ist Ruby Welliam und ich wohne in Albecq.« Ich sah in blitzende graue Augen, die mir auf Anhieb sympathisch waren. »Du musst dich übrigens nicht entschuldigen«, setzte sie zwinkernd hinzu. »Schließlich bin *ich* in *dich* hineingerauscht. – Und das, obwohl ich dich längst gesehen hatte.«

»Alles in Ordnung?«, fragte ich und suchte das Fahrrad nach Schäden ab.

»Hauptsache, den Vorhängen ist nichts passiert«, meinte Ruby und tätschelte einen Stapel bunt geblümter Stoffe, der auf den Gepäckträger gespannt war. »Die schickt meine Mum deiner Tante zum Kürzen.«

»Großtante«, sagte ich. »Meine Mutter ist Gracies Nichte.«

»Oh ja!«, rief Ruby. »Und du sagst auch ganz bestimmt immer artig, natürlich habe ich mir die Zähne geputzt, liebe *Großtante* Grace, stimmt's?«

»Ja klar«, erwiderte ich. »Jeden Tag dreimal.«

Ruby grinste. »Nett, dich kennenzulernen, Elodie Saller. Weißt du eigentlich, dass du einen göttlichen Hintern hast? Ich hab die ganze Zeit draufgestarrt, was, ganz nebenbei bemerkt, der Grund war, weshalb ich nicht rechtzeitig stoppen konnte.«

»Aha«, sagte ich, und prompt kam mir wieder Frederik in den Sinn und die Frage, ob sein Interesse an mir wohl auch in erster Linie diesem Körperteil galt.

»Denk jetzt bitte nicht, dass ich auf Mädchen stehe«, fuhr Ruby fort. Sie nahm mir das Fahrrad ab und schob es auf den Gartenweg zu.

»Wäre das so schlimm?«, fragte ich, während ich ihr folgte.

»Ja, weil es nicht so ist«, antwortete sie knapp.

Tante Graces Anwesen war riesig, viel größer, als es von der Straße her ausgesehen hatte. Die beiden Wohnhäuser und ein Teil des Gartens lagen auf einer Anhöhe, dahinter fiel das Grundstück terrassenförmig ab, eine Landschaft aus Kieswegen, knorrigen Bäumen und von bewachsenen Steinen, Beeten oder Buschgruppen abgegrenzten Rasenflächen tat sich vor mir auf. Und dahinter lag das Meer: endlos weit, spiegelglatt und türkisfarben. Am blauen Himmel sah ich ein paar Möwen kreisen. Der Anblick ließ mich schwindelig werden und ich spürte ein leichtes Jucken in den Knöcheln.

»Das ist die Perelle Bay«, sagte Ruby. »Ziemlich exponierter Standort, an dem du hier leben darfst.« Sie fixierte ihr Rad auf dem Ständer, nahm die Vorhänge vom Gepäckträger und musterte mich kritisch. »Besonders begeistert siehst du allerdings nicht aus.«

Ich atmete tief ein und versuchte, mich zu fangen. »Ich hab eine Wasserallergie.«

Ruby nickte. »Ach so. Und schwimmen kannst du wohl auch nicht?«

»Das ist nicht witzig«, brummte ich.

»Hallo!« Ungläubig starrte sie mich an. »Wieso bist du dann hier?«

»Weil mein Vater bei einem Unfall gestorben ist und ich zu Hause nicht mehr zurechtkam. Ich konnte nicht mehr lernen, ich hatte keinen Spaß mehr, und selbst meine beste Freundin Sina, die eigentlich immer einen Ausweg weiß, war mit ihrem Latein am Ende. Sie konnte mein trauriges Gesicht nicht mehr mit ansehen.«

»Das mit deinem Vater tut mir sehr leid. Ehrlich.« Ruby machte ein betroffenes Gesicht. »Und du bist wirklich abgetaucht, um deinen Freunden nicht mehr auf den Geist zu gehen?«, fragte sie kopfschüttelnd.

»Schon eher, um mir selbst nicht mehr auf den Geist zu gehen«, entgegnete ich.

Ruby schürzte die Lippen. Das Sonnenlicht ließ ihre hellen grauen Augen erst richtig blitzen. »Ich finde, sooo traurig siehst du gar nicht aus.«

»Das liegt am vielen Wasser«, sagte ich schulterzuckend. »Es lenkt mich ab.«

»Weil du Angst davor hast?«

»Na ja …«, sagte ich gedehnt. »Angst ist vielleicht nicht das richtige Wort. Es ist mir unheimlich. Man weiß nie, was sich darin verbirgt.«

»Zum Beispiel ein Seeungeheuer«, meinte Ruby, »oder eine Meerjungfrau. In einigen Legenden ist zumindest davon die Rede, dass diese zarten Wesen in Wahrheit schreckliche Bestien sind.«

Sie kicherte leise, dann legte sie mir flüchtig den Arm um die Schultern.

Wir sahen uns an, und ich fragte mich, ob sie wohl das Gleiche dachte wie ich, nämlich dass wir uns gerade mal fünf Minuten kannten und bereits so vertraut miteinander umgingen, als hätten wir schon viele Jahre zusammen verbracht.

»Ich muss dir noch was sagen«, meinte Ruby. »Wegen deines Hinterns. Es ist nämlich so … Ich sah dich da stehen mit dem Rucksack und dem Koffer und dachte: Was macht Aimee denn hier? Will sie etwa in Gracies Feriencottage ziehen? Dieser Gedanke war so unlogisch, und während mir klar wurde, dass du gar nicht Aimee sein konntest, fiel mein Blick auf deinen Hintern, und ich dachte nur, das gibt's doch gar nicht, dass zwei Menschen einander so ähnlich sein können. Wir waren nämlich alle in dem Glauben, dass Aimees Hintern ziemlich einmalig ist, ein richtiger Knackarsch sozusagen …«

»Na, na, na, na«, wurde sie von meiner Großtante unterbrochen, die gerade aus dem Schatten des Hauseingangs trat.

»Aber es stimmt doch«, verteidigte sich Ruby. »Sie hat einen supertollen, süßen …«

»Po.« Tante Grace nickte. »Ja, zugegeben. Ich habe allerdings nicht den Schimmer einer Ahnung, wo sie den herhat. Von mir kann er jedenfalls nicht sein«, meinte sie, legte einen koketten

Hüftschwung hin und klapste sich auf ihren eigenen, eher flachen Hintern. »Der war schon immer ziemlich knochig.«

Wieder sahen Ruby und ich uns an. »Frauenthemen«, kam es gleichzeitig über unsere Lippen. Wir verdrehten die Augen und stöhnten vielsagend auf.

»Ich hol dich morgen ab. Gleich nach dem Frühstück«, sagte Ruby. »Und dann bekommst du so viel Wasser zu sehen, dass dir schlecht wird.«

Ich zog eine Grimasse. »Danke vielmals. Ich bin wirklich froh, dass ich gleich an meinem ersten Tag schon eine so gute Freundin gefunden habe.«

Ruby lachte hell und ansteckend. »Eins dreiundvierzig in der Länge«, sagte sie und reichte meiner Großtante den Vorhangstapel. »Es reicht völlig, wenn sie in einer Woche fertig sind. Mum ist gerade mit dem Frühjahrsputz beschäftigt.«

»In Ordnung. Grüß sie schön. Und ... nett von dir, dass du Elodie die Insel zeigen willst.«

Mein Apartment befand sich im neu errichteten Oberstock und füllte, wenn man die Abseiten abrechnete, die gesamte Grundfläche des Cottages aus. Ich fand es ziemlich gewöhnungsbedürftig, denn mein Zimmer daheim war eher klein und kuschelig, und genau so liebte ich es eigentlich auch.

Inzwischen war es halb acht abends. Der Himmel leuchtete in einem satten dunklen Blau und über dem Horizont lag noch der letzte rötliche Schimmer des atemberaubenden Sonnenuntergangs.

Ein wenig verloren hockte ich auf meinem Bett, das mitten

im Raum stand und nicht mehr war als eine zwei mal zwei Meter große Matratze – eingelassen in einen hellen Holzrahmen und mit einem Haufen bunter Kissen und Decken übersät. Ich fühlte mich darin, als hätte man mich in einer winzigen Jolle auf dem riesigen Atlantik ausgesetzt, und wusste schon jetzt, dass ich so garantiert kein Auge zubekommen würde.

Doch zum Glück ließ sich das Problem leicht lösen, indem ich die überall im Raum verteilten Kübelpflanzen heranzog und um das Bett herum platzierte. – Wow! Das war schon viel besser! Selig plumpste ich rücklings in eine lauschige Kuschelmulde, die von Zimmerlinden, Birkenfeigen und Yuccapalmen umgeben war, was übrigens noch einen weiteren Vorteil mit sich brachte: Durch das verästelte Grün war der Blick aus dem riesigen Sprossenfenster auf den Kanal hinunter nicht mehr ganz so beängstigend.

Zwischendurch schaute Tante Grace herein, um mich zu fragen, ob ich noch etwas brauchte, und mir eine gute Nacht zu wünschen, und nahm die Neugestaltung mit einer hochgezogenen Braue zur Kenntnis. »Solange du keine Wände einreißt oder die Kloschüssel neben der Spüle anbringst, kannst du hier selbstverständlich tun und lassen, was du willst«, bemerkte sie. »Und wenn du dich so wohler fühlst ...«

»Ja, das tue ich«, erwiderte ich, obwohl mir der leicht beleidigte Unterton in ihrer Stimme nicht entgangen war. »Es ist ein toller Raum. Ganz ehrlich. Und das mit dem Bett mittendrin ... Super Idee! Bloß nicht für mich«, fügte ich deshalb vorsichtshalber noch hinzu.

»Schon gut«, sagte Tante Grace mit einem Lächeln, und ich wusste, dass sie mir nicht lange böse sein würde.

Der Raum, das ganze Apartment, war im Grunde wirklich

toll. Es war hell und gemütlich, mit geräumigem Bad, Kochnische, begehbarem Kleiderschrank, einer Sitzecke aus großen Rattanmöbeln und einem Tisch mit vier Stühlen. Die Abseiten waren voller Bücher, außerdem gab es Körbe mit Zeitschriften und DVDs und eine nagelneue hochmoderne Heimkinoanlage. In ihren eigenen Räumen im Untergeschoss hatte meine Großtante all das nicht. Sie begnügte sich mit einem alten Radiorekorder und einem winzigen Röhrenfernseher, dafür waren ihre Zimmer bis unter die Decke mit Bildern, Krimskrams und allem möglichen Plüsch vollgestopft.

Richtig gewöhnungsbedürftig war für mich jedoch das riesige Fenster. Sina wäre ganz sicher ausgeflippt, wenn sie es gesehen hätte. Es war in eine Gaube eingebaut, maß mindestens zwei mal vier Meter und ließ sich bis fast zur Hälfte aufziehen. Dahinter lag ein Balkon, gerade mal so breit, dass ein Liegestuhl und ein kleiner Tisch darauf Platz fanden. Ich hatte es natürlich nicht ausprobiert, aber ich war sicher, dass man dort das Gefühl hatte, einen Kopfsprung direkt ins Meer machen zu können. Allein schon bei der Vorstellung fingen meine Knöchel an zu jucken.

Tante Grace meinte es ohne Frage gut mit mir, ich wäre jedoch lieber in eines ihrer Bed-&-Breakfast-Zimmer im Gästehaus eingezogen. Die waren längst nicht so groß, hatten kleinere Fenster und damit weniger Ausblick auf das Meer. Vielleicht würde ich noch mal mit ihr darüber reden müssen, aber das wollte ich frühestens morgen entscheiden, wenn ich zumindest diese eine Nacht hinter mich gebracht hatte.

Ich blieb eine Weile auf dem Bett liegen, schloss die Augen und ließ den Tag Revue passieren. Ein bisschen kam es mir so vor, als ob ich heute um die halbe Welt gejettet wäre. Alles war ungewohnt und ziemlich aufregend gewesen, und eigentlich hätte ich wahnsinnig stolz auf mich sein dürfen, dass ich all diese Unwägbarkeiten gemeistert hatte.

Ich dachte an den Abschied von Mam und Sina, an den Flug und an Javen Spinx. Nun, da ich wusste, dass meine Mutter und er vor vielen Jahren miteinander befreundet gewesen waren, hätte ich ihn sehr gern wiedergetroffen. Auf jeden Fall würde ich mich auf der Insel weiter nach ihm erkundigen, gegebenenfalls sogar Tante Grace noch einmal auf ihn ansprechen. Vielleicht hatte ich Glück und sie würde nicht länger die Ahnungslose spielen, schließlich hatte Mam mir ja all ihre »Sünden« gebeichtet.

Prompt wanderten meine Gedanken weiter zu Pa und mein Herz wurde traurig und schwer. Ich öffnete die Augen, setzte mich auf und sah zum Fenster hinüber. Das Rot am Horizont war mittlerweile verschwunden und Himmel und Meer bildeten eine untrennbare tiefdunkle Einheit.

»Ich hab dich so lieb, Pa«, murmelte ich. »Du darfst nicht denken, dass ich vor dir davongelaufen bin. Es ist nur so, dass ich es nicht mehr ertragen habe, in dein Arbeitszimmer zu gehen und zu wissen, dass du nie mehr dort in deinem Armlehnstuhl sitzen und in deinen Unterlagen blättern würdest. Und dass ich nie wieder meine Arme um deinen Hals schlingen und deine Wärme spüren würde. Ich mache ihr wirklich keine Vorwürfe, das musst du mir glauben, Pa, aber ich verstehe einfach nicht, wie Mam das aushält.«

Meine Augen fingen an zu brennen und dann heulte ich los. Ich hatte es schon seit Tagen nicht mehr getan, es war einfach überfällig. Vielleicht konnte ich mit Ruby darüber reden. Irgendwann. Sie ging viel unvoreingenommener mit diesem

Thema um als Sina, was wohl daran lag, dass die meinen Pa auch ziemlich gerngehabt hatte. Jedes Mal wenn ich mich bei ihr ausheulen wollte, heulte sie ebenfalls gleich los, klagte, wie ungerecht das Leben sei, weil immer nur die Guten starben und die Bösen dagegen ewig ihr Unwesen treiben durften, und am Ende waren wir dann beide oft vollkommen fix und fertig gewesen.

Trotzdem würde ich Sina vermissen. Sie fehlte mir schon jetzt. Und auch die anderen Mädchen aus der Schule, mit denen wir in den Pausen zusammenhingen, ganz besonders Bille und Sarah aus dem Englischunterricht.

Es war schon ein komisches Gefühl, wenn ich mir vorstellte, dass die Schule das nächste halbe Jahr für mich passé sein sollte. Wenn ich im Spätsommer zurückkehrte, hatte ich zwei Möglichkeiten: Entweder ich begann die Elfte noch mal von vorn oder ich suchte mir eine Ausbildungsstelle. Mein Mittlere-Reife-Zeugnis vom letzten Jahr war nämlich ganz passabel ausgefallen. Im Moment konnte ich mir allerdings weder das eine noch das andere so richtig vorstellen. Aber das musste ich ja auch nicht.

Inzwischen war es vollkommen dunkel im Zimmer. Nur der klare Sternenhimmel und der sichelförmige Mond warfen etwas Licht herein. Ich stand vom Bett auf, schaltete die kleine Lampe auf der Kommode an und kniete mich vor die Heimkinoanlage. Ein bisschen Musik zu hören, wäre nicht schlecht. Früher hatte ich Mando Diao, Jamiroquai und Pink rauf- und runtergespielt, inzwischen waren Adele und Jack Johnson meine Favoriten. Ihre Lieder beruhigten mich, ohne mich sentimental oder traurig zu machen. Die Stimmung, die sie transportierten, entsprach hundertprozentig der meinen.

Ich suchte die alte »Sing-A-Longs and Lullabies«-CD aus meinem Rucksack, legte sie in den DVD-Player und ein paar Atemzüge später umhüllte mich Jack Johnsons warme, unaufgeregte Stimme.

Leise summend tappte ich zur Küchenzeile hinüber und inspizierte den Kühlschrank. Tante Grace hatte wirklich an alles gedacht und Mineralwasser, Cola, Orangensaft, Milch und ein paar Joghurts darin deponiert. Auf der Anrichte stand eine Schale mit Obst und in einer der Schubladen fand ich Schokoladendrops, Streichhölzer und Teelichter.

Ich füllte ein Glas mit O-Saft und ein anderes mit einem Teelicht und schleppte alles mitsamt den Schokos zum Bett. Der kleine Digitalwecker auf dem Beistelltisch zeigte 21:13 an und ich dachte: Komisch, dass Sina sich noch nicht gemeldet hat! Ich zündete das Teelicht an, trank einen Schluck Saft, fischte mein Handy aus dem Rucksack und sah die Eingangsliste durch. Sina hatte ganze zehn Mal auf meine Mailbox gesprochen und schließlich eine SMS geschickt.

Warum gehst du nicht ran?

»Weil mit meinem Klingelton etwas nicht stimmt«, murmelte ich. Tatsächlich stand das Handy versehentlich auf stumm und vibrationslos, und ich beschloss, es zunächst einmal dabei zu belassen. Ha! Schon wieder eine spontane Entscheidung! Wenn das so weiterging, würde ich mich in einer Woche womöglich selbst nicht mehr wiedererkennen.

Mein Kontostand wies ein Guthaben von drei Euro fünfundzwanzig auf. Für ein Checkup-Gespräch mit Sina war das eindeutig zu wenig. Also beantwortete ich ihre SMS mit:

Sorry, aber mein klingelton war aus. Es geht mir gut so weit.
Ich glaube, hier ist es ganz schön. Wir reden morgen.
Hdgggdl, elodie

Anschließend bat ich meine Mutter, mein Konto aufzuladen, schaltete das Handy aus und legte es auf den Beistelltisch. Die Erlebnisse des Tages und Jack Johnsons Schlaflieder hatten mich müde gemacht. Ich gähnte herzhaft, kramte ein frisches Shirt und eine Boxershorts aus dem Koffer und huschte ins Bad.

Auf eine Dusche hatte ich keine Lust mehr, also begnügte ich mich mit einer Katzenwäsche, putzte rasch die Zähne und bürstete meine Haare durch. Meine Locken hatten sich ineinander verfangen und ließen sich nur widerstrebend trennen. Vielleicht sollte ich sie mir einfach mal abschneiden lassen ... Seit knapp zwei Jahren wuchsen sie nun schon vor sich hin, ohne wirklich länger zu werden. Möglicherweise war das ein Zeichen. Vielleicht sah ich mit kurzen Haaren aber auch scheiße aus. Ich kniff die Lippen zusammen und musterte mich finster im Badezimmerspiegel.

Elodie Saller war hübsch. Das zumindest behaupteten Sina, Sarah, Bille, Luis, Frederik ... Ach herrje, Frederik! Hätte ich Luis, Jannik und ihn doch bloß nie geküsst!

Hastig schaltete ich das Licht im Bad aus und kroch ins Bett. Die Lampe auf der Kommode würde ich die Nacht über brennen lassen, denn irgendwie hatte ich plötzlich Angst, im Dunkeln aufzuwachen. Ich kuschelte mich in die Decke, schloss die Augen und versuchte, sämtliche Peinlichkeiten der letzten Nacht auszublenden. – Vergeblich. Sofort roch ich Luis' Haare und hatte den Geschmack von Frederiks Lippen auf der Zunge.

Verflucht noch mal – auch wenn ich es mir inzwischen nur ungern eingestand: Ich hatte es richtig genossen, sie alle zu küssen. Und ihnen hatte es ganz zweifellos auch gefallen. Im Grunde konnte ich froh sein, dass ich jetzt nur Frederik am Hals hatte. Die anderen beiden hatten offenbar ziemlich genau kapiert, was mit mir los gewesen war. Vielleicht sollte ich doch noch mal mit Frederik reden. Nur um wirklich alle Zweifel auszuräumen ...

Seufzend richtete ich meine Gedanken auf Ruby. Bestimmt würden wir eine Menge Spaß miteinander haben ... hoffentlich ...

Mit geschmeidigen Bewegungen glitten die vier Körper durchs Wasser. Sie hielten sich knapp einen Meter unterhalb der Oberfläche und schlugen ihre lang ausgestreckten Beine wie Flossen auf und ab. Kyan schwamm voran, Elliot, Liam und Zak folgten ihm in gewohntem Abstand.

Kurz bevor sie die Derrible Bay erreichten, tauchten sie im Schatten eines großen Felsens aus dem Meer und liefen mit lautlosen Schritten auf den Strand.

»Ich frage mich, wo Gordy sich versteckt hält«, knurrte Kyan.

»Es tut mir leid, dass er entwischt ist«, sagte Elliot, dessen dunkelbraune Haut im fahlen Mondlicht samtig schimmerte.

Kyans Augen verengten sich. Er wusste, dass er ebenso hätte achtgeben müssen wie sein Freund, aber er dachte nicht daran, sich für dieses Versäumnis zu entschuldigen. »Wir müssen ihn finden«, erwiderte er. »Er ist uns eine Erklärung schuldig.«

»Hat das nicht Zeit?«, fragte Liam, während er einen Gesteinsbro-

cken von der Größe eines Kraken anhob, damit Zak die Kleidungsstücke hervorziehen konnte, die sie in ihrer ersten Nacht an Land darunter versteckt hatten.

»Ich finde auch, dass es weitaus erbaulichere Dinge gibt, mit denen wir uns beschäftigen können«, meinte Elliot und stieß Zak grinsend seinen Ellenbogen in die Seite.

Kyan blickte an sich herab und brummte etwas Unverständliches. Er spreizte die Finger, ballte sie zu Fäusten und öffnete sie wieder. Ein erregtes Zittern, ähnlich elektrischer Energie, fuhr durch seinen Körper. Er dachte an das Mädchen mit den goldenen Haaren und spürte das feine drängende Kribbeln unter seiner Haut, das ihn auf diese betörende Weise hungrig machte, die er bisher nicht gekannt hatte.

»Du hast recht«, sagte er, schlüpfte in Jeans und T-Shirt und eilte dann mit langen katzenhaften Sätzen voraus auf die hohe Felswand zu, die die Küste säumte. Behände huschte er von einem Schatten zum nächsten, wobei seine Sohlen nur die Ahnung eines Fußabdrucks im feuchten Sand hinterließen – spätestens nach der nächsten Flut würde auch davon nichts mehr zu sehen sein.

Trotz der Dunkelheit fand er auf Anhieb den Kamin in der Felswand, einen rechteckigen Schlot, dessen Innenwände von der Flut glatt gewaschen worden waren und der von der Bucht bis zum Inselplateau hinaufführte. Blitzschnell zog Kyan sich die feuchten Kaminwände hoch. Einen knappen Meter unterhalb der oberen Öffnung verharrte er und wartete auf Elliot, Liam und Zak. Die Freunde tauschten einen Blick und nickten einander zu. Das Echolot funktionierte, die Abstimmung untereinander erfolgte nach wie vor reibungslos – in Sekundenbruchteilen und ohne Worte. Blitzschnell und für das menschliche Auge kaum wahrnehmbar stemmten sie sich durch die Öffnung und fanden sich nur wenige Sekundenbruchteile später auf der ebenen, mit feinem Geröll durchsetzten Grasfläche wieder.

Sie blieben abseits der Wege, hasteten mit langen, rasend schnellen Schritten über die Weiden, schlugen einen Bogen um das Village und näherten sich der Mermaid Tavern *aus südöstlicher Richtung.*

Kyan roch das Mädchen bereits, bevor sie durch die Hecke traten.

Wie verabredet, saßen sie und ihre Freundinnen an dem Tisch ganz hinten auf der Terrasse. Eine von ihnen hatte dieselbe braune Hautfarbe und die gleichen schwarzen Augen wie Elliot.

»Hey«, sagte Kyan leise.

»Hey!« Das Mädchen lächelte. Ihre langen goldenen Haare glänzten im Schein einer Laterne, ihre helle Haut schimmerte wie das Innere einer Auster und ihre Augen waren von einem Blau, wie Kyan es bisher nur bei seltenen Fischen in der Nähe der Atolle im Pazifischen Ozean gesehen hatte.

Kyan vergaß Gordy.

Er vergaß Liam, Elliot und Zak.

Er vergaß alles um sich herum, sogar, wo er hergekommen war.

Er wollte nur noch eins: dieses Mädchen.

Cobo Bay

Es war stockfinster und der Wind trieb schwarze Wolken über den Himmel. Ich konnte das Meer nicht sehen, aber ich hörte sein Rauschen. Es klang von fern zu mir herüber und verrückterweise fühlte ich mich vollkommen sicher. Ich wusste doch, dass es Ebbe und Flut gab und dass es gefährlich war, in der Nacht so weit hinauszulaufen. Das letzte Hochwasser hatte ein Wellenmuster in den Sand geprägt, ich spürte seine harten Kämme unter meinen nackten Füßen. Es war Herbst, aber die Luft fühlte sich so lau an, als wäre es noch Sommer. Mir war längst klar, dass ich umkehren musste, aber ich tat es nicht. Ich spürte eine seltsame innere Unruhe und die trieb mich weiter voran auf den Meeressaum zu.

Die Wolkendecke wurde allmählich dünner, helle Flecken aus Mondlicht huschten über den Sand und ich bemerkte eine Felsengruppe mitten im Watt. Und auf einmal fiel sie mir ins Auge: die dunkle Gestalt am Boden! Im ersten Moment hielt ich sie für einen Seehund, aber dann wurde mir schnell klar, dass sie dafür viel zu schlank und auch zu menschlich aussah.

Ich stoppte und starrte sie an. Ein Mondstrahl tauchte ihren Körper ins Licht und ich erkannte einen jungen Mann. Er lag auf dem Bauch, seine nackte Haut schimmerte samtig und seine halblangen blonden Haare glitzerten feucht von Wassertropfen. Um seine Hüften hatte er ein silbrig glänzendes Tuch geschlungen. Obwohl ich sein Gesicht nicht sehen konnte, war ich sicher, ihn zu kennen.

Mein Herz raste und ich konnte kaum noch atmen. Langsam setzte ich mich in Bewegung. Jeder einzelne Schritt trieb mir den Schweiß auf die Stirn und meine Beine brannten bis zu den Hüften hinauf.

Plötzlich stützte der Junge sich auf die Unterarme und robbte über den Sand auf die Felsen zu. Seine Beine schleiften wie leblose Anhängsel hinter ihm her. Es musste ihn eine irrsinnige Anstrengung kosten, seinen Körper auf diese Weise zu bewegen, ich glaubte sogar, ihn keuchen zu hören.

Im nächsten Moment rauschte eine gigantische Welle heran, klatschte gegen die Felsen und begrub den Jungen unter sich.

Ich schrie und schrie und schrie, und mit einem Mal kämpfte ich gegen irgendeinen Widerstand an, den ich nicht fassen konnte, dann riss ich die Augen auf, und es war taghell um mich herum. Mein Herz raste und meine Knöchel juckten heftiger als je zuvor. Mein Gesicht glühte, es fühlte sich feucht an, und als ich mir mit der Zunge über die Lippen fuhr, schmeckte ich Salz. Hastig setzte ich mich auf und stellte fest, dass mich die Zweige einer Linde und ein großes Sprossenfenster vom Meer trennten.

Ich war nicht am Strand, sondern in meinem Zimmer in Tante Graces Haus, und die Feuchtigkeit in meinem Gesicht rührte auch nicht vom Wasser des Ärmelkanals her, sondern von meinen Tränen. Ich hatte geweint und wusste nicht, warum.

An den Traum konnte ich mich natürlich erinnern. Jede Einzelheit hatte sich so klar und deutlich in mein Gehirn eingebrannt, als wäre sie nicht irgendeine Projektion meiner Wünsche oder Ängste, sondern Realität.

Ich stand auf, füllte ein Glas mit Leitungswasser und stürzte alles auf einmal hinunter.

Die Person am Strand war ich, aber sie war blond und männlich gewesen. Der junge Mann war ein Spiegel meiner Angst, vor der ich davonlaufen wollte. So oder so ähnlich hätte ein Psychologe diesen Traum wahrscheinlich gedeutet und ich hätte mich nur zu gerne mit dieser Erklärung zufriedengegeben. Tief in meinem Innern spürte ich jedoch, dass weitaus mehr dahintersteckte. Es war ein starkes Gefühl, so unbeirrbar, dass es sich nicht verscheuchen ließ und mich hartnäckig unter die Dusche und eine Viertelstunde später die Treppe ins Erdgeschoss hinunterbegleitete. Ich hatte diesen Jungen schon einmal gesehen, und zwar in meinem Traum auf der Taxifahrt von Stansted nach Gatwick!

Die Haustür stand offen und Sonnenlicht flutete herein. Aus der Küche strömte mir Kaffeegeruch und der verlockende Duft eines frisch gebackenen Kuchens entgegen. Der kleine Tisch am Fenster war für zwei Personen gedeckt, von meiner Großtante fehlte allerdings jede Spur. Ich rief ihren Namen, sah kurz in der Wohnstube nach und klopfte sogar an ihre Schlafzimmertür. Erst dann kam mir die Idee, dass sie hinausgegangen sein könnte.

Tante Grace trug eine dunkelblaue Nackenschürze, ein Kopftuch und rote Plastikclogs. Ich fand sie mit Spitzhacke, Spaten und einem Korb voller Blumenzwiebeln bewaffnet in einer ihrer Gartenparzellen. Als sie mich erblickte, lächelte sie. »Und? Hast du gut geschlafen?«

Ich nickte. »Glaub schon.«

»Du glaubst?« Sie schüttelte den Kopf und hieb mit der Hacke auf den Boden ein.

»Na ja, ich hab geträumt«, sagte ich. »Es war ein ziemlich intensiver Traum. Ich muss ununterbrochen daran denken.«

»Hm«, machte Tante Grace. Sie stellte die Hacke zur Seite, schob sich das Kopftuch aus der Stirn und blinzelte mich an. »Du glaubst also auch daran?«

Ich hob die Augenbrauen, denn ich wusste wirklich nicht, worauf sie hinauswollte.

»Daran, dass das, was man in der ersten Nacht in einem fremden Bett träumt, wahr wird«, half sie mir auf die Sprünge und rammte den Spaten in die Erde, als wollte sie auf diese Weise den Aberglauben aus der Welt jagen.

»Ich hoffe, nicht«, sagte ich.

»Oh, dann ist es also ein Albtraum gewesen!«

Ich zuckte mit den Schultern. »Nicht direkt.«

Tante Grace stützte sich auf den Spatenstiel und musterte mich kritisch. »Du bist ein geheimnisvolles Mädchen«, sagte sie schließlich, und die Art und Weise, wie sie die Worte betonte, kam einer wissenschaftlichen Feststellung gleich.

Ich verkniff es mir, sie zu fragen, wie sie das meinte, denn nichts lag mir im Augenblick ferner, als mit ihr über mich zu reden. Wahrscheinlich war das bloße Erwähnen des Traums bereits ein Fehler gewesen. Eigentlich hatte ich doch nur ihre Frage wahrheitsgemäß beantworten wollen.

»Mam ist mit Javen Spinx befreundet gewesen«, sagte ich stattdessen. »Sie hat es mir erzählt.«

Tante Grace nickte, während sie nun damit begann, eine schmale Furt auszuheben.

»Du kennst ihn aber immer noch nicht, oder?«, bohrte ich nach.

»Doch, ich glaube, ich erinnere mich an ihn«, entgegnete sie zögernd und ohne mich dabei anzusehen. »Er war sehr jung, sehr hübsch und er hatte einen schrägen Blick und einen ziemlich merkwürdigen Gang.«

»Genau«, sagte ich. »Außerdem ist er sehr hilfsbereit.«

»Jaaa, er hat damals allen Mädchen den Kopf verdreht!«

Einen Moment stockte mir der Atem. Mein Gefühl gestern war also richtig gewesen. Tante Grace hatte tatsächlich von Anfang an gewusst, von wem die Rede war!

»Es ist sicher besser, wenn du dich nicht mit ihm triffst.«

Ich schnappte nach Luft. »Das hatte ich auch nicht vor!«

»Dann ist es ja gut.«

Meine Großtante nahm eine Handvoll Blumenzwiebeln aus dem Korb und ließ sie in einem Abstand von circa zehn Zentimetern in die Furt fallen. Dann sah sie mich an und ihr Blick war nun unendlich sanft und irgendwie auch ein bisschen traurig. »Ruby wird jeden Augenblick hier sein«, sagte sie, was überhaupt nicht zu diesem Blick passte. »Dann könnt ihr zusammen frühstücken, bevor ihr die Insel erkundet.«

Tatsächlich stand Ruby fünf Minuten später auf der Matte. Sie erzählte mir, dass meine Großtante einen ganzen »Haufen« Fahrräder im Schuppen aufbewahre, von denen ich mir auf jeden Fall das dunkelgrüne Hollandrad aussuchen müsse, weil es eins a zu ihrem Modell passe. Als Erstes würden wir zur Cobo Bay fahren, auf dem Weg durch den Ort würde sie mir zeigen, wo es welche Geschäfte gab, und am Strand würde ich anschließend sämtliche »angesagten« Leute kennenlernen.

All das sprudelte aus ihr hervor, während sie drei Marmeladentoasts und eine Schale Cornflakes in sich hineinstopfte.

»Warum isst du denn nichts?«, fragte sie plötzlich und deutete auf den Toast, der seit geraumer Zeit unangerührt auf meinem Teller lag und ununterbrochen wimmerte: »Bitte beschmier mich! Nimm die Erdbeermarmelade ... Oder nein, besser doch die Aprikosenkonfitüre ...?« Außerdem gab es da noch Pflaumenmus, Erdnussbutter und gebratenen Schinken.

»Ich weiß nicht, was«, erwiderte ich seufzend.

Ruby sah mich ungläubig an. »Oh ja!«, rief sie dann. »Das Leben kann schon echt schwierig sein. Jeden Morgen steht man vor dem gleichen Dilemma: ein Toast und fünf Beläge. Das Beste wäre natürlich, sich gleich wieder ins Bett zurückzuziehen und geduldig zu warten, bis man verhungert ist. Dabei ist die Lösung so simpel!« Sie schnappte sich meinen Teller, teilte den Toast in vier nahezu gleich große Stücke und belegte sie liebevoll mit fast allem, was der Tisch zu bieten hatte. »So, und jetzt isst du sie einfach der Reihe nach auf.«

Ich tippte mir an die Stirn. »Dass ich da nicht selbst draufgekommen bin!«, sagte ich kopfschüttelnd. »Allerdings hast du den Schinken vergessen.«

Wir sahen uns an und prusteten los. Als wir uns wieder eingekriegt hatten, begann ich, ohne groß zu überlegen, mit der Aprikosenmarmelade und äußerte so beiläufig wie möglich: »Auf meiner Abschiedsparty habe ich mit drei Jungen geknutscht.«

Rubys Augen weiteten sich. »Echt?«

»Ja, echt«, bestätigte ich kühl, um ihr zu signalisieren, dass Enthusiasmus in diesem Fall völlig fehl am Platz war.

Doch Ruby beeindruckte das offenbar überhaupt nicht. »Und?«, fragte sie. »Wie war es? Schmecken sie alle gleich?« Sie lachte und machte sofort eine abwehrende Geste. »Natürlich tun sie das nicht! Oh Mann, Elodie, ich kann dir gar nicht sagen, wie sehr ich dich beneide! Ich werde nämlich für den Rest meines Lebens darauf verzichten müssen.«

»Weshalb denn das?«, fragte ich erstaunt. Mein erster Gedanke war, dass sie aus irgendeinem absonderlichen Grund nicht küssen konnte, aber wie sich – zum Glück! – herausstellte, lag ich damit komplett falsch.

»Weil ich für den Rest meines Lebens mit Ashton zusammenbleiben werde. Und vor ihm habe ich keinen anderen geküsst«, erklärte sie mir. »Nicht weil ich nicht wollte, sondern einfach, weil es sich nicht ergeben hat.«

»Es ist also die große Liebe, oder was?«

»Die ganz große«, betonte Ruby und seufzte selig. »Wir sind jetzt seit drei Jahren zusammen, und wir freuen uns immer noch wie die Schneekönige, wenn wir uns sehen. Du wirst ihn übrigens nachher treffen«, fügte sie mit einem verlegenen Grinsen hinzu. »Und du musst mir versprechen, nicht über ihn zu lachen.«

Ich schüttelte den Kopf. »Wieso sollte ich?«

»Na jaaa«, sagte Ruby gedehnt. »Ashton ist ... ein wenig speziell.«

»Okay ...« Allmählich begann ich, mich zu fragen, ob es hier auf Guernsey überhaupt jemanden gab, der nicht auf irgendeine Weise *speziell* war.

»Also, es ist so eine Art Nervenleiden«, setzte Ruby zu einer Erklärung an. »Ach, das klingt blöd«, bremste sie sich allerdings gleich wieder aus. »Du wirst es schon sehen ...« Sie lächelte verschmitzt. »Eigentlich ist es ganz lustig.«

»Aha ... Und trotzdem darf ich nicht lachen?«

Ich spürte einen fruchtigen Erdbeergeschmack auf der Zunge und stellte verwundert fest, dass ich tatsächlich sämtliche Toaststücke verputzt hatte.

»Du darfst eben nicht so viel nachdenken«, sagte Ruby, die meine verdutzte Miene offensichtlich sofort registriert hatte. »Letztendlich ist es völlig egal, was du isst, Hauptsache, es schmeckt.« Sie sprang auf, stellte ihr Geschirr zusammen und brachte es zum Spülbecken. »Oder befürchtest du, etwas zu verpassen?«

»Nein«, sagte ich. Die Antwort kam mir spontan über die Lippen und sie war absolut ehrlich. »Ich glaube, das ist nicht der Punkt«, fügte ich hinzu. Dabei hatte ich eigentlich nicht die geringste Ahnung, weshalb ich an dieser dusseligen Entscheidungsunfähigkeit litt.

Ruby musterte mich forschend. »So? Was ist denn der Punkt?«

Ich senkte den Blick, griff nach einem Marmeladendeckel, schraubte ihn auf das zugehörige Glas und dachte nach. Vielleicht war es ein neurologischer Defekt, so ähnlich wie bei ihrem Freund Ashton, vielleicht hatte ich aber auch Angst, mich festzulegen und damit irgendwann eine Entscheidung zu treffen, die falsch und nicht mehr zu korrigieren war. Keine Ahnung, ich wusste es einfach nicht. Ich spürte nur, dass ich an dem Platz, den das Leben für mich vorgesehen hatte, noch nicht angekommen war.

Ich nahm mir das nächste Glas vor und überlegte, ob ich Ruby von meinen Träumen erzählen sollte. Doch plötzlich überfiel mich der widersinnige Gedanke, dass der junge Mann mit den leblosen Beinen Ashton gewesen sein könnte.

»Was ist los, Elodie?«, fragte Ruby. »Hat es dir die Sprache verschlagen?«

Ich sah sie an. »Nein ... Ähm, ich hab bloß an zu Hause gedacht.«

»Oh, ein Sehnsuchtsanfall! Dagegen hilft nur Ablenkung!«

Blitzschnell verstaute Ruby die Marmeladengläser im Kühlschrank. Sie wollte gerade heißes Wasser ins Spülbecken laufen lassen, da stand Tante Grace in der Tür und rief: »Um Himmels willen, Mädchen, das mach ich schon! Du bist gekommen, um meiner Großnichte die Cobo Bay zu zeigen und sie deinen Freunden vorzustellen. Elodie hat heute frei, sie kann mir ab morgen immer noch zur Hand gehen.« Sie hielt mir einen Geldschein hin und lächelte. Erst jetzt fiel mir auf, dass sich dabei ein Strahlenkranz aus Fältchen um ihre äußeren Augenwinkel bildete. »Dreißig Pfund Taschengeld die Woche. Das hab ich mit deiner Mutter vereinbart. Und nehmt euch ein bisschen Proviant mit.«

Nachdem wir Rubys Rucksack mit Mineralwasser, Äpfeln und einem großen Stück von dem duftenden Aprikosenkuchen vollgestopft hatten und ich mir das grüne Hollandrad aus dem Schuppen geholt hatte, folgte ich Ruby die schmale Küstenstraße an der Vazon Bay entlang durchs äußerst überschaubare Richmond nach Albecq, das schon ein paar mehr Häuser und auch einige kleine Hotels vorzuweisen hatte. Ich richtete den Blick stur geradeaus, aber der ausgedehnte, von bizarren rotbraunen Felsen durchsetzte Sandstrand und das türkisfarbene Meer ließen sich nicht so einfach übersehen. Wieder dachte ich an den Traum der vergangenen Nacht, und ich begann, mich zu fragen, woher ich so genau hatte wissen können, wie die Strände hier aussahen. Ich war nie zuvor auf den Kanalinseln gewesen und meine Mutter konnte mir dieses Wissen wohl kaum vererbt haben!

Natürlich hatte ich die Küstenlandschaft vom Flugzeug aus wahrgenommen, aber das war keinesfalls so detailliert gewesen, dass ich sie dermaßen exakt in einem Traum hätte verarbeiten können.

Kurz hinter Albecq stoppte Ruby plötzlich, sprang vom Rad und deutete auf ein breites Felsstück, in dessen schmalen Furchen sich die Wellen brachen. »Und? Gefällt es dir?«

»Geht so«, sagte ich, blinzelte gegen die Sonne und versuchte, das Jucken über meinen Knöcheln zu ignorieren.

»Na ja, Lübeck ist bestimmt toller.«

Ich zuckte die Achseln. »Lübeck ist anders.« Für meinen Geschmack gab es zwar auch dort zu viel Meer, allerdings ließ es sich besser meiden als hier.

Ruby sah mich ein wenig belustigt an. »Mach dir keine Sorgen«, sagte sie. »Das Wasser ist noch viel zu kalt, um darin zu schwimmen. Außerdem war vor einer Stunde Tidenhöchststand, das Meer geht also gerade zurück und kommt erst heute Abend wieder. Es wird dir nichts tun. Jedenfalls heute noch nicht.«

»Danke«, erwiderte ich. »Du bist wirklich sehr feinfühlig.«

Ruby streckte mir die Zunge heraus. »Ich weiß«, sagte sie.

»Das ist nämlich genau die Eigenschaft, die auch Ashton so sehr an mir liebt.«

Sie stieg wieder aufs Rad, wir passierten eine weitere Querstraße und steuerten kurz darauf einen Strand an, der hinter einer Befestigungsmauer lag und rechts und links von Felsen begrenzt wurde. Eine Menge Leute tummelten sich hier: Paare, die Hand in Hand am Wasser entlangschlenderten, Kinder, die im Sand buddelten und Burgen bauten, Jugendliche, die Frisbee oder Volleyball spielten, und Surfer in bunten Anzügen, die ihre Bretter klarmachten.

»Das sind lauter Verrückte«, meinte Ruby lachend. »Allen voran Cyril.«

Ich sah sie verständnislos an.

»Es ist weitaus ungefährlicher, bei auflandendem Wasser zu surfen«, erklärte sie mir. »Nirgendwo auf der Welt gibt es ein solches Tidengefälle wie hier. Der Sog der Ebbe zieht dich mit aller Macht hinaus.«

Ha! Ich wusste schon, warum ich keine Gewässer mochte!

»Und dieser Cyril?«, fragte ich. »Ist der heute auch da?«

Ruby bockte ihr Rad direkt unterhalb der Befestigungsmauer im Sand auf und ich platzierte meins kurzerhand daneben. »Cyril ist fast immer da«, sagte sie. »Das Meer ist nämlich seine große Leidenschaft.«

Also kein Typ für mich, durchzuckte es mich, und ich spürte, wie mir die Hitze ins Gesicht schoss. Was für ein idiotischer Gedanke! Ich war doch nicht nach Guernsey gekommen, um mir einen Typen an Land zu ziehen! Daheim in Lübeck hatte ich diesbezüglich ja wohl weiß Gott genug Durcheinander angerichtet.

»Und Ashton?«, fragte ich.

»Da kommt er gerade«, sagte Ruby und grinste. »Stürmisch wie immer.«

Ich folgte ihrem Blick und bemerkte einen schlaksigen, hoch aufgeschossenen Jungen, der wild mit dem linken Arm rudernd auf uns zugerannt kam. Er stoppte unmittelbar vor Ruby, warf ihr den Arm um den Hals und küsste sie inbrünstig. Verlegen wandte ich mich ab und sah zu den Surfern hinüber. Einer von ihnen stand bereits bis zu den Knien im Wasser. Sein Segel lag flach auf der Meeresoberfläche und das Brett schwappte unter sanftem Wellengang auf und ab. Fünf weitere Typen warteten noch am Strand. Drei diskutierten mit weit ausholenden Gesten miteinander, einer schälte sich gerade aus seinem Anzug und der fünfte stand einfach so da und sah mich an. Sein kurzes pechschwarzes Haar glitzerte im Sonnenlicht. Er musste also gerade erst aus dem Wasser gekommen sein.

»Das ist Cyril«, raunte Ruby in mein Ohr. »Der schönste Mann unter der Sonne. Aber mach dir keine Hoffnungen, der ist gegen weibliche Reize total immun.«

»Zum Glück«, sagte Ashton. »Sonst wärst du unter Garantie längst mit ihm durchgebrannt.«

»Klar«, sagte Ruby und küsste ihn auf die Wange. »Das ist übrigens Elodie«, stellte sie mich vor.

»Dacht ich mir schon ... Knackarsch!«

Ashton grinste. Er hatte verstrubbeltes dunkelbraunes Haar und ebenso dunkle Knopfaugen. Mit der runden Nase und den hochgebogenen Mundwinkeln erinnerte er mich trotz seines schmalen Körpers irgendwie an einen übergroßen Teddybären. Jedenfalls passte es überhaupt nicht zu ihm, so etwas zu sagen, zumal er mich ja noch nicht einmal kannte.

»Er meint es nicht so«, beeilte Ruby sich, mir zu erklären.

»Außerdem ist es meine Schuld. Ich hätte ihm nicht von deiner ... ähm ... Ähnlichkeit mit Aimee erzählen sollen.«

Trotzdem!

»Tut mir leid ... Arschloch!«, brach es aus Ashton hervor. Offensichtlich versuchte er, mit den Schultern zu zucken, doch stattdessen zog er eine Grimasse und ruderte so wild mit seinem Arm, dass er mir fast eine Ohrfeige verpasste.

Erschrocken wich ich zurück.

Ruby kicherte. »Man nennt ihn auch AA. Das steht für Ashton Alienarm oder Ashton Arschgeige.«

Ich verstand überhaupt nichts und hatte das Gefühl, dass die beiden mich hochnehmen wollten.

»Tourette«, sagte Ashton.

»Hä?« Ich schüttelte den Kopf.

»Tut mir echt leid«, entschuldigte er sich noch einmal.

Ruby seufzte. »Eigentlich ist er ein feiner Kerl. Solange er nicht haut.«

»Tourette«, wiederholte Ashton und endlich fiel bei mir der Groschen.

»Oh, du meinst dieses komische Syndrom, bei dem man merkwürdige Zuckungen hat, stottert und Schimpfwörter ausstößt.«

»Genau ... Arschloch!« Ashtons Alienarm boxte mich in den Bauch. »V-Volltreffer!«, freute er sich.

»Ihr habt übrigens etwas gemeinsam«, meinte Ruby und zwinkerte mir verschwörerisch zu. »Ashton kann nämlich auch nicht schwimmen.«

Klar, dachte ich, eigentlich logisch. Und im Gegensatz zu mir würde er es wahrscheinlich auch nie richtig lernen können.

Ashton und ich sahen uns an, grinsten und zuckten ein bisschen mit allen möglichen Köperteilen. Jetzt, da ich wusste, was mit ihm los war, war er mir unheimlich sympathisch. Ich stellte es mir schwierig vor, mit einer solchen Behinderung zu leben, und bewunderte ihn dafür, dass er so locker damit umging.

»Sollen wir mal zu den anderen rüber?«, schlug Ruby vor und deutete auf eine Gruppe junger Leute, die bei der Felsgruppe auf der gegenüberliegenden Seite des Strandes zusammenstanden.

Ashton nickte. »Herrscht allerdings ziemlich dicke Luft.«

Ruby hob die Augenbrauen. »Aber nicht wegen der Sache auf Sark?«

Wieder nickte Ashton. »Genau deswegen. Lauren hat sich von Tyler getrennt.«

»Nein! Wann?« Ruby war völlig außer sich. »Die spinnt doch! Das kann sie nicht tun!« Sie zeigte auf den Surfer, der inzwischen mutterseelenallein in der Bucht trieb, das Segel mal in diese, mal in jene Richtung warf und sich dabei immer weiter vom Strand entfernte. »Ist er etwa deshalb alleine los?«

Ashtons linker Arm ruderte. »Arschloch!«, sagte er.

»Da hast du ausnahmsweise einmal recht«, erwiderte Ruby. »Und es gilt sogar für alle beide. Für Lauren und für Tyler. Oh Mann, dieser Idiot!« Sie hob die Hände fluchend zum Himmel. »Cyril muss ihn sofort zurückholen.« Sie umfasste mein Handgelenk und zog mich mit sich fort. »Los, Leute, kommt mit!«

Ich war derartig verdattert, dass mir keine Zeit blieb, mich dagegen zu sträuben, und so rannte ich wie eine Marionette neben ihr und Ashton her zu den fünf Typen mit ihren Surfbrettern hinüber.

»Hey!«, brüllte Ruby. »Was macht ihr? Das könnt ihr doch nicht zulassen!« Sie stürzte direkt auf Cyril zu, packte ihn an den Oberarmen und rüttelte ihn hin und her. »Tyler bringt sich noch um.«

»Quatsch«, brummte ein langer bulliger Typ mit wilden roten Locken, die einen interessanten Gegensatz zu seinem schmalen kantigen Gesicht bildeten. »Tyler will Lauren bloß einen Schrecken einjagen.«

»Das wird ihm nicht gelingen«, sagte Cyril, der sich inzwischen mit einer souveränen, aber nicht unfreundlichen Geste aus Rubys Griff befreit hatte und nun mich ansah. »Hallo, du musst Elodie sein.«

»Äh …«, sagte ich. »Ja …« Noch nie hatte ich so nah bei einem dermaßen gut aussehenden Jungen gestanden. Ich musste mich geradezu zwingen, ihm ins Gesicht zu sehen, und konnte nur hoffen, dass er nicht merkte, wie beeindruckt ich von ihm war. »Woher kennst du meinen Namen?«

Cyril strahlte mich an. Seine dunklen, fast schwarzen Augen glänzten. – Irrte ich mich oder war es tatsächlich vor Freude? »Auf einer kleinen Insel spricht sich so etwas schnell herum«, sagte er und entblößte eine Reihe kräftiger, nicht ganz gerade gewachsener schneeweißer Zähne. »Willkommen auf Guernsey, Elodie Saller aus Lübeck. Du wirst eine Zierde für diese kleine Insel sein.«

»Wir haben keine Zeit für Schmeicheleien«, blaffte Ruby ihn an. »Es gibt jetzt wirklich Wichtigeres zu tun. Ich kenne Tyler besser als du, und ich habe echt Schiss, dass er …«

»Ich habe nie behauptet, dass ich Tyler besonders gut einschätzen kann«, fiel Cyril ihr ins Wort. Der Glanz und das Lächeln waren aus seinem Gesicht verschwunden. »Ich habe lediglich gesagt, dass er mit dieser waghalsigen Aktion bei Lauren nicht punkten kann.«

»Ach ja?« Ruby kniff die Augen zusammen. »Ich frage mich wirklich, woher du das so genau wissen willst.«

Cyril sah sie nur an. Es war kein arroganter Blick, wie man vielleicht meinen könnte, sondern eher einer, der ausdrückte, dass er aus irgendeinem unerfindlichen Grund mehr wusste als alle anderen. »Okay«, sagte er schließlich. »Ich hole Tyler da raus ... Unter einer Bedingung.«

»Arschloch!«, kam es von Ashton, und es war Ruby anzusehen, wie sehr sie ihm auch diesmal beipflichtete. »Und die wäre?«, zischte sie zwischen zusammengepressten Zähnen hervor.

Cyril richtete seinen Blick wieder auf mich. »Darf ich dich für morgen Abend zum Essen einladen?«

»Nein!« Ruby schüttelte energisch den Kopf. »Das ist ja wohl Erpressung.«

Cyril stieß geräuschvoll Luft durch seine Nase, die mich von ihrer schwungvollen Eleganz her ein wenig an einen Manta erinnerte und seinem Aussehen einen Hauch von Exotik verlieh. »Ich hätte sie sowieso gefragt.« Wieder sah er mich an und ein kaum wahrnehmbares Lächeln umspielte seine Mundwinkel. »Es wäre mir eine Ehre ... und ein Vergnügen.«

Mein Herz polterte los. Garantiert würde ich jeden Moment knallrot anlaufen. Doch ehe ich den Blick abwenden konnte, hatte *er* es bereits getan. Er hatte meine Verlegenheit bereits gespürt, bevor sie offensichtlich geworden war. – Was für ein unglaublicher Typ!

Wie benommen registrierte ich, dass er auf sein Brett zulief und es ins Wasser zurückzog. Obwohl der Wind nur mäßig blies, hatte er den Mast und das Segel so schnell gehoben, als ob er zeit seines Lebens nichts anderes getan hätte.

»D-du regst dich v-viel zu schnell auf, Sackgesicht«, hörte ich Ashton stottern. »C-Cyril hätte T-Tyler schon nicht a-absaufen lassen. E-er wäre auch von sich aus n-noch mal losgefahren, w-wenn es nötig gewesen wäre.«

»Es *war* nötig«, erwiderte Ruby harsch. »Und jetzt kommt, ich will mit Lauren reden.«

Ashton verdrehte die Augen. »D-das ist ihr übertriebenes Fürsorgegefühl«, raunte er mir zu, während wir Ruby folgten, die mit energischen Schritten über den Strand eilte. »L-lass d-dich bloß nicht zu sehr vereinnahmen. S-sie wird dir nämlich in alles reinreden. Ü-übrigens nicht, w-weil sie meint ... Arschloch! ... e-es besser zu wissen, sondern b-bloß, weil sie will, d-dass es dir gut geht.«

Schon klar! Als Erstes würde sie wahrscheinlich versuchen, mich aus Cyrils Fängen zu retten. Dafür war es allerdings zu spät, denn ich hatte meine Entscheidung bereits getroffen, und sie war mir erstaunlich leicht gefallen. Ich konnte seine Einladung nicht ablehnen, das war ganz und gar unmöglich, auch wenn ich jetzt schon ahnte, dass ich morgen Abend vor lauter Nervosität keinen Ton herauskriegen würde. Kneifen war jedoch erst recht nicht drin, das hätte ich mir nie verziehen.

Auch Lauren schien sich ihrer Sache absolut sicher zu sein. Jedenfalls schmetterte sie Rubys Einwände der Reihe nach rigoros ab und beendete die Diskussion mit: »Halt endlich die Klappe, *Mummy*, das ist ganz allein *meine* Entscheidung und basta.«

Die anderen drei Mädchen, die noch dabeistanden, warfen einander vielsagende Blicke zu und grinsten in sich hinein. Mich schienen sie noch gar nicht wahrgenommen zu haben, und so hatte ich Zeit, sie etwas genauer zu betrachten.

Lauren war eindeutig die Hübscheste von ihnen. Ich zumindest fand sie wunderschön. Ihr Körper war perfekt, die Proportionen stimmten absolut, man hätte glatt meinen können, dass sie auf dem Reißbrett entstanden sei. Und auch in ihrem ovalen Gesicht konnte ich nicht einen einzigen Makel erkennen. Laurens Haut war hell, ebenmäßig und zart, ihre Augen groß und blau, die Nase fein, die Lippen sinnlich geschwungen, da wunderte es mich kaum noch, dass ihre langen hellblonden Haare glänzten wie in einer Werbung für Haarshampoo. Beachtenswerterweise wirkte Lauren dabei kein bisschen eingebildet. Okay, sie schien sich ihrer Attraktivität durchaus bewusst zu sein, aber sie setzte sich nicht in Szene, sondern war einfach rundum natürlich – ein typisches Sonnenkind eben, das mit allem gesegnet ist, was das Leben zu bieten hat.

Aimee sah mir tatsächlich ziemlich ähnlich. Natürlich hatte sie ein völlig anderes Gesicht als ich und ihre Augen waren braun und nicht blau, so wie meine. Außerdem schien sie mir ein paar Zentimeter kleiner zu sein, unser Körperbau war aber wirklich nahezu identisch, und Aimee hatte ebenfalls schulterlange dunkelbraune Locken wie ich. Sogar was die Kleidung betraf, hatten wir offenbar einen ähnlichen Geschmack, denn genau wie ich trug sie Jeans, Sneakers und eine Cabanjacke, unter der ein buntes Shirt mit verspielter Spitzenkante hervorblitzte.

Am sympathischsten waren mir neben Ruby jedoch die etwas flippige Joelle, die ständig von einem Bein aufs andere wibbelte, eine äußerst lebendige Mimik hatte und sogar mit den Ohren wackeln konnte, und die kleine pummelige Olivia mit ihrer bronzefarbenen Haut und der warmen melodiösen Stimme.

Das Thema, das die Mädchen beschäftigte, fand ich im Übrigen hochinteressant. Wenn ich es recht verstand, hatte Lauren ihre Beziehung zu Tyler nämlich nicht beendet, weil sie nicht mehr miteinander auskamen, Probleme beim Sex hatten oder es sonst irgendwelchen Ärger gab. Im Gegenteil, die beiden mussten das absolute Traumpaar gewesen sein.

»Es geht eben nicht mehr, okay?«, versuchte Joelle Ruby zu erklären, als diese immer weiter auf Lauren einredete. »Und es bringt doch auch für Tyler nichts, wenn sie ihn nicht länger in ihrer Nähe haben mag.«

Aimee nickte. »Er wird darüber hinwegkommen. Früher oder später.«

»Ja, aber ich kapier's einfach nicht!« Ruby brüllte nun fast und schlug sich dabei die Handballen gegen die Stirn. »Versteht ihr, es will einfach nicht in meinen verdammten Schädel rein.«

»Vielleicht klappt es, wenn du ihn ordentlich weich kloppst«, meinte Olivia trocken.

Ruby ließ die Hände sinken und stöhnte. Aimee legte den Arm um sie und drückte sie sanft. »Komm doch einfach mal mit. Du und ...«, sie richtete ihren Blick überraschend auf mich, »deine neue Freundin.«

»Genau.« Joelle nickte eifrig. »Es sind zwar nur vier, aber das heißt noch lange nicht, dass irgendjemand leer ausgehen muss«, fügte sie augenzwinkernd hinzu.

»Hey, ich bin mit Ashton zusammen!«, rief Ruby. »Ich liebe ihn und werde mir ganz sicher nicht von irgendeinem dahergelaufenen Schönling den Kopf verdrehen lassen.«

Olivia zuckte mit den Schultern. »Ganz wie du meinst. Dann wirst du eben nie erfahren, wie magisch diese Kerle sind.«

Allmählich fand ich es an der Zeit, mich zu Wort zu melden.

»Von was für *Kerlen* redet ihr eigentlich? Und wieso sind sie *magisch?*«

Lauren sah mich an und presste mahnend die Lippen aufeinander. Im nächsten Moment traten die vier Jungen von eben zu uns, die bei ihren Surfbrettern geblieben waren.

»Ähm, ja …« Joelle räusperte sich. »Also, das sind Isaac, Finley, Jerome und Mike«, stellte sie mir alle der Reihe nach vor. »Und das ist … Elodie?«

Ich nickte.

»Schöner Name«, sagte Finley und strich eine lange blonde Strähne, die sich aus seinem Nackenzopf gelöst hatte, hinter sein Ohr. Dann wandte er sich an Olivia. »Was ist? Fahren wir nachher noch nach Port?«

Mir wurde schnell klar, dass er damit eigentlich uns alle gemeint hatte, ihm jedoch besonders viel daran lag, dass Olivia mitkam. Aber die schüttelte den Kopf. »Wir haben schon was anderes vor«, sagte sie und grinste verlegen.

Der drahtige Isaac runzelte die Stirn. »Ach ja?« Unschlüssig blickte er von einer zur anderen. »Wieder nur ihr Mädels?«

Aimee nickte. »Jep.«

Ich bemerkte, wie Finley die Augenbrauen zusammenschob und sich der Kehlkopf des bulligen rothaarigen Mike nervös auf und ab bewegte. Niemand sagte etwas. Es war eine seltsam beklemmende Stimmung, die sich nun über unsere Gruppe legte. Ich konnte das Ganze nicht einordnen und fühlte mich plötzlich völlig fehl am Platz.

Jerome schob die Unterlippe vor und scharrte mit seinen langen schmalen Füßen im Sand. Er war sehr hübsch, fast ein bisschen mädchenhaft, mit dunkelblonden Locken, langen Wimpern und weichen, ebenen Gesichtszügen. Schließlich wandte er den Blick über die Schulter und schaute zum Meer. »Oh, da sind sie ja schon«, sagte er.

Ein Aufatmen ging durch die Gruppe, aber nicht etwa, weil Cyril Tyler offensichtlich heil zurückgebracht hatte, sondern weil die unangenehme Stille unterbrochen wurde.

»Ich glaube, Tyler wäre gern noch ein bisschen draußen geblieben«, meinte Joelle. »Er sieht jedenfalls alles andere als begeistert aus.«

»Das dürfte Cyril ziemlich egal sein«, erwiderte Ruby. »Und das ist auch gut so.«

»Denkst *du*«, sagte Isaac.

Ruby fühlte sich offenbar provoziert. »Was dagegen?«, fuhr sie ihn an.

Isaac hob beschwichtigend die Hände. »Ganz und gar nicht«, entgegnete er. »Ich fürchte nur, dass es nicht viel Sinn hat. Cyril muss heute zum Nachmittagsdienst bei George. Wenn er rechtzeitig auf Sark sein will, bleibt ihm nichts anderes übrig, als die Fähre in anderthalb Stunden zu nehmen. Und spätestens dann kann Tyler wieder tun und lassen, was er will.«

»Jaaa, aber nur, weil ihr nicht auf ihn aufpasst!«, knurrte Ruby. »Verdammt, was seid ihr bloß für beschissene Freunde!«

Ich war mittlerweile ein paar Schritte zurückgewichen und hatte mich auf einem großen unebenen Stein niedergelassen. Er war nicht besonders bequem, aber ich konnte einfach nicht mehr stehen. Ich hatte mich auf einen schönen Tag mit Ruby gefreut, jetzt war meine Stimmung dahin. Außerdem fühlte ich mich ziemlich erschöpft. Die Partynacht, die aufregende Reise und der unruhige Schlaf in der letzten Nacht forderten wohl allmählich ihren Tribut.

Ich unterdrückte ein Gähnen und ließ meinen Blick noch

einmal über die fünf Jungen gleiten. Es war vielleicht verrückt, aber irgendwie hatte ich damit gerechnet, dass einer von Rubys Freunden dem Jungen aus meinen Träumen glich. Doch keiner von ihnen sah ihm im Entferntesten ähnlich – auch Tyler nicht, der anders als Cyril nicht zu uns herübergekommen war, sondern sich ein wenig abseits an seinem Surfbrett zu schaffen machte.

Mit seinen hellen Haaren und der athletischen Figur passte er rein optisch wirklich super zu Lauren.

»Alles okay?«, fragte Cyril.

Ich nickte und vermied es, ihn anzuschauen.

»Darf ich mich zu dir setzen?«

Wieder fing mein Herz an zu klopfen. Ich versuchte, etwas ruhiger zu atmen und möglichst entspannt zu wirken. Immerhin hatte ich vor, morgen einen ganzen Abend mit ihm allein zu überstehen, da konnte eine kleine spontane und unverfängliche Konversation eine hervorragende Übung sein. Abermals nickte ich, und plötzlich hatte ich Angst, dass er es sich inzwischen anders überlegt haben könnte.

»Du siehst aber nicht so aus, als ob alles okay wäre.« Cyril ließ sich neben mir im Sand nieder, winkelte die Beine an und stützte die Ellenbogen auf seine Knie.

»Mir ist das Meer nicht geheuer«, sagte ich. Es konnte nicht verkehrt sein, wenn ich von Anfang an ehrlich zu ihm war.

»Tatsächlich?« Cyril schüttelte den Kopf und dann lachte er. Es war ein schönes Lachen, eines, das aus dem Herzen kam und in dem nicht die Spur von Belustigung oder gar Spott mitschwang.

Ich sah ihn an, zuckte die Achseln und lächelte ebenfalls. Eigentlich hätte ich erwartet, dass er wissen wollte, was mich dann ausgerechnet auf eine Insel verschlagen hatte, aber er fragte nur: »Bleibt es bei morgen Abend?«

»Klar«, krächzte ich. »Sehr gern.«

Seine dunklen Augen musterten mich forschend.

»Findest du den Weg nach Port?«, fragte er, und wieder passte er den Moment, in dem ich unruhig zu werden drohte, exakt ab, indem er seinen Blick abwandte und zu den anderen hinübersah.

»Meine Großtante hat bestimmt eine Karte«, sagte ich und atmete die aufflammende Hitze, die sich über mein Gesicht legen wollte, erfolgreich weg.

»Ich kann dich auch abholen«, bot er an. »Wenn du mir verrätst, wo du wohnst.«

»Das wäre mir fast lieber«, gab ich zu. »Du musst nämlich wissen ... Ich bin ziemlich chaotisch, und es könnte passieren, dass ich mich total verfahre und ...«

»Kein Thema«, unterbrach er mich sanft.

»Ich wohne in Richmond«, sagte ich. »Tante Graces Grundstück liegt direkt an der Perelle Bay.«

»Gracie's Bed and Breakfast?«

Ich nickte.

»Gut«, sagte Cyril. »Wenn es dir recht ist, bin ich um sechs bei dir.«

Oh Gott, es war mir verdammt recht!

Sillys Orakel

»Gib's zu, er gefällt dir«, sagte Ruby, als wir eine halbe Stunde später zu unseren Fahrrädern zurückgingen.

»Klar gefalle ich ihr«, meinte Ashton. Er versuchte, mir zuzuzwinkern, doch sein Gesicht verzerrte sich zu einer Grimasse.

»Und wie«, sagte ich und boxte ihn grinsend in die Seite.

Ruby warf zuerst ihm einen strafenden und dann mir einen finsteren Seitenblick zu. »Du solltest dich lieber nicht mit ihm treffen.«

»Warum nicht?«, fragte ich verwundert.

»Er ist mir nicht ... na ja, geheuer ist vielleicht nicht ganz das richtige Wort ...«, erwiderte sie schulterzuckend. »Dafür kenne ich ihn eigentlich schon zu lange. Der Punkt ist einfach, dass er anders ist als wir.«

Ashton nickte. »So wie ich.«

Ruby funkelte ihn an. »Nein, nicht so wie du!«

»Aimee und Lauren haben damals trotzdem wie blöd auf dich eingeredet, dass es besser wäre, nicht mit mir zusammen zu sein«, wandte er ein, und plötzlich lag ein Ausdruck auf seinem Gesicht, der mich erahnen ließ, dass seine Behinderung ihm sehr viel mehr zu schaffen machte, als es zunächst den Anschein gehabt hatte.

»Halt! Stopp!«, sagte ich und hob energisch die Hand. »Ich habe nicht vor, mit Cyril *zusammen zu sein.*«

»Natürlich hast du das nicht«, entgegnete Ruby kopfschüttelnd. »Zumindest würde ich an deinem Verstand zweifeln, wenn es so wäre. Schließlich hast du bisher kaum ein Wort mit ihm gewechselt. Was mich viel mehr irritiert, ist Cyrils Verhalten«, fuhr sie fort, und es klang ein wenig so, als ob sie eher mit sich selbst redete als mit mir. »Er hat noch nie ein Mädchen zu irgendetwas eingeladen. Schon gar nicht so überstürzt.«

»Das kannst du nicht wissen«, brummte Ashton. »Oder hängst du so viel mit ihm rum?«

Ruby schnaufte leise, antwortete ihm aber nicht, sondern wandte sich wieder mir zu. »Cyril arbeitet auf Sark«, erläuterte sie mir. »Er hilft dem guten alten George und macht in seinem Auftrag Bootstouren für Touristen ... kurvt mit ihnen um die Insel und zeigt ihnen die vielen Höhlen, die es dort in der Felsküste gibt.«

»Klingt doch gar nicht so uninteressant«, sagte ich. »Ich meine, für mich wär das natürlich nichts, aber für jemanden, der Wasser, Höhlen und Felsen und all das mag ...«

»Das meine ich nicht«, unterbrach Ruby mich harsch.

Ich runzelte die Stirn. »Sondern?«

»Er kennt sich dort aus. Möglicherweise hat er etwas mit diesen mysteriösen Typen zu tun ...«

Diesmal ließ *ich* Ruby nicht ausreden.

»Was ist an denen eigentlich so *mysteriös?*«, fragte ich und hoffte, dass ich, anders als eben am Strand, nun eine Antwort darauf bekommen würde.

»Na ja, dass niemand weiß, wer sie sind«, meinte Ruby zögernd. »Außer Lauren, Joelle, Aimee und Olivia natürlich.

Denen haben diese Typen quasi über Nacht so sehr den Kopf verdreht, dass sie nicht einmal mehr einen Meter geradeaus denken können.«

»Das glaube ich nicht«, widersprach Ashton, der ein wenig gedankenverloren wirkte.

»Was?«, schnaubte Ruby. »Dass die Mädels nicht mehr klar denken können?«

Ashton rollte mit den Augen und auf einmal war er wieder voll da. »Ich rede von Cyril«, sagte er wild fuchtelnd. »Schon möglich, dass er weiß, wer die Typen sind, das heißt aber noch lange nicht, dass er auch mit ihnen unter einer Decke steckt ... v-verführungstechnisch, m-meine ich ... Sackgesicht!«

»Na dann«, sagte ich grinsend, »kann ich mich ja gefahrlos mit ihm treffen.«

»Elodie, das ist nicht lustig.« Ruby umklammerte die Griffe ihres Fahrradlenkers so fest, dass ihre Fingerknöchel weiß unter ihrer ohnehin sehr hellen Haut hervortraten. »Man sollte Cyril niemals unterschätzen.«

»Ich würde deinen Rat ja wirklich gerne beherzigen«, entgegnete ich. »Ich verstehe nur nicht, was du gegen Cyril hast. Er scheint doch ganz in Ordnung zu sein ...« Außerdem hatte ich keine Lust, mir die Verabredung mit ihm vermiesen zu lassen.

»Nee ... Arschloch!«, sagte Ashton, zuckte mit dem Kopf nach rechts und nach links und legte mir etwas ungelenk seinen Arm um die Schultern.

Ruby seufzte und stapfte mit ihrem Fahrrad durch den Sand in Richtung Straße. »Ich sag doch, er gefällt dir«, stieß sie missbilligend hervor. »Wahrscheinlich bist du bereits verloren.«

»Also, so einen ...« ... *Stuss habe ich ja noch nie gehört*, wäre mir beinahe herausgerutscht, was Ruby mir garantiert ziemlich übel genommen hätte. Noch kannte ich sie zwar kaum, trotzdem hatte ich nicht den geringsten Zweifel daran, dass sie es gut mit mir meinte.

Ashton und ich warfen uns einen kurzen Blick zu und beeilten uns, ihr zu folgen.

»Und *ich* muss es mal wieder ausbaden«, sagte er mit einem schiefen Lächeln, als wir den Küstenweg erreichten und Ruby längst auf ihr Rad gestiegen und losgebraust war.

»Du kannst auch bei mir auf dem Gepäckträger mitfahren«, bot ich ihm an.

Ashton hob abwehrend die Hände. »B-besser nicht«, stotterte er. »Ruby ist meinen Zuckungen gewachsen, a-aber du ... Arschficker ... I-ich möchte nicht, dass du dich meinetwegen auf die N-nase legst. A-abgesehen d-davon würde es den Stress auch bloß n-noch vergrößern.«

»Den Stress, den du jetzt mit Ruby hast?«, hakte ich nach. »Wegen Cyril?«

»Nein, deinetwegen«, korrigierte Ashton mich. »Sie fühlt sich für dich verantwortlich.« Wieder versuchte er ein Lächeln, aber diesmal rutschte es ihm komplett aus dem Gesicht. »Sie ist eben so«, fügte er entschuldigend hinzu.

»Okay. Und wie kommst du jetzt nach Hause?«, fragte ich.

»Genauso wie ich vorhin hierhergekommen bin«, sagte Ashton. »Mit dem Bus Nummer sieben.« Er deutete in Richtung Vazon Bay. »Und jetzt sieh zu, dass du Land gewinnst. R-Ruby wartet garantiert schon irgendwo auf dich.«

Tatsächlich hatte Ruby ihr Rad knapp drei Kilometer weiter am Rand eines Parkplatzes abgestellt. Sie stand mit dem Rücken zur Straße und schaute aufs Meer.

Ich trat in die Bremse und wollte gerade abspringen, da drehte sie sich um und rief mir zu: »Ich geb dir noch 'ne Cola aus! Und Fish'n Chips, wenn du magst.«

Ich habe keinen Hunger, lag es mir auf der Zunge zu antworten, aber das wäre gelogen gewesen. Die frische klare Frühlingsluft hatte mir ein Loch in den Magen gebohrt. Wahrscheinlich hätte ich jetzt sogar ein halbes Schwein verdrücken können.

»Okay«, willigte ich also ein und ließ mein Rad auf die Imbissbude am Ende des Parkplatzes zurollen, wo bereits eine ganze Menge, hauptsächlich motorisierte Zweiräder standen.

»Lass dich vom äußeren Eindruck nicht täuschen«, meinte Ruby, als sie mich eingeholt hatte. »Das Vazon Bay Café ist legendär.«

»Aha?« Ich sah zuerst sie und dann das flache rechteckige Gebäude an. Auf den ersten Blick erschloss sich mir wirklich nicht, was an dieser simplen Imbissbude so besonders sein sollte.

»Man hat hier eine tolle Aussicht, die nicht nur normale Leute anzieht, sondern auch Promis«, sagte Ruby, während sie unsere Räder zusammenschloss. »Meistens sind das Musiker, die auf ihren Bikes um die Insel düsen. Rock, Metal und so ...« Sie zuckte mit den Schultern. »Der Betreiber des Cafés ist jedenfalls ziemlich stolz drauf, wie du gleich unschwer erkennen wirst.«

Wir zwängten uns zwischen den von Bikern bevölkerten Holztischen hindurch auf den Eingang zu, der mit einer weißen Markise überdacht war. Die Vorderfront des Cafés bestand zum größten Teil aus weiß gerahmten Fenstern und Coca-Cola-Werbetafeln. Ich folgte Ruby nach links zu einem Verkaufstresen, hinter dem ein Mädchen mit kurzen schwarzen Haaren und wachen dunklen Augen stand und gerade eine fünfköpfige Familie mit Lollis, Limo und Schokoriegeln versorgte.

Ich ließ meinen Blick über die Einrichtung gleiten, und sofort wurde mir klar, was Ruby mit legendär gemeint hatte. Die Wände waren nämlich geradezu mit Postern und gold- und silberfarbenen Schallplatten in Glasrahmen bepflastert, und egal, wohin ich sah, überall begegnete mir der Bandname *Pink Floyd*.

»Na, die sind aber mehr als bloß einmal hier gewesen«, platzte ich heraus.

»Schon möglich«, meinte Ruby und zwinkerte mir zu.

»Wird das jetzt ein Ratequiz?«

»Nein«, sagte sie lachend. »Keine Panik, das wird es nicht. Die Sache ist nur so: Vielleicht ist der Betreiber einfach bloß ein Riesenfan …« Sie hörte auf zu lachen und machte eine theatralische Geste. »Vielleicht ist das alles aber auch das große Guernsey-Geheimnis.«

Ich schnaubte leise durch die Nase. »Anscheinend nicht das einzige.«

»Wenn du weiter über Cyril reden willst …«, sagte Ruby und hob erwartungsvoll ihre Augenbrauen.

Ich schüttelte den Kopf. »Nicht unbedingt.«

»Ich aber«, entgegnete sie in einem Ton, der mich an Tante Grace erinnerte und der keinen Widerspruch zuließ.

Und weil ich ein kluges Mädchen war – und zugegebenermaßen durchaus auch ein wenig neugierig –, hielt ich geflissentlich die Klappe und wartete geduldig, bis Ruby unsere

Bestellung aufgegeben und die dunkelhaarige Bedienung zwei Portionen panierten Fisch mit Fritten und leuchtend grünen Erbsen und zwei Flaschen Cola auf den Tresen gestellt hatte.

»Möchtest du draußen essen oder lieber dort?«, fragte Ruby und deutete auf den Nebenraum, der nicht viel größer war als das Ladenlokal inklusive Imbissküche.

Einfache, beige furnierte Tische und Stühle, die farblich perfekt zu den Erbsen auf unseren Tellern passten, waren fest im Boden verankert, und auch hier hatte der Betreiber die Wände bis zur Decke mit gerahmten Amateurfotos vollgehängt, die zum Teil schon ziemlich ausgeblichen waren. Und darauf waren auch keine Rocklegenden zu bewundern, sondern Surfer, die auf riesigen Wellen ritten, die weitläufigen Strände der Westküste und die zahlreichen Forts, die mitsamt ihren Befestigungsmauern die Küsten säumten.

Die meisten Tische waren unbesetzt, außerdem fehlte der Blick aufs Meer, was ich als äußerst wohltuend empfand, und deshalb entschied ich mich ganz spontan für drinnen.

»Eine gute Wahl«, fand auch Ruby und steuerte auf einen der hinteren Tische am Fenster zu. Sie stellte ihren Teller und die Cola ab und ließ sich auf einen Stuhl fallen. »Hier können wir wenigstens in Ruhe reden.«

Ich setzte mich ihr gegenüber, trank einen Schluck und fragte: »Machst du dir eigentlich gar keine Gedanken wegen Ashton?«

Ruby krauste die Stirn. »Nein. Wieso?«

»Na ja, du hast ihn schließlich einfach stehen gelassen.«

Sie schnitt ein Stück von dem panierten Fisch ab und schob es sich in den Mund. Eine richtige Antwort bekam ich nicht. Aber gut, genau genommen hatte ich Ruby ja auch keine Frage gestellt, und zudem schien sie es nicht sonderlich zu mögen, wenn man sich in ihre Angelegenheiten einmischte. Umso mehr interessierte sie sich allerdings für meine.

»Ich halte es wirklich für möglich, dass Cyril etwas mit diesen Sark-Typen zu tun hat«, wechselte sie das Thema, nachdem sie eine Weile nachdenklich auf ihrem Fischstück herumgekaut und es schließlich runtergeschluckt hatte.

»Na und?«, entgegnete ich. »Was wäre denn so schlimm daran? *Ich* habe keinen Freund, dem er mich ausspannen könnte.«

Rubys Hand klatschte neben mir auf die Tischplatte. »Hab ich es nicht gewusst?«

Ich lachte erschrocken auf. »Was?«

»Es hat dich tatsächlich erwischt.«

Ich atmete tief durch und sah sie offen an. »Und wenn es so wäre?«

Ruby erwiderte meinen Blick mit fest zusammengepressten Lippen.

»Cyril ist ein Einzelgänger«, sagte sie schließlich. »Er macht immer nur das, was er für richtig hält. Verstehst du, er hat Tyler vorhin aus nur einem einzigen Grund zurückgeholt, nämlich weil es wirklich gefährlich war ... und nicht, weil ich ihn darum gebeten habe.«

»Warum hast du es dann überhaupt getan?«, hakte ich nach. »Ich meine, wenn er sowieso nicht auf dich hört ...«

»Weil ich sonst durchgedreht wäre«, sagte sie schlicht.

»Okay«, überlegte ich. »Vielleicht hat Cyril Tyler in Wahrheit ja *darum* gerettet: weil er befürchtete, dass du dich womöglich selber ins Wasser stürzt, wenn er es nicht tut.«

»Quatsch.«

»Du hättest es also nicht?«

»Was?«

»Na, dich ins Wasser gestürzt!«

Ruby zeigte mir einen Vogel. »Ohne Brett und Neoprenanzug?« Sie schüttelte energisch den Kopf. »Außerdem … selbst wenn ich mit diesem Gedanken gespielt *hätte*, wie hätte Cyril das ahnen sollen?«

Tja, vielleicht hatte er's gespürt, auf die gleiche Weise, wie er auch meine Verlegenheit wahrgenommen hatte – was in der Tat ein sehr spezieller Moment gewesen war, der mir sogar jetzt im Nachhinein noch einen warmen Schauer über die Haut jagte.

Zum Glück schien Ruby von mir aber keine Antwort auf ihre Frage zu erwarten, denn sie begann nun, wieder auf mich einzureden.

»Sag ihm ab«, bettelte sie geradezu. »Tu's einfach.«

Ich fischte eine Pommes aus meiner Schale und seufzte leise.

»Wieso lässt du es mich nicht selbst herausfinden?«

»Weil ich weiß, dass ich recht habe«, brummte Ruby. »Klar, Cyril kann sehr freundlich sein, wenn er will. Aber genau das ist der Punkt. Er macht niemals etwas einfach bloß so. Es hat immer einen Grund.«

Ich zuckte die Achseln. »Was ist daran so verkehrt?«

Einen Moment lang wirkte Ruby irritiert. »Na jaaa«, meinte sie dann, »er würde niemals jemandem einfach so einen Gefallen tun.«

»Tja, dann hat mein Anblick ihn offenbar komplett umgehauen«, witzelte ich.

»Oh Mann!«, stöhnte Ruby und schlug sich nun mit beiden Handballen zugleich gegen die Stirn. »Mann! Mann! Mann! Du willst es wohl nicht kapieren, was? Cyril ist ein totaler Sonderling. Er ist nicht nur anders … er ist seltsam … kühl irgendwie. So als ob er keine Seele hätte … oder besser ausgedrückt: kein Herz.«

»Das ist Unsinn, Ruby«, entgegnete ich. »Jeder hat ein Herz.«

»Das stimmt nicht«, widersprach sie mir. »Es gibt Leute, die nichts empfinden, die einfach nicht mit anderen mitfühlen können. Sie entwickeln keine Empathie.«

»Und deiner Ansicht nach ist Cyril so jemand? Eine Art Autist?«, fragte ich zweifelnd.

Ruby schien für eine Sekunde der Atem zu stocken. »Ja, verdammt!«, stieß sie hervor und schlug sich noch ein letztes Mal gegen die Stirn. »Dass ich da noch nicht draufgekommen bin. Asperger! Natürlich, Cyril könnte durchaus ein Asperger-Autist sein.«

Ist er nicht, dachte ich. Wir hatten nämlich einen Aspi in der Parallelklasse – Lennard – und der tat sich echt schwer damit, Gefühlsregungen aus unseren Gesichtern abzulesen. Aber genau das hatte Cyril bei mir getan.

»Eigentlich müsstest du mich dafür loben, dass ich gerade so entscheidungsfreudig bin«, sagte ich, da merkte ich, dass Ruby mir gar nicht richtig zuhörte, sondern lächelnd zum Eingang hinüberschaute.

»Hi, Cecily!«, rief sie und winkte wild mit dem Arm. »Was ist los? Willst du dich nicht zu uns setzen? Ich würde dir nämlich gern meine neue Freundin Elodie vorstellen.«

In der Erwartung, ein weiteres Mädchen aus Rubys Freundeskreis kennenzulernen, drehte ich mich um und stellte überrascht fest, dass eine ältere Frau im Durchgang stand. Sie war mindestens einen Kopf kleiner als ich und von hagerer, ja fast schon ausgemergelter Gestalt. Das schmuddelige lilafarbene

Blumenkleid und die ausgefranste Strickjacke hingen unförmig an ihr herab. Im krassen Gegensatz dazu trug sie ihr ungewöhnlich kräftiges graublondes Haar sauber zu einem dicken Zopf geflochten über der rechten Schulter. Noch auffälliger als ihre Haare waren allerdings ihre Augen. Groß und blau und hypnotisierend wie tiefgründige Bergseen hatte sie sie auf mich gerichtet.

Ich spürte eine leichte Übelkeit unterhalb des Zwerchfells und den Anflug eines Juckgefühls an meinen Knöcheln. Am liebsten hätte ich weggesehen, doch die Alte hielt mich mit ihrem Blick gefangen.

»Unheil bringst du«, zischte sie leise. Es war kaum zu hören, und trotzdem verstand ich jedes einzelne Wort so genau, als ob man es mir direkt ins Ohr geschrien hätte. »Großes Unheil über die Inseln. Tod und Schrecken ...«

Cecily taumelte zurück. Sie warf ihren Kopf in den Nacken und verdrehte die Augen so weit nach oben, dass die eisblaue Iris unter ihren Lidern verschwand und nur noch das glänzende und von feinen roten Äderchen durchzogene Weiß zu sehen war. Dann wirbelte sie plötzlich herum und stürzte aus dem Café, als ob der Teufel höchstpersönlich hinter ihr her wäre.

»Du darfst das nicht so ernst nehmen«, redete Ruby auf mich ein, während sie neben mir her radelte, als wäre sie die Besessene und nicht diese verrückte Alte aus dem Vazon Bay Café. »Hör zu, Elodie, das ist alles Stuss. Silly ist nicht ganz dicht. Sie quatscht andauernd solches Zeug. Ständig sieht sie irgendwelches Unheil kommen. Das ist nichts Ungewöhnliches und ganz sicher hat es nichts, aber auch ABSOLUT gar nichts mit dir zu tun.«

Ich hörte ihre Worte. Sie vermischten sich in meinem Kopf mit denen der alten Cecily und blockierten meine Gedanken. Meine Füße traten mit aller Kraft in die Pedalen; Häuser, Wiesen, Sandbuchten und Uferbalustraden rauschten an mir vorbei. Ich hörte meinen keuchenden Atem, aber irgendwie spürte ich meinen Körper nicht wirklich. Beinahe war es so, als würde er sich auflösen.

Erst als ich den Kies der Auffahrt zu Tante Graces Grundstück unter den Reifen knirschen hörte, kam ich wieder zu mir. Ich machte eine Vollbremsung und sprang vom Rad. »Du hast recht«, stieß ich hervor. »Ich sollte Cyril nicht treffen. Wahrscheinlich sollte ich gar nicht hier sein.«

»Nein!« Ruby ließ den Lenker los und ihr Fahrrad rasselte zu Boden. »Nein, Elodie!« Sie packte mich an den Schultern und schüttelte mich. »Meinetwegen fahr mit ihm nach Port. Geh mit ihm aus und überzeuge dich selbst davon, dass er anders ist. Es tut mir leid, dass ich versucht habe, dich von etwas abzuhalten, das im Grunde ganz allein deine Sache ist.«

»Es geht doch gar nicht um dich«, sagte ich. »Oder um Cyril. Diese Cecily oder Silly, wie ihr sie nennt, hat mich wahnsinnig erschreckt.«

»Das verstehe ich ja, Elodie«, erwiderte Ruby aufgebracht. »Aber das ist doch noch lange kein Grund, irgendetwas zu überstürzen.«

»Was ist denn mit euch los?«, hallte die Stimme meiner Großtante zu uns herüber. »Warum um Himmels willen veranstaltet ihr bloß einen solchen Höllenlärm?«

Ich zuckte zusammen und Ruby ließ ihre Hände von meinen Schultern gleiten. »Entschuldigen Sie bitte, Misses Shindles, ich habe gar nicht gemerkt, dass ich so laut geworden bin!«, rief sie zurück und bückte sich hastig, um ihr Fahrrad aufzuheben.

Tante Grace musste gerade erst aus dem Haus getreten sein. Sie schloss den Gürtel ihrer Jacke und kam nun langsam auf uns zu. »Ihr kennt euch doch erst einen Tag«, tadelte sie kopfschüttelnd. »Dass ihr da gleich schon streiten müsst.«

»Wir haben uns nicht gestritten«, gab ich zurück. »Wir sind nur ... also, ich war ...«, versuchte ich zu einer Erklärung anzusetzen, doch mein Gehirn war offensichtlich noch immer nicht in der Lage, meine wild durcheinanderschwirrenden Gedanken einzufangen und in einem sinnvollen Satz miteinander zu verbinden.

»Wir haben Silly getroffen«, kam Ruby mir zu Hilfe. »Sie hat Elodie angestarrt und irgendeinen Mist von Tod und Unglück gefaselt. Und jetzt denkt Elodie, dass sie ...«

»... nicht hier sein sollte.« Meine Großtante nickte. »Verstehe.«

Im nächsten Moment spürte ich ihre warme Hand zwischen meinen Schulterblättern. »Es ist wahr, dass Cecily Windom über gewisse seherische Fähigkeiten verfügt. Sie hat ein Gespür für Katastrophen. Heftige Stürme, Flutwellen, Schiffsunglücke ... Es ließen sich eine ganze Reihe solcher Ereignisse aufzählen, die sie vorausgesagt hat. Es sind hier im Kanal aber auch mindestens ebenso viele schreckliche Dinge passiert, die sie nicht gesehen hat. Außerdem ist Cecily nicht in der Lage, genaue Abläufe, geschweige denn irgendwelche Zusammenhänge zu erkennen«, fuhr Tante Grace in ruhigem, klarem

Tonfall fort, während sie ihren Arm sanft um meine Schultern legte und mich mitsamt dem Fahrrad aufs Haus zuschob. »Mag sein, dass gerade wieder etwas in der Luft liegt. Cecily spürt die Bedrohung, aber sie kann dieses Gefühl nicht kanalisieren. Da sieht sie dich – eine Fremde – und schon projiziert sie das Ganze auf dich.«

»Sie hat recht«, meldete Ruby sich zu Wort, »besser hätte ich es auch nicht erklären können.«

Meine Großtante blieb stehen und drehte sich zu ihr um.

»Ich nehme an, du bist damit einverstanden, dass wir Elodie für den Rest des Tages ein wenig Ruhe gönnen«, sagte sie mit einem kleinen, aber nicht zu missdeutenden Lächeln auf den Lippen. »Die Vorhänge für deine Mutter sind übrigens schon fast fertig. Morgen kannst du sie mitnehmen.«

»Oh ... ja ... gut.« Ruby lächelte ebenfalls, allerdings weitaus weniger souverän als Tante Grace. »Ich bin ohnehin noch mit Ashton verabredet. Und wegen der Vorhänge komme ich dann so gegen Mittag ...«

»Nachmittag«, korrigierte meine Großtante. »In Ordnung?«

»Ja, ja, natürlich«, sagte Ruby hastig. »Mum wird sich freuen.«

»Sicher.« Tante Grace nickte. »Und wie immer einen herzlichen Gruß.«

»Richte ich aus«, versprach Ruby und sah dann zu mir. »Bye, Elodie.«

»Tschüs, bis morgen.«

Ich winkte ihr nach und wartete noch einen Moment, bis ihr honigblonder Schopf hinter dem Wall, der das Nachbargrundstück zur Straße hin abschirmte, verschwunden war.

Tante Grace hatte Reis mit Gemüse gekocht. Dazu brutzelte eine Lammkeule im Ofen. Der warme würzige Duft durchzog die kleine Küche und das Wohnzimmer und beruhigte mich fast noch mehr als das, was meine Großtante zuvor über Cecily Windoms Begabung gesagt hatte.

Ich ließ mich in die unzähligen Kissen auf dem kleinen gemütlichen Sofa sinken und schloss die Augen. Mit einem Mal war ich heilfroh, dass Tante Grace Ruby so gekonnt abgewimmelt hatte. Die Begegnungen mit ihr, ihren Freunden und Ashton, vor allem aber mit Cyril und Cecily, waren so intensiv gewesen, dass sie getrost für eine ganze Woche gereicht hätten, und ich konnte in der Tat eine kleine Verschnaufpause gebrauchen, um das alles erst mal sacken zu lassen.

Meine Großtante hantierte in der Küche und ließ mich in Ruhe. Ich dachte an Mam und Sina und an all das Vertraute daheim in Lübeck. Fast kam es mir so vor, als ob ich bereits eine Ewigkeit nicht mehr dort gewesen wäre, dabei war ich gerade mal einen Tag hier.

Eine bleierne Müdigkeit umfing mich, und ich glitt in einen kurzen oberflächlichen Schlaf, aus dem Tante Grace mich eine halbe Stunde später wieder weckte.

»Ich hoffe, du hast Hunger«, sagte sie, während sie in ihrer stets geschäftigen Art vor mir her durch den Flur in die Küche ging.

»Und wie«, erwiderte ich. »Wir haben den Kuchen gar nicht gegessen«, fügte ich schuldbewusst hinzu und bekam gleich ein noch schlechteres Gewissen, als ich an die Portion Fish'n Chips im Vazon Bay Café dachte, die ich ebenfalls kaum angerührt hatte.

»Ach, den schaffen Ruby und ihre Mutter schon allein«,

meinte Tante Grace abwinkend. »Ein bisschen Trost kann das Mädel ja jetzt auch gebrauchen. Bestimmt macht sie sich schreckliche Vorwürfe.«

»Wieso?«, fragte ich verwundert. »Sie kann doch gar nichts dafür.«

»Das nicht«, bestätigte meine Großtante. »Aber Ruby fühlt sich nun einmal gern für Dinge verantwortlich, über die sie sich eigentlich keine Gedanken machen müsste. Das ist zuweilen ein wenig anstrengend, ehrt sie aber auch.« Sie bedeutete mir, mich zu setzen, zog zwei dicke Kochhandschuhe über und hievte die Terrine mit der Lammkeule aus dem Backofen auf den Tisch.

»Hmm!« Ich fächelte mit beiden Händen ein wenig von dem köstlichen Bratenduft zu mir herüber und sog ihn genüsslich in meine Nase. »So etwas Gutes habe ich schon lange nicht mehr bekommen.«

»Rafaela kocht nicht gerade regelmäßig, hab ich recht?«, bemerkte Tante Grace, fixierte die Keule mit einer großen Gabel und trennte ein beachtliches Stück für mich ab.

»Na ja, irgendwas gibt es eigentlich immer«, entgegnete ich. Tatsächlich hatte Mam sich noch nie mit großem Enthusiasmus am Herd zu schaffen gemacht und das war auch nach Pas Tod nicht anders geworden. Meine Mutter war eben ein ausgemachter Sandwich-Freak. Niemand kreierte so üppig und fantasievoll belegte Brote wie sie – in dieser Disziplin war sie einfach unschlagbar.

»Ich würde auch niemals behaupten, dass sie dich vernachlässigt hat«, sagte Tante Grace milde, nachdem sie sich ebenfalls ein Stück aus der Keule geschnitten und ich uns beiden von dem Gemüsereis aufgetan hatte. Sie breitete eine große weiße Serviette über ihren Schoß und lächelte mich offen an. »Na, dann mal guten Appetit, meine Süße.«

An diesem Abend ging ich schon um halb neun ins Bett. Ich antwortete noch kurz auf eine SMS von Sina, ignorierte allerdings die fünf, die ich von Frederik bekommen hatte, und löschte sie allesamt ungeöffnet. Nach all dem, was heute passiert war, fühlte ich mich einfach nicht in der Lage, mich auch noch mit ihm auseinanderzusetzen.

Meinen Laptop schaltete ich gar nicht mehr ein, ich hatte einfach keine Lust auf Skypen oder Chatten. Stattdessen verkroch ich mich unter der Decke auf meiner Palmeninsel, löschte das Licht und vermied es, zum Fenster zu sehen.

Tante Grace hatte mir erzählt, dass sie sich nun bald um das Herrichten der Gästezimmer kümmern müsse, hier und da wäre noch eine Kleinigkeit zu reparieren und eine Wand müsse neu gestrichen werden. Feste Reservierungen hätte sie zwar erst im Sommer, aber ab Mitte April könne man mit den ersten Tagestouristen rechnen, die den Bed-&-Breakfast-Service in Anspruch nähmen. Die Idee, selbst dort einzuziehen, konnte ich also vergessen, und somit hatte es sich auch erübrigt, meine Großtante überhaupt darauf anzusprechen.

Danach hatten wir uns noch eine ganze Weile über Ruby unterhalten, und in dem Zusammenhang hatte sie mir von deren zwei Jahre jüngerem Bruder Miles erzählt, der im Kindergartenalter beinahe auf dem schmalen Übergang nach Lihou Island ertrunken war. Meistens war die winzige vorgelagerte Insel durch das Meer vom Festland getrennt, und wegen der starken

Tide blieben einem selten mehr als zwei Stunden am Tag, um trockenen Fußes zum Kloster zu gelangen. Natürlich hatten die Welliams es Ruby streng verboten, allein dort hinüberzugehen. Aber dieser Ort übte wohl eine ganz besondere Faszination auf sie aus, und deshalb hatte sie kaum eine Gelegenheit ausgelassen, Lihou Island zu besuchen.

»Ihr war von Anfang an klar gewesen, dass sie Miles niemals hätte mitnehmen dürfen«, hatte meine Großtante seufzend berichtet. »Und daran trägt sie bis heute.«

Miles war ihr damals unbemerkt entwischt, in den Felsen herumgeklettert und ins Wasser gestürzt. Hätte das nicht zufällig ein französischer Tourist beobachtet und Rubys Bruder sofort herausgefischt, wäre es wahrscheinlich um ihn geschehen gewesen.

»Versprich mir, dass du ihr gegenüber nicht davon anfängst«, hatte Tante Grace mich gebeten und dabei ihren Blick gesenkt. »Der kleine Miles hat diesen Unfall leider nicht unbeschadet überstanden. Er lebt jetzt schon seit vielen Jahren in einem Heim, das an eine neurologische Klinik angeschlossen ist.«

Logisch, dass es mich wahnsinnig interessiert hätte zu erfahren, ob Cecily Windom dieses Unglück ebenfalls vorausgesehen hatte, aber die Frage hatte ich mir dann doch verkniffen. Die Geschichte um Ruby und ihren Bruder legte sich wie ein Schatten auf mein Herz. Nach allem, was ich an diesem Tag erlebt hatte, hätte ich sie eigentlich nicht unbedingt noch hören müssen. Aber es hatte sich nun einmal so ergeben, dass Tante Grace es mir erzählte, und am Ende war ihr anzusehen gewesen, dass sie sich dafür am liebsten in den Hintern gebissen hätte.

»Ist schon okay«, hatte ich ihr versichert. »Es ist doch gut, dass ich es weiß. So verstehe ich Rubys Verhalten und ihre Reaktionen viel besser.«

Ja, und jetzt lag ich da, mit Cecily Windoms irrem Blick vor Augen, sah Schiffe im Meer versinken und das angstverzerrte Gesicht eines kleinen Jungen, der verzweifelt gegen das Wasser ankämpfte, das in seine Lungen zu dringen drohte. Ich hörte die panischen Rufe in Seenot geratener Matrosen, den Donnerschlag über dem Kanal tobender Gewitterstürme und immer wieder Sillys grausige Worte: *Unheil bringst du ... Unheil bringst du ... Unheil bringst du ...*

Ein zufriedenes Lächeln umspielte Kyans Mundwinkel, als er sich umdrehte und sein Gesicht dem untergehenden Mond zuwandte. Die schmale Sichel war gerade im Begriff, hinter einer Baumgruppe abzutauchen.

Bald würde der Morgen heranbrechen – höchste Zeit also, dass er sich auf den Rückweg machte. Liam, Zak und Elliot warteten sicher schon unten am Strand auf ihn. Kyan bezweifelte allerdings, dass einem von ihnen etwas auch nur annähernd Vergleichbares widerfahren war wie ihm.

Für einen Moment schloss er die Augen und holte die Erinnerung an das lustvolle Erlebnis dieser Nacht zurück. Schon spürte er das Pulsieren in seinen Lenden aufs Neue, und noch immer wunderte er sich darüber, dass dieses Mädchen sich ihm so schnell und so bedingungslos hingegeben hatte. Dort, wo er zu Hause war, war so etwas unvorstellbar.

Noch ein wenig breiter lächelnd, schüttelte Kyan den Kopf, dann rannte er los, quer über die Weide auf das Wäldchen rechts der Derri-

ble Bay zu, kletterte den Kamin hinunter und traf seine Freunde auf einer Klippe hockend an.

Liam sprang auf. »Wo bist du gewesen?«, fuhr er seinen Anführer an.

»Bei dem Mädchen natürlich.« Kyan streckte seine Hand aus und strich Liam mit dem Zeigefinger über die nackte Brust. »Sie war einfach unglaublich. Ich habe noch nie ...« Er brach ab und grinste.

Zak und Elliot sahen sich an und stießen einen Schwall Luft aus.

»Idiot!« Liam schlug Kyans Hand weg. »Weißt du eigentlich, dass die Mädchen die halbe Insel nach ihr absuchen?«, knurrte er.

»Sie werden sie schon finden«, murmelte Kyan.

Er drückte die Zunge gegen seinen Gaumen und genoss noch ein letztes Mal den süßen Geschmack der köstlichen Lippen, die seinen Mund liebkost hatten.

Eigentlich schade, dass er dieses Mädchen nun nie mehr wiedersehen würde.

Tod auf Sark

Das Meer war von einem solch intensiven Grün, dass ich zunächst dachte, ich befände mich auf einer Wiese. Ich musste wie um mein Leben gerannt sein, denn ich war völlig außer Atem, meine Lungen schmerzten und in meinem Hals empfand ich einen quälenden Druck. Ich riss den Mund weit auf, um Luft zu holen, spürte, wie das Wasser in mich hineinströmte, und wartete auf den Hustenreflex – doch er kam nicht. Ich lief weiter, oder besser gesagt, ich strampelte, und dann tauchte urplötzlich – wie aus dem Nichts – dieses Gesicht vor mir auf: große, ein wenig schräg geschnittene türkisfarbene Augen, dunkle, klar abgegrenzte Brauen, eine kräftige, leicht gerundete Nase, die wundervollsten Lippen, die ich je gesehen hatte, und halblanges lockiges blondes Haar, das den markanten männlichen Zügen etwas Sanftes, ja beinahe Verletzliches verlieh.

So unvermittelt wie das Gesicht erschienen war, verschwand es auch wieder, und mit einem Schlag fühlte ich mich entsetzlich allein – so als wäre ich in einer Gegend ausgesetzt worden, die mir absolut fremd war und in der Menschen lebten, die weder meine Sprache sprachen noch mit meiner Mimik oder Gestik etwas anzufangen wussten.

»Cyril!«, schrie ich. »Cyriiil! … Bitte lass mich nicht allein! … Cyriiil! … Bitte!«

Ich strampelte wie verrückt, um von der Stelle zu kommen und dieses Gesicht wiederzufinden, und mit einem Mal lag ich mitten im Sonnenlicht und Tante Grace lächelte mich an.

»Wer ist Cyril?«, fragte sie, während sie ein Tablett mit goldgelb geröstetem Toast, Rührei und köstlich duftender heißer Schokolade neben mir auf dem Bett platzierte.

»Was?« Verwirrt setzte ich mich auf und blickte mich um. Es dauerte einen Moment, bis ich die Zusammenhänge begriff.

»Du hast ziemlich lange geschlafen«, sagte Tante Grace. »Und du hast geträumt.« Sie deutete auf meine Bettdecke, die zusammengeknüllt am Fußende lag. »Ziemlich wild geträumt, würde ich meinen.«

»Ja, ähm …« Ich strich mir die Haare aus dem Gesicht und sah sie unsicher an. »Aber nicht von Cyril.« – Oder doch? Es kam schließlich oft genug vor, dass vertraute Menschen einem im Traum mit fremden Gesichtern begegneten.

Meine Großtante fuhr mir flüchtig mit den Fingerspitzen über die Stirn. »Und wer ist dieser Cyril nun?«

»Du kennst ihn nicht?«

Tante Grace setzte sich zu mir auf die Bettkante und schüttelte den Kopf. »Nicht dass ich wüsste.«

»Er ist ein Junge aus Rubys Clique«, sagte ich. »Ich glaube, er wohnt auf Sark.«

»Oh.« Meine Großtante nickte. »Na ja, offenbar hat er dich beeindruckt, sonst hättest du wohl kaum gleich in der ersten Nacht von ihm geträumt.«

»Es ist nicht die erste …«, murmelte ich.

Weder die erste Nacht noch der erste Traum. Und wenn ich

das Nickerchen auf der Taxifahrt von Stansted nach Gatwick mitzählte, war es bereits der dritte. Aber das hätte bedeutet, dass ich – oder mein Unterbewusstsein – geahnt hatte, dass ich Cyril treffen würde. Ein seltsamer Gedanke, der mir einen feinen kühlen Schauer über den Rücken jagte.

»Die erste Nacht, nachdem du ihn kennengelernt hast«, korrigierte meine Großtante sich.

»Ja. Er hat mich … übrigens … für heute Abend zum Essen … oder so … eingeladen«, hörte ich mich sagen, dabei hatte ich eigentlich vorgehabt, erst einmal ausführlich mit Sina darüber zu beraten.

»Oh«, wiederholte Tante Grace. »Und?«, wollte sie wissen. »Hast du angenommen?«

»Na ja …« Ich zuckte mit den Schultern und senkte verlegen den Kopf. »Ich glaube, schon.«

»Oh … oh …«, sagte sie. »Das erinnert mich an etwas.«

Ich sah sie erstaunt an. »Ach ja? Und an was?«

»Das, mein Engel, verrate ich dir lieber nicht«, meinte Tante Grace lächelnd, während sie sich langsam wieder erhob. »Und jetzt frühstücke erst einmal, und dann sieh zu, dass du nach draußen kommst«, setzte sie mit einem munteren Augenzwinkern hinzu, bevor sie das Zimmer verließ. »Wenn du magst, kannst du mir nachher ein wenig im Garten helfen. Das Wetter ist nämlich wirklich ganz wunderbar, geradezu ideal!«

Tante Grace hatte mächtig untertrieben. Das Wetter war nicht einfach nur wunderbar, es war sensationell. So weit man blicken konnte, zeigte sich kein Wölkchen am Himmel, und die

Sonne hatte jetzt, um halb elf am Vormittag, bereits eine solche Kraft, dass ich nicht einmal meine Jeansjacke brauchte.

»An der frischen Luft zu arbeiten, in der Erde zu buddeln und den Pflanzen beim Wachsen zuzusehen, ist das beste Mittel, um seine Gedanken zu ordnen und Klarheit über seine Gefühle zu bekommen«, begrüßte sie mich, als ich ihre Gartenanlage betrat.

»Mit meinen Gefühlen ist alles in Ordnung«, entgegnete ich.

Tante Grace warf mir einen Blick zu, der unschwer erkennen ließ, dass sie vollkommen anderer Ansicht war. Sie trug das Outfit vom Vortag und über ihre quietschroten Plastikclogs musste ich unwillkürlich grinsen.

»Was ist denn so lustig?«, erkundigte sie sich natürlich sofort.

»Ach nichts«, sagte ich. »Musst du nicht noch die Vorhänge für Rubys Mutter fertig nähen?«, schob ich hastig hinterher, damit sie nicht womöglich noch auf einer Erklärung für meine plötzliche Heiterkeit bestand.

»Alles längst erledigt«, erwiderte sie und nahm mich erneut ins Visier. »Ich bin nicht so eine Langschläferin wie du.«

»Soll das ein Vorwurf sein?«

»Nein, nur ein zarter Hinweis darauf, dass du nicht alles mit dir allein ausmachen musst. Manchmal hilft es einem nicht weiter, wenn man stundenlang im Bett liegt und grübelt, darüber nicht einschla…«

»Aber das tu ich doch gar nicht!«, fuhr ich dazwischen, Tante Grace wischte diesen Einwand jedoch mit einer einzigen energischen Geste fort.

»Du kannst selbstverständlich über alles mit mir reden.«

»Danke«, presste ich hervor. Ich wusste weder, was sie meinte, noch ob ich überhaupt mit ihr reden wollte. »Das ist echt nett von dir.«

Meine Großtante schüttelte missbilligend den Kopf. »Es ist nicht nötig, dass du dich so förmlich ausdrückst«, entgegnete sie. »Wir wissen schließlich beide, aus welchem Grund du hier bist. Du hast jetzt zwei Nächte hintereinander intensiv geträumt. Ich schätze, das ist ein klares Zeichen dafür, dass es in dir angefangen hat zu arbeiten. Dazu diese unselige Geschichte mit Cecily Windom und ...«, sie ließ den Blick über ein Beet voll undefinierbarem Gestrüpp gleiten und stieß einen leisen Seufzer aus, »dann habe *ich* dich zu allem Überfluss auch noch mit Rubys Familienschicksal konfrontiert.«

»Ja, ausgerechnet. Wo du mir doch für den Rest des Tages allen *trouble* vom Hals halten wolltest«, sagte ich grinsend.

»Magst du mir trotzdem ein bisschen zur Hand gehen?«, erwiderte sie und hielt mir eine Hacke hin.

»Okay ... Und was soll ich damit machen? Vielleicht dieses hässliche Unkraut dort ausreißen?«

»Untersteh dich!«, rief Tante Grace entsetzt. »Dieser Sommerflieder ist mein ganzer Stolz.«

»Sommerflieder ... aha«, neckte ich sie. »Na, kein Wunder, dass der um die Zeit noch nach nichts aussieht!«

Bis zum Mittag arbeiteten wir still vor uns hin. Meine Großtante beschnitt Büsche und Bäume und ich lockerte die Erde rund um ihren geliebten Sommerflieder und in den Gemüsebeeten auf. Ich dachte an Pa, an den bevorstehenden Abend mit Cyril und die drei verrückten Träume, die ich seit meiner

Landung auf britischem Boden gehabt hatte und in denen allesamt das Meer und ein wunderschöner, zuweilen aber offenbar gehbehinderter junger Mann vorgekommen waren.

»Ist doch ganz logisch«, hörte ich Sinas analytische Stimme tief in meinem Innern sagen. »Diese Behinderung symbolisiert deine Angst vor dem Wasser. Und weil du dich durch deine Entscheidung, eine Weile auf diesem Fliegenschiss von einer Insel zu leben, freiwillig ständig dieser Angst aussetzt, versucht dein Unterbewusstsein, sich diese eigentlich total unerträgliche Situation schönzureden, indem es einen hübschen Typen kreiert und dir damit vorgaukelt, dass das Meer im Grunde geheimnisvoll und sexy ist.«

»Vielen Dank, Sina«, murmelte ich. »Auf diese Erklärung hätte ich eigentlich auch selber kommen können.«

»Tja, und was diese Silly betrifft ...«, fuhr meine Freundin unbeeindruckt fort, »die kann man doch gar nicht ernst nehmen. Ich verstehe echt nicht, warum dich das gestern so fertiggemacht hat! Stell dir doch nur mal vor ... Wir zwei im *World Coffee* und dann kommt so eine durchgeknallte Alte herein und macht dich an, von wegen du würdest Unheil und Tod bringen ... Wir hätten uns doch kaputtgelacht über die.«

Ich schlug mit der Hacke auf einen harten Erdklumpen ein und kicherte leise vor mich hin. »Ach Mensch, Sina«, wisperte ich. »Du fehlst mir so. Jetzt schon!«

»Führst du Selbstgespräche oder stehst du gerade in tiefgründigem Austausch mit dem Erdreich?«, riss Tante Grace mich ins Hier und Jetzt zurück.

»Ähm ... so ähnlich«, antwortete ich lächelnd.

»Fein.« Meine Großtante kniff mich zärtlich in die Wange. »Du siehst auch schon viel besser aus als heute Morgen.«

Kein Wunder, es ging mir ja auch besser. Die frische klare Luft, die Sonne und das Bearbeiten des teilweise recht störrischen Bodens hatten mir tatsächlich gutgetan.

»Vielleicht möchtest du dich noch ein bisschen frisch machen, bevor Ruby kommt«, sagte Tante Grace und nahm mir die Hacke aus der Hand. »Und ich bereite uns derweil einen kleinen Imbiss.«

Ruby ließ recht lange auf sich warten. Der *Imbiss*, den Tante Grace gezaubert hatte und der aus einer Quiche und einem grünen Salat bestand, war schon fast verdaut, und ich rechnete eigentlich gar nicht mehr damit, dass ich meine neue Freundin heute noch zu Gesicht bekommen würde, da stand sie plötzlich in der Tür.

Ich merkte sofort, dass etwas passiert sein musste, denn Ruby war selbst für ihre Verhältnisse ungewöhnlich blass, und noch dazu sahen ihre Augen ziemlich verweint aus.

»Es ist doch nichts mit Ashton, oder?« Im ersten Moment schien mir das am naheliegendsten zu sein.

Ruby schüttelte den Kopf. »Ist deine Tante daheim?«, fragte sie, während sie sich an mir vorbeizwängte und sich in Richtung Wohnstube bewegte.

»Ja, klar ist sie da.« Ich dachte an den gestrigen Tag und an Cecily Windom und sofort zog sich mein Magen schmerzvoll zusammen.

Mit zitternden Fingern schloss ich die Tür und folgte Ruby langsam ins Wohnzimmer, wo meine Großtante die Vorhänge bereits gut verpackt bereitgelegt hatte.

»Um Himmels willen, Kind, was ist los?«, hörte ich sie rufen. Einen Lidschlag später lag Ruby schluchzend in ihren Armen.

»E-es ist etwas Sch-schreckliches p-passiert«, stammelte sie. »Die Po-Polizei h-hat ...« Es folgte ein ganzer Schwall in Tränen erstickter und vollkommen unverständlicher Worte, ehe sie ihren Bericht schließlich mit »... nicht nach H-Hause gekommen« beendete.

Ich sank den beiden gegenüber in einen Sessel und starrte Ruby an, die in einer völlig absurden Haltung an Tante Graces Körper gedrückt auf dem Sofa hing und hemmungslos weiter in deren Halsbeuge schluchzte.

Die Angst ließ sich nun nicht mehr fernhalten. Wie ein Schlagbohrer drang sie vom Magen aus unter mein Brustbein und brachte mein Herz zum Rasen. Wenn ich nicht auf der Stelle erfuhr, was geschehen war, würde ich durchdrehen, und zugleich hätte ich mir am liebsten die Hände auf die Ohren gepresst und wäre davongelaufen. Gefangen zwischen diesen vollkommen gegensätzlichen Empfindungen, blieb ich wie mit dem Sessel verwachsen sitzen. Ich krallte meine Fingernägel in die Armlehnen und hatte das Gefühl, dass ich mit meinem Gezittere nicht nur mich selbst, sondern das ganze Wohnzimmer zum Vibrieren brachte.

Die Einzige, die zumindest äußerlich ruhig blieb, war Tante Grace.

Sanft wiegte sie Ruby hin und her und strich ihr über den Rücken. »Schsch. Ist ja gut, Kind, ist ja schon gut. Ich bin bei dir, ich halte dich ... Ich halte dich schon.«

Eigentlich hätte man in einer solchen Situation kaum etwas Idiotischeres sagen können, trotzdem wirkten die Worte meiner Großtante Wunder. Ruby ließ sich von ihr beruhigen wie ein kleines Kind, das sich das Knie aufgeschlagen hatte und im Klang der Stimme und in der Körperwärme seiner Mutter Trost fand.

Ruby hörte auf zu weinen. Sie löste sich aus Tante Graces Umarmung und wischte sich mit dem Handrücken die Tränen aus dem Gesicht. Zögernd richtete sie ihren Blick auf mich und atmete einmal tief durch, bevor sie zu reden begann.

»Du hast gestern ja mitbekommen, dass Olivia, Joelle, Aimee und ... Lauren die letzte Nacht wieder gemeinsam auf Sark verbringen wollten ...«

»Die ganze Nacht?«, fragte ich, denn ich war natürlich davon ausgegangen, dass die Mädchen noch am selben Abend wieder zurückkehren würden.

»Ja, also ... das ist gar nicht anders möglich«, erklärte Tante Grace. »Es gibt nur eine schmale Fahrrinne zwischen den unzähligen Riffs und die führt keinesfalls wie an einer Schnur gezogen geradeaus ... Man muss sich schon sehr gut auskennen, wenn man keinen Schiffbruch erleiden will, und deshalb setzt die Fähre auch nur während des Tages über.«

Ruby rutschte unruhig auf dem Sofa hin und her und starrte auf ihre Hände, die sie in ihrem Schoß zusammengelegt hatte und nun in nervösem Rhythmus ineinander verhakte und wieder löste.

»Normalerweise kehren sie gleich am nächsten Morgen mit der Acht-Uhr-Fähre heim«, brachte sie stockend hervor. »Heute sind jedoch nur Joelle, Aimee und Olivia zurückgekommen. Lauren wollte die Schule schwänzen und erst am Nachmittag folgen.«

Ich schluckte schwer. »Aber das ist sie nicht?«

Ruby schüttelte den Kopf. »Nein.« Ihre Lippen fingen an zu

zittern, bevor sie mit rauer Stimme weitersprach: »Sie haben ein totes Mädchen gefunden. Oberhalb der Derrible Bay.«

Es war noch nicht offiziell bestätigt, dass es sich bei dem Mädchen tatsächlich um Lauren handelte, aber alles deutete darauf hin. Auf Sark selbst wurde niemand vermisst. Die Tote war circa zwanzig Jahre alt, schlank, blond und sehr hübsch. Ruby wusste nicht, was genau mit ihr passiert war, und sie hatte auch nicht sagen können, wohin die Polizei die Leiche gebracht hatte. Seit dem Zweiten Weltkrieg waren auf den Kanalinseln kaum mehr als zwei oder drei Morde begangen worden, eine Pathologie gab es auf Guernsey daher nicht.

Während ich mir das alles anhörte, jagte mir das Blut wie ein rasend schneller Strom durch den Körper und meine Gedanken kreisten nur noch um Cecily Windom. Hatte sie den Tod des Mädchens – Laurens Tod – vorausgesehen? Gab sie mir die Schuld daran? Wäre es womöglich gar nicht geschehen, wenn ich nicht hierhergekommen wäre?

»Mach dich nicht verrückt, El«, wisperte Sina mir zu. »Es gibt keinen logischen Zusammenhang.«

»Ich weiß«, murmelte ich. »Ich weiß.« Aber warum konnte ich dann an nichts anderes mehr denken?

»Joelle hat mich angesimst«, erzählte Ruby unterdessen weiter. Sie hatte ihre Hände um eine Tasse mit heißem Tee gelegt, den Tante Grace in der Zwischenzeit für uns aufgebrüht hatte. »Sie schrieb, dass ich unbedingt zum Strand kommen soll. Es gäbe entsetzliche Neuigkeiten. Natürlich bin ich sofort los. Die ganze Clique war da. Alle fix und fertig, allen voran Tyler.«

»Und wenn es sich doch nicht um Lauren handelt?«, wandte ich hoffnungsvoll ein. »Warum ist sie überhaupt auf Sark geblieben?«

»Ja, warum wohl!« Rubys Augen wurden schmal, die Blässe verschwand aus ihrem Gesicht und wich einem glühenden Rot, das sich blitzschnell vom Hals bis zu ihren Schläfen hinaufzog. »Doch nur wegen dieses beschissenen fremden Typen!«

»Aber diese ... Sache muss doch nichts mit ihm zu tun haben«, hielt ich dagegen. »Ich meine, ich verstehe ja, dass du sauer bist, aber letztendlich kann Lauren doch nichts dafür, dass sie sich verliebt hat.«

Ruby ließ die Tasse los und schoss vom Sofa hoch. »Sie hatte Tyler!«, fuhr sie mich aufgebracht an. »Sie war glücklich. Das zwischen ihnen ist genauso gewesen wie meine Beziehung zu Ashton. Die beiden haben einfach zusammengehört. Es gab überhaupt keinen Grund für Lauren, sich nach einem anderen umzusehen.«

»Und wenn es einfach passiert ist?«, sagte ich. »Ohne dass sie es wollte? Ich meine, so etwas kann man schließlich nicht planen.«

»Ja klar!« Ruby begann, zwischen dem Tisch und dem niedrigen Sprossenfenster auf und ab zu laufen. Die Sonnenstrahlen, die von draußen hereinfielen, zauberten helle Lichtreflexe in ihre honigblonden Haare und ließen ihre mit bunten Blumen bedruckte Tunika in warmen Tönen leuchten. Und diese Stimmung schien allmählich auch auf ihr Gemüt überzugreifen. Ruby hob noch ein paarmal hilflos die Arme zur Zimmerdecke, dann blieb sie plötzlich stehen und sah mich an.

»Ich mache Lauren ja eigentlich gar keine Vorwürfe. Wie

könnte ich auch! Ich meine, Gott weiß, was ihr zugestoßen ist …« Sie brach mitten im Satz ab und fing von Neuem an zu weinen.

»Hey«, sagte ich leise. »Hey.«

Ich stand aus dem Sessel auf, ging zu ihr hinüber und schloss zögernd meine Arme um sie.

Ruby schmiegte ihre Wange an meine Schulter und krächzte: »Ich hoffe, du denkst jetzt nicht, dass Silly das gestern vorausgesehen hat und dass es irgendetwas mit dir zu tun haben könnte.«

»Aber nein!«, erwiderte ich.

Es war ein Reflex, ich wollte einfach nicht, dass Ruby etwas von meiner Panik spürte. Im Moment war sie diejenige, die Trost brauchte. Während ich Lauren gerade erst kennengelernt hatte, war Ruby schon ihr halbes Leben mit diesem Mädchen befreundet gewesen. Ich verstand wirklich sehr gut, dass sie völlig am Boden zerstört, aufgewühlt, traurig, verzweifelt und wütend war.

»Es sind diese Typen«, murmelte sie jetzt. »Irgendwas ist mit denen … Das hab ich einfach im Gefühl …«

Ich konnte und wollte Ruby von ihrer These nicht abbringen. Vielleicht hatte sie recht, und es war tatsächlich was dran, und wenn nicht, so hatte sie zumindest vorläufig etwas, woran sie sich festhalten konnte. Bisher war ja noch nicht mal raus, was dem Mädchen – ich wollte erst sicher wissen, dass es sich tatsächlich um Lauren handelte, wenn man die Tote eindeutig identifiziert hatte – überhaupt zugestoßen war. Möglicherweise war sie das Opfer eines Unfalls. An das Schlimmste mochte ich nämlich auch nicht denken. Jedenfalls noch nicht.

Tante Grace kam auf die glorreiche Idee, dass Ruby heute doch bei mir übernachten könne, und ich wollte gerade zustimmen, da klingelte es an der Tür.

Ruby und ich sahen uns an.

»Wer kann das denn sein?«, murmelte meine Großtante und ging in den Flur hinüber.

»Vielleicht Ashton«, meinte Ruby. »Er weiß, dass ich hier bin.«

Wir hörten, wie Tante Grace die Haustür öffnete und mit jemandem ein paar Worte wechselte. Kurz darauf kam sie ins Wohnzimmer zurück. Allein.

»Ein junger Mann«, sagte sie. »Für dich, Elodie.«

Cyril! – Natürlich! Wie hatte ich ihn nur vergessen können!

Noch einmal sah ich Ruby an. Sie presste die Lippen zusammen und nickte kaum merklich. Sie musste nichts sagen, ich wusste auch so, was sie dachte. *Geh ruhig. Er könnte etwas wissen.*

Es lag mir zwar wirklich fern, Cyril über diese Sark-Typen auszuquetschen, ich hatte ohnehin kein Talent für so was, aber es bestand ja immerhin die Möglichkeit, dass er von sich aus von ihnen erzählte. Außerdem interessierte es mich, ob er überhaupt schon von dem grausigen Fund auf seiner Heimatinsel erfahren hatte.

Er hatte, das sah ich sofort, als ich in den Flur trat und unsere Blicke sich trafen. Cyrils Gesichtszüge waren weich und in seinen dunklen Augen lag ein fragender Ausdruck.

»Ich könnte verstehen, wenn du keine Lust hast«, sagte er leise. »Wir können es auch auf ein andermal verschieben. Ich wollte aber auch nicht einfach *nicht* vorbeikommen.«

»Schon okay«, erwiderte ich. »Ich glaube, ich kann ein bisschen Ablenkung gebrauchen.«

Cyril lächelte. »Ich freue mich – trotz allem –, ich freue mich wirklich.«

Eine warme Welle schwappte durch meine Brust und vertrieb den letzten Rest des Schlagbohrergefühls.

»Können wir vorher vielleicht Ruby nach Hause bringen?«

Cyril zuckte mit den Schultern. »Kein Problem.«

»Nee, lass mal«, sagte Ruby. Sie stand bereits hinter mir, mit dem Vorhangpaket für ihre Mutter unterm Arm. »Ich nehme das Rad. Es wäre ja mehr als unpraktisch, es hier stehen zu lassen.«

Da hatte sie zweifellos recht. Wegen der schmalen Straßen auf Guernsey fuhren die meisten Leute nur sehr kleine Autos. Wie sollte man da ein Fahrrad transportieren?

»Außerdem tut es mir bestimmt gut, noch ein wenig an der Luft zu sein«, sagte sie in mein Ohr, als sie mich zum Abschied umarmte.

»Du könntest ja eventuell auch noch einen kleinen Abstecher zu Ashton machen«, schlug ich vor. »Ist er eigentlich sauer gewesen? Ich meine, wegen gestern?«

»Ashton ist eigentlich nie sauer«, entgegnete Ruby und ein winziges Lächeln huschte über ihr Gesicht. »Da muss es schon ganz dicke kommen.«

»Hast du ein Glück«, raunte ich.

»Ja«, sagte sie und nahm Cyril ins Visier. »Ashton ist ein wahrer Engel. Im Gegensatz zu manch anderem.«

»Dann muss ich wohl der Teufel sein«, meinte Cyril, nachdem ich meine Tasche geholt hatte, in Schuhe und Jacke geschlüpft war und mir von Tante Grace einen schönen Abend hatte wünschen lassen.

»Tja«, sagte ich und gab mir Mühe, ironisch zu klingen. »Wer weiß das schon so genau?«

Er lachte leise in sich hinein, während wir nebeneinander her durch den Vorgarten gingen. Ich spürte eine gewisse Unsicherheit, oder besser gesagt, Nervosität. Es war nicht nur sein Lachen, sondern einfach alles. Die Art, wie er den Kopf hielt, die Geschmeidigkeit, mit der er sich bewegte, dieser fast schon magische Glanz in seinen Augen, vor allem aber der herbfrische Duft, der seiner glatten olivfarbenen Haut und dem schwarzen Haar entströmte.

Keine Frage – Cyril war attraktiv! Exakt ausgedrückt: Er war der heißeste Typ, der mir jemals begegnet war. Frederik, Luis und Jannik waren nichts gegen ihn. Cyril stellte sie alle mühelos in den Schatten. Ich musste mich regelrecht zwingen, ihn nicht ununterbrochen anzustarren.

»Was ist zwischen Ruby und dir?«, fragte ich, nachdem ich mich leise geräuspert und meinen Blick stur geradeaus gerichtet hatte.

Cyrils Lachen verstummte. »Ich habe keine Ahnung«, erwiderte er, und ich fand, dass es ehrlich klang.

»Hast du etwas gegen sie?«, bohrte ich trotzdem weiter, immer noch, ohne ihn dabei anzusehen.

»Nein.«

Cyril beschleunigte seinen Schritt, lief auf den dunkelblauen Smart zu, der in der Kieseinfahrt parkte, und öffnete die Beifahrertür. Er wartete, bis ich eingestiegen und angeschnallt war, dann schloss er die Tür, umrundete den Wagen und setzte sich hinters Steuer.

»Ich habe überhaupt keinen Grund, gegen irgendjemanden etwas zu haben«, sagte er. »Die Menschen, die hier auf den Inseln leben, sind ausgesprochen freundlich.«

»Inklusive Ruby?«

Wieder musste er lachen. »Ja ... inklusive Ruby.«

»Wie lange kennst du sie eigentlich? Sie und die anderen?«

Cyril legte seinen Gurt an, startete den Motor und setzte den Wagen schwungvoll auf die Straße zurück.

»Nicht so lange, wie sie sich untereinander«, antwortete er ausweichend.

»Weil du noch nicht immer hier gelebt hast?«, erkundigte ich mich.

Cyril legte den ersten Gang ein, ließ einen entgegenkommenden Polo passieren und fuhr los.

»Jep«, sagte er nur.

Ich überlegte, ob es klug war, ihn weiter auszufragen. Vielleicht redete er nicht gern über seine Herkunft und seine Familie, vielleicht hatte er, genau wie Ruby, etwas erlebt, an das er nicht gern erinnert wurde.

Ach, Pa, dachte ich wehmütig. Wärst du nicht gestorben, wäre ich gar nicht hier. Wer weiß, womöglich hätte ich meine Großtante nie besucht, und dann hätte ich wahrscheinlich nie von Lauren erfahren und auch Ruby und Cyril nicht kennengelernt.

»Denkst du, dass das Mädchen Lauren ist?«, platzte es unvermittelt aus mir heraus.

Cyril, der zur Seite gefahren war und angehalten hatte, um ein Pferd und seine Reiterin vorbeizulassen, stieß einen Schwall

Luft aus. »Ich weiß es sogar«, sagte er. »Ich habe sie nämlich gefunden. Sie lag auf einer Ponyweide.«

»Waaas?« Fassungslos sah ich ihn an. »*Duuu?*«

Er nickte kaum merklich. »Das hat Ruby natürlich nicht gewusst.«

»Nein«, keuchte ich. »Sie … ich … Wir haben die ganze Zeit gehofft, dass es vielleicht doch nicht Lauren ist.«

»Weil ihr sie kanntet«, erwiderte Cyril seelenruhig. »Wäre sie ein fremdes Mädchen gewesen, wäre es wohl nur halb so schlimm.« Er schaute mich kurz von der Seite an, bevor er sich wieder der Straße zuwandte. »Hab ich recht?«

»Aber das ist doch normal«, rechtfertigte ich mich.

»Ja.« Cyril seufzte leise. »Das ist es wohl. Soll ich zurückfahren, damit wir es ihr sagen können?«

»Wem? Ruby?« Ich schüttelte den Kopf. »Nein, ich glaube, es ist besser, wenn sie es erst morgen erfährt. Dann hat sie noch eine Nacht, um sich darauf einzustellen. Hoffnung hin oder her … letztendlich glaubt sie doch ohnehin nicht daran, dass es ein anderes Mädchen ist.«

Cyril nickte, sagte aber nichts.

Er hatte inzwischen die Küstenstraße überquert und steuerte den Smart nun inseleinwärts. Wir fuhren durch mehrere kleine Ortschaften, es gab Läden, beampelte Kreuzungen und Tankstellen, allerdings allesamt in Miniausgaben. Üppig schienen hier nur die Villen und die Vegetation zu sein. In fast allen Gärten standen Palmen, kleine Zypressen, Bambussträucher, blühende Rhododendren und andere Büsche und Stauden, deren Blüten auch jetzt im März schon in den prächtigsten Farben leuchteten.

»Wie weit ist es denn eigentlich bis St Peter Port?«, fragte ich.

»Vom Haus deiner Tante aus?«

»*Groß*tante«, korrigierte ich.

Cyril zuckte die Achseln. »Wenn du darauf bestehst.«

»Es ist nun mal so.«

»Also gut … Dann ist sie vermutlich die Schwester deiner Großmutter.«

»Genau«, sagte ich.

»Mütterlicherseits?«

»Ist das wichtig?«, fragte ich.

»Das kann man nie wissen«, sagte Cyril.

»Wie meinst du das?«

»Ach nichts.« Er winkte ab. »Vergiss es. Ich habe das bloß so dahergesagt.«

Es fiel mir schwer, ihm das abzunehmen. Bisher hatte ich eher den Eindruck, dass Cyril kaum ein überflüssiges Wort von sich gab. Alles, was er sagte, schien auf eine besondere Weise durchdacht oder sogar tiefgründig zu sein. Ich überlegte, ob ich deswegen noch einmal nachhaken sollte, ließ es dann aber bleiben.

In meiner Verwandtschaft hatte es nie irgendwelche Unregelmäßigkeiten gegeben, weder eine spektakuläre Scheidung noch ein uneheliches Kind. Wenn Cyril mit seiner Anspielung also auf ein dunkles Familiengeheimnis hatte hindeuten wollen, lag er bei uns daneben.

»Ungefähr dreizehn Kilometer«, sagte er nun plötzlich. »Von Gracie's Bed and Breakfast bis zur Ortsmitte von Port.«

Ich hatte schon gar nicht mehr mit dieser Information gerechnet und erwiderte deshalb nur: »Na ja, ist ja eigentlich auch nicht so wichtig.«

Cyril bedachte mich mit einem Blick, der mir von einer

Sekunde auf die andere einen Blutstau zwischen den Ohren bescherte.

»Okay, dann sollten wir vielleicht lieber wieder über Dinge reden, die *wichtig* sind«, betonte er.

Ich vermied es, ihn anzusehen, damit er meine Verlegenheit nicht bemerkte. »Zum Beispiel über Lauren?«, presste ich hervor.

Cyril antwortete nicht, was vielleicht ja damit zusammenhing, dass er sich auf die Straße konzentrieren musste. Allerdings herrschte heute Abend nicht übermäßig viel Verkehr, selbst hier in diesem etwas größeren Ort namens Castel, den wir soeben durchfuhren, hatten wir eine grüne Welle, uns kamen nur wenige Autos entgegen und Fußgänger waren auch kaum unterwegs.

Ich schloss also aus Cyrils Schweigen, dass ihm das Thema nicht behagte, und wollte ihn gerade danach fragen, wie lange er schon auf Sark wohnte, da sagte er plötzlich: »Ich verstehe Rubys Zorn.«

»Ich glaube ja, dass sie vor allem erschüttert ist«, entgegnete ich. »Und traurig natürlich.«

»Ich rede nicht nur von Lauren, sondern von allen Mädchen aus der Clique«, stellte Cyril richtig. »Es ist zwar nicht unbedingt so, dass ich dazugehöre«, fuhr er fort. »Schließlich kenne ich sie erst seit knapp drei Jahren, und wenn ich ehrlich bin, kann ich auch nur mit Finley, Isaac und Ashton wirklich etwas anfangen. Tyler, Jerome und Mike sind mir manchmal noch zu kindlich, und die Mädchen ...« Er brach ab und schien zu überlegen, wie er sein Urteil in möglichst diplomatische Worte fasste.

»Findest du es denn auch nicht in Ordnung, dass sie so oft

nach Sark rüberfahren?«, versuchte ich, ihm auf die Sprünge zu helfen.

»Es ist nicht an mir, darüber ein Urteil zu fällen«, erwiderte Cyril. »Letztendlich sollte doch jeder tun und lassen können, was er will, oder?«, wandte er sich mir fragend zu.

»Ja, schon«, gab ich zögernd zurück. »Solange man sich dabei anderen gegenüber nicht rücksichtslos und verletzend verhält.«

»Na ja, die Grenzen sind da manchmal fließend«, sagte Cyril. »Findest du nicht?«

Ich dachte an Frederik und ein Seufzer glitt über meine Lippen. Vielleicht sollte ich meine Ansprüche lieber noch mal überdenken.

»Also ja«, schlussfolgerte Cyril und hatte dabei wieder dieses wundervolle warme Lächeln im Gesicht, das mir schon am Strand an ihm aufgefallen war und das in diesem Augenblick fast ein Gefühl der Geborgenheit in mir auslöste.

»Ja«, gab ich zu und lächelte ebenfalls. »Kannst du mir denn etwas genauer erklären, was du mit Rubys Zorn meinst?«, fragte ich dann.

Cyril lehnte seinen Kopf gegen die Nackenstütze. »Na gut, ich versuche es mal«, meinte er. »Ich nehme an, du wirst ohnehin keine Ruhe geben …«

»Nein«, sagte ich forsch, woraufhin er noch breiter grinste.

»Ruby ist eine sehr verantwortungsbewusste Person«, begann er, nachdem er ein paar Atemzüge lang stumm auf die Fahrbahn gestarrt hatte. »Es ist geradezu rührend, wie sie sich um Ashton kümmert.«

»Findest du?«, fragte ich erstaunt.

Cyril warf mir einen kurzen Blick zu. »Allerdings«, bekräftigte er.

»Gestern hat sie ihn einfach stehen lassen, weil sie mit mir allein reden wollte«, entgegnete ich.

»Ach, das hat nichts zu bedeuten. Die beiden sind ein eingespieltes Team. Sie kennen ihre jeweiligen Macken und akzeptieren sie.« Wieder sah Cyril mich kurz von der Seite an. »Sie lieben sich einfach.«

Einmal mehr machte mich sein Blick nervös, und ich suchte das Armaturenbrett nach etwas ab, das ich fixieren konnte, nur um ihn nicht versehentlich anzuschauen.

»Mit Tyler und Lauren war es ähnlich«, fuhr Cyril derweil fort. »Mit dem Unterschied, dass es beiden ein wenig an Reife fehlte.«

»Denkst du, dass das der Grund war, weshalb Lauren sich auf einen anderen eingelassen hat?«

Cyril nickte. »Nicht nur ich. Ruby denkt es ebenfalls. Und genau das ist es, was sie so zornig macht.«

»Du hast sie gern«, stellte ich überrascht fest.

Wieder nickte er und dann lachte er wie aus heiterem Himmel laut heraus. »Man merkt nicht viel davon, was?«

»Nein«, sagte ich. »Und ich bin mir auch nicht sicher, ob dieses Gernhaben auf Gegenseitigkeit beruht.«

»Gut möglich, dass es nicht so ist«, meinte Cyril leichthin. »Aber darum mache ich mir keine Gedanken. Oder soll ich sie deswegen plötzlich weniger mögen?«

»Sie wollte nicht, dass ich mit dir ausgehe«, sagte ich.

»Ich weiß.«

»Sie hat versucht, es mir auszureden.«

»Tja.« Cyril zuckte die Schultern. »Ich habe nichts anderes erwartet.«

»Okay«, erwiderte ich. »Kannst du dir auch erklären, wieso?«

»Sie traut mir nicht. Ich glaube, sie hält mich für einen Alien.«

»Und?«, fragte ich. »Bist du einer?«

»Nein«, stieß Cyril abermals laut lachend hervor. »Ich bin ganz eindeutig von diesem Planeten.«

Cyril

Der Amtssitz Guernseys, St Peter Port, war eine hübsche kleine, an der Ostküste gelegene Hafenstadt. Die Abendsonne hatte die zumeist drei- bis vierstöckigen, in hellen Farben gestrichenen Häuser in ein warmes Licht getaucht, und die älteren, monumentaleren Bauten, Türme und Festungsmauern, die aus dem Granitgestein der Küstenriffs errichtet worden waren, leuchteten jetzt in einem besonders intensiven Orangerot. Die Vielfalt, Fülle und Exotik der Blumen- und Pflanzenarten war auch hier unübersehbar, und für einen kurzen Moment hatte ich das Gefühl, dass ich mich in Wahrheit an der Mittelmeerküste befand.

Cyril lenkte den Smart über die Fountain Street an einer Kirche vorbei zum Kai hinunter. Das Meer schimmerte dunkelgrün im Hafenbecken, unzählige Motor- und Segeljachten schaukelten sanft auf seiner Oberfläche hin und her.

Auf der rechten Seite reichte ein besonders langer Pier ins Wasser, an dessen Ende sich eine Burg befand.

»Das ist Castle Cornet«, erklärte Cyril mir. »Der frühere Sitz des Gouverneurs inklusive Gefängnis. Außerdem wurden von dort aus die Stadt und die Ankerplätze bewacht und die Insel verteidigt. Allerdings nicht immer mit Erfolg.« Er deutete auf einen großen, weiter links gelegenen Parkplatz. »Es macht dir hoffentlich nichts aus, so dicht am Wasser zu sein?«

»Nein«, sagte ich tapfer, obwohl Hafenanlagen mir noch weitaus weniger geheuer waren als die gischtumspülten Felsküsten oder Sandstrände der Insel. An Pierkanten ging es steil bergab in die Tiefe, hier war das Meer viel dunkler und bedrohlicher als an den natürlichen Küsten. Verlor man den Halt und stürzte, war man verloren, so zumindest kam es mir vor. Und deshalb war ich heilfroh, als Cyril einen Parkplatz in unmittelbarer Nähe zur Uferstraße fand.

»Hast du überhaupt Hunger?«, fragte er, nachdem er die Beifahrertür hinter mir zugeschlagen und den Wagen verriegelt hatte. Dass er so ungemein *gentlemanlike* war, verblüffte mich immer wieder. Zwischen seinem Verhalten und dem der Jungs aus meinem Lübecker Freundeskreis klafften Welten.

»Ein Loch im Bauch trifft es wohl eher«, entgegnete ich. »Besonderen Appetit habe ich allerdings wirklich nicht.«

Cyril grinste. »Na, das sind ja die allerbesten Voraussetzungen für einen gelungenen Abend.«

»Tut mir leid«, sagte ich.

Er berührte leicht meine Schulter. »Nein, *mir* tut es leid.«

Ich zuckte zurück, woraufhin Cyril seine Hand sofort wieder herunternahm und in seiner Hosentasche versenkte. »Das auch«, meinte er seufzend.

»Oh, das macht nichts ... ähm ...«, fing ich an zu stammeln. Ich konnte ihm ja schlecht sagen, dass ich es eher angenehm fand, wenn er mich anfasste, und dass ich genau deswegen zusammengezuckt war. Also lief ich einfach los in dieselbe Richtung, in die auch ein paar andere Leute gingen, die ihren Wagen hier abgestellt hatten.

Cyril glitt mit langen Schritten an mir vorbei, stellte sich vor mich hin und sah mich offen an.

Ich stoppte und wusste wieder einmal nicht, wohin mit meiner Verlegenheit. Und diesmal war Cyril nicht so galant, mich entkommen zu lassen.

»Hör zu, Elodie«, sagte er. »Du musst weder mit mir essen gehen noch dich mit mir unterhalten. Wenn du willst, bringe ich dich jetzt gleich wieder zurück.«

»Nein ... Quatsch ...«, wich ich aus.

»Du musst auch nicht höflich sein.«

»Ich hätte Nein sagen können«, erwiderte ich. »Gestern schon. Hab ich aber nicht.«

»Ja, weil ich dich überrumpelt habe«, entgegnete er. »Das war nicht unbedingt die feine englische Art.«

Ich fühlte mich schrecklich, denn ich konnte nicht einordnen, ob er nur aus Rücksicht auf mich so reagierte oder ob er sich auf einmal mit mir langweilte und mich deshalb schnellstmöglich wieder loswerden wollte.

Einen unerträglich langen Moment herrschte Schweigen zwischen uns. Cyril stand da und sah mich an. An seiner Miene war nicht abzulesen, was er dachte oder fühlte. Im Gegenteil, er wirkte vollkommen verschlossen. Trotzdem strahlte er eine unglaubliche Präsenz aus, und die hatte nichts mit seiner Attraktivität zu tun – oder jedenfalls nicht nur.

Ich sah, dass seine Brust sich hob und senkte, und zwar sehr viel langsamer, als es mir normal zu sein schien. Außerdem nahm ich plötzlich einen seltsam vertrauten süßlichen Duft wahr. Doch ehe ich orten konnte, woher er kam, oder mir darüber klar werden konnte, wo ich ihn schon einmal gerochen hatte, war er auch schon wieder verschwunden.

»Ich würde dich gern kennenlernen«, sagte Cyril. »Wäre das in Ordnung für dich?«

Ich lächelte unsicher. »Ja, ich glaube, schon.«

»Gut«, sagte er. »Elodie Saller.« Er zwinkerte mir zu und ergriff dann einfach meine Hand, um mich weiterzuziehen.

Wir verließen den Parkplatz, liefen an einem Monument, das an die Befreiung der Insel von der deutschen Besatzung erinnerte, und an einer Turmuhr vorbei und beschleunigten unseren Schritt, um noch bei Grün über die Ampel zu kommen.

Cyrils Hand hielt meine wie selbstverständlich umschlossen und ließ sie erst wieder los, als wir vor einem italienischen Restaurant standen.

»Pizza oder lieber etwas anderes?«

»Pizza ist okay«, sagte ich.

»Die Insel hat natürlich auch Feineres zu bieten«, meinte Cyril, doch ich schüttelte den Kopf.

»Das wäre viel zu schade für das Loch in meinem Bauch.«

»Okay.«

Cyril öffnete die Tür, ich folgte ihm eine Treppe hinauf und eine Minute später saßen wir uns in einem lang gestreckten Raum an einem Vierertisch gegenüber, zwischen uns eine Kerze und eine kleine Vase mit einem Stiel Bluebells darin.

Ohne sich mit mir abzustimmen, bestellte Cyril zwei kleine Gemüsepizzen, ein Mineralwasser für sich und einen Viertelliter Barolo für mich.

Ich protestierte, aber das ließ er nicht gelten.

»Jetzt sag nicht, du trinkst keinen Alkohol.«

»Doch, aber …«

»Der Wein ist gut«, unterbrach er mich. »Er wird dir helfen, dich zu entspannen.«

»Ich bin überhaupt nicht unentspannt«, entgegnete ich wider besseres Wissen, aber ich wollte unbedingt vermeiden, dass dieser Abend tatsächlich noch in einem Fiasko endete.

»Elodie«, sagte Cyril leise. »Ich bin auch nicht unentspannt, und ich beneide dich darum, dass du diesen wunderbaren Wein trinken kannst.«

Mein Herz fing an zu klopfen, und ich überlegte, ob ich auf den Wein und die Pizza warten oder jetzt schon mutig sein sollte.

»Warum bist du hierher nach Guernsey gekommen?«, erkundigte sich Cyril, ehe ich das erste Wort meiner Frage aussprechen konnte.

»Warum hast du mich eingeladen?«, fragte ich zurück.

»Weil ich den anderen zuvorkommen wollte. Mike und Isaac hätten es auf jeden Fall versucht. Tyler vielleicht auch. Allerdings nur, um Lauren eifersüchtig zu machen.«

»Das ist ja jetzt nicht mehr nötig«, sagte ich.

Cyril senkte den Blick und schwieg, und ich verfluchte mich dafür, dass ich in den entscheidenden Augenblicken mein Sprachzentrum nicht unter Kontrolle hatte.

»Dieser Abend steht wirklich unter keinem guten Stern«, meinte er. »Ich bin sehr dafür, dass …«

»Es tut mir leid«, sagte ich zum tausendsten Mal.

Cyril machte eine abwehrende Geste. »Das braucht es nicht, du kannst schließlich nichts dafür.«

Unwillkürlich tauchte Cecily Windoms wahnverzerrtes Gesicht wieder vor mir auf. »Vielleicht ja doch«, murmelte ich beklommen.

Auf Cyrils Stirn bildete sich eine Steilfalte. »Das musst du mir erklären.«

»Besser nicht«, winkte ich ab. »Womöglich kriege ich dann gar nichts mehr von der Pizza herunter.«

Cyril zuckte mit den Schultern. »Du hast es jetzt doch ohnehin schon im Kopf. Also spuck's aus. Vielleicht hilft es.«

»Ich würde es lieber ganz vergessen«, wandte ich ein.

»Okay.« Cyril holte einmal tief Luft und sah mir entschlossen in die Augen. »Dann verrate ich dir jetzt, warum ich dich eingeladen habe.«

»Aha …«, sagte ich abwartend. Das Herz klopfte mir inzwischen bis zum Hals.

»Du bist das schönste Mädchen, das ich je gesehen habe«, sagte er ohne Umschweife. »Aber das ist nur die Hälfte der Wahrheit. Außerdem ist es nicht entscheidend.«

»Weil du nicht der Typ bist, der auf Äußerlichkeiten achtet?«, versuchte ich, ihn zu necken, um von meiner allmählich zunehmenden Nervosität abzulenken.

»Das würde ich nie behaupten.« Cyril musterte mich mit ernster Miene und ich wäre am liebsten im Boden versunken. »Im Gegenteil: Ich bin für Schönheit sogar sehr empfänglich. Und du … du bist auf eine ganz besondere Art schön … eine, die mir auf unerklärliche Weise tief vertraut ist.« Jetzt löste er den Blick von mir und ließ ihn über die Wand hinter mir gleiten. Seine Hände hatte er ineinander verschränkt auf die Tischkante gestützt, und seine Finger, die in unregelmäßigem Rhythmus gegen seine Handrücken drückten, verrieten seine Anspannung. »Als ich dich gestern am Strand das erste Mal sah, hatte ich sofort das Gefühl, dass ich dich schon ewig kenne.«

»Du wusstest ja auch gleich, wer ich bin«, erwiderte ich.

»Das war nicht schwer zu erraten«, sagte Cyril. »Du bist schon seit ein paar Tagen Gesprächsthema.«

Hilfe, das wurde ja immer besser!

»Ruby kam mit dieser Neuigkeit«, fuhr er erklärend fort. »Wie es so ihre Art ist, hat sie die Clique darauf eingeschworen, dich freundlich aufzunehmen. Ihre Mutter und deine … äh … Großtante sind gut miteinander bekannt, nicht wahr?«

»Kann schon sein«, entgegnete ich. »Ich habe Rubys Mutter selbst ja noch gar nicht kennengelernt«, fügte ich hastig hinzu, als ich sah, dass der Kellner sich mit unseren Getränken und Pizzen näherte. Ich schätzte ihn auf an die sechzig, und so, wie er sich seinen Gästen gegenüber verhielt, schien er der Besitzer des Restaurants zu sein. Geschickt balancierte er die beiden Teller und das Tablett auf einem Arm.

»Das ging ja schnell«, staunte ich, nachdem er alles mit elegantem Schwung auf dem Tisch platziert, uns guten Appetit gewünscht hatte und wieder in Richtung Tresen davonmarschiert war.

»Die Pizzen schon«, meinte Cyril, während er dieses wundervolle warme Lächeln lächelte. »Wein und Wasser hätte er allerdings ruhig ein wenig früher bringen können.«

»Vielleicht wollte er uns zeigen, dass er auch als Packesel taugt«, witzelte ich, um die Stimmung ein wenig aufzuheitern, und lächelte ebenfalls.

Cyril reagierte jedoch nicht darauf. Mit unveränderter Miene ergriff er sein Wasserglas, trank es in einem Zug leer und füllte es mit dem Rest aus der Flasche wieder auf. »Verrätst du mir nun, warum du hierhergekommen bist?«, fragte er noch immer lächelnd.

»Vielleicht wollte ich dich wiedersehen«, sagte ich forsch.

Cyril stutzte. Offensichtlich verstand er nicht gleich, worauf ich damit anspielte, doch dann grinste er plötzlich richtig breit.

»Du bist echt witzig, weißt du das!«

»Ist das ein Kompliment?«

Das Grinsen verschwand und ein weicher Ausdruck legte sich auf sein Gesicht. Cyrils Blick war jetzt so dunkel, dass mir schwindelig davon wurde. »Ja«, sagte er und nickte. »Das ist es durchaus.«

Ich brauchte ein paar Sekunden, um mich wieder zu fangen, doch ehe ich den Mund öffnen konnte, um ihm von meinem Vater zu erzählen und dass er der Grund war, aus dem ich hierhergekommen war, fragte er auch schon: »Möchtest du noch mehr hören?«

»Was?«

»Komplimente?«

»Ähm ...«

»Zum Beispiel über deine Augen?«

Ich schluckte. »Nein, bitte nicht«, sagte ich schnell.

»Warum nicht?«

»Weil ... weil ... Cyril, ich weiß nicht, ob ich das hier überhaupt will ...«

»Was? Den Wein und die Pizza?« Er schüttelte den Kopf. »Hast du den Wein überhaupt schon probiert?«

»Nein.«

»Dann tu es, bitte.« Er umfasste den Stiel meines Glases und hob es gegen meine Lippen.

»Cyril, hör auf damit«, sagte ich energisch.

Leise seufzend stellte er das Glas zurück. »Du bist eine ziemlich harte Nuss.«

»Das war jetzt aber kein Kompliment«, versuchte ich einmal mehr zu scherzen.

Cyril zuckte mit den Schultern. »Wie man es nimmt. Ich

finde die Vorstellung, dass Mike und Isaac sich an dir die Zähne ausbeißen könnten, jedenfalls gar nicht so übel«, sagte er mit einem Augenzwinkern, und wieder hielt er seinen Blick fest auf mich gerichtet, obwohl er auch diesmal ganz sicher spürte, dass seine Bemerkung mich verlegen gemacht hatte.

Ich wurde einfach nicht schlau aus ihm, und mit einem Mal wusste ich auch gar nicht mehr so genau, ob ich es überhaupt – noch – wollte.

»Warum bist du hier?«, fragte er zum dritten Mal.

»Wieso sollte ich es dir erzählen?«

»Wieso nicht?«

»Vielleicht, weil es sehr privat ist.«

Cyril nickte. »Ich habe mir schon gedacht, dass etwas Gravierendes dahintersteckt«, sagte er sanft.

Ich spürte einen Kloß im Hals und meine Augen fingen an zu brennen. – Ausgerechnet jetzt in Gegenwart eines Typen, den ich nicht kannte und der mich mit seinem Aussehen und seiner Art völlig durcheinanderbrachte, drohten mir doch tatsächlich die Tränen zu kommen!

Natürlich war ich wild entschlossen, das zu verhindern, und so nahm ich mein Glas, trank einen großen Schluck von dem Wein – der im Übrigen wirklich ganz wunderbar schmeckte – säbelte ein Stück nach dem anderen aus meiner Pizza heraus und stopfte es mir in den Mund.

Cyril sah mir eine Weile dabei zu, ehe er ebenfalls zu essen begann, und obwohl er sehr viel langsamer kaute als ich, war er am Ende sogar noch vor mir fertig.

»Gib's zu, sie war köstlich«, meinte er, nachdem er sich mit der Serviette über den Mund gewischt hatte.

»Stimmt«, sagte ich zögernd.

»Aber?«

»Na ja, du hättest mich ...« Ich brach ab und überlegte, ob ich es wirklich aussprechen sollte.

»... beinahe zum Weinen gebracht?«

»Das hast du gemerkt?«

Cyril zog die Mundwinkel ein und zuckte entschuldigend mit einer Schulter. »Ja ... klar.«

»Aber ich habe mir alle Mühe gegeben, es zu verbergen«, erwiderte ich. Ganz offensichtlich war mir das nicht gelungen. – Und Ruby hielt Cyril für einen Asperger-Autisten!

»Was ist bei dir zu Hause passiert?«, hakte er nun etwas präziser nach und setzte voller Nachdruck hinzu: »Du kannst es mir ruhig erzählen, ich bin keine Plaudertasche.«

So schwer ich Cyril auch einschätzen konnte, aber das glaubte ich ihm.

»Darum geht es nicht«, sagte ich.

»Worum dann?«

»Ob ich überhaupt darüber reden will.«

»Hmm.« Cyril griff erneut nach meinem Weinglas. »Bekomme ich einen Schluck?«

»Sicher.«

»Danke«, sagte er und drehte das Glas um hundertachtzig Grad, sodass er es mit seinen Lippen genau an der Stelle berührte, von der ich getrunken hatte.

Mir stockte der Atem.

Ich drückte meine Serviette zu einem Knäuel zusammen, legte sie auf den Teller und ließ meine Hände danach rasch unter dem Tisch verschwinden, damit Cyril nicht merkte, wie sehr sie zitterten.

»Du hast einen wunderschönen Mund«, sagte er leise. »Und

deine Augen sind so wahnsinnig groß und klar und so blau wie das Meer im Süden von Little Sark, wenn sich die Strahlen der Nachmittagssonne auf seiner Oberfläche brechen.«

»Warum sagst du so was?«, presste ich hervor. Etwas noch Idiotischeres hätte mir wirklich nicht einfallen können!

»Weil es so ist«, sagte Cyril nüchtern. »Mike und Isaac würden es nicht anders ausdrücken.«

»Das kannst du doch überhaupt nicht wissen.«

»Sollen wir wetten?«

»Nein!«, blaffte ich. »Was hast du bloß immer mit Mike und Isaac?«

»Sie sind beide solo«, erwiderte Cyril.

»Finley nicht?«

»Doch. Aber der steht auf Olivia.«

»Und was ist mit dir?«, entfuhr es mir.

»Ich mag dich, Elodie«, entgegnete er. »Ich mochte dich von der ersten Sekunde an. Und du ...« Jetzt lächelte er wieder. »Du magst mich auch.«

Er trank noch einen weiteren Schluck Wein aus meinem Glas, dann stellte er es vor mich hin und drehte es abermals um hundertachtzig Grad.

»Ja, aber ...«

»Kein Aber.«

»Doch, Cyril«, sagte ich zornig und schob das Glas entschieden auf seine Seite zurück. »Ich habe nämlich überhaupt keine Lust auf solche Spielchen.«

Am liebsten wäre ich aufgesprungen und weggerannt. Aber dann hätte ich die dreizehn Kilometer zu Fuß nach Hause gehen müssen, ganz davon abgesehen, dass ich allein womöglich gar nicht mehr zur Perelle Bay zurückgefunden hätte.

Ich fühlte mich schrecklich, wie ein Tier in einem Käfig, und mit einem Mal konnte ich nur noch denken, dass Ruby verdammt recht gehabt hatte und es sicher gut gewesen wäre, wenn ich ihren Rat befolgt und mich gar nicht erst auf diese Einladung eingelassen hätte. Aber das war ja nun zu spät, und weil ich nicht wusste, wie ich dieser peinlichen Situation am besten entkam, kochte plötzlich alles in mir über.

»Keine Ahnung, wieso, aber aus irgendeinem bescheuerten Grund habe ich dich für einen ernsthaften Typen gehalten«, sprudelte es aus mir hervor. »Aber was beschwere ich mich eigentlich? Ich bin ja selber schuld. Warum bin ich auch mit dir hierher gefahren? Warum bin ich überhaupt auf diese blöde Insel gekommen? – Wo es mir doch vor nichts auf der Welt mehr graust als vor Wasser?«

»Das frage ich dich ja schon die ganze Zeit«, sagte Cyril seelenruhig, doch ich wischte seine Bemerkung beiseite, als ob sie nichts weiter als eine lästige Fliege wäre.

»Und damit nicht genug«, fuhr ich aufgebracht fort. »Seitdem ich in England bin, habe ich nur noch seltsame Träume, ich treffe einen Typen wie dich, der mich total durcheinanderbringt, eine durchgeknallte Alte rennt vor mir davon, weil sie mich für eine Unglücksbotin hält, und noch in derselben Nacht stirbt Lauren.«

Mit jedem Wort wurde ich lauter, und ich merkte sehr wohl, dass nicht nur die anderen Gäste, sondern auch der Restaurantbesitzer und seine Frau, die hinter dem Tresen stand und Gläser spülte, zu mir herüberstarrten, aber das war mir egal. Ich würde garantiert nie wieder hierherkommen. Ohnehin war es bestimmt das Beste, wenn ich so schnell wie möglich nach Lübeck zurückkehrte. Ich legte nämlich absolut keinen

Wert darauf, als Katastrophengöttin von Guernsey in die Geschichte der Kanalinseln einzugehen!

»Super!«, keifte ich ihn jetzt geradezu an. »Oder findest du nicht? Ich bin jedenfalls äußerst gespannt, was wohl als Nächstes passiert!«

»Schsch«, flüsterte Cyril.

Ich spürte seine warmen Hände auf meinen Armen und plötzlich sah ich nur noch seine Augen: riesengroß, tiefschwarz und unergründlich.

»Es ist ja gut, Elodie. Nichts wird passieren. Und wenn doch, wäre es ganz sicher nicht deine Schuld. Genauso wenig wie du etwas dafür kannst, dass Lauren tot ist.«

Seine Stimme klang dunkel und hypnotisch.

»Mein Vater«, hörte ich mich sagen, »er ist ebenfalls gestorben. Bei einem Autounfall. Und er war *auch* nicht schuld. Cyril, er war nicht schuld, sondern der andere, der von links kam und ihm die Vorfahrt genommen hat.«

Tränen stiegen mir in die Augen, und die von Cyril verschwammen, so als ob sie unter Wasser wären.

»Es tut mir leid«, hörte ich ihn wispern. »Es tut mir so leid. Wenn ich geahnt hätte ...« Seine Stimme war direkt an meinem Ohr, und erst jetzt wurde mir bewusst, dass er aufgestanden und neben mir in die Hocke gegangen war. »Es passieren viele Dinge, für die es keine Erklärung gibt, Elodie, und ebenso wenig einen Schuldigen. Ich weiß, Cecily Windom kann wirklich gruselig sein, aber glaub mir, sie erkennt die Zusammenhänge nicht.«

Cyrils Hände wanderten meine Arme hinauf und über meine Schultern hinweg. Wie ein warmer Hauch blieben sie auf meinem Rücken liegen. Wange an Wange hockten wir da, ich ein wenig zu ihm hinuntergebeugt, er kaum zu spüren und trotzdem irgendwie überall um mich herum, wie ein Fisch, der um ein Felsenriff streicht.

»So ähnlich hat meine Großtante sich auch ausgedrückt«, krächzte ich und wischte mir die Tränen aus dem Gesicht. »Du kannst mich jetzt übrigens wieder loslassen.«

»Sicher?«

Ich nickte.

Cyril löste sich nur zögernd von mir und drückte noch einmal sanft meine Hände, bevor er sich erhob und wieder auf seinen Stuhl setzte.

»Ich bin ein Idiot«, sagte er leise und ich nickte abermals.

»Das mit deinem Vater tut mir sehr leid.«

Schweigen.

»Du hast mir jetzt zwar eine ganze Menge über dich erzählt, aber ich nehme mal an, du hast dennoch keine Lust auf meine Einschätzung dazu?«, fragte er dann und seine schwarzen Augen musterten mich forschend, jedoch alles andere als fordernd.

»Sina … das ist meine beste Freundin zu Hause in Lübeck … sie hat mir das schon alles genau erklärt. Sie ist realitätsbezogener als ich und manchmal auch mutiger. Ich trage sie immer bei mir, höre ihre Gedanken. Keine Ahnung, ob du verstehst, was ich meine …«

»Ich verstehe es sogar sehr gut.« Cyrils Gesichtszüge waren weich und seine ganze Körperhaltung drückte tiefes Mitgefühl aus. »Ich wünschte, ich könnte einen Teil dieses Abends ungeschehen machen«, fügte er nach einer Weile hinzu.

Ich schob das Kinn vor und musterte ihn schweigend.

»Du bist mir ein Rätsel«, sagte ich schließlich.

»Ich weiß.« Cyril senkte den Blick. »Das geht nicht nur dir so. Leider kann ich es nicht ändern.«

»Du bist also auch nicht schuld daran …?«

»Doch«, sagte er. »Irgendwie schon. Du kannst mir aber trotzdem vertrauen.«

»Ts.« Ich schüttelte matt grinsend den Kopf.

»Ich kenne mich mit dem Meer aus wie kein Zweiter hier auf den Inseln, und ich bin sicher, ich könnte dir helfen, deine Angst zu überwinden.«

»Vielen Dank, aber das will ich gar nicht«, entgegnete ich trotzig, zog meine Jacke über und stand auf. »Würdest du mich jetzt bitte zurückbringen?«

Zufall oder Schicksal?

Eine halbe Stunde später stand ich unter der Dusche. Tante Grace hatte Besuch von zwei jungen Frauen, denen sie zeigte, wie man ein Shiftkleid nähte. Das ganze Wohnzimmer lag voll mit Stoffen, Papierschnittteilen und Nähzeug.

Ich hatte nur kurz »hallo« gesagt, mir etwas Obst aus der Küche geholt und war dann rasch nach oben in mein Dachzimmer gehuscht.

Nach allem, was heute passiert war, brauchte ich jetzt endlich Zeit für mich, insofern kam es mir sehr gelegen, dass ich meiner Großtante nicht auch noch Rede und Antwort stehen musste. Ich war sicher, sie platzte vor Neugierde, aber im Grunde hätte ich ihr gar nichts erzählen können.

Ich shampoonierte mir die Haare, seifte meine Haut ein und spülte anschließend rasch alles wieder ab. Auch Duschen gehörte nicht unbedingt zu meinen größten Leidenschaften, es hatte einfach zu viel mit Wasser zu tun, und wenn ich es übertrieb und tatsächlich einmal länger als zwei oder drei Minuten unter der Brause stand, konnte es passieren, dass meine Knöchel zu jucken begannen. Das Abtrocknen und Eincremen hinterher genoss ich dafür umso mehr. Ich mochte den sanften Druck meiner Hände auf meiner Haut, außerdem hatte Mam mir zum Abschied eine ganz tolle Bodybutter geschenkt, die herrlich frisch nach Pfirsich duftete.

Ich trug noch etwas Lippenbalsam auf, wickelte meine nassen Haare in ein angewärmtes Handtuch und schlüpfte in den kuschelig weichen Bademantel, den Tante Grace für mich hingehängt hatte.

Die Sonne war längst untergegangen. Hinter dem Fenster war es stockdunkel, nicht einmal der kleinste Stern funkelte am Himmel und auch das Meer war kaum zu erkennen. Ich wagte mich also bis zur Scheibe vor und ließ die Jalousien herunter.

Dann schnappte ich mir meinen Laptop, schaltete ihn ein und hockte mich auf meine Bettinsel.

Ich loggte mich bei Facebook ein, las Sinas Nachricht auf meiner Pinnwand

wann schaust du dir endlich die fotos an? ;)

und stellte fest, dass sowohl sie als auch Jannik, Luis und Frederik online waren.

Ich ignorierte die Jungs und schrieb Sina an.

ELODIE: hey!
SINA: was geht ab?
ELODIE: ne menge, ich weiß gar nicht, wo ich anfangen soll
SINA: sag bloß, du hast schon jemanden kennengelernt!
ELODIE: das auch, aber das ist noch lange nicht alles ^^
SINA: okay …???
ELODIE: ein mädchen ist ermordet worden, man hat sie auf sark auf einer ponywiese gefunden
SINA: über so was macht man keine witze
ELODIE: ist leider kein witz, sondern eine tatsache, und gestern

nachmittag ist so eine verrückte alte frau, die hellsehen kann, fast ausgetickt, als sie mich bemerkte

SINA: ... du meinst hellsah *g*

ELODIE: wie lustig ^^

SINA: sorry, war nicht so gemeint ☹ aber das ist doch alles nicht wahr, oder?

ELODIE: doch, leider ... das mädchen heißt lauren und gehört zur clique von ruby und ashton ... mit den beiden habe ich mich angefreundet, die sind ziemlich ok

SINA: aha, und ashton ist wohl derjenige welcher

ELODIE: nee, ashton ist rubys freund. ich war heute mit cyril aus

SINA: cooler name, und wie ist er sonst so? interessiert?

ELODIE: kA. er benimmt sich ziemlich merkwürdig, aber er sieht toll aus!

SINA: immerhin ^^ ... ähm, bist du denn interessiert?

ELODIE: um himmels willen – nein!

SINA: also ja :D

ELODIE: sina, nein! du müsstest ihn treffen, dann wüsstest du, dass man von ihm sowieso nichts zu erwarten hat. er ist total merkwürdig

SINA: dann solltest du lieber die finger von ihm lassen

ELODIE: wahrscheinlich hast du recht

SINA: versprich es!

ELODIE: ja, ja ^^

SINA: *seufz*, und sonst?

ELODIE: ehrlich gesagt kA, im moment bin ich froh, dass ich mit dir chatten kann

SINA: kannst auch jederzeit anrufen, klar ... JEDERzeit

ELODIE: danke

SINA: ist doch wohl logisch, oder? und jetzt mal raus mit der sprache, wie sieht es denn aus mit deinem vater? kannst du inzwischen ...? ich meine, bringt dieser ortswechsel in der hinsicht schon iwas?

ELODIE: jep ... ich heule mehr, zum beispiel heute abend, also nicht nur wegen ihm, sondern wegen allem

SINA: guuuut! hoffe, du warst nicht allein ... oder vielleicht besser doch???

ELODIE: nee, ich war nicht allein. ich hatte sogar jede menge publikum: es war nämlich mitten in einer pizzeria ... tätäää!

SINA: ouuu!!! ich nehme an, ruby und ashton waren dabei?

ELODIE: nee, cyril

SINA: oooooouuuuuuuuuuuuuuuu! JAUL!

ELODIE: ich sag ja, er ist iwie besonders

SINA: nein, du sagtest MERKWÜRDIG

ELODIE: ja, das ist er eben leider auch ... trotzdem ^^

SINA: warum hältst du dich nicht einfach an normale jungs? will sagen, dass diese inselmenschen ja vielleicht alle iwie ne macke haben ^^. im spätsommer bist du wieder zurück und dann wartet mindestens frederik auf dich

ELODIE: tu mir einen gefallen und verkuppele ihn bis dahin mit einer anderen

SINA: frederik ist es also nicht?

ELODIE: definitiv nein!

SINA: okay, dann solltest du mir vielleicht mal ein foto von diesem cyril rüberschicken

ELODIE: auf gar keinen fall! du wärst ihm sofort verfallen!

SINA: WOW! ich MUSS ihn sehen! ich habe es so nötig, endlich mal jemandem zu verfallen ... muss echt ein GEILES gefühl sein

ELODIE: ich hab dich lieb

SINA: du fehlst mir *jammer*

ELODIE: gut so ;) hauptsache, es geht dir schlechter als mir

SINA: hahahaha ^^
ELODIE: bis morgen, schlaf gut
SINA: dito. und träum was schönes ... vielleicht ja von ...

Ich schaute mir die Fotos tatsächlich noch an. Es war eine ganze Serie unter dem Titel »ELODIE WANDERT AUS – SCHNIEF«, und es waren durchaus auch ein paar schöne dabei, vor allem die, auf denen Sina und ich zusammen zu sehen waren. Aber leider hatte die beste Freundin unter der Sonne es sich nicht nehmen lassen, auch sämtliche Knutschbilder ins Internet zu stellen. Luis und ich, Jannik und ich und immer wieder Frederik und ich. Ich konnte mich gar nicht mehr erinnern, ihn so oft und so innig geküsst zu haben! Kein Wunder eigentlich, dass er sich etwas ausgerechnet hatte.

Leise seufzend klappte ich den Deckel zu, zog meinen Pyjama an, schlüpfte unter die Decke und löschte das Licht. Augenblicklich überfiel mich eine tiefe Müdigkeit. Mit heruntergelassenen Jalousien war es stockfinster im Raum – allerbeste Voraussetzung also, um auf der Stelle einzuschlafen, doch die Ereignisse der letzten beiden Tage ließen mich nicht zur Ruhe kommen. Beinahe war es so, als ob gerade die Dunkelheit sie überdeutlich hervorschälte – sozusagen als speziellen Extraservice für mich, damit ich sie noch einmal ganz genau und in all ihren schrecklichen Einzelheiten betrachten konnte.

Ich kannte Lauren kaum, hatte sie nur dieses eine Mal am Strand gesehen – keine Ahnung, ob ich sie je gemocht hätte oder nicht. Zu meiner Schande musste ich mir sogar eingestehen, dass ihr Tod an sich mich nicht einmal besonders berührte. Es kam mir so irreal vor, ich konnte es gar nicht richtig begreifen. Vielleicht hätte ich Laurens Leiche mit eigenen Augen sehen müssen, vielleicht hätte ich auch bloß Cyril fragen sollen, wie er sie gefunden und ob er sie sich genauer angeschaut hatte.

Mittlerweile erschien es mir geradezu absurd, dass ich das nicht getan, ja offenbar nicht mal einen Gedanken daran verschwendet hatte. Und nach den Typen, mit denen sich die Mädchen auf Sark trafen, hatte ich ihn auch nicht gefragt! Es war verrückt, aber sobald ich versuchte, mir den Ablauf unseres Gesprächs an diesem Abend in Erinnerung zu rufen, verschwammen alle Details in meinem Kopf. Es gab keinen einzigen roten Faden, den ich fassen konnte, und es kam mir beinahe so vor, als ob Cyril selbst dafür gesorgt hätte, dass es so war.

»Das ist absoluter Quatsch, El!«, hallte Sinas Stimme durch die Dunkelheit. »Wie, zur Hölle, hätte er das denn bitte schön tun sollen?«

Indem er geschickt von einem Thema zum anderen sprang? – Ja, vielleicht, aber ob er das tatsächlich getan hatte, konnte ich ebenfalls nicht mit Bestimmtheit sagen.

Während der Rückfahrt hatten wir überhaupt nicht mehr miteinander geredet. Ich hatte nur dagesessen, auf die Straße hinausgestarrt und Cyrils Anwesenheit gespürt, und zwar so intensiv, dass ich ihn sofort vermisste, nachdem ich die Haustür hinter mir geschlossen hatte. Dabei hatte er mich zum Abschied nicht einmal berührt, nur sein besonderes Lächeln gelächelt und »bis morgen« gesagt.

Bis morgen am Strand, wo sich alle wieder versammeln würden, und Cyril ihnen erzählen wollte, dass *er* Lauren gefunden hatte, es also überhaupt keinen Zweifel und auch keine Hoffnung mehr gab.

»Cyril, wer bist du?«, flüsterte ich. »Warum bringst du mich so durcheinander?«

Hatte ich mich tatsächlich in ihn verliebt? – So schnell?

Ich dachte an meine Mutter – und Javen Spinx. Auch er war ein außergewöhnlicher Mensch, in mancher Hinsicht Cyril sogar ähnlich, nur eben erwachsen, reif, klar und in sich ruhend. Vielleicht würde Cyril irgendwann ebenso sein.

Und vielleicht war es die Atmosphäre hier auf der Insel, diese gewisse Magie, hervorgerufen durch die bizarren Felsküsten und die allgegenwärtige Weite des Meeres, die auch Javen Spinx damals für Mam so anziehend gemacht hatte.

Davon abgesehen: Wenn man woanders war, verliebte man sich sowieso schneller.

Aber verlieben war nicht das, was ich wollte. Es würde mich nur ablenken von dem, was ich mir vorgenommen hatte, nämlich Pas Verlust zu bewältigen, ihn überhaupt erst richtig zu spüren. Mein Gefühlsausbruch in der Pizzeria war zwar ein wenig deplatziert, aber immerhin schon mal ein Anfang gewesen. Und auch hier kam mir der seltsame Gedanke, dass Cyril all das beeinflusst hatte, als könne er Gefühle erspüren und manipulieren.

»Noch mal Quatsch!«, sagte Sina entschieden.

Klar doch, sie war der Kopf und ich der Bauch. Fragte sich nur, auf wen oder was man sich in diesem Fall mehr verlassen konnte.

In dieser Nacht träumte ich nicht, was in erster Linie daran lag, dass ich kein Auge zubekam. Die Gedanken kreisten unerbittlich in meinem Kopf herum und um kurz vor halb acht am nächsten Morgen reichte es mir schließlich. Ich setzte mich auf und blinzelte zum Fenster. Irrte ich mich oder schimmerte durch die schmalen Ritzen der Jalousie bereits das Tageslicht?

Gähnend erhob ich mich aus dem Bett und steuerte auf das Rollladenband zu. Langsam, Stück für Stück zog ich die Jalousie nach oben.

Trübes Licht fiel zuerst auf den Holzboden und auf meine Füße, kletterte an mir herauf und erhellte schließlich das ganze Zimmer. Das Band fest in beiden Händen haltend, als könnte es mich vor dem Ertrinken bewahren, blickte ich nach draußen über Tante Graces Garten hinweg zum Horizont.

Die Sonnenphase schien vorbei oder zumindest unterbrochen zu sein, denn der Himmel war grau und verhangen und das Meer beinahe ebenso dunkel wie die Klippen, die steil ins Wasser hinabfielen.

Das Jucken kam so unvermittelt, dass ich vor Schreck das Zugband losließ und ins Zimmer zurücktaumelte. In Sekundenschnelle und so heftig wie nie zuvor raste es von meinen Knöcheln bis zu meinen Leisten hinauf.

Keuchend flüchtete ich mich ins Bett zurück, auf meine Rettungsinsel, die in diesem Fall aber leider keine war, denn das Jucken wollte nicht aufhören.

Erst als ich die Augen schloss und mich zu ruhigen und gleichmäßigen Atemzügen zwang, ließ es allmählich nach.

Was zur Hölle hatte das zu bedeuten? Warum spürte ich es ausgerechnet jetzt, in diesem Moment, so stark? Hatte es womöglich mit den furchtbaren Ereignissen des vergangenen

Tages zu tun, mit meinem Treffen mit Cyril und damit, dass wir über Cecily Windom und ihre hellseherischen Fähigkeiten gesprochen hatten?

Ich kenne mich mit dem Meer aus wie kein Zweiter hier auf den Inseln, und ich bin sicher, ich könnte dir helfen, deine Angst zu überwinden.

Diese Worte, die Cyril ganz zum Schluss gesagt hatte, hatten sich mir geradezu ins Gehirn eingebrannt, und ich begann mich zu fragen, ob das Knöcheljucken nur mit meiner Angst vor Wasser zu tun hatte oder ob es vielleicht noch einen anderen Grund dafür gab – einen, der auf den ersten Blick nicht zu erkennen oder gar logisch zu erklären war? Und warum fingen ausgerechnet meine Knöchel an zu jucken? Noch dazu mal mehr und mal weniger stark! Ganz besonders irritierte mich, dass sie vorgestern Abend sogar auf Cecily Windom und ihr gruseliges Orakel reagiert hatten. Vielleicht hatte die verrückte alte Silly ja diesmal doch die Zusammenhänge erkannt und es gab tatsächlich eine Verbindung zwischen mir und den Geschehnissen auf Sark.

Dieser Gedanke, nämlich dass alles auf irgendeine Art und Weise miteinander verknüpft war – das grausige Verbrechen an Lauren, meine panische Angst vor dem Wasser und die Entscheidung, auf diese Insel zu kommen –, wollte mich einfach nicht mehr loslassen.

Schwarze Schafe

»Du siehst gut aus«, begrüßte Tante Grace mich, als ich in die Küche trat. Es duftete nach Rührei, gebratenen Champignons und gebackenen Tomaten. »Offenbar hast du diesmal besser geschlafen als die beiden Nächte zuvor.«

Sie trug Jeans und eine bunte Bluse mit einem riesigen Volant um das Dekolleté, dazu lange Ohrringe und ein orangerotes Tuch im Haar. Trotz der unzähligen Fältchen in ihrem Gesicht sah sie heute Morgen garantiert tausendmal hübscher aus als ich.

»Ich habe zur Abwechslung überhaupt nicht geschlafen«, sagte ich nüchtern.

»Oh.« Meine Großtante hob ihre rechte Augenbraue und sah mich durchdringend an. »Das Rezept muss ich mir merken. Scheint effektiver zu sein als jeder Schönheitsschlaf.«

»Ts«, machte ich und lächelte verlegen.

Ich hatte mir die Zähne geputzt, mir mit einem kalten Waschlappen durchs Gesicht gewischt und mich eingecremt, ansonsten aber keinen großen Aufwand betrieben und nur einen flüchtigen Blick in den Spiegel geworfen.

»Vielleicht hattest du ja auch eine Erkenntnis der besonderen Art«, meinte Tante Grace, während sie die Tomaten aus dem Grill nahm und auf zwei Teller verteilte. »Oder dieser junge Mann von gestern Abend …«

»Da läuft nichts«, fiel ich ihr hastig ins Wort, bevor sie sich zu weiteren Spekulationen hinreißen ließ. »Cyril ist ein hervorragender Surfer. Vielleicht kann er mir was beibringen.«

»Ach, du willst surfen lernen?« Meine Großtante musterte mich amüsiert. »Ist ja interessant.«

»Mach dich nur lustig«, brummte ich, nahm zwei Scheiben Weißbrot aus der Packung und schob sie in den Toaster. »Es ist doch kein Fehler, wenn ich versuche, meine Angst vor dem Meer zu überwinden.«

»Nein, überhaupt nicht«, erwiderte sie. »Ich wundere mich nur, dass alles so schnell geht.«

»Was meinst du mit *alles?*«, fragte ich misstrauisch.

»Na ja, alles eben.« Sie zuckte mit den Schultern und auf einmal wirkte sie fast ein wenig bedrückt. »Ach, ich weiß auch nicht. Es muss ja nicht verkehrt sein, wenn du Gefallen an diesem … Cyril findest.« Mit kurzen fahrigen Bewegungen teilte sie das Rührei in zwei Portionen, platzierte sie neben den Tomaten und streute ein paar Champignons darüber. »Möchtest du Senf dazu? Braune Soße, Worcestershire oder Ketchup?«

»Nein danke.« Ich nahm ihr die Teller aus der Hand, stellte sie auf den Tisch und setzte mich. »Keine Ahnung, ob ich so etwas zum Frühstück überhaupt schon runterkriege.«

»Deine Mutter hat es geliebt«, entgegnete Tante Grace. »Sie wollte immer das ganze Programm: Hash Browns, Sausages, Mushrooms, Tomatoes … allerdings kein Rührei, sie bevorzugte *well poached eggs*.«

»Komisch, mir hat sie von ihrer Zeit in England nie groß was erzählt«, murmelte ich, während ich den Teller hin und her drehte und überlegte, an welche dieser Köstlichkeiten ich mich zuerst heranwagen sollte.

»Das wundert mich nicht«, sagte meine Großtante. Sie fischte die Toasts aus dem Röster, stapelte sie übereinander und teilte sie mit einem resoluten Schnitt in vier Dreiecke.

»Wieso?«

»Na, wieso wohl?«, fragte sie kopfschüttelnd.

»Weil es so lange her ist«, fing ich an zu raten, »und sie inzwischen ein ganz anderes Leben führt ... oder weil ihr diese merkwürdige Vielleicht-Liebesgeschichte mit Javen Spinx peinlich ist.«

»Zum Beispiel«, sagte Tante Grace und schenkte uns Tee und Orangensaft ein.

Javen Spinx ... Ich hätte Cyril nach ihm fragen sollen. Ob die beiden sich kannten? Und ob ich ihm hier auf Guernsey wohl irgendwann begegnen würde?

Meine Mam und er – bei dieser Vorstellung musste ich unwillkürlich lächeln. Sie waren damals bestimmt ein hübsches Paar – beide groß und schlank, er mit seinem dunkelblonden Haar und meine Mutter mit ihren braunen Locken ... Plötzlich schob sich Pas Bild dazwischen. Mir stockte das Herz und ein feiner Gänsehautschauer raste über meine Haut. Wie hatte ich nur so etwas denken können! Okay, vielleicht hatte meine Mutter tatsächlich was mit Javen Spinx gehabt – vielleicht aber auch nicht. Zugegeben hatte sie es jedenfalls nicht. Und deshalb würde ich so lange von der zweiten Möglichkeit ausgehen, bis sie mir etwas anderes erzählte.

»Sag mal ... Willst du nicht endlich damit aufhören, deinen Teller herumzudrehen?«, sagte Tante Grace. »Ich habe das Gefühl, der Tomate ist schon ganz schwindelig.«

»Ich glaube, ich habe kei…«

»Doch, du hast Hunger«, unterbrach sie mich energisch. »Und ich versichere dir, ich lasse dich erst aufstehen, wenn du den Teller leer gegessen hast.«

Das Telefon klingelte genau in dem Moment, als ich den letzten Bissen Rührei heruntergeschluckt hatte.

Tante Grace eilte in den Flur und kam kurz darauf mit dem Mobilteil zurück.

»Ruby. Für dich«, sagte sie.

Mein Puls schnellte in die Höhe. »Gibt es was Neues … über Lauren?«

»Sicher nicht«, erwiderte meine Großtante. »Es dauert immer eine Weile, bis die Ergebnisse einer pathologischen Untersuchung zusammengetragen sind, und ehe davon dann mal etwas an die Öffentlichkeit dringt …« Sie machte eine abwinkende Geste. »Sie haben bisher nicht einmal in den Nachrichten darüber berichtet. Offensichtlich liegt ihnen viel daran, so lange wie möglich ungestört ermitteln zu können. Vielleicht gibt es ja bereits Spuren, die auf einen ganz bestimmten Täter hindeuten. In dem Fall wird die Polizei mit allen Mitteln zu verhindern versuchen, dass er misstrauisch wird und sich aus dem Staub macht, ehe sie ihn ergreifen können.«

Ich nahm das Telefon, das sie mir entgegenhielt, und legte es ans Ohr. »Hey, Ruby.«

»Hey«, sagte sie. »Klingt alles ziemlich logisch, was deine Tante gesagt hat.«

»Ja.« Ich räusperte mich, stand von meinem Stuhl auf und

ging langsam ins Wohnzimmer hinüber. »Gibt es denn trotzdem etwas Neues?«

»Nein.« Ruby seufzte leise. »Ich habe nichts gehört.«

»Dann weiß ich wahrscheinlich sogar mehr als du«, krächzte ich ins Telefon, während ich die Tür hinter mir schloss. Nicht, dass ich Tante Grace nicht traute und ihr deswegen etwas verheimlichen wollte, ich hatte nur das unbestimmte Gefühl, dass sie Cyril gegenüber ein wenig voreingenommen war und möglicherweise nicht viel darauf gab, was er erzählte.

»Aha ...«, sagte Ruby gedehnt. »Das kann dann ja eigentlich nur mit Cyril zu tun haben, oder?«

»Er hat sie gefunden«, hauchte ich.

»*Was?*«

»Er hat Lauren gefunden. Er kommt nachher zum Strand, um euch davon zu berichten.«

»Wann?«, brüllte Ruby.

»Keine Ahnung. Das hat er nicht gesagt.«

Irgendwie war ich davon ausgegangen, dass sie feste Zeiten hatten, zu denen sie sich trafen, und davon abgesehen, hatte ich gestern Abend sowieso nicht klar denken können.

»Man kann ihn nicht erreichen«, fuhr Ruby mich an. »Er hat nämlich kein Handy.«

»Was kann *ich* denn dafür?«, knurrte ich.

»Und sollte er sich bei Facebook oder sonst irgendwo registriert haben, dann unter einem Namen, den niemand kennt«, fuhr Ruby unbeeindruckt fort. Womöglich hatte sie mir gar nicht richtig zugehört. »... oder zumindest keiner von uns.«

»Er will eben unabhängig sein ...«, entgegnete ich. Oder ungebunden, fügte ich in Gedanken hinzu und spürte einen feinen Stich in der Brust.

»Was hat er dir denn überhaupt erzählt?«, fragte Ruby.

»Nichts weiter. Nur dass er Lauren gefunden hat. Mitten auf einer Wiese.«

»Wie?«, rief Ruby erstaunt. »Der, der ihr das angetan hat, hat sie nicht einmal versteckt?«

Ich schluckte. Komischerweise wurde mir die Bedeutung dieses Umstands erst in diesem Moment bewusst. Lauren musste dagelegen haben wie auf dem Präsentierteller und das konnte nur heißen: »Er muss beabsichtigt haben, dass man sie findet.«

»Entweder das oder er ist überrascht worden«, fügte Ruby keuchend hinzu. »Vielleicht hat Cyril ja sogar was Verdächtiges beobachtet. Oder er hat etwas gesehen, dem er bisher keine Relevanz zugemessen hat.«

Letzteres konnte ich mir kaum vorstellen. Cyril schien mir ein sehr aufmerksamer Mensch zu sein. Aber diesen Eindruck behielt ich erst mal für mich. Ich hatte nämlich gerade überhaupt keine Lust auf Rubys mütterliche Schutzallüren, und die würde ich unweigerlich aktivieren, wenn ich etwas allzu Positives über Cyril vorbrachte.

»Hast du ihn denn gar nicht ausgefragt?«, wollte sie nun von mir wissen.

»Er hätte mir sowieso nichts erzählt«, erwiderte ich.

»Aha«, sagte Ruby. »Wie war er denn ... überhaupt so?«

»Ganz okay.« Ich bemühte mich, meiner Stimme einen möglichst gleichgültigen Ton zu verleihen.

»Oh, wow!«, stieß Ruby hervor. »Das hat sich dann ja voll gelohnt!«

»Was hast du denn erwartet?«, blaffte ich. »Dass wir den Mord aufklären?«

»Natürlich nicht. Aber, Elodie, du kannst mir erzählen, was

du willst, ich bin mir hundertprozentig sicher, dass Cyril diese Typen auf Sark kennt«, beschwor sie mich. »Die Insel ist extrem überschaubar.«

»Ich weiß«, sagte ich. »Fünf Kilometer lang und gut zweieinhalb breit.« Sozusagen ein Krümel im großen, weiten Ozean – eine wirklich mehr als gruselige Vorstellung für mich.

»Ja, und nur sechshundert Einwohner«, führte Ruby weiter aus. »Da kennt jeder jeden. Und jeder weiß, wer wann wo als Tourist zu Gast ist.«

»Und wenn diese Typen gar keine Touristen sind?«, wandte ich ein.

»Wer oder was, bitte schön, sollen sie denn sonst sein?«

»Na ja, Fremde natürlich schon«, sagte ich. »Aber sie müssen sich doch nicht unbedingt auf Sark eingemietet haben.«

»Da hast du wohl recht«, meinte Ruby. »Sie könnten auch hier auf Guernsey zu Gast sein oder auf Jersey oder Alderney wohnen und mit dem Flieger, der Fähre oder einem eigenen Boot übersetzen. Aber glaub mir, auch das würde sich ziemlich schnell herumsprechen.«

»Wann sind sie denn überhaupt auf Sark aufgetaucht?«

»Das lässt sich ebenfalls nicht genau sagen«, erwiderte sie. »Lauren, Aimee, Joelle und Olivia haben sich sehr hartnäckig darüber ausgeschwiegen. Aber es muss irgendwann in der letzten Woche gewesen sein, dass sie sie zum ersten Mal getroffen haben. Frag mich jetzt aber nicht, wann genau und wo. Vielleicht waren sie in der *Mermaid Tavern*. Allerdings ist dieser Laden dermaßen abgefuckt, dass da eigentlich kaum jemand anders hingeht als die Sarkee-Kids. Und das wohl auch nur, weil es keinen anderen Ort gibt, an dem sie von den Erwachsenen ungestört abhängen können.«

»Vielleicht sind Aimee, Olivia und Joelle ja jetzt, nach allem, was passiert ist, ein wenig redseliger«, überlegte ich.

»Das hoffe ich auch«, meinte Ruby und seufzte abermals. »Ashton glaubt übrigens nicht daran. Er hält die Mädels für total verbohrt. Aber er ist überzeugt davon, dass diese Typen nach ihrem Urlaub sowieso wieder verschwinden und im nächsten Jahr dann einen anderen Teil der Erde unsicher machen. Wenn dem so ist, ginge der Spuk ganz von allein wieder vorbei.«

»Sagt Ashton?«, versicherte ich mich.

Ruby seufzte ein drittes Mal. »Ja.«

»Klingt nicht unbedingt so, als ob du das für sehr wahrscheinlich hältst.«

»Nee«, sagte sie. »Aber was heißt das schon? Ich bin nun mal nicht der geborene Optimist.«

»Du bist schon okay«, entgegnete ich.

Ich konnte förmlich hören, wie sie grinste.

»Danke, Elodie. Das war Balsam für meine geschundene Seele.«

»Ach, komm«, sagte ich. »Du tust ja gerade so, als ob du keine Freunde hättest.«

»Na ja ... auf den ersten Blick scheint manches ein bisschen anders zu sein, als es wirklich ist.«

»Was soll das heißen?«, fragte ich verwundert. »Doch nicht, dass du das schwarze Schaf in deiner Clique bist?«

Ruby stöhnte auf. »Autsch! In dem Fall warst du der Hammer und ich der Nagelkopf.«

Na super!, dachte ich. »Und was ist mit Ashton?«

»Der ist noch ein bisschen schwärzer. Sozusagen der Exot unter den Schafen«, antwortete sie. »Jedenfalls bei den Jungs.«

»Komisch«, sagte ich. »Das kam mir überhaupt nicht so vor. Ich hatte eher den Eindruck, dass *du* ihn nicht immer ganz korrekt behandelst.«

Vorsichtshalber hielt ich das Telefon ein Stück von meinem Ohr weg, da ich mit einer Kanonade rechnete, doch Ruby lachte nur.

»Ich weiß, ich weiß. Ashton hat's mir erzählt. Er findet dich übrigens total süß. Und wunderschön und all das ... Na ja, stimmt ja auch.«

Ein paar Sekunden lang war ich sprachlos, denn es verblüffte mich, wie locker Ruby damit umging. Mir jedenfalls würde es ganz sicher etwas ausmachen, wenn mein Freund sich so über ein anderes Mädchen äußerte.

»He!«, rief Ruby. »Hallo? Bist du noch da?«

»Ähm ... ja.«

»Mich machen Komplimente auch immer verlegen«, meinte sie. »Das Gute ist, dass ich ziemlich selten welche bekomme«, fügte sie heiter hinzu.

»Also ...«, begann ich und suchte krampfhaft nach einer Möglichkeit, aus dieser Schiene wieder herauszukommen, da sagte Ruby: »Ashton und ich, das ist einfach Liebe. Da geht unheimlich viel, was normalerweise vielleicht nicht möglich wäre, wenn du verstehst, was ich meine. Wir können uns gemeinsam über einen Sommertag freuen, einen tollen Film, einen guten Witz oder eben auch über Aimees heißes Hinterteil.« Ihre Stimme hatte einen unglaublich warmen, zärtlichen Tonfall angenommen. »Ich glaube, ich würde durchdrehen, wenn er plötzlich nicht mehr da wäre.«

Vor Rührung wusste ich nicht, was ich sagen sollte, aber das schien auch gar nicht nötig zu sein. Ruby kam es wohl nur darauf an, mir begreiflich zu machen, welch tiefe Gefühle Ashton und sie miteinander verbanden.

Und ich verstand sehr gut, ohne dass ich Worte dafür gefunden hätte. Ich ahnte, dass es mit ihrem Bruder zu tun hatte und mit ihren Schuldgefühlen wegen seines Unfalls auf Lihou Island und den Verletzungen, die er dabei erlitten hatte. In Ashton hatte Ruby offenbar jemanden gefunden, der trotz seiner Behinderung wie ein Fels in der Brandung stand. Ihn brauchte sie nicht zu bemuttern. Im Gegenteil, seine Schultern schienen breit genug zu sein, um auch ihren Kummer zu tragen.

»Weißt du, was?«, riss sie mich jetzt aus meinen Gedanken. »Wenn du willst, treffen wir uns nach der Schule am Strand. Vielleicht sind Cyril und die anderen dann ja auch schon dort.«

»Gute Idee«, sagte ich. »Wieso telefonieren wir überhaupt?«

»Wie recht du hast!« Ruby lachte. »Soll ich dich wieder abholen oder findest du diesmal allein hin?«

Unstimmigkeiten

Nachdem Tante Grace mich geradezu beschworen hatte, mich ja warm und regenfest anzuziehen, und ich ihrem Wunsch natürlich widerstandslos gefolgt war – alles andere hätte sowieso nur zu unnötigen Verzögerungen geführt –, machte ich mich nach dem Mittagessen mit dem Fahrrad auf den Weg.

Schon nach wenigen Minuten passierte ich Fort Richmond und kurz darauf öffnete sich mir der Blick auf die Vazon Bay.

Das Meer war ebenso grau und dunkel wie der Himmel, der am Horizont mit ihm zu einer tiefschwarzen Einheit verschmolz. Es lief in rauschenden, sich brechenden Wellen auf den Strand auf, klatschte gegen die Felsgrate und spritzte meterhohe weiße Gischtfontänen in die Luft.

Der Wasserstand schien mir etwas höher als vorgestern zu sein, ja, es kam mir sogar so vor, als ob die Nordsee mit jedem Wellengang ein wenig näher an die Straße heranspülte.

Rasch wandte ich den Blick ab und konzentrierte mich auf den Asphalt unter mir.

Ich krieg dich, hörte ich es flüstern.

Die Stimme in meinem Kopf brachte mein Herz zum Rasen und in meiner Vorstellung sah ich das Wasser bereits über die Befestigung treten und an den Reifen meines Fahrrads lecken.

Du kannst nicht davonlaufen.

Meine Knöchel juckten wie verrückt, und ich trat so kräftig, wie ich konnte, in die Pedalen. Schneller und schneller zogen Autos und Häuser zu meiner Rechten und Mauersteine, Felsen und Dünenabschnitte voller blühender Bluebells zur Linken an mir vorbei.

Du gehörst mir.

Die Stimme war nicht in meinem Kopf. Sie kam vom Meer.

Vor Schreck trat ich in die Bremse. Ich sprang vom Rad und stand eine Weile zitternd da, bevor ich mich endlich traute, zum Strand hinunter und schließlich aufs Wasser zu schauen.

Das Vazon Bay Café war nicht mehr weit entfernt. Ich konnte die zusammengeklappten Sonnenschirme, die bunten Schilder und die helle Markise erkennen, aber die Beklemmung, die mich bei der Erinnerung an die verrückte Cecily Windom und ihre unheilvollen Worte überfiel, war nichts gegen das, was ich beim Anblick des Meeres empfand.

Es war wie ein mächtiger Sog, ein Zerren und Ziehen, aber zugleich war es auch ein ebenso verzweifelter Kampf dagegen. Es spielte sich in mir ab, in den tiefsten Tiefen meiner Seele, und ich fühlte mich dem hilflos ausgeliefert. Das Jucken reichte mittlerweile bis an meine Hüftknochen hinauf. Es wurde zu einem Brennen, das sich mehr und mehr ausdehnte und allmählich seine Konturen verlor. Ich hätte schwören können, dass ich weder Beine noch Füße besaß, und ich spürte auch den Boden unter meinen Sohlen nicht mehr.

Meine Hände umklammerten den Fahrradlenker, aber das war auch das Einzige, was ich noch irgendwie kontrollieren konnte. Ob ich wollte oder nicht – und ich schwöre, ich wollte es ganz sicher nicht –, ich musste meinen Blick auf das Wasser gerichtet halten. Suchend wanderten meine Augen hin und her und schließlich immer weiter aufs Meer hinaus.

Und plötzlich bemerkte ich ihn, den Kopf, der mindestens zweihundert Meter vom Ufer entfernt aus der dunkelgrauen Oberfläche lugte. Ein Surfer, dachte ich zuerst, irgendein Verrückter, vielleicht sogar Cyril, den der Wind vom Brett gepustet hatte, obwohl er mit dem Meer vertraut war. Allerdings konnte ich weit und breit keine Ausrüstung ausmachen. Nirgendwo trieb etwas Buntes, weder ein Segel noch ein Brett.

Der Mensch, der an einem Tag wie diesem hinausgeschwommen war, musste ohne Zweifel ein Verrückter sein, jemand, der ganz bewusst mit seinem Leben spielte. Cyril war es jedenfalls nicht, denn in dieser Sekunde öffnete sich ein winziges Loch in der Wolkendecke, ein schmaler Sonnenstrahl fiel vom Himmel aufs Meer und, wie der Zufall es wollte, haargenau auf den Kopf hinunter.

Gold schimmerte auf, so hell, dass ich unwillkürlich die Augen zusammenkniff.

Es war ein geradezu magischer Moment. Das dunkle Meer und der schwarze Himmel, der Sonnenstrahl und das goldblonde Haar.

Wie hypnotisiert hielt ich den Blick auf dieses Schauspiel gerichtet, und wenn ich nicht gewusst hätte, dass das nicht möglich war, hätte ich glatt an so etwas wie ein Wunder geglaubt.

Für einen winzigen Augenblick war ich drauf und dran, den Lenker loszulassen, über die Mauer zu klettern und ins Wasser zu rennen, aber dann, nicht einmal einen Atemzug später, war alles wieder vorbei.

Die Wolkendecke schloss sich, der Sonnenstrahl verlosch

wie die Flamme an einem Streichholz und der Kopf – es schien, als wäre er nie da gewesen!

Ich hörte mich keuchen und taumelte einen Schritt zurück, so als hätte mich eine unsichtbare Macht in Richtung Straße geschubst, und kurz darauf war ich wieder ich selbst.

Das Brennen war verschwunden, für ein paar Sekunden blieb noch ein sanftes, eher angenehmes Kribbeln zurück, dann spürte ich meinen Körper, meine Hüften, meine Beine und Füße wieder ebenso wie den Asphalt des Gehwegs unter den Sohlen meiner Sneakers und die Griffe des Lenkers in meinen Händen.

»Ist Ihnen nicht gut?«, hörte ich eine Stimme fragen. »Kann ich Ihnen helfen?«

Ich riss mich vom Anblick des Meeres los und bemerkte einen Mann mittleren Alters, der mit seinem kleinen weißen Hund neben mir auf dem Weg stand.

»Ja ... ähm, vielen Dank«, stammelte ich. »Es war nur ... ich dachte ...«

»Ja?« Er blinzelte mich aus hellen Augen erwartungsvoll an.

»Ähm ... Gibt es Leute, die bei diesem Wetter schwimmen gehen?«, fragte ich.

Eine Spur Unverständnis huschte über sein kantiges Gesicht, dann schüttelte er den Kopf. »Nein, sicher nicht.«

»Ich dachte nämlich, ich hätte da draußen jemanden gesehen ...«, murmelte ich, und schlagartig kam mir in den Sinn, dass es eigentlich nur Tyler gewesen sein konnte. – Tyler, der sich aus Verzweiflung über Laurens Tod ebenfalls das Leben nehmen wollte! – Und das Schicksal hatte es so eingerichtet, dass ich es mit ansehen musste ... oder es beobachtete, um ihm vielleicht noch helfen zu können.

Cyril!, schoss es mir durch den Kopf, und schneller, als ich denken konnte, saß ich bereits wieder auf dem Rad. »Entschuldigen Sie bitte, aber ich muss …«

Und dann trat ich in die Pedalen. Wie eine Irre raste ich den Gehweg entlang am Vazon Bay Café vorbei zur Cobo Bay. Es war ein reines Wunder, dass ich niemanden über den Haufen fuhr, und ich war noch nie zuvor in meinem Leben dermaßen erleichtert wie in dem Moment, als ich die Gruppe junger Leute bemerkte, die am Strand gleich unterhalb der Bootszufahrt zusammenstand.

»Cyril!«, schrie ich, noch während ich vom Rad sprang und es zu Boden rasseln ließ. »Cyril, Tyler! Er ist dort draußen …« Ich fuchtelte wie wild mit beiden Armen in Richtung Vazon Bay. »Ich glaube, er will sich …«

Der Rest des Satzes erstarb in meiner Kehle. Wie angewurzelt blieb ich stehen und starrte einen nach dem anderen an.

Sie waren alle da: Ruby, Aimee, Joelle, Olivia, Finley, Mike, Isaac, Jerome, Ashton, Cyril … und Tyler!

Mir fiel ein riesengroßer Stein vom Herzen und dann klappte ich einfach zusammen. Ich sackte auf die Knie, stützte mich mit den Händen im kalten, feuchten Sand ab, und vor lauter Erschöpfung, oder vielleicht auch, weil die ganze Anspannung mit einem Schlag von mir abfiel, fing ich an zu weinen.

Erstaunlicherweise war es nicht Ruby, die als Erste bei mir war, sondern Cyril. Er fasste mich unter, zog mich behutsam auf die Füße und legte seinen Arm um meine Taille. »Was ist passiert?«, fragte er leise, während er mich zu den anderen hinüberführte.

»Ich habe jemanden im Wasser gesehen«, fing ich stockend an zu erzählen. »Drüben in der Vazon Bay. Ich dachte …« Ich brach ab und richtete meinen Blick zögernd auf Tyler, der gespenstisch dünn und durchsichtig wirkte und ziemlich verheulte Augen hatte. »Ich dachte, das wärst du.«

Tyler schluckte und senkte den Kopf.

»Ich kann mir nicht vorstellen, dass heute jemand schwimmen gegangen ist«, meinte Ruby.

Ashton öffnete den Mund, sagte aber nichts, sondern schlenkerte nur ein bisschen mit den Armen.

Isaac zuckte mit den Schultern. »Wahrscheinlich hast du dich verguckt. Es könnte eine Boje gewesen sein, ein Benzinkanister oder sonst irgendwas in der Art.«

Nein, lag es mir auf der Zunge zu widersprechen, ich habe mich nicht verguckt. Es war ganz eindeutig ein Mensch. Ein Mensch mit blonden Haaren, die in der Sonne wie Gold glänzten. Er ist im Meer geschwommen und untergegangen. Vielleicht kämpft er jetzt, genau in diesem Augenblick, noch um sein Leben, und ich bin die Einzige, die ihn gesehen hat.

»Und wenn ich mich *nicht* geirrt habe, verdammt noch mal!«, brüllte ich.

»Okay«, sagte Ruby. »Okay.« Sie hob beschwichtigend die Hände, dann lief sie los, doch Cyril war schneller. Mit einem eleganten Satz hechtete er an ihr vorbei, ergriff mein Rad, schwang sich auf den Sattel und trat mit aller Kraft in die Pedalen.

»Aber er weiß doch gar nicht, wo er …«, begann ich, dann fing ich von Neuem an zu heulen.

Ashtons Kopf ruckelte in kleinen abgehackten Bewegungen nach rechts. »K-keine Sorge, A-Arschficker«, brachte er mühsam hervor. »Cy-Cyril sch-schafft das sch-schon.«

»Er hat recht«, bestätigte Mike. »Wenn da draußen wirklich jemand ist, wird Cyril ihn finden. Er hat Augen wie ein Adler.«

»Stimmt«, sagte Ruby, die mittlerweile zu uns zurückgekommen war und nun ihren Arm um Ashtons Hüfte legte. »Ich kenne außerdem niemanden, der so außergewöhnlich gut schwimmen kann wie er.«

»Aber …«, stammelte ich. »Cyril wird ja wohl nicht …«

Obschon mir natürlich klar war, dass ich ihn niemals rechtzeitig einholen würde, war ich bereits im Begriff, ihm hinterherzurennen, um ihn von diesem Wahnsinn abzuhalten, doch Finley fasste mich am Handgelenk und hielt mich zurück.

»Lass ihn«, zischte er. »Er macht sowieso, was er will.«

Joelle schnaubte leise. »Allerdings. Cyril hat noch nie auf jemanden gehört.«

Das stimmt nicht ganz, dachte ich. Er hört auf Ruby … und auf mich. Aber ich sprach es nicht aus. Im Moment spielte es ohnehin keine Rolle. Ich hatte einfach nur Angst vor dem, was womöglich passieren könnte: dass ein Mensch zu Tode kam, vielleicht sogar zwei, und dass ich indirekt schuld daran wäre, obwohl ich eigentlich nur das Beste gewollt hatte.

»Er ist doch nicht Superman«, stieß ich hervor. »Er kann doch nicht … Er muss ein Boot finden, oder …«

»Man könnte meinen, er denkt, er ist es«, sagte Olivia. »Superman …«

»Und ihr?«, fragte Tyler. Seine rot geäderten Augen wanderten zwischen Joelle, Aimee und Olivia hin und her. »Wer seid ihr?«

»Was ist das denn für eine beschissene Frage?«, erwiderte Joelle abfällig.

Tyler presste die Lippen zusammen und ballte seine Hände so fest zu Fäusten, dass die Knöchel weiß hervortraten.

»Jetzt tu mal nicht so!« Er machte einen Schritt auf Joelle zu, packte sie am Jackenkragen und zog sie so dicht zu sich heran, dass ihre Nasenspitzen sich fast berührten. »Wem von euch ist denn Port plötzlich zu langweilig geworden? Wer hat die anderen dazu überredet, die Abende in dieser verdammten Sarkee-Bruchbude zu verbringen?«

»Das war Lauren, wenn du es genau wissen willst«, mischte Aimee sich ein. »Und jetzt lass Joelle gefälligst wieder los, klar?«

Tyler schnaubte leise. Doch dann lockerte er seinen Griff, verpasste Joelle allerdings einen kräftigen Stoß, bevor er ihre Jacke ganz freigab, sodass sie beinahe hinfiel und erst durch einige taumelnde Schritte wieder ins Gleichgewicht zurückfand.

»Mann, bist du bescheuert!«, blaffte Olivia ihn an. »Was kann sie denn dafür? *Du* bist doch derjenige, der die Wahrheit nicht sehen will.«

»Moment mal«, sagte Ruby. »Könnte mich vielleicht mal jemand aufklären ...?«

»Ach, du«, zischte Tyler. »Halt du doch deine Fresse.«

»Auf einmal, he?« Rubys Augen wurden schmal und die graue Iris blitzte zornig auf. »Das ist ja mal wieder typisch!«, fuhr sie ihn an. »Solange ich noch auf Lauren eingeredet habe, war ich gut genug. Aber jetzt, wo sie tot ist, soll ich wohl an allem schuld sein, oder was?«

»Sie ist nicht einfach bloß tot.« Tylers Nasenlöcher blähten sich und sein Kinn zitterte. »Sie wurde wahrscheinlich ermordet, schon vergessen? Und zwar von einem dieser widerlichen Typen, die euch die Köpfe verdreht haben.« Er streckte Mike, Isaac, Jerome und Finley seine Faust entgegen. »Was meint ihr, Jungs, sollen wir eine Wette abschließen, wer von ihnen als Nächste dran ist?«

»Jetzt hör endlich auf, Tyler«, sagte Aimee schlapp. »Das

bringt uns Lauren auch nicht zurück. Mal ganz davon abgesehen, dass wir noch überhaupt nicht wissen, ob sie tatsächlich … *ermordet* wurde.«

»Was denn sonst, he?«, blaffte Tyler. »Was denn *sonst?*«

Er wandte sich ab und lief ein paar Schritte in Richtung Wasser, dann warf er seinen Kopf in den Nacken und stieß einen verzweifelten Schrei aus.

»Mensch«, murmelte Ashton. »Mensch, Mensch.« Er ging zu Tyler hinüber und legte ihm ein wenig unbeholfen seinen schlenkernden Arm um die Schultern. »So eine Scheiße, Ty… verdammtes Arschloch!«

»Hau ab, du Krüppel!«, brüllte Tyler ihn an. Er riss sich los und schubste Ashton zur Seite. »Geh zu Mami und lass dich verhätscheln. Du hast doch sowieso keine Ahnung, sondern einfach nur Scheißglück gehabt, dass du an die liebe, fürsorgliche Ruby geraten bist, die auf dich aufpasst und dich natürlich niemals im Stich lassen würde. Stimmt's, Ruby, so ist es doch, oder?«

Sein hübsches Gesicht war mittlerweile zu einer hässlichen Fratze verzerrt. Tyler befand sich ganz offensichtlich in einem Ausnahmezustand. Ich fand sein Verhalten einfach nur schockierend und wollte gar nicht wissen, was er vielleicht noch alles über die Lippen brachte oder wozu er sonst imstande war.

Aber da sich im Moment sowieso niemand darum zu scheren schien, was ich dachte oder tat, wandte ich mich ab und stapfte auf die Bootszufahrt zu, in der Hoffnung, dass Cyril möglichst bald und unversehrt zurückkam.

Und tatsächlich, noch ehe ich die Befestigungsmauer und die dahinter liegende Straße erreichte, tauchte er plötzlich auf und sprang sofort vom Rad herunter, als er mich bemerkte.

Sein schwarzes Haar war nass und Wassertropfen perlten über seine Stirn und seine Wangen. Er hatte einen ziemlich merkwürdigen Ausdruck im Gesicht, und mir war sofort klar, dass irgendetwas passiert sein musste.

»Hast du ihn gefunden?«, bestürmte ich ihn.

Für den Bruchteil einer Sekunde hatte ich das Gefühl, Cyril wollte nicken, doch dann schüttelte er den Kopf. »Nein.«

»Aber du bist im Wasser gewesen?«

»Ja.«

»Dann hast du also doch etwas gesehen?«

»Nein, Elodie, ich habe überhaupt nichts gesehen«, erwiderte er in einem Tonfall, der offensichtlich Bestimmtheit signalisieren sollte, mich aber dennoch oder vielleicht gerade deswegen aufhorchen ließ.

»Und trotzdem bist du ...?«, begann ich, doch Cyril unterbrach mich sofort.

»Ja, natürlich bin ich«, sagte er ein wenig unwirsch. »Ich wollte schließlich ganz sicher sein.« Jetzt nahm er mich bei den Schultern und sah mich eindringlich an. »Da war niemand.«

Der Blick aus seinen dunklen Augen verschlug mir fast den Atem.

»Auch keine Boje? ... Oder ein Kanister?«, vergewisserte ich mich leise keuchend.

»Nein, nichts«, sagte Cyril.

»Aber ich hab mich doch nicht verguckt«, wandte ich ein.

Er holte einmal tief Luft und schüttelte erneut den Kopf. »Glaub mir bitte, Elodie, ich bin mindestens dreihundert Meter rausgeschwommen und auch ein ganzes Stück hinuntergetaucht ... Da war wirklich nichts.«

Ich konnte es kaum glauben.

»Du bist dreihundert Meter …?«, stieß ich fassungslos hervor. »Und du … du bist *getaucht?*« Ich musterte ihn vom dunkelgrünen Kapuzensweater bis hinab zu seinen schwarzen Nike-Sneakers. »Aber deine Sachen sind vollkommen trocken.«

»Die habe ich natürlich ausgezogen«, sagte Cyril lächelnd. »Inklusive meiner Unterhose … Falls es dich interessiert.«

»Nein, das tut es nicht«, knurrte ich.

Dabei hätte ich nicht sagen können, was mich verrückter machte: der Umstand, dass Cyril minutenlang in der eiskalten Nordsee herumgeschwommen war und damit nicht nur seine Gesundheit, sondern vielleicht sogar sein Leben riskiert hatte, oder die Vorstellung, dass er dabei im Adamskostüm unterwegs gewesen war.

»Sorry«, entgegnete er und seine Miene verdunkelte sich. »Es tut mir leid, aber ich weiß auch nicht, was mit mir los ist.«

Na, toll!

»Vielleicht solltest du deine Freunde fragen«, schnaubte ich und deutete zum Strand, wo Ruby, Tyler, Ashton und die anderen ihren heftigen Gesten nach zu urteilen noch immer miteinander stritten. »Die halten dich nämlich für eine Art Superman.«

»Das bin ich sicher nicht«, sagte Cyril nüchtern. »Okay, ich kann ganz gut surfen, schwimmen und tauchen und ich kenne das Meer und die Küsten von Guernsey, Herm und Sark wie meine Westentasche«, führte er aus. »Aber ansonsten …«

»Du bist gerade mal zehn Minuten weg gewesen«, fuhr ich ihm dazwischen, nachdem ich einen kurzen Blick auf meine Armbanduhr geworfen hatte. »In der Zeit bist du zur Vazon Bay geradelt, hast dich dort deiner Klamotten entledigt und bist dreihundert Meter hinausgeschwommen. Du bist ein bisschen getaucht, hast dich anschließend wieder angezogen und bist hierher zurückgeradelt.« Ich tippte mir an die Stirn. »Schon klar!«

»Tja«, meinte Cyril schulterzuckend. »Dann bin ich wohl doch Superman! ... Oder willst du mir unterstellen, ich hätte bloß *ein bisschen* meinen Kopf ins Wasser gehalten?«

»Keine Ahnung«, antwortete ich ehrlich.

Entweder war Cyril ein Blender oder er war tatsächlich anders als wir anderen. Und zwar ziemlich anders.

»Jede Wette, sie werden wieder hinfahren«, sagte Ruby eine gute Stunde später. »Gleich heute Abend.«

Finley, Isaac, Mike, Jerome, Tyler und die Mädchen hatten den Strand mittlerweile verlassen, nur Ashton, Cyril, Ruby und ich waren übrig geblieben. Der Wind hatte etwas nachgelassen, trotzdem waren wir alle ziemlich durchgefroren.

»Das glaube ich nicht«, sagte Ashton. »Olivia hat sich für sieben Uhr mit Finley verabredet. Vielleicht hat sie inzwischen eingesehen, dass der Spatz in der Hand besser ist als die Taube auf dem Dach.«

»Aha«, entgegnete Ruby. Ein übermütiges Grinsen huschte über ihr Gesicht und sie drückte Ashton einen flüchtigen Kuss auf den Mund. »Du meinst wohl, so wie ich.«

»Ganz genau.« Ashton grinste ebenfalls. Dann schlang er Ruby seine langen Arme um die Taille, hob sie hoch und küsste sie leidenschaftlich.

Cyril sah mich an und natürlich schoss mir sofort sämtliches in meinem Körper vorhandene Blut in den Kopf.

»Joelle und Aimee könnten auch allein fahren«, sagte ich hastig.

»Genau das befürchte ich«, presste Ruby etwas undeutlich zwischen ihren und Ashtons Lippen hervor.

Cyrils rechte Augenbraue wanderte nach oben und verschwand unter seiner schwarzen Ponysträhne. »Und ich dachte, wohlerzogene junge Mädchen reden nicht mit vollem Mund«, sagte er, während er meinen Blick weiterhin gefangen hielt.

Der Gentleman, den er vor zwei Tagen noch gegeben hatte, war verschwunden, jetzt spielte er ganz offensichtlich mit meiner Verlegenheit, und ich dummes Huhn hatte keine Ahnung, was ich davon halten, und schon gar nicht, wie ich damit umgehen sollte.

»Okay, lass mich bitte runter«, sagte Ruby und Ashton kam ihrem Wunsch sofort nach. »Jetzt wo Tyler weg ist, könntest du ja vielleicht ein bisschen konkreter werden«, fuhr sie an Cyril gewandt fort.

Es stellte sich heraus, dass er bisher kaum etwas von seiner grausigen Entdeckung erzählt hatte, weil Olivia und Aimee, vor allem jedoch Tyler nichts darüber hatten hören wollen.

»Bist du sicher, dass du das so genau wissen willst?«, entgegnete Cyril mit ernster Miene. Um seine Lippen lag jetzt ein weicher Zug und er sah Ruby voller Wärme an.

»Würde ich dich sonst fragen?«, erwiderte sie harsch.

Cyril atmete geräuschvoll aus. »Nein, natürlich nicht.« Er schüttelte den Kopf. »Wie konnte ich nur …«

»Jetzt lass dich doch nicht ewig bitten!«, herrschte sie ihn so heftig an, dass ich zusammenzuckte.

Ashton zuckte auch, keine Ahnung, ob ebenfalls vor Schreck oder weil es mit seinem Tourette-Syndrom zusammenhing.

»Entschuldigung«, sagte Cyril knapp. Noch immer sah er Ruby an, die Wärme in seinem Blick war allerdings verschwunden. »Also, Lauren lag genau in der Mitte der Weide. Sie war vollkommen nackt und ihre Schenkel waren auseinandergespreizt«, fuhr er in hartem, stakkatoartigem Tonfall fort. »Vom Weg aus konnte man genau auf ihre Scham gucken. Ein Arm lag angewinkelt über ihrem Kopf, der andere neben ihrer Hüfte. Ihr langes blondes Haar bildete eine Art Sonnenkranz um ihr Gesicht.«

»Meine Güte!«, keuchte Ruby. »Du hast dir aber wirklich nichts entgehen lassen.«

»Ich bin sogar über den Zaun gestiegen, um nachzusehen, ob sie Hilfe braucht«, sagte Cyril unbeeindruckt. »Selbst als ich unmittelbar vor ihr stand …« Er brach ab und richtete seine Augen nun auf Ashton.

»Was?«, drängte Ruby.

»Na ja, obwohl Lauren nicht auf mich reagierte und nicht einmal ihre Lider bewegte, wirkte sie so … so lebendig. Ihr Blick war träumerisch zum Himmel gerichtet und zugleich so selig nach innen gekehrt, als ob sie ein wundervolles Geheimnis hütete, und ihre Haut glitzerte von kleinen Wassertropfen, in denen sich die Strahlen der Morgensonne brachen …«

»Wie poetisch!«, höhnte Ruby.

»Wer wollte denn die Details?«, blaffte Cyril.

Sein Blick streifte sie nur kurz und fixierte jetzt mich. »Lauren sah wunderschön aus. Wie ein Ausstellungsstück.«

»Oder wie eine Trophäe«, murmelte ich.

Cyril schluckte. »Es tut mir so leid«, wisperte er.

Er richtete diese Worte an mich, aber ich wusste, dass er eigentlich Ruby meinte.

»Sie wurde also nicht vergewaltigt«, sagte sie leise und eigentlich mehr zu sich selbst.

»Nein, ich denke, es ist mit ihrem Einverständnis geschehen«, untermauerte Cyril ihre These. »Und allem Anschein nach muss es ein sehr inniges Erlebnis gewesen sein.«

»Fehlt gerade noch, dass du behauptest, sie wäre gern gestorben«, fuhr Ruby ihn an. Sie machte sogar Anstalten, mit den Fäusten auf ihn loszugehen, doch Ashton hielt sie zurück.

Cyril presste die Lippen aufeinander. »Ja ... den Eindruck hätte man durchaus haben können ...«, sagte er rau. Seine schokobraune Iris verdunkelte sich und sein Blick wirkte auf einmal seltsam verschlossen.

»Würdest du mir die Stelle zeigen?«, fragte ich, ohne darüber nachzudenken.

Tante Grace war alles andere als begeistert, dass ich ausgerechnet an einem so regnerischen Tag wie heute nach Sark übersetzen wollte.

»Hast du dir das auch tatsächlich gut überlegt?«, fragte sie ein ums andere Mal, während ich meinen Rucksack durchwühlte und mich vergewisserte, dass ich auch an alles gedacht hatte. Kulturtasche, Unterwäsche zum Wechseln, außerdem einen zweiten Pulli und eine Ersatzjeans – und natürlich mein Handy.

»Nein«, sagte ich. »Du brauchst dir trotzdem keine Sorgen zu machen.«

»Wenn dir während der Fahrt übel wird, wirst du nie Vertrauen zum Meer bekommen«, prophezeite sie mir. »Also warte doch bitte noch ein, zwei Tage. Für Donnerstag ist ja bereits besseres Wetter angesagt.«

In ihrem Blick lag ein solches Flehen, dass ich beinahe nachgab. Doch dann wurde mir plötzlich klar, aus welchem Grund sie mich wirklich von diesem kleinen Ausflug abhalten wollte. Meine Großtante war schließlich nicht auf den Kopf gefallen. Sie konnte sich denken, dass mein plötzliches Interesse an der Nachbarinsel mit Laurens Tod zu tun hatte.

»Elodie schafft das schon«, sagte Ruby, die in der offenen Tür stand und ungeduldig mit einem Bein wippte. »Ashton, Cyril und ich sind ja bei ihr. Und wir bleiben auch ganz bestimmt die ganze Zeit über zusammen«, versprach sie.

»Außerdem ist das Apartment von Ashtons Onkel ab dem Wochenende wieder vermietet«, argumentierte ich. »Donnerstag wird es gründlich gereinigt. Es ist also vorläufig die letzte Gelegenheit für mich, auf Sark zu übernachten.«

»Als ob das so berauschend wäre«, erwiderte Tante Grace kopfschüttelnd. »Dort ist es nachts stockdunkel. Ohne Leuchten findet man sich kaum zurecht.«

»Kein Problem. Wir haben Taschenlampen dabei«, versicherte Ruby ihr. »Mal davon abgesehen, haben wir eigentlich vor, die Nacht *in* der Wohnung zu verbringen«, betonte sie.

Meine Großtante seufzte. »Ich merke schon, ihr seid fest entschlossen.«

»Jep«, sagte Ruby. Sie hörte auf zu wippen und reckte schnuppernd ihre Nase in Richtung Küche. »Und sollten Sie zufällig einen Ihrer köstlichen Blechkuchen gebacken haben, wären wir die glücklichsten Menschen unter der Sonne, wenn wir davon ein Stück mit auf die lange und *gefährliche* Reise nehmen dürften«, setzte sie augenzwinkernd hinzu.

Tante Grace seufzte noch einmal, das heißt, eigentlich war es eher ein kapitulierendes Aufstöhnen. Sie eilte in die Küche und kam kurz darauf mit einer großen rechteckigen Tupperdose zurück.

»Ruf an, bevor du dich schlafen legst«, ermahnte sie mich. »Ich werde nicht eher ins Bett gehen …«

»Mach ich«, versprach ich und drückte ihr zum Abschied einen Kuss auf die Wange.

»Und melde dich bitte auch mal bei deiner Mutter!«, rief sie mir nach, ehe sie zögernd die Haustür schloss.

Fährfahrt nach Sark

Hätte Tante Grace nicht ein solches Theater veranstaltet, hätte ich ganz sicher bereits auf dem – für meinen Geschmack viel zu schmalen – Pier einen Rückzieher gemacht. So wie die Dinge jetzt lagen, war ich aber auf keinen Fall bereit, klein beizugeben. Vielmehr wollte ich meiner Großtante – und vielleicht auch mir selbst – beweisen, dass ich durchaus in der Lage war, meine Panik vor dem Meer zu überwinden, und zwar unabhängig davon, ob es regnete und stürmte oder bei einer lauen Brise die Sonne schien.

Und so stakste ich, meine Hände fest in Rubys und Cyrils Ärmel gekrallt, die Treppe zur Anlegestelle hinunter, wo ich mir von zwei Männern der Fährbesatzung auf das schwankende Boot hinüberhelfen ließ.

Ich schlüpfte sofort in den großen Passagierraum unter Deck, suchte mir einen Platz in einer der mittleren Sitzreihen und zwang mich, nicht aus dem Fenster zu sehen, sondern meinen Blick fest auf die Rücklehne des Vordersitzes gerichtet zu halten.

Cyril glitt neben mich.

»Das ist keine gute Idee«, sagte er leise.

»Was?«, krächzte ich

»In der Mitte zu sitzen.«

»Wieso?«

»Selbst wenn du die ganze Zeit über auf deine Knie starrst, wirst du aus den Augenwinkeln die Wasseroberfläche wahrnehmen. Und zwar zu beiden Seiten«, betonte er. »Könnte sein, dass dir davon erst recht schlecht wird.«

»Aber ich kann unmöglich direkt am Fenster sitzen«, erwiderte ich.

»*Ich* gehe ans Fenster und du setzt dich neben mich«, schlug Cyril vor. Er tastete nach meiner Hand und zog mich sanft von meinem Platz hoch. »Nun komm schon. Vertrau mir.«

Ausgerechnet, dachte ich. Aber ich tat es. Ich vertraute Cyril. Trotz seines seltsamen Benehmens vertraute ich ihm merkwürdigerweise genauso sehr wie Ruby. Und so folgte ich ihm widerstandslos auf die rechte Seite, wartete, bis er zum Fenster durchgerutscht war, und ließ mich auf dem Sitz neben ihm nieder.

Cyril wandte sich mir zu und deckte die Hälfte des Fensters mit seinem breiten Oberkörper ab. Lächelnd öffnete er die Arme. »Du darfst dich gerne hineinschmiegen, wenn du magst«, bot er mir an. »Du schließt die Augen und ich halte dich. Ich verspreche dir, du wirst vollkommen vergessen, dass du dich auf einem Schiff befindest.«

Ich schüttelte den Kopf. »Das ist nett, vielen Dank«, sagte ich so nüchtern wie möglich. »Aber ich will meine Angst vor dem Meer ja überwinden und nicht ständig davor weglaufen.«

Ohnehin war die Frage, was mir mehr zusetzte – diese unerklärliche Angst vor dem Ozean oder die Unsicherheit, die Cyril durch sein Verhalten immer wieder aufs Neue in mir auslöste. Außerdem waren Ruby und Ashton auch noch da.

Was würden sie wohl denken, wenn ich mich einfach in Cyrils Arme fallen ließ? Zumindest was Ruby betraf, konnte ich es mir denken. Sie würde unter Garantie ausflippen!

Jedenfalls hatte ich erst einmal wieder mit meiner Gesichtsfarbe zu kämpfen und war heilfroh, als die beiden an uns vorbeihuschten und Ruby mir zurief: »Wir gehen raus! Es regnet gerade nicht so sehr und die Aussicht ist fantastisch.«

»Alles klar!«, rief ich zurück, ohne sie richtig anzusehen, und murmelte: »Als ob sie das nicht alles schon kennen würde.«

»Es gibt eben Dinge, an denen kann man sich einfach nicht sattsehen«, meinte Cyril. »Und sie hat recht. Die Aussicht ist wirklich super.«

»Gib dir keine Mühe, es wird dir nicht gelingen, mich zu überreden …«

Er hob eine Hand zum Schwur. »Das würde mir niemals einfallen.«

Ich versuchte zu grinsen, was mir allerdings missglückte, weil die Fähre in diesem Moment ablegte. Das ohnehin schon irrsinnig laute Motorengeräusch nahm eine nervtötende Frequenz an, außerdem drehte sich das Boot nun einmal um sich selbst, was eine ausgesprochen unangenehme Wirkung auf meinen Magen hatte. Und als wir den Hafen von St Peter Port verließen und die Fähre an Fahrt aufnahm, spürte ich auch das altbekannte Jucken über meinen Knöcheln.

Cyril hatte seinen linken Arm auf der Rückenlehne meines Sitzes abgelegt, und ich bildete mir ein, seine Fingerspitzen auf meiner Schulter zu spüren. Ich betete inständig, dass das Jucken nicht so stark wie heute Vormittag in der Vazon Bay werden würde, und überlegte, ob ich Cyril davon erzählen sollte, verwarf diesen Gedanken jedoch sogleich wieder.

Irgendwas musste ich aber sagen. Ohne mit ihm zu reden, machte mich seine Nähe nämlich viel zu nervös. Und so tat ich das, was ich gestern Abend schon hätte tun sollen: Ich fragte ihn nach Javen Spinx.

»Kennst du ihn?«

»Ja«, war Cyrils knappe Antwort.

»Woher?«

Er lachte kurz auf. »Ich glaube, es gibt niemanden hier auf den Inseln, der ihn nicht kennt.«

»Wieso? Ist er irgendwie prominent?«

Cyril zuckte die Achseln. »Gewissermaßen.«

»Aha ... Und inwiefern?«, bohrte ich weiter.

»Er engagiert sich für den Schutz der Meere«, erwiderte Cyril. »Und das auf allen Ebenen und mit allen ihm zur Verfügung stehenden Mitteln.«

Natürlich fiel mir sofort die Auseinandersetzung zwischen Javen Spinx und der Polizei vor dem Flughafen von Stansted wieder ein und so hakte ich nach: »Wie soll ich das verstehen?«

»Er legt sich mit jedem an«, sagte Cyril. »Politikern, Reedern, Öl- und Gasfirmen. Er hat einfach keine Angst. Vor nichts und niemandem.«

»Aber das ist doch irgendwie ... cool, oder?«, entgegnete ich.

»Hab ich etwas anderes behauptet?«

»Nein, aber ...«

»Was?«

»Na ja, du sprichst über ihn, als ob er dir gleichgültig ist«, sagte ich.

»Wäre das so schlimm?«

»Nein.«

»Aber ...?«, fragte er gedehnt.

»Ich habe ihn auf dem Flughafen kennengelernt und fand ihn schon irgendwie beeindruckend«, antwortete ich zögernd. »Er war sehr nett zu mir. Sehr hilfsbereit. So ähnlich wie du.« Ich war selbst überrascht über diese Äußerung.

Cyril lächelte breit. Das heißt, eigentlich bemerkte ich nur das Blitzen seiner weißen Zähne aus den Augenwinkeln, denn ich fixierte nach wie vor die blaugraue Rückenlehne meines Vordersitzes.

»So, du findest mich also hilfsbereit«, sagte er und lachte leise.

»Was ist daran so lustig?«

»Die Tatsache, dass es außer dir wohl kaum jemanden gibt, der mir diese Eigenschaft zuschreiben würde«, antwortete er.

»Ich weiß«, krächzte ich. Alle hielten Cyril für unabhängig und eigenwillig, und ehrlich gesagt, kam es auch mir so vor, als ob er sich kaum um die anderen scherte. Nicht einmal Laurens Tod schien ihn sonderlich zu berühren. Helfen wollen hatte er allerdings auch ihr. »Und ich verstehe nicht ...«

»Was?«

»Warum du dich so sehr um mich kümmerst!«, platzte es aus mir heraus. »Genauso wie Javen Spinx«, betonte ich noch einmal etwas deutlicher. »Neben ihm habe ich sogar meine Flugangst vergessen, und ich konnte aufs Meer hinunterschauen, ohne dass meine Knöchel juckten.«

»Deine Knöchel jucken, wenn du das Meer *siehst?*«, fragte Cyril.

Am Tonfall hörte ich, dass er schon wieder grinste, und ein feiner Zorn stieg in mir hoch. Für einen Moment vergaß ich mich und blickte auf.

»Hi«, sagte Cyril. »Willkommen an Bord!« Er lachte mich

jetzt ganz offen an. »Und? Was machen deine Knöchel? Jucken sie?«

»Nein«, sagte ich erstaunt. Sie taten es wirklich nicht – nicht mehr.

»Cyril, ich kapier das alles nicht!«

»Aber *ich* soll es wohl, oder wie?« Er hob die Schultern. »Tut mir leid, aber es sind nun mal deine Knöchel und nicht meine.«

Ich nickte und sah an ihm vorbei aus dem Fenster.

Der Anblick war in der Tat überwältigend.

Direkt vor mir – sozusagen auf Augenhöhe – lag das Meer. Es war tiefblau und auf seiner Oberfläche bildete sich ein bewegtes, aber dennoch überraschend gleichmäßiges Muster aus kleineren und größeren Wellen. Über dem Horizont hatte sich der Himmel gelichtet. Eine entfernte Insel war vollkommen in Sonnenlicht getaucht und davor ragten unzählige bizarre Felsspitzen aus dem Meer auf.

Vor Staunen kriegte ich den Mund nicht zu.

»Mann, das ist so schön«, stieß ich schließlich hervor. »Ich hätte nie gedacht, dass ich dem Meer jemals etwas abgewinnen könnte. Aber jetzt hätte ich sogar Lust, schwimmen zu lernen. Und surfen und …« Ich richtete meinen Blick auf Cyril und mir stockte der Atem.

Anstatt nach draußen, sah er mich an. Seine Augen spiegelten die pure Freude wider. Sein ganzes Gesicht strahlte. Und diese Gefühle waren unverhüllt, absolut rein und ehrlich. Nur einordnen konnte ich sie noch immer nicht.

Trotz dieses ergreifenden Erlebnisses und meiner spontan geäußerten Wünsche traute ich mich nicht an Deck. Ich wollte nichts überstürzen, meine guten Vorsätze nicht im Keim ersticken, sondern alles ganz in Ruhe angehen. Also blieb ich neben Cyril sitzen, zwang mich, nicht allzu oft in seine strahlenden Augen zu sehen, und genoss die letzte halbe Stunde der Überfahrt.

Wir passierten Brecqhou, eine kleine vorgelagerte Insel, die sich im Besitz der Barclay-Brüder befand, und kurz darauf schob sich die hohe zerklüftete Felsküste von Sark an uns vorbei.

Staunend betrachtete ich das prächtige Farbenspiel von Gestein und Vegetation, und ganz besonders faszinierten mich die vielen felsigen Torbögen und dunklen Höhleneingänge, die tief ins Felseninnere zu führen schienen.

»Das täuscht«, versicherte Cyril mir. »Die meisten messen nur ein oder zwei Bootslängen, hinter manchen verbergen sich allerdings auch hübsche Grotten.«

»Hm, und das ist also dein Job«, sagte ich. »Mit Touristen durch diese Höhlen zu schippern ...« Skeptisch schob ich die Unterlippe vor.

Cyril drückte leicht meinen Arm. »Für dich würde ich sogar glatt eine Sondertour machen.«

»Bloß nichts überstürzen«, murmelte ich. »Ich glaube, ich fange erst mal in der Cobo Bay mit einem Strandbummel durchs Flachwasser an.«

»Na, wunderbar«, freute er sich. »Das nächste Wochenende soll richtig toll werden. Sonnig und bis zu achtzehn Grad warm.« Er zwinkerte mir zu. »Ich glaube, ich werde vorsichtshalber mal mein Surfbrett mitbringen.«

»Spazierengehen ist wohl nicht dein Ding?«, foppte ich ihn.

Cyril zuckte mit den Schultern. »Kommt ganz darauf an.«

»Aha«, sagte ich. »Und worauf?«

»Auf den Ort, den Anlass und …« – er sah mich breit lächelnd an – »… die Begleitung natürlich.«

»Na, dann bin ich dir offensichtlich nicht genug, was?«, erwiderte ich.

Cyrils Miene wurde sofort wieder ernst. »Wie kommst du denn darauf?«

»Na ja, wegen des Surfbretts …«, gab ich zögernd zurück und kam mir unsagbar blöd vor, weil ich meine eigenen Witzeleien erklären musste. Cyril schien eine etwas andere Art von Humor zu haben als ich, und wenn ich mich nicht vorsah, hatte ich es mir womöglich schneller mit ihm verdorben, als mir lieb war.

»Das bringe ich nur für dich mit, Elodie«, sagte er. »Verstehst du, nur für dich. Weil *du* eben gesagt hast, dass du es gerne lernen würdest.«

Ich schluckte, blickte zur Seite, fummelte den Verschluss meines Rucksacks auf und tat so, als ob ich etwas suchte.

Wie meinst du das wirklich? Was versprichst du dir davon? Was genau willst du eigentlich von mir? – Das wären die Fragen gewesen, die ich ihm hätte stellen müssen. Oder ganz direkt: *Bist du in mich verliebt?*

Keine Ahnung, warum ich es nicht tat. Vielleicht, weil ich mich nicht blamieren wollte. Außerdem war ich mir nicht annähernd im Klaren über meine eigenen Gefühle. Ich hätte nicht sagen können, ob ich in ihn verliebt war, geschweige denn, ob ich ihn küssen wollte oder sogar mehr als das. Okay, er sah wirklich wahnsinnig toll aus, er machte mich verlegen und er faszinierte mich. Vor allem aber war ich gern in seiner

Nähe. Auf eine unerklärliche Weise beruhigte es mich, wenn er da war. Dann fühlte ich mich sicher und geborgen. Und das wollte ich nicht durch irgendwelche unüberlegten oder überstürzten Fragen kaputt machen.

»Wenn du hier leben willst, solltest du dich mit den Eigenheiten des Meeres auskennen«, hörte ich ihn sagen. »Ich finde es wirklich wichtig, dass du schwimmen und surfen lernst. Vielleicht sogar tauchen. Ich habe Zeit genug, dir all das zu zeigen und beizubringen. Und nicht nur das, Elodie ... Frag mich nicht, warum, aber ich tue es sehr gern. Ich mag es einfach, wenn du bei mir bist, ich habe sogar das Gefühl, dass ich in deiner Nähe sein *muss*. Erklären kann ich dir das nicht, es ist einfach so.«

Ich nickte. Dann hob ich den Kopf und sah ihn an. Sein Blick war so offen und weich, ich hätte auf der Stelle darin versinken können.

»Ich bin auch gern mit dir zusammen, Cyril«, gab ich zu. »Und auch ich weiß nicht so richtig, warum das so ist.«

»Okay«, sagte er leise. »Okay.« Seine Finger strichen flüchtig über meine Wange und für den Bruchteil einer Sekunde dachte ich schon, dass er mich gleich küssen würde, und dann hätte ich es auch geschehen lassen. Aber er tat es nicht, sondern lächelte nur wieder ganz kurz sein Cyril-Lächeln, das dieses wohlige Gefühl von Geborgenheit in mir auslöste, und fuhr schließlich in ehrlich bedauerndem Tonfall fort: »Heute werde ich dich allerdings nicht begleiten können. Und die nächsten Tage leider auch nicht. Ich fürchte, wir sehen uns erst am Samstag in der Cobo Bay wieder ... Wenn du das möchtest.«

Aus meinem Herzen stieg bittere Enttäuschung auf und legte sich wie ein enger Ring um meine Kehle.

»Ja klar … natürlich möchte ich das«, erwiderte ich und schluckte schwer.

Eigentlich hatte Cyril uns die Wiese zeigen wollen, auf der Lauren gefunden worden war, und eigentlich hätte ich ihm genau das jetzt vorhalten sollen. Ich ließ es aber sein. Vielleicht war es besser – zumindest für Ruby –, wenn wir gar nicht erst zu diesem Ort gingen. Und außerdem hatte ich Cyril ja nicht gepachtet, er war mir überhaupt keine Rechenschaft darüber schuldig, warum er jetzt keine Zeit mehr für mich hatte.

»Es tut mir leid«, flüsterte er und wieder strich er sanft über meine Wange. »Aber ich glaube, bei Ruby und Ashton bist du in guten Händen. Vielleicht kannst du dich auf die beiden sogar noch mehr verlassen als auf mich.«

Die Fähre hatte die Nordspitze der Insel inzwischen umfahren und glitt nun in leichten Zickzack-Linien durch eine Felsenlandschaft, bis sie schließlich Maseline Harbour anlief und dicht an der Kaimauer neben einer schmalen Steintreppe festgemacht wurde.

Ruby und Ashton kamen vom Deck herunter und wir reihten uns in die Schlange vor dem Ausgang ein.

Erst jetzt fiel mir auf, dass die Fähre auch riesige Postsäcke und Warenpakete geladen hatte und ein Großteil der Passagiere Einkaufstüten mit sich trug, auf denen sich Guernseyer oder sogar Londoner Boutiquen mit ihren Werbeschriftzügen verewigt hatten.

»Es gibt durchaus eine Shoppingmeile auf Sark«, raunte Ruby mir ins Ohr. »Aber die ist eher niedlich. Da bekommt man eigentlich nur das, was man zum Leben braucht. Und ein paar Kleinigkeiten für die Touristen. Silberschmuck zum Beispiel. Und Tonzeug.«

Diesmal nahm Cyril meine Hand, um mir vom Schiff auf die glitschigen Stufen der Treppe hinüberzuhelfen, und er ließ sie erst los, als wir oben auf dem Kai angekommen waren.

»Ich bleibe hier unten im Hafen«, sagte er. »Während Ruby, Ashton und du einen kleinen Aufstieg vor euch habt. Er ist ein bisschen anstrengend, aber er führt durch ein sehr hübsches Wäldchen.«

»Das hübsche Wäldchen heben wir uns für morgen auf«, meldete sich Ruby zu Wort. »Für Ashton könnte der Aufstieg heute nämlich ein wenig *zu* anstrengend sein. Lieber soll er den Chauffeur beschimpfen.«

Sie nickte Cyril kurz zu, dann hakte sie sich bei mir unter und zog mich auf einen in den Felsen gehauenen Fußgängertunnel zu.

»B-B-Blödmann!«, knurrte Ashton und zuckte heftig mit dem Kopf.

»Nichts für ungut«, hörte ich Cyril sagen. »Ich hab dich auch gern.«

Ich wollte mich noch einmal zu ihm umdrehen, doch Ruby zerrte mich energisch weiter. »Jetzt lass es mal gut sein!«, zischte sie. »Sonst bildet er sich womöglich noch ein, dass du ihm bereits vollkommen erlegen bist.«

»So ein Quatsch«, brummte ich. »Wir mögen uns, aber das ist auch schon alles.«

»Ja, ja … und ich glaube an den Weihnachtsmann.«

»Du weißt auch nicht, was du willst«, entgegnete ich. »Mal soll ich ihn treffen, dann wieder nicht …«

»Nee, nee«, korrigierte Ruby mich. »Nicht mal so, mal so. Du darfst Cyril gerne als Informationsquelle anzapfen …«

»… oder darum bitten, irgendwelche Leute aus dem Meer zu fischen«, setzte ich hinzu.

»Ich glaube nicht, dass er sich ausgenutzt fühlt«, sagte sie. »Dazu ist er viel zu selbstbestimmt. Und eben weil er das ist, solltest du dich besser nicht zu sehr auf ihn fixieren. So etwas läuft am Ende nämlich in der Regel auf eine Enttäuschung hinaus.«

Ich ließ Ruby reden, alles andere war sowieso sinnlos. Einem Mädchen wie ihr konnte man nur in Gedanken widersprechen. Oder man hob sich seine Meinung für einen Moment auf, in dem eine Diskussion nicht nur reine Energieverschwendung zu werden drohte.

Ashton folgte uns schimpfend die Straße hinauf bis zu einem Platz, an dem sich öffentliche Toiletten und die Stromversorgungszentrale der Insel befanden. Außerdem stand dort ein Traktor mit laufendem Motor und einem Personenanhänger, auf dem schon einige Leute Platz genommen hatten.

»Ah, das ist also unser Chauffeur«, sagte ich grinsend.

»Jep.« Ruby nickte. »Hier gibt es keine Autos. Nur Trecker.«

»Ist ja lustig.«

»Eher praktisch«, meinte sie. »Trecker sind groß und stark. Sie ziehen Bäume, Anhänger und Landmaschinen. Man kann mit ihnen auf jedem Untergrund fahren und sie bringen dich überall hin. Sogar zum Einkaufen oder zum Kaffeeklatsch. Die meisten Wege hier lassen sich zu Fuß, auf dem Pferd oder mit dem Fahrrad zurücklegen. Autos sind für diese winzige Insel viel zu schnell. Sobald du das Gaspedal auch nur angetippt hast, bist du schon fast am Ziel vorbeigeschossen.«

Wir steuerten auf den Personenanhänger zu, und ich sah, dass Cyril einen weiter unten gelegenen Weg eingeschlagen hatte und kurz darauf in einem schmalen Felsdurchgang verschwand.

Ruby bemerkte meinen Blick und seufzte demonstrativ.

»Dort befindet sich die Anlegestelle von George«, erklärte sie mir dann. »Was Cyril allerdings um diese Zeit noch dort verloren hat, ist mir ein Rätsel. Die Tagesbesucher nehmen jetzt die Fähre zurück nach Guernsey. Cyril wird also ganz sicher keine Bootstour mehr machen.«

»Vielleicht nicht für Touristen«, warf ich ein.

»Für jemand anderen ganz bestimmt auch nicht«, entgegnete sie. »In nicht einmal einer Stunde wird es dunkel sein.«

Unser Taxi-Traktor brauchte ungefähr fünf Minuten, um uns vom Hafen zum Dorf hinaufzutransportieren. Ashton zappelte die ganze Zeit herum und stieß unflätige Wörter aus. Ein paar der Leute, die mit uns auf dem Anhänger saßen, warfen ihm belustigte Blicke zu. Ruby versuchte, seine Hand zu halten und ihn zu beruhigen, aber er riss sich immer wieder los, und so rückte sie schließlich ein Stück von ihm weg – letztendlich wohl, um sich nicht auch noch eine Ohrfeige einzuhandeln.

Ich registrierte all das nur am Rande, denn mir wollte das, was Ruby über Cyril und die Bootstouren gesagt hatte, nicht mehr aus dem Kopf gehen. Und allmählich beschlich mich das ungute Gefühl, dass er womöglich doch in irgendeiner Weise etwas mit den seltsamen Typen aus der Sarkee-Bruchbude, wie Tyler die *Mermaid Tavern* genannt hatte, und damit vielleicht auch mit Laurens Tod zu tun haben könnte.

Mermaid Tavern

Das Apartment von Ashtons Onkel lag etwas außerhalb des Ortskerns zwischen der Derrible Bay und der Dixcart Bay in einem Gästehaus, und wegen Ashtons unaufhörlichem Gezappel waren wir heilfroh, als wir endlich dort ankamen. Die Wege hier waren nicht asphaltiert und die meisten von ihnen gerade mal so breit, dass ein kleiner altmodischer Trecker darauf Platz fand. Und genau wie auf Guernsey waren sie auch hier von Erdwällen, Hecken oder knorrigen Baumreihen gesäumt, sodass man kaum eine Chance hatte auszuweichen, wenn zwei Fahrzeuge sich begegneten – was jedoch offenbar ziemlich selten passierte.

Es war ungewöhnlich still auf dieser Insel, außer Vogelstimmen, dem Pfeifen des Windes und dem Meeresrauschen war kaum etwas zu hören. Unterwegs begegneten uns nur einige wenige Menschen und auch das Gästehaus wirkte wie ausgestorben.

»Eigentlich müsste hier doch alles in hellem Aufruhr sein«, sagte ich, nachdem Ruby mit einem langen, tiefen Seufzer die Tür hinter uns ins Schloss gedrückt hatte. »Aber im Ort hängen ja nicht mal Plakate, auf denen eine Belohnung für Hinweise auf Laurens Mörder versprochen wird.«

»Natürlich nicht«, erwiderte Ruby, was Ashton umgehend mit einem »Arschloch!« untermauerte.

»Es regt ihn total auf«, meinte sie mit einem entschuldigenden Achselzucken in meine Richtung. »Wir hätten ihn nicht mitnehmen sollen.«

»D-das ent-entscheide ich g-ganz allein«, stotterte Ashton aufgebracht. Er fuhr sich durch die verstrubbelten Haare und stakste etwas ungelenk in das überraschend geräumige Wohnzimmer hinüber, wo er wie ein nasser Sack aufs Sofa plumpste, sich die kleinen bunten Kissen schnappte und sie auf seinem Schoß zusammenquetschte.

»Ja, entschuldige bitte«, rief Ruby zerknirscht und eilte ihm hinterher. »Du weißt doch, wie ich es meine.«

»Ja, ja, ja«, sagte Ashton und schleuderte mir eines der Kissen vor die Füße, kaum dass ich über die Schwelle getreten war.

Ich hob es auf und legte es auf einen der beiden Sessel.

»*Warum* kümmert die Bewohner Laurens Tod so wenig?«, hakte ich nach.

»Weil die Umstände noch nicht geklärt sind«, entgegnete Ruby. »Sobald feststeht, dass Lauren tatsächlich von jemandem getötet wurde, werden sich die Dinge schon in Bewegung setzen.«

»Gibt es hier überhaupt eine Polizeistation?«, fragte ich.

Ruby nickte. »Klar gibt es die. Und zwar eine Ein-Mann-Gendarmerie, die hauptsächlich für randalierende Betrunkene oder Jungs, die sich um ein Mädchen gekloppt haben, zuständig ist. Hin und wieder wird auch mal was geklaut. Aber das ist es dann auch schon. Ich habe keinen blassen Schimmer, ob auf Sark jemals ein solches Verbrechen passiert ist«, fuhr sie fort und die Stimme brach ihr weg. »Ich begreif ja selber kaum, dass ich Lauren nie wiedersehen werde. Und ich sag dir, mir graust vor ihrer Beerdigung.«

Sie ließ sich neben Ashton aufs Sofa fallen und schlug die Hände vors Gesicht.

»Schsch«, murmelte Ashton und mit einem Schlag kehrte Ruhe in seinen Körper ein. Er fuhr mit der Hand über Rubys Rücken bis in ihren Nacken hinauf und legte seine Stirn an ihre Schulter. »Wir schaffen das. Ich bin ja bei dir. Wir schaffen das schon.«

Ich drehte mich um und tappte leise aus dem Zimmer. Es war bestimmt besser, den beiden jetzt ein bisschen Zeit für sich zu lassen, ich wusste ohnehin nicht, wie ich Ruby trösten sollte. Mit diesem Entsetzen, diesem Schmerz war man im Grunde ganz allein. Als Pa verunglückt war, hatte Mam mir ja auch nicht helfen können. Eigentlich zog man sich nur gegenseitig runter. Und ich konnte nun wirklich nicht behaupten, dass Rubys plötzlicher Traueranfall mir in irgendeiner Weise guttat.

Von dem kleinen dunklen Flur gingen noch zwei weitere Türen ab. Ich öffnete die, die sich gleich schräg gegenüber der Wohnküche befand, und trat in einen Schlafraum, der mit einem französischen Bett, einem Einbauschrank, einer kleinen altmodischen Spiegelkommode und einem gemütlichen Ohrensessel eingerichtet war.

Hinter den beiden Sprossenfenstern fiel eine große Weide, auf der zwei weiße Ponys grasten, sanft bis zu einer Baumreihe ab. Der Himmel war aufgerissen und eine orangerote Sonne ließ das Meer in der Ferne wunderschön leuchten.

Ich sank auf das Bett, über das eine helle, grob gewebte Tagesdecke gebreitet war, und schloss die Augen. Eigentlich wäre jetzt eine gute Gelegenheit gewesen, meine Mutter anzurufen, und bestimmt hatte sie mir bereits hunderttausend SMS aufs Handy geschickt, aber mir war absolut nicht danach, mit ihr zu reden. Was sollte ich ihr auch sagen? *Ja, ein Mädchen, das ich kennengelernt habe, ist tot, wahrscheinlich ermordet. Nein, Mam, ich komme nicht gut damit zurecht, obwohl ich mir wirklich sehr viel Mühe gebe. Ja, du hast recht, es geht mir scheiße. Aber nein, ich will trotzdem nicht wieder nach Hause kommen. Ja, ich bin sicher, ich bleibe hier. Nein, du brauchst dir ganz bestimmt keine Sorgen zu machen. Tante Grace ist ja auch noch da und sie kümmert sich ganz rührend um mich. Und außerdem habe ich mich schon mit einigen netten Leuten angefreundet.* – Na ja, streng genommen, waren es nur drei, und wenn man Cyril abzog, blieben bloß noch Ruby und Ashton übrig.

Ach, Cyril!

»Warum hast du mir nicht gesagt, was du heute Abend hier auf Sark treibst? Hast du vielleicht doch eine Freundin, von der niemand etwas weiß?«, murmelte ich.

Dieser Gedanke versetzte mir prompt einen Stich.

Und wenn schon, wies ich mich zurecht. Besser eine heimliche Freundin haben, als in irgendwelche dubiosen Dinge verstrickt zu sein.

Cyril war kein schlechter Kerl, und garantiert gab es einen triftigen Grund dafür, dass er mir nicht gleich alles erzählte. Früher oder später würde er es tun. Da war ich mir sicher – da wollte ich mir einfach sicher sein. Und wer weiß, vielleicht zeigte sich dann ja, dass sich in Wahrheit alles vollkommen anders verhielt. Cyril und ich würden ein tolles Wochenende miteinander verbringen und womöglich würden wir feststellen, dass wir uns doch ineinander verliebt hatten …

Mit dieser Vorstellung im Kopf döste ich weg und schreckte

kurz darauf wieder hoch, weil ich einen wunderschönen jungen Mann mit goldblondem Haar und türkisfarbenen Augen im Meer versinken sah.

Es war stockduster, als Ruby und ich uns gegen halb zehn auf den Weg zur *Mermaid Tavern* machten. Der Himmel hing wie eine schwere schwarze Samtdecke über uns. Der Mond war noch nicht aufgegangen, und es gab nur ein paar wenige Sterne, die zwar hübsch anzusehen waren, aber nicht einen Funken Licht spendeten.

Ruby und ich hatten unsere Handynummern ausgetauscht – für alle Fälle –, und Ashton hatte sich dazu entschlossen, in der Wohnung zu bleiben, ein bisschen fernzusehen und früh im Bett zu verschwinden.

»Er muss sich mal wieder richtig ausschlafen«, sagte Ruby und schwenkte ihre Taschenlampe hin und her.

Ich hatte meine gar nicht erst herausgeholt. Mehr als drei bis vier Meter weit würden wir auch mit zwei Leuchten nicht sehen können.

»Und du glaubst, das kann er hier?«, bezweifelte ich. »Ganz allein? In einer fremden Wohnung? Noch dazu unter diesen Umständen?«

»Glaub mir, er hat sich längst wieder eingekriegt«, versicherte Ruby mir. »Außerdem ist die Wohnung für Ashton nicht fremd. Wir haben schon ziemlich oft hier übernachtet. Als er noch jünger war, hat seine Mutter regelmäßig Partys für ihn gegeben. Zu seinem Geburtstag, zum Valentinstag, zu Ostern, an Mittsommer, zu Halloween, Nikolaus und Silvester«, zählte sie auf. »Ich wette, Ashton war das prominenteste Kind der Channel Islands.«

»Ts«, machte ich und schüttelte den Kopf. »Seine Mutter scheint sehr besorgt um ihn gewesen zu sein.«

»Das ist sie immer noch«, erwiderte Ruby. »Sie leidet unter der chronischen Dauersorge, dass Ashton keine Freunde, keinen Job und keine Zukunft haben könnte. Dabei ist er ein Musterschüler. Und er hat mich ... und die Clique. Auch wenn Mike, Finley, Jerome und Isaac keine richtigen Freunde für ihn sind. Zumindest bin ich mir nicht sicher, ob er sich im Ernstfall auf sie verlassen könnte.«

»Aber auf Cyril«, sagte ich.

»Ja.« Ruby seufzte. »Verrückterweise könnte er das. Aber leider taucht Cyril nicht immer in der Cobo Bay auf, wenn wir dort sind. Und woanders trifft man ihn eigentlich selten.«

»Weißt du, wo er wohnt?«, fragte ich.

Ruby schüttelte den Kopf. »Nein. Wie ich schon sagte: Cyril ist ein einziges großes Geheimnis. Außer dass er für George arbeitet und wahnsinnig gut schwimmen und surfen kann, weiß ich rein gar nichts über ihn. Und die anderen aus der Clique auch nicht. Keine Ahnung, ob er uns überhaupt leiden kann. Manchmal habe ich das Gefühl, er macht sich nicht das Geringste aus Menschen. Du bist jedenfalls die Erste, an der er irgendwie einen Narren gefressen zu haben scheint. Und ich kann immer noch nicht behaupten, dass mir das gefällt.«

»Aber er tut mir doch nichts«, entgegnete ich. »Im Gegenteil, er ist sehr ...« Ich suchte nach dem richtigen Wort. »... aufmerksam.« Wieder fiel mir nichts Treffenderes ein und diesmal sprach ich es auch aus.

»Ja, das stimmt«, meinte Ruby und seufzte abermals. »Dir

gegenüber ist er tatsächlich aufmerksam. Und ich glaube auch, dass er Gefahren gut einschätzen kann. Aber ich habe ihn noch nie so richtig aus vollem Herzen lachen gehört. Auf Scherze oder gar Ironie reagiert er eigentlich gar nicht. Und wenn er es mal tut, kommt es mir total unecht vor, fast so, als ob er es sich antrainiert hätte.«

»Ein Asperger ist er aber nicht«, sagte ich entschieden. »Das halte ich für völlig ausgeschlossen. Dafür ist er eigentlich viel zu sensibel.«

»Ja, wahrscheinlich hast du recht«, musste Ruby zugeben. »Trotzdem.« Sie blieb stehen und leuchtete mir mit der Taschenlampe gegen die Brust. »Solange wir uns dessen nicht sicher sein können, ist es bestimmt besser, wenn du dich nicht in ihn verliebst.«

Als ob sich das so leicht steuern ließe, dachte ich, widersprach ihr aber nicht. Alles, was Cyril betraf, saugte ich auf wie ein Schwamm, ich konnte gar nicht genug über ihn in Erfahrung bringen. Allerdings hatte ich keine Lust, mich seinetwegen mit Ruby in die Haare zu kriegen.

»Hab ich auch nicht vor«, sagte ich deshalb und lenkte das Gespräch wieder auf Ashton. Denn er, sein Tourette und die Art und Weise, wie seine Familie damit umging, interessierte mich beinahe ebenso sehr. »Du hast eben nur von seiner Mutter erzählt. Hat Ashton gar keinen Vater mehr?«, erkundigte ich mich vorsichtig.

»Doch«, sagte Ruby. Sie nahm die Lampe herunter und setzte sich wieder in Bewegung. »Er tut allerdings so, als ob Ashton nicht existiert.«

»Wie bitte?«, stieß ich ungläubig hervor.

»Ja, Tatsache: Raymond Clifford schämt sich für seinen

Sohn. Er hat sich von seiner Frau getrennt, als Ashton sieben Jahre alt war. Und der Grund dafür sind nicht irgendwelche Eheprobleme gewesen, sondern Ashtons Tourette. Mister Clifford lebt inzwischen in Leicester. Ashton hat ihn seit vier Jahren nicht mehr gesehen. Ab und zu ruft er an, aber dann reden sie nur über unverfängliche Dinge.«

»Scheiße.«

»Das kannst du laut sagen«, bestätigte Ruby.

»Ein Wunder, dass Ashton so locker mit diesem … ähm, Systemfehler umgeht«, staunte ich.

»Systemfehler!« Ruby lachte auf. »Das hast du aber nett ausgedrückt.« Dann schüttelte sie den Kopf. »Es ist nicht so, wie es scheint. Ashton leidet ohne Ende. Dabei ist er ein so wundervoller, liebenswerter Mensch.«

»Stimmt«, sagte ich.

»Vielleicht könntest du ihm das bei Gelegenheit mal verklickern«, bat Ruby. »Ich glaube nämlich, er mag dich auch, und es täte ihm richtig gut, wenn er mal von jemand anderem als seiner Mutter oder mir etwas Nettes gesagt bekäme.«

»Gebongt«, versprach ich. »Auf Ashton lasse ich nichts kommen. Und wenn du nicht bereits mit ihm zusammen wärst, ich glaube, ich könnte mich glatt …«

»Untersteh dich!«, rief Ruby lachend und dann fiel sie mir plötzlich um den Hals. »Mensch, ich bin total froh, dass du hier bist, Elodie. Ich hab sonst niemanden, mit dem ich so reden kann.«

Ich legte meine Arme um sie, und wir drückten uns kurz, bevor wir schweigend weitergingen.

Meine Gedanken wanderten nach Lübeck zu Mam und Sina, und wieder einmal hatte ich das Gefühl, hunderttausend

Kilometer von ihnen entfernt zu sein und gar nicht mehr richtig zu ihnen zu gehören. Diese Vorstellung erschreckte mich zutiefst und ich schob sie sofort beiseite. Bestimmt lag es nur an dieser unwirklichen, ja beinahe gespenstischen Situation, in der ich mich gerade befand. Das zumindest versuchte ich mir einzureden. Eingehüllt in Stille und Dunkelheit, nur ein Stück beleuchteten Kieses unter den Sohlen und die Ahnung von einer Hecke zu meiner Rechten, dazu das Schlurfen von Rubys und meinen Schritten und …

»Moment mal«, raunte sie, blieb abermals ruckartig stehen und krallte ihre Finger in meinen Arm. »Ich glaube, da ist jemand!«

»Was?«, wisperte ich. »Wo?«

»Schsch«, machte sie und schaltete die Lampe aus.

»Hey, spinnst du?«, rief ich erschrocken.

»Jetzt halt mal die Klappe!«, zischte Ruby und drückte sich noch etwas dichter an mich heran.

Neben mir ertönte ein Rascheln. Das heißt, zum Glück war es nicht unmittelbar neben mir, sondern einige Meter entfernt hinter der Hecke. Und es war auch nicht direkt ein Rascheln, sondern vielmehr eine Art Rauschen. Ähnlich wie ein Windstoß, nur konstanter und irgendwie … körperlich.

Ich spürte Rubys schnellen warmen Atem an meinem Hals und dazu meinen panischen Herzschlag und war kurz davor durchzudrehen. »Was zur Hölle ist das?«

Ruby antwortete nicht, sondern zog mich langsam weiter. Die Dunkelheit war nun nicht mehr überall gleich. Vor dem tiefschwarzen Himmel hoben sich anthrazitfarben die Baumstämme ab. Ich sah, dass die Hecke nach ein paar Metern zu Ende war und sich daneben eine Wiese erstreckte, und die

Idee, dass es sich womöglich um jene handelte, auf der Lauren gefunden worden war, brachte mich schier um den Verstand.

»Da!«, flüsterte Ruby.

»Wo?«

Sie schaltete die Taschenlampe ein und richtete sie auf die Wiese. Der Lichtkegel reichte natürlich nicht weiter als bis zum Wegrand, dahinter wurde nur das Grau ein wenig heller. Aber das reichte aus, um zwei schlanke, hoch aufgeschossene Gestalten zu erkennen, die in fliegender, geradezu übermenschlicher Hast über die Wiese in Richtung Village jagten.

Meine Unterschenkel fingen so unvermittelt an zu brennen, als wäre ich mitten in einen Brennnesselstrauch gesprungen.

Reflexartig schlug ich Ruby die Lampe aus der Hand. Sie polterte zu Boden und leuchtete nun genau auf uns.

»Verdammter Mist!«, fluchte sie, ließ mich los und bückte sich rasch, um sie aufzuheben und auszuschalten.

»Glaubst du, das waren welche von hier?«, wisperte ich.

»Sarkees?«, erwiderte Ruby. »Never. Die Inselbewohner rennen nicht mitten in der Nacht querfeldein durch die Gegend. Schon gar nicht ohne Licht.«

»Und was denkst du?«, bohrte ich panisch weiter. »Haben sie uns bemerkt?«

»Klar haben sie das«, sagte Ruby nun so laut, dass man es gut und gerne einige hundert Meter weit hören konnte. »Am besten ist es wohl, wenn ich die Polizei alarmiere.«

Mir fiel das Herz in die Hose. »Bist du wahnsinnig! Sprich gefälligst leiser«, blaffte ich sie an. »Hast du nicht gesehen, wie schnell die waren? Ehe wir uns versehen, sind die hier und schnappen sich uns.«

Ich hatte es kaum ausgesprochen, da zischte etwas an uns

vorbei. Es war nur ein Hauch. Ein Windstoß, der diesmal allerdings kein Rauschen verursachte, sondern sich in meinem Nacken verwirbelte. Ich bildete mir sogar ein, ein leises Flüstern zu vernehmen, so als ob zwei Personen miteinander tuschelten.

Entsetzt schrie ich auf und Ruby krallte sich nun mit beiden Händen an meinem Arm fest. Mein Schrei verhallte in der Dunkelheit, und ein paar Sekunden lang standen wir wie in Stein gehauen da, dann fingen wir gleichzeitig zu zittern an.

Eine ganze Weile trauten wir uns weder zu sprechen noch uns von der Stelle zu rühren. Schließlich hielt ich es nicht mehr aus.

»Ich will zurück«, wisperte ich in Rubys Haar.

Sie schien zu überlegen, doch dann spürte ich, wie sie den Kopf schüttelte.

»Meinst du denn, sie sind weg?«, krächzte ich.

»Woher soll ich das wissen!«

»Na, super! Und was machen wir jetzt? Hier warten, bis es hell wird?«

»Ganz bestimmt nicht«, flüsterte sie. »Wir gehen weiter.«

Oh nein! »Ohne mich.«

»Mann, Elodie«, stöhnte sie. »Guck mal zum Dorf und dann schau zurück.«

Ich tat es, hatte allerdings das Gefühl, dass ich kaum noch Kontrolle über meine Nackenmuskeln hatte, so sehr zitterte ich.

»Siehst du das Licht?«, fragte Ruby.

Ja, ich hatte es gesehen. Vor uns in Richtung Village, schätzungsweise drei- bis vierhundert Meter von unserem Standpunkt entfernt, blinkte ein kleines Licht durchs Buschwerk – wahrscheinlich die Außenleuchte eines Gebäudes. Hinter uns jedoch, nämlich dort, von wo wir gekommen waren, herrschte nichts als undurchdringliche Dunkelheit.

»Uns bleibt gar nichts anderes übrig, als weiterzugehen«, erwiderte Ruby. »Die Strecke bis zum Ort ist kürzer als die zurück nach Dixcart Valley.«

»Scheiße«, sagte ich nur. »Scheiße.«

Tante Grace hatte recht gehabt. Es war eine Schnapsidee gewesen, hierher zu fahren. Dass das Brennen in meinen Unterschenkeln inzwischen nachgelassen hatte und in ein leichtes Jucken über den Knöcheln übergegangen war, beruhigte mich jedenfalls kaum.

»Komm jetzt«, raunte Ruby. Sie umklammerte mein Handgelenk und zog mich langsam weiter.

Schritt für Schritt, wie in Zeitlupe, ohne die Taschenlampen einzuschalten, aber angestrengt lauschend und mit wummernden Herzen, liefen wir auf das Licht zu.

Im Nachhinein hätte ich nicht mehr sagen können, wie lange wir noch unterwegs gewesen waren, bis wir die Avenue erreichten. Bei jedem Geräusch, das ich vernommen hatte, war ich tausend Tode gestorben, und ich hatte Ruby nicht nur einmal Stein auf Bein geschworen, in dieser Nacht eher irgendwo am Hafen zu übernachten, als noch einmal diesen Weg zurückzulegen.

Der Ortskern war gut beleuchtet, auf einer Bank saß ein knutschendes Pärchen und in der Nähe der öffentlichen Klos lungerten einige Typen herum. Das Café an der Ecke der »Shopping Mall« hatte noch geöffnet, davor standen ein paar

Mädchen zum Rauchen zusammen, die sich leise unterhielten, und obwohl man kaum ein Wort verstehen konnte, glaubte ich, etwas von *Fremde* und *Mord* aufgeschnappt zu haben.

»Sie reden über Lauren«, flüsterte ich Ruby zu. »Sollen wir sie ansprechen? Vielleicht wissen sie ja was.«

»Mich interessiert vor allem, ob Joelle und Aimee hier sind«, entgegnete sie unwillig und lief schnurstracks weiter geradeaus an einer Reihe weiß getünchter Häuser mit blauen Fensterläden vorbei bis zur nächsten Querstraße, wo wir einen Wegweiser zum Leuchtturm und zur *Mermaid Tavern* fanden.

»Hätten die beiden dann nicht auch auf der Fähre sein müssen?«, fragte ich.

»Eigentlich schon«, meinte Ruby, während sie dem Wegweiser nach rechts folgte.

Auch hier gab es kleine geduckte Häuser, allerdings war diese Straße wieder etwas spärlicher beleuchtet, und als sich circa hundert Meter weiter rechts von uns ein Stück Brachland auftat, drückte ich Ruby instinktiv auf die gegenüberliegende Seite.

»Aber das würde dann ja bedeuten, dass Joelle und Aimee mit einem kleinen Privatboot hierhergekommen sind!«

»Ganz genau.« Ruby hakte sich bei mir unter und beschleunigte ihren Schritt. »Ich habe übrigens auch keine große Lust, nachher wieder zurückzugehen«, gestand sie mir. »Ich mache mir bloß Sorgen um Ashton. Wenn ich ihn jetzt anrufe und von diesen unheimlichen dunklen Gestalten erzähle, wird er sofort loslaufen, um uns beizustehen.«

Ich schüttelte energisch den Kopf. »Das darf er nicht. Er soll die Wohnung auf gar keinen Fall verlassen.«

»Eben«, sagte Ruby. »Und deshalb schicke ich ihm irgendwann zwischen zwölf und eins eine SMS, in der Hoffnung, dass er dann schon schläft und sie erst morgen früh nach dem Aufwachen bemerkt.«

»Vielleicht solltest du das auch lieber lassen«, riet ich ihr.

»Und was ist, wenn er mitten in der Nacht aufwacht, zum Beispiel um zwei oder drei, und feststellt, dass wir noch nicht zurück sind?«

»Natürlich wird er als Allererstes versuchen, dich anzurufen«, erwiderte ich. »Und dann kannst du ihm immer noch alles erzählen.«

Ruby atmete tief ein und pustete sich dann geräuschvoll eine Haarsträhne aus dem Gesicht. »Wahrscheinlich hast du recht«, sagte sie. »Bestimmt mache ich mir wieder mal viel zu viele Gedanken.«

»Unnötige Gedanken«, betonte ich. »Wir sind nämlich alle mindestens ebenso erwachsen wie du.«

»Ach ja?«, frotzelte sie. »Wer hat denn vorhin beinahe die halbe Insel zusammengekreischt?«

»Ja, ja.« Ich stupste sie grinsend in die Seite. »Vorhin hast *du* einen kühlen Kopf bewahrt und jetzt tue *ich* es.«

»Du hast schon wieder recht«, entgegnete sie kichernd. »Zusammen sind wir eben ein unschlagbares Team.«

Das Gealbere tat mir gut, denn es verscheuchte auch den Rest des beklemmenden Gefühls, das der Schreck in mir ausgelöst hatte.

Mittlerweile waren wir an dem Brachland vorbeigegangen. Rechts und links der Straße wuchsen hohe blühende Büsche und dichte Bodendecker, die sich über eine grobe Steinmauer rankten.

»Da vorne ist es«, sagte Ruby und deutete auf ein Emailleschild, das an einem Strommast angebracht war und von einer der wenigen Hängelampen angestrahlt wurde. Es zeigte eine Nixe mit langen dunklen Haaren und türkisfarbenem Schwanz und darunter den Schriftzug *THE Mermaid Tavern.*

Die Kneipe befand sich auf der gegenüberliegenden Straßenseite. Ein schmaler, hoher Heckendurchgang führte genau auf den Eingang zu: eine braune Holztür, über der ebenfalls ein Schild angebracht war. Dieses war schwarz mit gelbem Schriftzug und ohne Meerjungfrau. Das Gebäude war ebenso niedrig wie fast alle Häuser auf Sark. Es hatte ein dunkles Wellblechdach, war hellgelb gestrichen und wirkte trotz der vielen Kletterpflanzen an den Außenwänden ziemlich heruntergekommen.

»Im Sommer ist es eigentlich ganz hübsch«, meinte Ruby, und es klang fast so, als fühlte sie sich für den miserablen Zustand dieser Taverne höchstpersönlich verantwortlich. »Wenn alles blüht und man draußen auf der Terrasse sitzen kann, könnte man meinen, man wäre in Griechenland.«

Sie zuckte noch einmal entschuldigend mit den Schultern und steuerte auf den Eingang zu. Ich hörte Musik und dumpfes Stimmengewirr, das augenblicklich lauter wurde, als Ruby die Tür aufdrückte.

Zigarettenrauch waberte uns entgegen. Ich registrierte die beleuchtete Theke, Spielautomaten, dunkle Holzstühle, einen Stehtisch und ein paar Typen, die ungefähr in unserem Alter waren. Von einer Sekunde auf die andere fingen meine Knöchel wieder zu jucken an. Ich blieb wie angewachsen stehen und hielt Ruby am Jackenärmel zurück. »Warte mal.«

»Was ist?«, fragte sie verwundert.

»Gibt es hier irgendwo Wasser?«

»Hallo?« Sie sah mich verständnislos an. »Darf ich dich vielleicht daran erinnern, dass wir uns auf einer Insel befinden! Wenn hier irgendwas im Überfluss existiert, dann ist es wohl *Wasser*.«

»Das meine ich nicht«, sagte ich ungeduldig. Das Jucken machte mich nervös. Es kroch ähnlich einer brennenden Lunte langsam an meinen Beinen hinauf – grundlos, wie es schien. Aber warum dachte ich dann unwillkürlich an die beiden Gestalten aus dem Dixcart Valley? »Und jetzt komm mir bitte nicht mit Wasserleitungen, Klospülungen und so 'nem Kram«, brummte ich.

Ruby runzelte die Stirn. »Was ist denn los mit dir?«, fragte sie besorgt. »Du bist ja auf einmal so blass.«

»Mir ist auch nicht besonders gut«, stöhnte ich.

»Oje, musst du etwa …?«

Ich schüttelte den Kopf. Nein, alles, was ich musste, war weg von hier. Und zwar so schnell wie möglich. Doch genau dazu war ich nicht in der Lage. Denn etwas zwang mich, mich nach links zu wenden. Es war eine starke, unwiderstehliche Kraft, ähnlich einem Magneten, der von seinem Gegenpol angezogen wird, und sie brachte mich dazu, mich in Bewegung zu setzen. Wie eine Marionette lief ich über die quadratischen Pflastersteine an der Taverne entlang nach links, bis ich auf einer Terrasse stand.

Und dort hockten um einen Tisch herum Joelle, Aimee und zwei junge Typen, beide mit dem Rücken zu mir.

Der eine hatte rötlich braune und der andere schwarze Haare.

»Hab ich's doch gewusst!«, stieß Ruby hervor und sprach damit aus, was auch mir sofort durch den Kopf geschossen war: Cyril! Der schwarzhaarige Kerl war Cyril.

Joelles und Aimees Blicke zuckten erschrocken zu uns herüber und dann drehten sich auch die beiden Typen um.

»Das nächste Mal nehmen wir Pine und Niclas mit«, sagte Kyan, nachdem er sich Zaks und Elliots Bericht angehört hatte.

»Das nächste Mal?« Zak lachte spöttisch auf. »Woher willst du wissen, dass es überhaupt noch mal möglich sein wird?«

Kyan richtete sich auf, kickte einen zusammengequetschten Tetrapak zur Seite und ließ seinen Blick über die zerklüftete, in einem dunklen Rot glänzende Höhlenwand gleiten. »Ich kenne die Legenden. Wenn es einmal passiert ist, geschieht es immer wieder. Und bei jedem Mal können wir Neue mitnehmen.« Er grinste abfällig. »Dieser verdammte Plonx ist ein Multiplikator, und zwar ohne dass er etwas davon ahnt.«

»Gordian?« Elliot runzelte die Stirn. »Du hältst ihn für einen Plonx? Für ein Halbwesen?«

»Was sonst?«, presste Kyan zwischen zusammengebissenen Zähnen hervor. »Er wurde von niemandem mitgenommen. Wir sind ihm an Land gefolgt ... Schon vergessen?«

Zak nickte. »Außerdem wirft er keinen Schatten.«

»Das hast du gut beobachtet«, lobte Kyan. Er sprang auf die Füße, klopfte seinem Kameraden anerkennend auf die Schulter und tastete dann die Löcher in den Wänden ab. »Ich hoffe, ihr habt nicht vergessen, wo ihr eure Häute gelassen habt«, fuhr er fort, nachdem er seine gefunden und herausgezogen hatte.

»Was denkst du wohl?«, erwiderte Elliot. »Glaubst du, uns ist nicht klar, dass wir ohne sie an diese Inselgruppe gefesselt sind und nicht mehr in unsere alte Form zurückkönnen?«

Kyan zog die Brauen über der Nasenwurzel zusammen und seine grünlich leuchtenden Augen wurden dunkel und schmal. »Ohne sie sind wir so gut wie tot«, zischte er. »Wenn wir nach Ablauf der Mondphase nicht ins Meer zurückkehren, müssen wir an Land bleiben. Dass wir hier auf Dauer nicht überleben können, muss ich wohl nicht erklären. Also sucht sie gefälligst. Wir müssen allmählich weiter.«

Zak schüttelte verständnislos den Kopf. »Ich will nicht weg von hier«, entgegnete er. »Diese Höhle ist warm und komfortabel. Wir haben es nicht weit bis zum Kamin.« Ein breites Grinsen ließ seine spitzen weißen Zähne hervorblitzen. »Und zu den Mädchen.«

Kyans fein geschwungene dunkelrote Lippen zuckten. »Wir dürfen uns nicht von diesem ... Drang beherrschen lassen«, beschwor er seine Freunde. »Die Mädchen hier sind anders als unsere. Sie lassen sich nicht auf mehrere ein. Vor allem aber teilen sie nicht.«

»Es wäre einen Versuch wert«, meinte Elliot versonnen, der sich inzwischen auf einem rauen Felsvorsprung niedergelegt und die Arme unter dem Kopf verschränkt hatte. »Mittlerweile sind es fünf. Irgendwie müssen wir sie schließlich unter uns aufteilen.«

Kyan faltete seine Haut so klein zusammen, dass sie in die Gesäßtasche seiner Jeans passte, und scheuchte Elliot mit einer ungehaltenen Geste wieder auf. »Bevor du irgendetwas aufteilst, *werde ich mir die beiden Neuen ein bisschen genauer anschauen. Aber das hat Zeit. Jetzt suchen wir uns erst mal ein entlegeneres Versteck. Ich habe nämlich keinesfalls vor, mich von diesem dreckigen Hai aufstöbern zu lassen.«*

Der Junge im Meer

Wie Cyril und Tante Grace es prophezeit hatten, hatte sich das Wetter am Donnerstag bereits gebessert, und am Samstag war es dann so wunderbar windstill und warm, dass man sich problemlos ohne Jacke draußen aufhalten konnte.

Während des Vormittags hatte ich meiner Großtante beim Blumenzwiebelnsetzen und beim Aussäen von Salat und Gemüse geholfen, inzwischen hockte ich mit untergeschlagenen Beinen an dem großen, weiß lackierten Gartentisch auf der Veranda, ließ mir die Sonnenstrahlen auf den Rücken scheinen und chattete mit Sina.

SINA: und? gibt es was neues über lauren?

ELODIE: ja allerdings, sie ist ertrunken

SINA: wie bitte? auf einer wiese?

ELODIE: das ist ja das merkwürdige. die beiden buchten, von denen aus man das meer erreichen könnte, liegen mehrere hundert meter von der stelle entfernt, an der man lauren gefunden hat

SINA: dann hat sie also jemand vom strand dorthin getragen ...

ELODIE: getragen ist gut. die küsten von sark sind total steil. ich würde da nicht mal eine tüte kartoffeln hochschleppen können. das verrückte aber ist: die polizei hat keine schleifspuren oder sonstige hinweise darauf gefunden, dass lauren überhaupt an einem der beiden strände gewesen ist

SINA: das kann ja wohl nicht sein, die haben da bestimmt was übersehen

ELODIE: schon möglich. viel erfahrung mit solchen verbrechen haben sie hier jedenfalls nicht. tante grace meint, dass sie bestimmt kriminalbeamte aus london schicken, vielleicht sogar eine spezialeinheit, und dass dann alles noch mal genau untersucht wird

SINA: und du? was denkst du?

ELODIE: kA, sina, ehrlich nicht. hier ist einiges merkwürdig

SINA: wie meinst du das?

ELODIE: das kann ich nicht in einem satz erklären

SINA: dann mach es halt mit zweien ^^

ELODIE: später mal, okay? im moment fehlen mir einfach die worte dafür

SINA: hey, jetzt will ich es aber wissen!

ELODIE: sorry, bitte nicht böse sein, aber es geht gerade nicht

SINA: oh, verstehe! ... cyril im anmarsch ;)

ELODIE: ciao, süße, ich melde mich später wieder,

verabschiedete ich mich ohne eine weitere Erklärung, verließ Facebook und unterbrach die Internetverbindung.

Tatsache war, dass ich von Cyril seit unserem Sark-Trip nichts mehr gehört hatte, und eigentlich konnte ich mir kaum vorstellen, dass er einfach hier auftauchte. Er rechnete wohl eher damit, dass ich zur Cobo Bay kam und wir uns da trafen. Im Augenblick hatte ich allerdings nicht vor, dorthin zu fahren. Nach all den verwirrenden Ereignissen der letzten Woche brauchte ich jetzt erst mal ein bisschen Zeit für mich. Zeit zum Verdauen und zum Nachdenken.

Natürlich war ich wahnsinnig erleichtert darüber, dass es

nicht Cyril gewesen war, der mit Joelle, Aimee und diesem anderen Typen auf der Terrasse der *Mermaid Tavern* gesessen hatte. Die Ähnlichkeit der beiden hatte mich trotzdem erschreckt. Von den schwarzen Haaren mal abgesehen, war es jedoch nicht so sehr das Aussehen, das Cyril mit dem Fremden verband, sondern vielmehr die Art, sich zu bewegen. Geschmeidig, beinahe fließend, so als ob ihre Körper nicht wirklich von der Luft um sie herum getrennt waren.

Seltsamerweise wurde mir das jedoch viel später bewusst, nämlich erst am nächsten Morgen, als Ruby, Ashton, Joelle, Aimee und ich uns wieder auf der Fähre befanden.

Die Namen der beiden Fremden waren Zak und Elliot. Sie wohnten auf Alderney – jedenfalls behaupteten sie das – und hatten sich für vier Wochen ein Segelboot gemietet, mit dem sie Joelle und Aimee am Vortag von St Peter Port abgeholt hatten. Sie gaben vor, genauso entsetzt über Laurens Tod zu sein wie wir, und natürlich hätten sie nicht das Geringste damit zu tun. Lauren sei mit Kyan, einem Freund von ihnen, zu einem Spaziergang aufgebrochen und urplötzlich verschwunden gewesen. Kyan hätte sie überall gesucht, und erst am nächsten Tag hätten sie dann von Joelle und Aimee erfahren, dass ihre Freundin offenbar ermordet worden sei. Kyan sei am Boden zerstört, er hätte seither sein Bett nicht mehr verlassen.

Ich hatte mir all das angehört und ihnen kein Wort geglaubt, und Ruby hatte das natürlich ebenso wenig getan. Ich hatte ihr angesehen, wie viel Mühe es sie gekostet hatte, sich zusammenzureißen und diesen Typen nicht an die Gurgel zu springen oder Joelle und Aimee ihre Wut ins Gesicht zu schreien.

Das einzig Positive an der Sache war, dass wir den vieren

ihren Abend offenbar gründlich vermiest hatten. Und zu meiner großen Verwunderung hatten Joelle und Aimee sogar gefragt, ob sie bei uns übernachten könnten, sie hätten Isomatten und Schlafsäcke dabei.

Ich war drauf und dran gewesen, ihnen von den merkwürdigen Gestalten zu erzählen, die uns auf dem Hinweg in Panik versetzt hatten, doch Ruby hatte mir durch einen Kniff in den Oberschenkel zu verstehen gegeben, dass ich meine Klappe halten sollte. Trotzdem ließen es sich Zak und Elliot leider nicht nehmen, uns bis zu unserem Quartier zu begleiten.

Mir waren diese beiden Typen und das unaufhörliche Jucken in meinen Beinen alles andere als geheuer gewesen. Ich war davon überzeugt, dass sie und die seltsamen Gestalten identisch sein mussten, und wäre deshalb in dieser Nacht noch einmal vor Angst fast umgekommen, als wir schweigend im Licht von Rubys Taschenlampe und flankiert von Elliot und Zak zurück zum Apartmenthaus gelaufen waren.

Ich klappte den Deckel des Laptops zu und sah gedankenverloren aufs Meer. In der Nacht von Dienstag auf Mittwoch hatte das Jucken in meinen Knöcheln und Beinen genau in dem Moment aufgehört, als die Tür des Apartmenthauses hinter uns ins Schloss gefallen war, und seither war es nur noch einmal kurz aufgetreten – nämlich während der Rückfahrt auf der Fähre.

Das Duschen konnte ich inzwischen richtig genießen und mittlerweile machte mir nicht einmal mehr der Blick aus dem großen Dachgeschossfenster etwas aus. Ich hatte sogar die Pflanzen ein Stück von meinem Bett weggerückt, damit ich besser hinausschauen und den Sonnenuntergang betrachten konnte.

In gewisser Hinsicht war der Sark-Trip also ein Segen gewesen. Irgendwie schien er bei mir einen inneren Knoten zum Platzen gebracht zu haben, und jetzt galt es nur noch herauszufinden, wieso beziehungsweise welche Umstände wohl dazu geführt haben mochten.

»Eine deiner leichtesten Übungen, Elodie, nicht wahr?«, seufzte ich, schloss die Augen und lauschte nun wohl schon zum hundertsten Mal in mich hinein. Dummerweise war meine innere Stimme sehr leise und kaum zu verstehen. Und von Sina hörte ich zu diesem Thema überhaupt nichts.

»Das Jucken«, murmelte ich.

Kein Zweifel, das Jucken musste der Schlüssel sein. Es war die körperliche Reaktion auf meine Angst vor Wasser. Und die Reise nach Sark inklusive Cyrils Fürsorge hatten mir offensichtlich ein großes Stück dieser Angst genommen.

Aber das konnte noch nicht alles sein, denn es erklärte in keinster Weise, warum meine Knöchel auch in Zaks und Elliots Anwesenheit so heftig reagiert hatten.

Ich öffnete die Augen, klappte den Notebook-Deckel wieder hoch, startete Word und fing an zu tippen:

Wasser – Angst – Jucken: Elliot und Zak, Kyan (?)
Cyril, J. Spinx, Zak, Elliot, Kyan (?): ähnliche Art, sich zu bewegen / Geheimnis / Anziehung – Abstoßen
Cyril und Javen Spinx: vermindern das Jucken und die Angst vor dem Meer
Zak und Elliot: verstärken das Jucken
Junge im Meer: Träume / Geheimnis / Anziehung / Jucken und Brennen / MAGIE

Ich starrte auf die Zeilen, die ich mehr oder weniger aus dem Bauch heraus aufgeschrieben hatte, und versuchte, die einzelnen Bruchstücke in einen sinnvollen Zusammenhang zu bringen. Aber so sehr ich mich auch bemühte, es wollte mir einfach nicht gelingen.

Seufzend riss ich mich vom Bildschirm los, rappelte mich auf und begann, auf der Veranda hin und her zu gehen. Manchmal konnte ein bisschen Bewegung die Gehirnzellen auf Trab bringen, doch in meinem Kopf klickte es erst, als ich mich nach ein paar Minuten auf die Bank zurückfallen ließ und meinen Blick erneut auf den Monitor richtete.

Die *Andersartigkeit* von Javen Spinx, Cyril, Zak und Elliot war mir sofort ins Auge gestochen, und die frappierende *Ähnlichkeit*, die alle vier miteinander verband, hatte ich ebenfalls erkannt.

Dass es allerdings auch einen entscheidenden *Unterschied* zwischen ihnen beziehungsweise in den Reaktionen gab, die sie bei mir auslösten, sah ich erst jetzt. Während Elliot und Zak das Jucken in meinen Knöcheln *verstärkten*, hatte es sich in Javen Spinx' und Cyrils Gegenwart *vermindert*, oder es war sogar komplett verschwunden. Allein mit Sympathie und Antipathie wollte ich mir das nicht erklären. Aber abgesehen davon, dass Zak und Elliot mir Angst einflößten, hatte ich sie in der Tat als extrem abstoßend empfunden, und obwohl sie ganz außer Frage ziemlich attraktiv waren, konnte ich überhaupt nicht nachvollziehen, wieso Joelle und Aimee die beiden derartig anhimmelten.

Unwillkürlich rutschte mein Blick in die letzte Zeile und prompt schlug mein Herz einen Takt schneller.

Junge im Meer: Träume / Geheimnis / Anziehung / Jucken und Brennen / MAGIE

Was zum Teufel hatte all das mit dem Jungen aus meinen Träumen zu tun? Oh, wie gerne würde ich noch einmal mit Javen Spinx reden! Vielleicht würde er mir das alles erklären können. Um ihn zu finden, müsste ich jedoch zur Polizeistelle nach Port fahren. Zumindest schätzte ich, dass man mir dort noch am ehesten etwas über seinen Verbleib sagen konnte. Vielleicht wussten auch Hafenarbeiter und Bootsbesitzer über ihn und seinen Wohnort Bescheid. Die Frage war nur, ob ein solches Vorgehen überhaupt klug war. Die Polizei hatte Javen Spinx im Visier, ich würde mich wahrscheinlich verdächtig machen, wenn ich mich nach ihm erkundigte, und bis ich im Hafen eine Person gefunden hatte, die mir weiterhelfen konnte, würden womöglich wertvolle Stunden oder gar Tage vergehen.

Der Einzige, der mir schon heute Rede und Antwort stehen konnte – nein, musste! – war Cyril.

Hastig speicherte ich das Dokument unter dem Namen *Wasser* ab, schaltete das Notebook aus, klemmte es mir unter den Arm und schoss vom Stuhl hoch. Dabei fiel mein Blick abermals aufs Meer – und schon taumelte ich unter einem leisen Aufschrei zurück.

Diesmal war der Junge so nah, dass ich nicht nur seine wilden blonden Haare, sondern auch seine Gesichtszüge erkennen konnte. Er schien etwas älter als ich zu sein, vielleicht neunzehn oder zwanzig, und er sah so unfassbar gut aus, dass mir der Atem stockte. Seine Augen über den hohen Wangenknochen reflektierten das Türkis des Meeres, seine karamellfarbene Haut schimmerte, als ob sie mit einem Hauch aus Silberstaub überzogen wäre, und seine anmutig geschwungenen, leicht geöffneten Lippen lächelten mir zu.

Einen Augenblick lang stand ich wie erstarrt da, aber dann gab ich dem heftigen Impuls nach, der mich mit aller Macht nach unten an das mit Felsgraten durchzogene Ufer lockte.

Ich ignorierte das leichte Jucken über meinen Knöcheln, ließ das Notebook auf den Tisch zurückgleiten und rannte los. Einen möglichst geraden Weg nehmend, sprang ich von Terrasse zu Terrasse, bis ich eine große, vom Wasser glatt gewaschene orangefarbene Klippenplatte erreichte und nur noch wenige Meter von dem Jungen entfernt war.

»Warte!«, rief ich ihm zu, was natürlich nicht besonders intelligent war, da er überhaupt keine Anstalten machte wegzuschwimmen. »Bitte! ... Ist das nicht viel zu kalt?«

Unter der sich sanft kräuselnden Oberfläche bemerkte ich seine kräftigen Schultern und zwei lange Arme, die in unregelmäßigen Bewegungen durchs Wasser glitten.

Die Augen des Jungen standen ungewöhnlich weit auseinander und musterten mich voller Neugier.

»Willst du nicht lieber rauskommen?«, rief ich, da schoss mir durch den Kopf, dass er möglicherweise keine Badehose trug, und schon staute sich eine verlegene Hitze hinter meinen Ohren.

»Wer bist du?«, murmelte ich, während ich langsam bis ans Ende der Klippe tappte.

Die Nordsee spülte eine kalte Welle über meine Füße und durchnässte meine Sneakers. Das Jucken ging in ein sanftes Kribbeln über, das meine Knöchel umspielte und an den Innenseiten meiner Schenkel bis in meinen Schoß hinaufwanderte. Ich keuchte, wollte peinlich berührt den Blick senken, aber etwas zwang mich, unverwandt in diese unglaublich türkisfarbenen Augen zu sehen.

Das Lächeln verschwand, der Junge schloss seine Lippen, und im nächsten Moment war er auch schon ins Meer abgetaucht, ohne die Spur eines Schattens zu hinterlassen.

Cyril war vergessen. Und mit ihm waren es auch Javen Spinx, Zak, Elliot und Lauren. Der Einzige, der mich überhaupt noch interessierte, war dieser Junge, und wenn ich jemals in meinem Leben um jemanden Angst gehabt hatte, dann war es jetzt.

Wie eine Besessene kletterte ich über die Steingrate und versuchte, auf diese Weise so weit wie möglich ins Meer hinauszugelangen. Immer wieder wurde ich von Wellen überrascht, die meine Jeans allmählich bis zu den Knien hinauf durchnässten, aber das merkte ich kaum, war ich doch viel zu sehr damit beschäftigt, die Wasseroberfläche im Auge zu behalten und zu beten, dass der Junge sich wieder zeigte.

Ich kam erst zur Besinnung, als ich Tante Grace meinen Namen rufen hörte.

»Elodie, bist du verrückt geworden! Was soll denn das? Komm gefälligst sofort zurück! Du wirst dir noch den Tod holen! ... Elooodiiie!«

Ich wirbelte herum und sah, dass sie auf einer der oberen Terrassen ihres Gartens stand und wie wild mit beiden Armen winkte.

»Verdammt noch mal, jetzt komm endlich! Deine Mam ist am Telefon!«

Meine Mam – oje! Unwillkürlich überfiel mich das schlechte

Gewissen. Ich hatte sie schon längst wieder anrufen wollen, hatte es aber, wie so einiges andere, immer wieder vor mir hergeschoben.

»Schon gut«, murmelte ich und winkte zurück. »Ich bin gleich da.«

So schnell es auf den spitzen, glitschigen Steinen ging, lief ich zurück und hastete den Abhang hinauf.

»Oh, mein Gott, Kind, du musst dir sofort etwas Trockenes anziehen!« Mit diesen Worten und einer perfekt dazu passenden dramatischen Geste empfing Tante Grace mich, drückte mir das Telefon in die eine Hand, packte mich dann sogleich an der anderen und zog mich hinter sich her über die Terrasse ins Haus hinein.

»Hallo, Mam«, japste ich, während ich mich aufs Sofa plumpsen ließ. »Tut mir leid, dass ich mich nicht gemeldet habe, aber hier war ständig so viel los.«

»Ja, das habe ich gehört, Süße, Tante Gracie hat es mir erzählt«, sprudelte sie los. »Es ist so schrecklich! Ich hoffe, du verkraftest das, nach allem, was du dieses Jahr bereits durchmachen musstest.«

»Mam, das musstest *du* auch«, sagte ich.

»Was?« Einen Moment lang wirkte meine Mutter irritiert. »Ja, ja, natürlich«, sagte sie dann, »aber ich bin erwachsen, ich habe meine eigene Art ... damit umzugehen.« Ihre Stimme fing an zu zittern. »Ich bin dem nicht so hilflos ausgeliefert gewesen.«

»Mam«, sagte ich und plötzlich standen mir die Tränen in den Augen. »Warum hast du nie mit mir darüber geredet?«

Ein paar Sekunden lang war sie ganz still, und ich dachte schon, dass die Verbindung unterbrochen worden wäre, doch dann hörte ich sie leise schnaufen, und schließlich sagte sie mit belegter Stimme: »Ich konnte es nicht. Es tut mir wirklich leid, aber ich ...«

»Du musst es mir nicht erklären«, krächzte ich. »Es ist schon okay. Ich komm damit klar.«

Ich versuchte, die Tränen zurückzuhalten, aber sie liefen mir einfach über die Wangen bis in die Mundwinkel, wo ich sie weglecken konnte, und übers Kinn, von dem ich sie rasch fortwischte, ehe sie auf mein T-Shirt hinuntertropften.

»Mach dir bitte keine Sorgen«, presste ich mühsam hervor.

Aus dem Telefon kam ein Laut, der wie ein unterdrücktes Aufschluchzen klang.

Die Situation war wirklich absurd. Ausgerechnet jetzt, nachdem ich gerade diese unglaubliche Begegnung gehabt hatte und nichts auf der Welt mehr wollte, als den Jungen aus dem Meer zu finden, kam die Sache mit Pas Tod auf den Tisch. Ich fühlte mich meiner Mutter so nah wie schon lange nicht mehr, obwohl wir beide nur still vor uns hin weinten und wieder nicht richtig miteinander darüber redeten.

Aber ich konnte ja schlecht sagen: *Mam, lass uns lieber später telefonieren, ja? Ich habe draußen im Meer gerade den Jungen aus meinen Träumen gesehen.* Und deshalb schwieg ich und heulte lautlos weiter, bis Tante Grace in der Tür erschien, mir eine frische Jeans und trockene Strümpfe auf den Schoß legte, mir das Telefon aus der Hand nahm und es gegen ihr Ohr drückte.

»Entschuldige bitte, dass ich euch unterbreche, Rafaela«, sagte sie, während ich mich erhob und meine Hose und die Socken abstreifte, »aber Elodie muss sich dringend andere Sachen anziehen. Sie war am Meer unten und ist von einer Welle überrascht worden. Sie ruft dich später zurück, okay?« Meine

Großtante hob das Kinn und lauschte, dann nickte sie und sagte: »Ja, es sieht ganz so aus, als ob sie ihre Scheu allmählich überwinden würde.« – »Nein, mein Kind, du brauchst dir wirklich keine Gedanken zu machen. Es geht ihr gut.« – »Ja ... ja ... jaaa, Rafaela, bis später dann. Bye ... Ja, bye!«

Seufzend ließ sie das Telefon sinken, brachte es zur Station zurück und kam dann wieder zu mir ins Wohnzimmer.

»Ich muss noch mal weg«, sagte ich.

Tante Grace runzelte die Stirn. »Was? Jetzt?«

Ich schloss den Knopf der trockenen Jeans und ging an ihr vorbei in den Flur. »Hast du vielleicht noch ein paar Schuhe für mich?«

»Ja natürlich«, sagte sie, nachdem sie mir hinterhergeeilt war. »Welche Größe hast du denn überhaupt?«

»Achtunddreißig.«

»Na ja, mal schauen ...« Meine Großtante öffnete die Tür zu einem Einbauschrank, der sich direkt unter der Treppe befand, und ließ ihren Blick über die Regalreihen darin gleiten. Neben einem Bügelbrett, einem Staubsauger und allerlei weiterem Reinigungsgerät schien sie auch Koffer, Taschen und Schuhe hier aufzubewahren. »Ich habe eigentlich vierzig. Aber die hier fallen recht klein aus.« Sie zog ein Paar hellbraune Halbstiefel mit dunkler Kreppsohle hervor und hielt sie mir hin. »Ist zwar vielleicht nicht ganz deine Farbe«, meinte sie schulterzuckend, »aber ...«

»Die sind völlig okay«, sagte ich und griff danach, bevor sie es sich noch anders überlegte.

»Wo *musst* du denn so plötzlich noch hin?«, erkundigte sie sich und musterte mich lauernd. »Zu Ruby?«

Ich schüttelte den Kopf. »Nein, nicht zu Ruby.«

»Aha.« Tante Grace kräuselte die Lippen. »Dann bist du wohl wieder mit diesem jungen Mann … wie hieß er noch gleich … Cyrus? … verabredet.« Ich glaubte, in ihren Augen eine gewisse Missbilligung aufblitzen zu sehen.

»Cyril«, sagte ich und schlüpfte in die Stiefel. Sie waren ein wenig zu groß, aber dieses eine Mal würde es schon gehen. »Er heißt Cyril.« Ich blickte meiner Großtante direkt in die Augen. »Und ja, ich werde ihn treffen. Und zwar in der Cobo Bay. Er wartet schon seit mindestens einer Stunde auf mich.«

Diesen kleinen Schwindel brachte ich ohne schlechtes Gewissen über die Lippen. Denn erstens war ich dort ja wirklich, wenn auch bloß vage, für dieses Wochenende mit Cyril verabredet, und zweitens brauchte der Junge mit den türkisgrünen Augen womöglich tatsächlich Hilfe.

Ich hatte aber gar nicht vor, bis zur Cobo Bay zu fahren, sondern nur bis zur Vazon Bay. Dort hatte ich diesen schönen Jungen zum ersten Mal gesehen, und dort hoffte ich jetzt, ihn am ehesten wiederfinden zu können.

Vielleicht wohnte er in der Nähe und ging jeden Tag dort schwimmen und tauchen. Möglicherweise war er unempfindlich gegen die Kälte des Wassers, oder es stellte sich heraus, dass er einen karamellfarbenen Neoprenanzug trug. Was auch immer, ich würde nicht eher zur Ruhe kommen, bis ich es herausgefunden hatte.

»Und wann bist du zurück?«, fragte Tante Grace.

»Ich weiß es nicht«, gab ich zur Antwort. »Mit dem Essen brauchst du jedenfalls nicht auf mich zu warten. Ich mache mir einfach eine Schnitte, wenn ich wieder hier bin.«

»Und was ist mit deiner Mutter?«

»Die rufe ich später an«, sagte ich. »Oder morgen.«

»Das sagst du jetzt schon seit Tagen«, erwiderte meine Großtante. Der Vorwurf in ihrer Stimme war nicht zu überhören.

»Ich schreibe ihr eine SMS und verabrede mich mit ihr für morgen zu einem Telefongespräch«, sagte ich. »Versprochen.«

»Also gut.« Tante Grace seufzte. »Aber bleib bitte nicht die ganze Nacht weg.«

»Bestimmt nicht.« Ich zog meine Jeansjacke über, drückte meiner Großtante einen Kuss auf die Wange und öffnete die Tür. »Bis dann.«

Sie schüttelte den Kopf und seufzte ein weiteres Mal. »Werd mir bloß nicht übermütig, mein Kind. Und denk an die Tiden. Heute Abend ist Hochflut.«

»*Don't worry*«, sagte ich lächelnd. »Cyril kennt sich hier aus.«

Tante Grace nickte. Ich zog die Tür hinter mir zu, schnappte mir das Fahrrad und strampelte los.

Tod und Wiedergeburt

Als ich die Vazon Bay erreichte, stand die Sonne bereits tief, leuchtete aber noch hellgelb und warm und malte wunderschöne Lichtreflexe auf die in einem dunklen Spätnachmittagsgrün schimmernde Wasseroberfläche. Schon von Weitem sah ich, dass sich auf beiden Strandabschnitten ziemlich viele Leute tummelten, und auch das Café schien sehr gut besucht zu sein. Klar, bei diesem tollen Wochenendwetter hatte es bestimmt halb Guernsey an die Buchten gezogen.

Während ich meinen Blick über die Menschen gleiten ließ und dabei vor allem das Meer im Auge behielt, fuhr ich langsam weiter am Café vorbei bis zum Fort Hommet und stellte mein Rad dort hinter der Befestigungsmauer ab. Von hier aus konnte ich auch die Cobo Bay überblicken und ich bemerkte eine ganze Reihe von Surfern auf dem Wasser. Ob auch Cyril unter ihnen war, vermochte ich allerdings nicht zu sagen, denn ich erinnerte mich nur noch dunkel an die Farben seines Segels. Außerdem wollte ich im Moment auch gar nicht mehr mit ihm reden. Irgendwie sagte mir meine innere Stimme, dass es nicht klug wäre, ihm von dem Jungen mit den türkisfarbenen Augen zu erzählen. Er war und blieb mein Geheimnis, bis ich mehr über ihn wusste. – Was hoffentlich bald der Fall sein würde.

Ich kletterte also auf der Vazon-Bay-Seite über die Felsen zum Sandstrand hinunter und schlenderte auf den Klippengrat zu, der die beiden Buchten voneinander trennte. Das Wasser lag ein ganzes Stück weiter zurück als am Anfang der Woche; an der Feuchtigkeit des Sandes und einer sanft geschwungenen Treibgutlinie aus frischem Tang, Muscheln und Holzstücken konnte ich den Höchststand der letzten Flut ablesen.

Ich ließ Sandburgen bauende Kinder, Händchen haltende Pärchen, Beachvolleyballspieler und tobende Hunde hinter mir und ging am Rand des Klippengrats weiter in Richtung Meer. Dort angekommen, zog ich Tante Graces Stiefel und die Strümpfe aus und ließ sie auf einen flachen Stein fallen. Anschließend krempelte ich die Jeans bis zu den Knien hoch, grub meine Zehen in den Sand und wartete voller Anspannung darauf, dass meine Füße vom eisig kalten Wasser umspült wurden. Es war überraschend angenehm, und so ging ich Schritt für Schritt tiefer hinein, bis es mir fast bis zu den Waden reichte. Ich spürte ein leichtes Jucken in den Knöcheln, beachtete es aber nicht weiter. Wenn ich den Jungen wiedersehen wollte, durfte ich mich davon nicht beeindrucken lassen.

Sobald ich die Lider schloss, sah ich ihn vor mir: seine goldblonden Haare, die samtene Haut, diese unglaublichen Augen und dazu das Lächeln, das er mir zugeworfen hatte – und schon ging das Jucken in ein feines Kribbeln über und kroch langsam meine Beine hinauf.

Bitte, bitte, komm, war alles, was ich denken konnte.

Ich musste unbedingt herausfinden, wer er war, vor allem aber wollte ich mir sicher sein, dass ihm nichts zugestoßen war, sonst würde ich keine Ruhe finden, das war mir so klar, wie ich wusste, dass die Erde sich um die Sonne dreht.

Noch bevor das Kribbeln am Ende meiner Oberschenkel anlangte, öffnete ich die Augen und ließ meinen Blick über das Wasser gleiten, das inzwischen noch einmal ein ganzes Stück zurückgewichen war.

Auch die Sonne war weiter gesunken und hatte sich in einen orangeroten Feuerball verwandelt. Das Meer hatte eine tiefblaue Farbe angenommen und über dem Horizont erstrahlte der Himmel in einem gleißenden Weiß.

Das Kinderlachen hinter mir verklang, irgendwo bellte ein Hund, und als ich mich umwandte, sah ich, dass der Strand sich allmählich leerte. Die Vorstellung, hier vielleicht schon bald völlig allein zu sein, nur die untergehende Sonne, der Sand, die Klippen, das Meer, ich und irgendwo – möglicherweise sogar ganz in der Nähe – der schöne Junge, elektrisierte mich geradezu.

Ich krempelte die Jeans noch ein wenig höher und lief so weit hinaus, bis mir das Wasser beinahe bis an die Knie reichte, dann suchte ich mir einen Platz auf den Steinen, wo ich eine Weile bequem sitzen konnte.

Der leichte Wind spielte mit meinen Locken. Die Luft war zwar merklich abgekühlt, aber das machte mir nichts aus. Das Meer rauschte leise, weiter draußen lag es jedoch immer noch ganz still da und spiegelte das Orangerot der Sonne wider. Nur hier und dort, wo das Wasser gegen die Felsen gedrückt wurde, kräuselte sich eine sanfte Welle.

Mein Blick sprang hektisch hin und her und suchte voller Hoffnung die Meeresoberfläche ab, aber ich konnte die blonden Locken des Jungen nirgends entdecken. Wo bist du?, dachte ich verzweifelt. Warum zeigst du dich nicht? Die Sorge um ihn ließ mein Herz schneller schlagen. Ich spürte das Pulsieren meines Blutes bis in die Beine hinunter, wo es mit dem Kribbeln verschmolz, und plötzlich hatte ich das Gefühl, dass mein ganzer Unterkörper in Flammen stand.

Du entkommst mir nicht, hörte ich es flüstern. *Du gehörst mir.*

Bis tief ins Mark erschrocken, schnellte ich hoch.

Die Sonne war mittlerweile hinter dem Horizont abgetaucht und zeichnete dort einen schmalen roten Streifen an den Himmel. Außerdem hatte ich nicht gemerkt, dass die Flut zurückkam und die Wellen nun ein ganzes Stück hinter mir aufliefen.

Zitternd schaute ich in Richtung Ufer. Es schien mir unendlich weit weg zu sein, ich konnte kaum noch erkennen, wo das Meer aufhörte und der Strand anfing, und die Böschung mit der Befestigungsmauer des Forts war nicht mehr als ein dunkler Streifen in weiter Ferne.

Eine beißende Angst stieg in mir hoch und lähmte mich für ein paar Sekunden, dann lief ich los, so schnell es auf den rauen, spitzen Felsen eben ging, zurück dorthin, wo ich den Strand vermutete.

Der Wind hatte zugenommen und zerrte an meinen Haaren und an meiner Jacke, und das Wasser, dessen Färbung inzwischen in ein dunkles Grau übergegangen war, klatschte gegen die Steine und spritzte mir bis ins Gesicht hinauf.

Ich dachte an meine Socken und Tante Gracies Stiefel und hielt verzweifelt danach Ausschau. Ein Stück weiter links bemerkte ich etwas Helles, und für einen Augenblick glaubte ich, dass es einer meiner Strümpfe sein könnte, doch dann flog es plötzlich auf und stob mit einem lauten Schrei und wilden Flügelschlägen zum Himmel.

Ich zitterte wie verrückt, vor Angst und vor Kälte. Meine

Zähne schlugen aufeinander und meine Knie bebten so heftig, dass ich kaum noch Halt auf dem zerklüfteten Felsgrat fand. Also ließ ich mich hinunter und arbeitete mich auf Händen und Füßen weiter voran. Der Himmel, die Erde, das Meer – alles um mich herum war jetzt zu einem konturlosen Grau zusammengeflossen, nur die dunklen Steine unter mir und der immer schmaler werdende rote Streifen am Horizont gaben mir noch etwas Orientierung.

Meine Füße waren eiskalt, ich hatte kaum noch Gefühl darin und merkte nicht, dass ich mich vertrat. Ich rutschte ab und glitt der Länge nach ins Wasser.

Mein Oberkörper versank sofort in den Fluten und mein Kopf tauchte unter. Ein stechender Schmerz durchzuckte meinen rechten Unterschenkel, und im nächsten Moment spürte ich, dass er zwischen den Steinen eingeklemmt war. Ich paddelte wie verrückt mit den Armen, versuchte, Halt an den Klippen zu finden, und schaffte es tatsächlich, mich an die Oberfläche zurückzuarbeiten. Einige Sekunden lang ragte mein Gesicht aus dem Wasser, ich rang hustend nach Atem, aber dann raste eine Welle über mich hinweg und ich wurde unerbittlich wieder nach unten gezogen.

Panisch stemmte ich meinen freien Fuß gegen die Steine und mühte mich mit aller Macht, mein Bein aus der Spalte zu ziehen, doch je mehr ich zerrte, desto fester schien der Fels mich zu umklammern. Die Todesangst in meiner Brust war heiß und quälend und ließ mich die eisige Kälte des Meeres kaum spüren. Sobald ich auftauchte, schnappte ich nach Luft und schrie, so laut ich konnte, bis die nächste Welle mich überrollte und um mich herum nur noch graue Schlieren und Blasen waren.

Ich dachte an Lauren und wusste genau, dass ich sterben würde, wenn es mir nicht gelang, mich zu befreien. Und selbst dann hätte ich wohl kaum noch eine Chance, das hier zu überleben.

Trotzdem kämpfte ich verzweifelt weiter, bis sich die Kälte bis in mein Innerstes hineingefressen hatte und mich meine Kräfte verließen.

Sei nicht traurig, Mam, dachte ich. Verzeih mir, Tante Grace. Hallo, Pa ... Der nächste Atemzug stach mir in die Lungen und danach überkam mich eine selige Stille. Alles war ruhig, dunkel und verheißungsvoll ...

Mein Fuß und meine Wade taten weh und Wasser rann aus meinen Mundwinkeln. Ich bekam die Augen nicht auf, aber ich konnte wieder frei und ohne Schmerzen atmen. Ein Arm umfing meinen Rücken, ein anderer lag in meinen Kniekehlen und zwei warme Hände ruhten in meiner Taille. Es war jemand bei mir. Ich spürte seine wiegenden Hüften, das Spiel seiner Muskeln und die fließenden Bewegungen seines Körpers, während er mich trug. Meine Wange schmiegte sich an samtweiche Haut, und ein betörender Duft stieg in meine Nase, fremdartig und zugleich so vertraut, dass es wehtat.

»Cyril«, murmelte ich, tastete mit meinen eiskalten Fingern über seinen nackten Brustkorb und legte meine Hand schließlich um seinen Nacken. »Du hast mich gefunden.«

Er drückte mich an sich, dann blieb er plötzlich stehen und ließ mich langsam hinunter. Nebeneinander sanken wir in den Sand. Er schlang seine Arme fester um mich und hüllte mich ein in seinen Duft und seine Wärme, bis die Kälte sich verlor und ich vor Erschöpfung einschlief.

Als ich erwachte, war die Luft kalt und feucht und noch immer hatte ich diesen köstlichen Duft in der Nase.

»Mir war noch gar nicht aufgefallen, dass du so gut riechst«, murmelte ich.

Er lachte leise in sich hinein und dabei strich sein Daumen wie beiläufig über meinen Hals. Mein Herz klopfte, und ich traute mich kaum, die Lider zu heben und ihn anzusehen, und als ich es dann doch tat, versank ich augenblicklich in einem Meer aus sämtlichen Grün- und Blautönen dieser Welt.

Ganz sicher wäre ich auf der Stelle aufgesprungen, wenn er mich nicht so selbstverständlich gehalten hätte. Seine Finger fuhren sanft über meine Wangen, meine Stirn und mein Haar, und während er mich aufmerksam musterte, tasteten sie sich auch über meinen Nasenrücken und meinen Mund.

Ich war so dermaßen neben mir, dass ich nicht sagen konnte, ob mein Herz raste oder stillstand. Sein Gesicht befand sich ganz dicht über meinem, eine lange gewellte Strähne fiel ihm über das rechte Auge und wehte unter meinem Atem sachte hin und her. Seine Haut war so makellos wie Porzellan, seine Nase kräftig, ihre Spitze mitsamt den beiden Flügeln jedoch auf eine so niedliche Weise gerundet, dass sie mich spontan an einen Delfin erinnerte.

Fast noch schöner als seine Augen waren seine Lippen: dunkelrot und sinnlich, die Unterlippe einen Tick voller als die obere. Sobald er lächelte, bildete sich zwischen dem rechten

Nasenflügel und der Oberlippe ein winziges Grübchen. Geradezu magnetisch angezogen, blieb mein Blick daran hängen und mein Gehirn hörte auf zu denken.

Erst als er die Lippen öffnete und ich eine Reihe kräftige schneeweiße Zähne erblickte, wurde mir schlagartig bewusst, dass dieser Junge auch gefährlich sein könnte. Seine Eckzähne waren ungewöhnlich lang und spitz und ein wenig nach innen gebogen. Sie hatten Ähnlichkeit mit einem Raubtiergebiss und sofort tauchte das Bild von Lauren vor mir auf – tot auf einer Ponyweide. Mein Herzschlag setzte aus. War es womöglich ihr Mörder, in dessen Armen ich gerade lag?

Würde man auch mich schon bald tot in der Dünenböschung oder im Fort finden, weit genug vom Wasser entfernt, um darüber rätseln zu müssen, wie ich überhaupt darin ertrunken sein konnte?

Als ob er meine Gedanken erraten hätte, verschloss sich das Gesicht des Jungen. Im sanften Licht der Morgendämmerung sah ich, wie er die Lippen aufeinanderpresste und kaum merklich den Kopf schüttelte. Dann löste er seine Arme von mir, rückte ein Stück ab und richtete sich auf.

Das alles tat er, ohne auch nur einen Sekundenbruchteil den Blick von mir zu nehmen, und als er mir seine Hand entgegenstreckte, lag in seinen Augen eine unmissverständliche Aufforderung.

Flüchtig ließ ich meinen Blick über seinen Körper gleiten, sah die breiten Schultern, die hübsch geformten Beine und die glatte, haarlose Haut. Um seine Hüften hatte er ein silbrig schimmerndes Tuch geschlungen, das mich eher an Haut erinnerte als an ein Stück Stoff.

Nach einem kurzen Zögern legte ich meine Hand in seine,

spürte die Kraft seiner Muskeln und die Entschlossenheit, mit der er mich hochzog, aber auch eine unglaubliche Zärtlichkeit, die mich so sehr überraschte, dass ich meine Hand reflexartig zurückriss, sobald ich festen Boden unter den Füßen hatte.

Wieder lächelte er, diesmal allerdings sorgfältig darauf bedacht, dabei nicht seine Zähne zu entblößen, und deutete auf Fort Hommet. Er meinte mein Fahrrad, ich konnte es von hier aus sehen.

Verdattert schaute ich ihn an. »Woher weißt du, wie ich hierhergekommen bin?«, platzte ich heraus. »Hast du mich etwa die ganze Zeit über beobachtet?«

Um seine Mundwinkel zuckte es, und einen Augenblick lang dachte ich, er würde mir antworten, doch dann bückte er sich plötzlich und hob etwas vom Boden auf, das ein Stück über uns in der Böschung lag, und hielt es mir vor die Nase.

Es waren Tante Gracies Stiefel mit meinen Socken darin und beides war vollkommen trocken. Mein Herz polterte los.

»Du *hast* mich beobachtet«, stieß ich hervor. »Und zwar von hier aus, stimmt's?«

Wieder sah er mich nur an. Seine perfekt geschwungenen Brauen zogen sich in der Mitte zusammen und ließen so über der Nasenwurzel eine kleine Falte entstehen, und seine Pupillen, die eben noch groß und eher elliptisch als rund gewesen waren, waren nun plötzlich nur noch zwei stecknadelkopfkleine Punkte.

Erschrocken wich ich zurück, woraufhin er den gewonnenen Abstand sogleich um einen Schritt verkürzte.

»Wer bist du?«, fragte ich rau. »Was willst du von mir?«

Seine Pupillen vergrößerten sich wieder. Er legte den Kopf schief und hob die linke Schulter unschlüssig an. Dann öffnete er seinen Mund, doch anstatt etwas zu sagen, nahm er meine Hand.

Abermals geriet mein Herzschlag ins Stocken.

Seine Berührungen waren sanft wie ein Windhauch und so weich wie das Wasser, das am Abend meine Füße umspült hatte, und dabei von einer Wärme, die mir sofort ins Blut schoss und mich vom Scheitel bis zu den Zehenspitzen ausfüllte.

Ich ertappte mich bei dem Wunsch, dass er mich niemals mehr loslassen möge, und konnte nur hoffen, dass er nicht tatsächlich in der Lage war, meine Gedanken zu lesen. Zumindest ließ er sich nichts anmerken, sondern zog mich ganz selbstverständlich weiter in Richtung Fort, über die Felsen auf die Befestigungsmauer und mein Fahrrad zu. Dort angekommen, streichelte er mir noch einmal kurz über die Wange, dann drehte er sich abrupt um und lief mit schnellen Schritten über den Strand zum Meer zurück.

Seine Bewegungen waren ebenso geschmeidig und fließend wie die von Cyril, Javen Spinx, Zak und Elliot. Und als er sich schließlich mitsamt seinem silbernen Hüfttuch ins Wasser fallen ließ, unter der Oberfläche verschwand und auch nach etlichen Minuten nicht wieder auftauchte, wusste ich definitiv, dass er kein Mensch war, sondern irgendetwas anderes.

Sehnsucht

Ich stand noch eine ganze Weile auf dem Felsen und starrte ihm hinterher. Und dabei wirbelten mir unaufhörlich Rubys Worte durch den Kopf, die sie gesagt hatte, als wir das erste Mal über meine unerklärliche Wasserangst sprachen.

»... oder eine Meerjungfrau. In einigen Legenden ist zumindest davon die Rede, dass diese zarten Wesen in Wahrheit schreckliche Bestien sind.«

Natürlich hatte sie das nicht ernst gemeint, sondern mich damit aufheitern wollen, aber jetzt, nachdem ich diesen Jungen getroffen, in seinen Armen gelegen und mit eigenen Augen gesehen hatte, wie besonders – wie anders! – er war, war ich geneigt zu glauben ... Ja, was überhaupt? Dass mich ein Nix berührt hatte?

Der Gedanke machte mich schwindelig, ich musste ein paarmal tief durchatmen, um nicht ohnmächtig zu werden, und kaum hatte ich mich wieder gefangen, spürte ich eine entsetzliche Leere in mir. Nie zuvor hatte ich mich so verlassen gefühlt, nicht einmal in dem Moment, als die Polizisten uns sagten, dass Pa verunglückt war. Es war mir egal, wer oder was dieser Junge war, ich vermisste ihn schon jetzt so sehr, als ob ich den wichtigsten Menschen meines Lebens verloren hätte.

»Du musst wiederkommen«, flüsterte ich. »Du musst einfach. Weil ich sonst sterbe und es völlig überflüssig gewesen wäre, mir das Leben zu retten.« – Oh, mein Gott, wie gut, dass Sina jetzt nicht hier war und mit anhören musste, was ich für einen Stuss redete!

»Hallo!«, sagte ich wütend zu ihr. »Wenn dieser Junge nicht gewesen wäre, wenn *er* mich nicht aus der Felsspalte befreit, aus dem Wasser gezogen und die ganze Nacht mit seinem Körper gewärmt hätte, wäre ich jetzt tot!«

»Kein Grund, gleich alles für ihn aufzugeben«, erwiderte Sina.

Warum eigentlich nicht?, dachte ich und spürte, wie ein Lächeln an meinen Mundwinkeln zupfte. Der sehnsüchtige Schmerz in meinem Herzen verschwand und machte einer mit dem Verstand nicht zu begründenden Gewissheit Platz.

»Du wirst wiederkommen«, sagte ich in den strahlendblauen Morgen hinein. Goldgelbe Sonnenstrahlen tasteten sich allmählich von Osten her über die Insel auf die Vazon Bay zu. Noch lag das Meer dunkel und voller Geheimnisse da, aber schon bald würde es so wunderschön hell und türkisfarben leuchten wie seine Augen. »Und lass mich bitte nicht zu lange warten.«

Tante Grace war völlig außer sich.

»Wo zum Teufel bist du gewesen?«, fuhr sie mich an, kaum dass ich mein Rad abgestellt hatte. Unter ihren Augen lagen dunkle Schatten, die auf wenig bis gar keinen Schlaf schließen ließen.

»Bei Cyril«, log ich. Es tat mir weh, aber es ging nun mal nicht anders.

»Ach ja, und wo ist der Kerl jetzt?«, regte sie sich auf. Ihr Gesicht war wutverzerrt und ihre Arme ruderten wild in der Luft herum. »Hätte er dich nicht wenigstens nach Hause begleiten können?«

»Ich wollte es gar nicht«, sagte ich, warf mich um ihren Hals und küsste ihre Wange. »Ach, Tante Grace! Es tut mir leid!«

Sie stand da wie ein Stock und machte keinerlei Anstalten, meine Umarmung zu erwidern.

»Hättest du nicht wenigstens anrufen können?«

Klar, wenn ich nicht ins Wasser gefallen und beinahe ertrunken wäre ...

»Mein Handy ist nass geworden«, antwortete ich hastig, bevor mir etwas noch Unglücklicheres herausrutschte.

»Wie bitte?« Energisch umfasste Tante Grace meine Schultern und drückte mich von sich weg. »Wie konnte denn das passieren?«

Ich blies die Backen auf. »Na jaaa ... Es ist mir aus der Jackentasche gefallen, als wir am Strand spazieren gingen.«

Meine Großtante kniff ihre Augen zusammen. »Ehrlich gesagt, kommt es mir ein bisschen so vor, als ob nicht bloß dein Handy Kontakt mit dem Wasser gehabt hätte«, entgegnete sie und musterte mich kopfschüttelnd von oben bis unten. »Was ist nur los mit dir, Kind? Muss ich mir etwa Sorgen machen, dass du demnächst die Nordsee leer trinkst und unsere schönen Inseln trockenlegst?«

Ich lachte los. »Nein, ganz bestimmt nicht!«, rief ich und löste mich aus ihrem Griff. »Cyril hat einfach eine gute Art, mich mit dem Meer vertraut zu machen.«

»Na, dann sollte ich dem jungen Mann wohl dankbar sein«, brummte Tante Grace und hielt mir mahnend den Zeigefinger unter die Nase. »So, und jetzt will ich nichts mehr von ihm hören, verstanden?«

Ich zuckte hilflos mit den Schultern, denn ich hätte im Traum nicht erwartet, dass sie, was den Umgang mit Jungs betraf, so altmodisch reagierte. Die Beziehung zwischen Ruby und Ashton schien sie jedenfalls viel gelassener zu sehen. Aber vielleicht ging es ihr in diesem Fall auch speziell um Cyril. Vielleicht mochte sie ihn aus dem einfachen Grund nicht, weil er sie an Javen Spinx erinnerte. So wach und aufmerksam, wie sie war, musste ihr die kaum erklärbare Ähnlichkeit zwischen den beiden eigentlich aufgefallen sein. – Dieselbe Ähnlichkeit, die sie auch mit meinem Meerjungen verband! Für einen kurzen Moment sah ich die drei vor meinem inneren Auge nebeneinander herlaufen und diese Vorstellung raubte mir schier den Atem.

Wie gut, dass du nicht weißt, mit wem ich die Nacht *wirklich* am Strand verbracht habe, dachte ich und beschloss, mir Themen wie Javen Spinx, Cyril oder die Legenden über Nixe und Meerjungfrauen vorerst zu verkneifen. Vermutlich würde ich meine Großtante damit nur noch mehr aufregen und sie am Ende womöglich auf den Gedanken bringen, mich nach Hause zurückzuschicken. Besser, ich versuchte, mit Mam darüber zu reden.

Und genau das nahm ich dann auch gleich in Angriff, nachdem ich mich auf Tante Graces Geheiß hin in mein Dachzimmer getrollt, mir den Sand aus den Haaren geduscht und frische Klamotten angezogen hatte. Über meinem rechten Knöchel, an der Stelle, mit der ich im Felsen hängen geblieben war, hatte sich unter blutigen Striemen eine Schwellung gebildet, die ich mit einer Wundsalbe versorgte. Ich wickelte ein wenig Mull darüber und fixierte das Ganze mithilfe eines Kniestrumpfs. Dann ließ ich mich aufs Rattansofa fallen und wählte Mams Handynummer.

»Hast du ihn etwa wiedergesehen?«, war das Erste, was sie wissen wollte, als ich Javen Spinx' Namen erwähnte.

»Nein«, sagte ich. »Aber ich habe einen Jungen getroffen, der ihn kennt und der genauso seltsam ist wie er.«

»Was meinst du damit?«, fragte sie lauernd.

»Die Art, wie er sich bewegt. Die feine Haut, aus der nicht eine einzige Bartstoppel sprießt, das ungewöhnlich gute Aussehen«, zählte ich auf.

Meine Mutter schwieg, aber ich konnte hören, dass ihr Atem schneller ging. »Du hast dich doch nicht etwa in ihn verliebt?«, erkundigte sie sich schließlich mit gepresster Stimme.

»In Cyril? Nein.«

Ich wunderte mich selbst darüber, wie klar und bestimmt es über meine Lippen kam. Ob das wohl an dem Jungen mit den türkisgrünen Augen lag?

»Cyril …«, murmelte Mam kaum hörbar. »So heißt er also …« Ihre Stimme hatte einen außerordentlich merkwürdigen Tonfall angenommen.

»Willst du damit sagen, du kennst ihn?«, fragte ich, in höchstem Maße erstaunt.

»Wen? Diesen Jungen? … Aber nein! Woher denn?«

Es klang total gekünstelt, und ich wusste sofort, dass sie nicht die Wahrheit sagte. Nach kurzer Überlegung entschied ich mich aber, nicht weiter zu insistieren, und äußerte stattdessen so beiläufig wie möglich: »Hätte ja sein können.«

»Hm«, meinte sie und machte nun ebenfalls auf harmlos. »Wie alt ist er denn? Achtzehn oder neunzehn?«

»Schätzungsweise«, sagte ich zögernd.

»Und du findest ihn … seltsam?«, fragte sie gedehnt.

»Jep«, antwortete ich. »Genau wie Javen Spinx. Mir kam bereits der Gedanke, dass sie möglichweise gar keine richtigen Menschen sind«, setzte ich provozierend hinzu.

Das Auflachen aus unserem Lübecker Wohnzimmer kam einen Tick zu verzögert, um noch glaubwürdig zu klingen. »Was sollen sie denn sonst sein? Aliens?«, erwiderte meine Mutter schrill.

»Wieso eigentlich nicht?«

Das Lachen erstarb. »Das ist nicht dein Ernst«, sagte Mam.

»Und ob«, entgegnete ich neckend. »Das Beste wäre wohl, wenn ich Cyril ganz direkt frage. Ich werde dir dann natürlich sofort Bericht erstatten.«

Meine Mutter schwieg – und anders als eben hatte sie diesmal auch den Atem angehalten.

»Hallo?«, rief ich in den Hörer. »Bist du noch da?«

»Natürlich.« Sie klang jetzt ganz ruhig. »Du solltest diesen Unsinn lieber lassen«, legte sie mir ans Herz. »Es wäre doch schade, wenn dein neuer Freund denkt, du hättest …«

»… einen Riss in der Pfanne?«, fragte ich.

»Netter hätte ich es auch nicht ausdrücken können«, sagte Mam. »Also …«

»Keine Sorge«, versicherte ich ihr. »Ich werde Cyril nicht fragen, ob er ein Alien ist.«

Das hatte ich schließlich schon getan und bloß eine ausweichende Antwort erhalten. Nein, nein – wenn ich mehr über den Meerjungen in Erfahrung bringen wollte, musste ich ihn wiedersehen. Ohnehin konnte ich kaum noch an etwas anderes denken als an ihn.

»Möchtest du über deinen Vater reden?«, fragte Tante Grace, als wir später bei einem üppigen Brunch auf der Terrasse saßen.

Ich schlug mein zweites Ei auf und schüttelte den Kopf. »Nein, ich glaube nicht.«

Meine Großtante runzelte die Stirn. »Du glaubst?«

Nickend biss ich in meine Käseschnitte. Nach den beiden Marmeladentoasts, den gebratenen Pilzen und der Backtomate war es bereits die dritte Vollkornbrotscheibe, die ich in mich hineinfutterte. Ich hatte einen Bärenhunger, und ausnahmsweise musste ich nicht lange überlegen, welche der vielen Köstlichkeiten ich als Nächstes essen sollte, denn noch immer hatte ich das Gefühl, den ganzen Tisch abgrasen zu können.

»Wie ein Kind, das einen Wachstumsschub hat«, meinte Tante Grace. Sie tupfte sich die Mundwinkel mit einer Serviette ab, legte ihr Besteck zusammen und lehnte sich zurück. »Oder ist es etwa nur die gute Seeluft?«

»Die habe ich in Lübeck auch.«

»Mhm. Ostseeluft.«

»See ist See«, sagte ich zwischen zwei Bissen.

Sie wiegte ihren Kopf hin und her. »Ja, für dich vielleicht schon. Was hast du denn heute eigentlich noch vor?«, fuhr sie fort, nach Leibeskräften darum bemüht, ihre Neugier nicht allzu offensichtlich werden zu lassen.

Ich zuckte mit den Schultern. »Ich glaube, ich fahr noch mal zur Cobo Bay.«

»Wie abwechslungsreich«, erwiderte meine Großtante. »Als ob diese Insel nicht auch andere hübsche Ecken zu bieten hätte.«

»Ich kenne St Peter Port«, sagte ich trotzig. »Und Sark.«

»Oh ja.« Tante Grace nippte an ihrem Tee. »Möchtest du vielleicht endlich über Sark reden?«

Ich ließ mein Käsebrot sinken und sah sie an. Es war in der Tat erstaunlich, dass sie ihre Neugier so lange zurückgehalten hatte. »Dort weiß man auch noch nichts Genaues über die Umstände von Laurens Tod«, antwortete ich kurz.

Meine Großtante nickte. »Das dachte ich mir. Habt ihr wenigstens herausgefunden, mit wem sie sich dort getroffen hat?«

»Ja«, fuhr ich fort. »Es waren vier Jungen, die eigentlich auf Alderney wohnen. Mit zweien von ihnen haben wir gesprochen. Sie meinten, Lauren sei plötzlich verschwunden gewesen.«

»Aha, und dann ist sie wohl vom Weg abgekommen, ins Meer gefallen und ertrunken. Und weil sie keine Lust hatte, nach einiger Zeit irgendwo als Wasserleiche angespült zu werden, ist sie noch rasch die Felsküste hinaufgekraxelt und hat sich hübsch auf eine Wiese drapiert.«

Der Appetit verging mir auf einen Schlag. Fassungslos starrte ich meine Großtante an. »Wie kannst du nur so etwas sagen!«, stieß ich hervor. »Das ... das ist ...«

»Pietätlos?«, half sie mir auf die Sprünge.

»Ja, allerdings!«

»Du hast recht«, stimmte sie zu. »Und es tut mir leid. Ich kannte Lauren. Sie ist ein sehr nettes Mädchen gewesen. Das, was ihr auf Sark zugestoßen ist, ist fürchterlich ... und äußerst mysteriös. Ich hätte es niemals zulassen dürfen, dass Ruby und du dort die Nacht verbringt.«

»Ashton und Cyril waren auch dabei.«

»Ashton hätte euch doch gar nicht helfen können«, gab sie zurück. »Und Cyril …«

»Ja?«, sagte ich und reckte mich ihr herausfordernd entgegen. »Was ist mit ihm?«

Meine Großtante leerte ihre Tasse und faltete die Serviette ordentlich zusammen. »Das weiß ich noch nicht«, sagte sie nachdenklich.

»Du kannst ihn nicht leiden«, sagte ich ihr auf den Kopf zu und nutzte die Gelegenheit, Mister Spinx nun doch wieder ins Spiel zu bringen. »Obwohl du ihn nicht kennst. Und damals, als Mam dieses Techtelmechtel mit Javen Spinx hatte …«

»Das war etwas anderes«, fiel sie mir ins Wort. »Damals war deine Mutter schließlich schon mit deinem Vater zusammen. Du hast aber, soweit ich weiß, in Lübeck keinen Freund.«

»Eben«, triumphierte ich. »Du hast also überhaupt keinen Grund, Cyril nicht zu mögen.«

Tante Grace nickte. Sie schloss die Augen, holte einmal tief Luft und richtete ihren Blick dann wieder auf mich. »Jetzt hör mir mal zu, Elodie. Auf diesen Inseln kennt jeder mehr oder weniger jeden. Und wenn nicht persönlich, weiß er zumindest durch einen Dritten über ihn Bescheid. Das verhält sich selbst auf Jersey nicht anders.«

»Javen Spinx kennt *tatsächlich* jeder«, warf ich ein, bevor sie fortfahren konnte. »Jedenfalls kommt es mir so vor.«

»Ja, das liegt vor allem daran, dass er sich so vehement gegen die Kanalschifffahrt wehrt und jede Initiative unterstützt, die sich …«

»… für die Belange des Meeres einsetzt?«, vollendete ich ihren Satz und erinnerte mich, dass genau das meine Worte gewesen waren, als wir in der Propellermaschine nebeneinander saßen. »Was ist daran so verkehrt?«

»Nichts«, sagte Tante Grace. »Außer, dass man sich damit bei vielen Leuten ziemlich unbeliebt macht.«

»Das ist sein Problem und nicht deines«, gab ich zurück.

»Richtig. Und es ist auch nicht das, worum es mir eigentlich geht«, erwiderte sie.

»Sondern?«

»Niemand weiß, wo Javen Spinx hergekommen ist«, sagte Tante Grace.

»Besitzt er keinen Pass?«, fragte ich spöttisch.

Umso überraschter war ich über ihre klare, fast harsche Antwort.

»Nein.«

Ich schüttelte den Kopf. Das war ganz und gar unmöglich! Ich erinnerte mich nämlich noch sehr gut daran, dass er sich nach der Landung in London ausgewiesen hatte.

Doch als ich das meiner Großtante erzählte, seufzte sie nur.

»Natürlich hat er irgendwelche Dokumente, aber keinen Pass, der verlässlich nachvollziehbare Angaben enthält. Mal ist er in Los Angeles geboren, mal in Le Havre und mal in Kapstadt. Ich denke, man kann nicht einmal wirklich sicher sein, dass sein Name auch tatsächlich Javen Spinx ist.«

»Aber irgendwo muss er doch wohnen«, wandte ich ein.

Meine Großtante nickte. »Sollte man meinen.«

»Was willst du damit sagen?«

»Dass auch niemand so genau weiß, wo er gerade wohnt.« Sie seufzte abermals. »Er taucht auf und verschwindet wieder, wie es ihm gefällt. Und mit deinem Cyril verhält es sich ganz genauso.«

»Das ist nicht wahr«, entgegnete ich aufgebracht. »Cyril wohnt auf Sark und er arbeitet dort für George.«

Tante Grace griff über den Tisch hinweg nach meiner Hand. »Das mit dem Job bei George mag ja sein. Aber wo Cyril wohnt und wie er mit Nachnamen heißt, weiß kein Mensch. Weder hier auf Guernsey noch auf Sark.«

»Sag jetzt bitte nicht, dass du das in den letzten paar Tagen herausgefunden hast«, blaffte ich und entzog ihr meine Hand mit einem Ruck.

Meine Großtante zuckte schuldbewusst die Achseln.

»Du hast mir also hinterherspioniert!«, rief ich und sprang von meinem Stuhl hoch.

»Ich habe mir Sorgen um dich gemacht«, erwiderte sie. »Und das tue ich immer noch.«

»Das ... ist ... nicht ... nötig!«, presste ich zwischen zusammengebissenen Zähnen hervor. »Cyril ist vollkommen ungefährlich. Ebenso wie Javen Spinx.«

»Das hoffe ich«, sagte Tante Grace. »Das hoffe ich wirklich.«

Eigentlich hatte ich nicht vorgehabt, mich von den Äußerungen meiner Großtante verunsichern zu lassen, doch leider musste ich mir eingestehen, dass sie recht hatte. Cyrils Verhalten war seltsam, seine Herkunft ungewiss und über seinen Wohnort wollte er ganz offensichtlich auch nichts preisgeben. Ruby traute ihm nicht, und so, wie er sich mir gegenüber verhielt, hatte ich ebenfalls allen Grund dazu, es nicht zu tun. Für gefährlich hielt ich ihn aber trotzdem nicht, sondern schlicht für andersartig.

Und wenn er, Zak, Elliot, Javen Spinx und dieser wunderschöne Meerjunge tatsächlich keine Menschen, sondern Nixe waren, würde Cyril es mir sagen müssen! Auf jeden Fall würde ich ihn darauf ansprechen, in diesem Entschluss hatte mich das Gespräch mit meiner Großtante nun doch wieder bestärkt, und ich würde es todsicher merken, wenn er mich anlog oder sich herauszureden versuchte.

Inzwischen war es kurz vor halb zwölf. Die Sonne stand bereits hoch am Himmel, als ich die Uferstraße entlangraste. Die Temperatur war auf über zwanzig Grad gestiegen und natürlich war in der Vazon Bay wieder der Teufel los. Ich spürte ein schmerzhaftes Nagen in der Brust, gab mir aber gar nicht erst die Mühe, die türkisgrüne Wasseroberfläche nach einem goldblonden Schopf abzusuchen.

Bisher hatte ich ihn nur gesehen, wenn kaum oder gar keine Menschen in der Nähe waren. Insofern schien er mehr als Cyril, Elliot, Zak und Javen Spinx die Einsamkeit zu bevorzugen, was ihn noch geheimnisvoller und damit umso anziehender für mich machte. – Oh, wie gut, dass Tante Grace meine Gedanken nicht lesen konnte! Bestimmt hätte sie mich auf der Stelle in den nächsten Flieger gesetzt und höchstpersönlich nach Lübeck begleitet, um ganz sicher zu sein, dass ich auch unversehrt dort ankam.

Überhaupt würde ich mich künftig sehr vorsehen müssen mit dem, was ich sagte. Es durfte nicht zu viel, aber auch nicht zu wenig sein. Denn wann ich wieder von hier wegging, wollte ich selbst bestimmen, und ich würde es garantiert nicht tun, bevor ich nicht alle Rätsel gelöst hatte.

In der Cobo Bay war auch einiges los, aber zumindest der Strand schien mir bei Weitem nicht so überfüllt zu sein wie in der Vazon Bay. Außer ein paar Spaziergängern machte ich hauptsächlich Surfer aus. Cyril, Ruby, Ashton oder sonst jemanden aus der Clique konnte ich auf den ersten Blick allerdings nicht entdecken, und so stellte ich mein Fahrrad an der gewohnten Stelle ab und machte mich auf zu dem Strandabschnitt bei den Felsenriffs, wo wir uns beim ersten Mal getroffen hatten. Aber auch hier war niemand, den ich kannte.

Vielleicht kamen sie ja erst am Nachmittag oder sie waren heute alle – mit Ausnahme von Ashton natürlich – auf ihren Brettern.

Langsam lief ich über den Sand aufs Wasser zu. Das Meer lag glatt und glänzend da und lief in sanften Wellen auf den Strand. Trotzdem überfiel mich bei der Erinnerung an den vergangenen Abend ein beklemmendes Gefühl. Klar, es war meine eigene Unachtsamkeit gewesen, die mich in diese beinahe tödliche Lage gebracht hatte, dennoch wurde mir erst in diesem Moment so richtig bewusst, wie unberechenbar und gefährlich die Nordsee gerade hier auf den Inseln tatsächlich war.

Einen guten Meter vor dem Meeressaum blieb ich stehen und wartete darauf, dass irgendetwas mit mir passierte. Würde es auch hier in der Cobo Bay, wo der Meerjunge bisher noch nicht aufgetaucht war, bis in meinen Unterleib hinauf kribbeln? – Nein, das Einzige, was ich spürte, war das gewohnte sanfte Jucken in den Knöcheln und diese zehrende und verwirrende Sehnsucht in meinem Herzen. Ich kannte den Jungen mit den türkisfarbenen Augen kaum, im Grunde eigentlich gar nicht, ich wusste nicht, ob er meine Sprache beherrschte oder überhaupt sprechen konnte, und trotzdem vermisste ich ihn so sehr, als hätte ich einen Teil meiner Seele verloren.

»Hey, da bist du ja endlich!«

Cyrils Stimme holte mich abrupt ins Hier und Jetzt zurück. Urplötzlich stand er neben mir. Er trug seinen schwarzen Neoprenanzug, dessen Reißverschluss bis zum Ende des Brustbeins aufgezogen war und glatte olivfarbene Haut hervorblitzen ließ. Seine dunklen Augen strahlten. Es war ganz offensichtlich, dass er sich darüber freute, mich zu sehen. »Ich bin am Freitag schon hier gewesen. Und gestern natürlich auch.«

Obwohl ich sehr gerne noch eine Weile meinen Träumen nachgehangen hätte, freute ich mich ebenfalls.

»Tut mir leid«, sagte ich. »Aber ich musste mal für mich sein.«

Das Strahlen in Cyrils Augen verschwand. »Ist dir die Rückfahrt nach Guernsey nicht bekommen?«, fragte er besorgt.

»Mir ist so einiges nicht bekommen«, erwiderte ich. »Die Fährfahrt war aber okay. Auch ohne dich.«

Cyril senkte den Blick. »Es ging nicht anders«, meinte er schulterzuckend.

»Schon gut«, sagte ich. »Es wäre nur irgendwie nett gewesen, wenn ich vorher gewusst hätte, dass du nicht die ganze Zeit über dabei bist.«

»Oh, das war mir nicht klar.« Er sah mich an. »Ich dachte, du und Ruby ...«

»Wir hätten deinen Schutz gebrauchen können«, fiel ich ihm ins Wort und jetzt wirkte er wirklich betroffen.

»Euch ist doch nicht etwa was zugestoßen?«

Ich ließ ihn einen Moment zappeln. »Nein«, sagte ich dann. »Zumindest nicht direkt.« Stockend erzählte ich ihm von den beiden Gestalten, denen wir am späten Abend begegnet waren und die sich trotz der Dunkelheit ungewöhnlich schnell bewegt hatten.

Cyril hörte mir aufmerksam zu und schüttelte schließlich den Kopf. »Das müssen Sarkees gewesen sein«, meinte er. »Sie kennen die Insel wie ihre Westentasche und sind die schwarzen Nächte ohne Beleuchtung gewohnt. Dass sie euch besonders schnell zu laufen schienen, kann eine Täuschung gewesen sein.«

»Das ist absoluter Unsinn«, widersprach ich. »Ruby und ich haben genau das Gleiche gesehen ... und empfunden!«

»Es ist aber die einzig logische Erklärung«, beharrte Cyril.

Ich nickte. »Ja, nach *menschlichen* Maßstäben.«

In seinem Gesicht spiegelte sich Verwunderung. »Nach welchen Maßstäben denn sonst?«

Ich konnte nicht einordnen, ob es eine echte Gefühlsregung war oder ob er mir etwas vorzumachen versuchte, und ärgerte mich darüber, dass ich entgegen meiner Überzeugung nun doch nicht in der Lage war, ihn zu durchschauen. Und plötzlich kochte Wut in mir hoch. Ich wollte – verdammt noch mal! – endlich die Wahrheit wissen!

»Na ja«, blaffte ich, »du erzählst mir ja nichts. Oder meinst du etwa, mir ist nicht aufgefallen, dass du anders bist als Ruby, Tyler, Aimee oder ich? Dass du dich bewegst, als ob du mit der Luft verschmolzen wärst? Dass deine Haut viel glatter ist als die der anderen Jungen? Und dass du überhaupt keinen Bartwuchs hast!«

»Das ist in der Tat mein wunder Punkt«, sagte Cyril und fuhr sich mit der Hand über Wangen und Kinn. »Es lässt mich gleich viel weniger männlich aussehen, stimmt's?« Seine Augen nahmen den Ausdruck eines leidenden Hundes an. »Vielleicht solltest du dich lieber mit Mike oder Isaac abgeben.«

»Ach, du bist so ein Idiot!«, schimpfte ich, ballte meine Hände zu Fäusten und begann, auf seine Brust einzuschlagen.

Cyril lachte, schloss seine Arme um mich und versenkte sein Gesicht in meinem Haar. Augenblicklich verpuffte mein Zorn.

»Was willst du von mir?«, wisperte ich.

»Dir das Surfen beibringen«, sagte er leise. »Und schwimmen. Ja, ich glaube, es wäre gut, wenn du zuerst schwimmen lernst. Hast du Badezeug dabei?«

Natürlich nicht.

»Ich besitze überhaupt keinen Badeanzug«, erwiderte ich, während ich mich aus seiner Umarmung löste. »Ich habe nämlich Angst vor dem Wasser, schon vergessen?«

Cyril seufzte. »Nein.«

»Gestern Abend wäre ich beinahe ertrunken«, hörte ich mich sagen und biss mir sofort erschrocken auf die Unterlippe. Dann allerdings dachte ich, dass es vielleicht gar nicht verkehrt wäre, wenn ich ihn ein bisschen provozierte. Womöglich würde ihn das aus der Reserve locken und dazu bringen, mir doch etwas mehr über sich zu erzählen. »Zum Glück ist ein wunderschöner Mann aus dem Meer gekommen und hat mich gerettet«, fügte ich also spitz hinzu.

Cyril kniff die Augen zusammen, und für einen Moment hatte ich den Eindruck, als spiegelte sich Sorge oder sogar echte Angst in seinem Blick, aber dann lachte er plötzlich wieder und rief: »Du willst mich wohl eifersüchtig machen, was?«

»Nein, Cyril, das will ich ganz sicher nicht«, entgegnete ich mit fester Stimme.

»Dann solltest du diese Witze lieber lassen«, presste er dunkel hervor.

Ich nickte. »Ja, es ist mir nicht entgangen, dass du nicht besonders darauf stehst.«

»Vor allem, wenn es um dein Leben geht«, betonte er.

»Aber es ist wahr«, verteidigte ich mich. »Ich bin ausgerutscht und mit meinem Fuß in einer Felsspalte stecken geblieben, als die Flut kam.«

Um Cyrils Mundwinkel zuckte es. »Du wärst schon nicht ertrunken«, sagte er. »Du kannst nämlich gar nicht ertrinken.«

»Was?« Verwirrt starrte ich ihn an. »Wie meinst du das?«

»Wenn man in Gefahr ist, wächst man über sich hinaus und bringt Dinge zustande, zu denen man unter normalen Umständen gar nicht fähig ist«, antwortete Cyril zu meiner Verblüffung vollkommen unaufgeregt. »Du bist eine Kämpfernatur, Elodie. Ich bin sicher, du hättest deinen Fuß freibekommen, und notfalls wärst du auch geschwommen.« Er lächelte verhalten. »Wahrscheinlich ist es genau so gewesen.«

»Du hast ja keine Ahnung!«, spie ich ihn an. Ich war so wütend darüber, dass er mich – schon wieder! – nicht ernst nahm, dass ich ihm am liebsten eine gescheuert hätte. »Woher willst du das überhaupt wissen? Bist du etwa dabei gewesen? Ich kann mich jedenfalls nicht erinnern.«

»Ist ja schon gut.« Cyril hob beschwichtigend die Hände. »Es muss ja nicht gleich jeder hier mitbekommen, worüber wir streiten.«

»Das ist mir gerade so was von egal, weißt du das?«, fauchte ich. »Wenn es nämlich so einfach wäre, hätte Lauren ja auch nicht ertrinken müssen, sondern wäre an Land geschwommen und …«

»Lauren war nicht schwimmen«, unterbrach Cyril mich. »Das weißt du so gut wie ich.«

»Ach ja?«, keuchte ich.

»Lauren ist ertrunken«, sagte er, während er seine Hände auf meine Schultern legte. Ich wollte mich losreißen, aber sein Griff war so fest, dass ich mich nicht von ihm wegbewegen konnte. Außerdem beruhigte ich mich erstaunlicherweise auch schon wieder. »Aber sie war nicht im Meer«, setzte er eindringlich hinzu.

»Er hat recht«, sagte Ruby hinter mir.

Cyril ließ mich los und ich wirbelte herum. Und da standen sie alle: Ruby und Ashton Arm in Arm, Olivia, Joelle, Aimee, Mike, Isaac und Jerome ebenso wie Tyler und Finley, die einen Anhänger hinter sich herzogen, der mit Segeln und Brettern beladen war.

»Man hat auf Laurens Haut keine Spuren von Meerwasser gefunden – mit Ausnahme ihres Gesichts«, sagte Ruby.

»Woher weißt du das?«, fragte ich.

Ruby zögerte einen Moment. »Es gibt neue Erkenntnisse«, entgegnete sie schließlich.

»Ach so«, sagte ich. »Dann hast du wohl einen direkten Draht in die Pathologie.«

»Nicht sie, sondern Joelle«, antwortete Olivia an Rubys Stelle. »Ihr Cousin studiert Medizin und macht in diesem Monat ein Praktikum dort.«

»Und der plaudert die Untersuchungsergebnisse einfach so aus?«, wunderte ich mich.

»Er hat es nur mir gesagt«, betonte Joelle und fixierte mich mit einem eindringlichen Blick. »Weil er weiß, dass ich mit Lauren befreundet war. Es wäre also nett, wenn du es nicht weitertragen würdest.«

»Kein Problem«, versprach ich. »Ich bin so verschwiegen wie

ein Kürbis. Gibt es denn noch mehr Ergebnisse?«, erkundigte ich mich dann.

Ruby nickte und warf einen unsicheren Blick zu Tyler hinüber, bevor sie antwortete: »Lauren hat ganz sicher noch mit jemandem geschlafen ... kurz bevor sie gestorben ist.«

Ich sah, wie Tyler die Kiefermuskeln anspannte. Energisch zerrte er das oberste Brett vom Anhänger und ließ es in den Sand krachen.

»He, das war meins«, beschwerte Jerome sich und packte das nächste hastig an seinem hinteren Ende, bevor es womöglich auch noch Tylers Wut zum Opfer fiel.

»Ist denn wirklich sicher, dass sie nicht vergewaltigt wurde?«, äußerte ich zögernd.

Joelle nickte. »Eigentlich schon. Jedenfalls gibt es keine Anzeichen dafür.«

»Aber das ist doch absurd«, erwiderte ich. »Warum sollte jemand mit ihr schlafen und sie hinterher ... ertränken?« Ich hob die Schultern. »Wie soll er das überhaupt angestellt haben?«

»Das ist noch nicht raus«, sagte Joelle. »Das Wasser in ihrer Lunge stammt jedenfalls aus der Nordsee. Vielleicht hat jemand einen großen Eimer davon auf die Wiese geschleppt und ...«

»Lauren hineingetaucht?« Finley schüttelte den Kopf. »Das klingt nicht sehr wahrscheinlich.«

»Das klingt sogar ziemlich plemplem«, bekräftigte Ruby und tippte sich an die Stirn.

»Tja, diese Sache gibt der Kripo in der Tat Rätsel auf«, meinte Joelle seufzend. »Die Art und Weise, wie Lauren zu Tode gekommen ist, passt einfach nicht zu den Spuren, die man am Tatort gefunden hat. Die ganze Hoffnung liegt nun auf der

DNA-Analyse des Spermas aus ihrer Scheide. Wenn sie erst mal den gefunden haben, mit dem sie … na ja … «

Sie sah Tyler an. Und nicht nur sie, sondern ausnahmslos alle hielten ihren Blick auf ihn gerichtet. Und ich hätte wetten können, dass sie in diesem Moment *alle* das Gleiche dachten. Ich selbst eingeschlossen.

Keine Menschen?

»*Never ever*«, sagte Ruby. »Ich glaube nie und nimmer, dass Tyler etwas mit Laurens Tod zu tun hat.«

»Ich auch nicht«, sagte Ashton, der nun schon eine ganze Weile ungewohnt still zwischen Ruby und mir auf dem Anhänger gesessen und nicht mal mit dem kleinen Finger gezuckt hatte.

»Aber kurz darüber nachgedacht haben wir trotzdem«, erwiderte ich.

Olivias Blick verfinsterte sich, und auch Joelle kniff die Augen zusammen und blickte zu Cyril, Mike, Jerome, Isaac und Tyler hinüber, die auf ihren Brettern durch die im Sonnenlicht glitzernden Wellen glitten. »Ich verstehe echt nicht, wie die jetzt einfach so surfen gehen können!«, stieß sie hervor.

»Es ist eben *ihre* Art, damit klarzukommen«, sagte Ruby und wedelte sich mit der Hand vor der Stirn herum. »Wenn man ständig nur daran denkt, wird man doch total verrückt.«

Niemand entgegnete etwas. Olivia, die links neben mir saß, scharrte mit ihrem Schuh im Sand herum, während Ruby, Ashton und Aimee angespannt vor sich hin starrten und Joelle mit verschränkten Armen vor uns auf und ab lief.

Nicht mit Laurens Tod klarzukommen, war das eine, Tyler zu verdächtigen, das andere. Ich hielt mich allerdings mit jeglichem Kommentar zurück, denn noch viel mehr als bisher spürte ich, dass ich in dieser Clique eine Fremde war. Außer Ruby und Ashton – und Cyril natürlich – interessierte sich hier garantiert keiner für meine Meinung.

»Tyler hat sich ja nicht mal verteidigt«, merkte Aimee schließlich an.

»E-er findet es eben ungeheuerlich, dass wir es ü-überhaupt in Betracht gezogen haben«, sagte Ashton und warf seinen Kopf unkontrolliert hin und her. »Und er hat v-verdammt recht damit ... verpisstes Scheißriesenarschloch!«

Hastig sprang er auf, bevor er Ruby oder mich mit seinem Schlenkerarm treffen konnte.

Joelle blieb abrupt stehen. »Tyler war nicht auf Sark«, sagte sie. »Das hätte uns auffallen müssen.«

»Ach, ihr wart doch unter Garantie voll und ganz mit Zak und Elliot beschäftigt.« Ruby verzog abfällig die Mundwinkel. »Diese beiden Typen haben euch komplett den Verstand vernebelt!«

»Und Lauren war mit Kyan zusammen«, murmelte ich.

Sofort richteten sich alle Augen auf mich.

»Ja, genau«, sagte Ruby.

»Nee, nee.« Aimee wedelte ihren Zeigefinger hin und her. »Nicht die ganze Zeit über«, betonte sie und bedachte mich und Ruby mit einem scharfen Blick. »Das wisst ihr zwei genauso gut wie Joelle und ich.«

Ruby nickte. »Vorausgesetzt, euer lieber Kyan hat die Wahrheit gesagt.«

»Wieso sollte er lügen?«, entgegnete Joelle.

»Wieso nicht?«, konterte Ruby. »Er ist mindestens ebenso verdächtig wie Tyler.« Sie reckte ihr Kinn vor und sah Joelle und Aimee herausfordernd an. »Vielleicht solltet ihr ihn mal fragen, ob er mit Lauren geschlafen hat.«

»Ts!« Joelle tippte sich an die Stirn. »Als ob er uns das erzählen würde! Mal ganz davon abgesehen, dass es rein gar nichts beweisen würde«, schloss sie aufgebracht.

»Doch«, sagte ich. »Das täte es.«

Joelle und Aimee starrten mich an, und auch Ruby fixierte mich stirnrunzelnd, während Ashton sich unentwegt im Kreis drehte und eine Grimasse nach der anderen über sein Gesicht zuckte.

»Louie, also mein Cousin, hat nur gesagt, dass derjenige, mit dem Lauren verkehrt hat, durchaus auch der Mörder sein *könnte*, es aber nicht zwangsläufig sein *muss*«, bekräftigte Joelle. »Auf jeden Fall ist er ein wichtiger Zeuge.«

»Eben.« Ruby nickte. »Und deshalb muss Kyan sich melden und eine Aussage machen. Ebenso wie Elliot und Zak und dieser vierte Typ ...« Sie stupste Olivia an, die bisher keinen einzigen Ton von sich gegeben hatte. »Wie hieß der noch gleich?«

»Das geht dich überhaupt nichts an«, zischte diese zwischen schmalen Lippen hervor. Sie sprang auf, stieß Ruby zur Seite und stapfte zu ihrem Fahrrad.

»Oh, oh, der Abend mit Finley scheint ja nicht besonders gut gelaufen zu sein«, meinte Aimee.

Joelle schüttelte den Kopf. »Was hast du denn gedacht? Wenn der eine will und die andere nicht ...«

»Bevor ihr Elliot, Kyan, Zak und den großen Unbekannten kennengelernt habt, wäre Olivia jedenfalls nicht abgeneigt gewesen«, hielt Ruby sofort dagegen.

»Und?« Joelle zuckte die Achseln. »Manche Dinge ändern sich eben.«

»Dann verstehe ich nicht, warum Olivia überhaupt mit Finley ausgegangen ist«, sagte Ruby.

»Wahrscheinlich, weil sie reinen Tisch machen wollte«, erwiderte Aimee. »Es ist ja nicht so, dass sie Finley nicht mag.«

»Schon klar«, brummte Ruby. »Bloß für eine Liebesbeziehung ist er ihr nicht mehr gut genug. Genauso wie es auch Lauren mit Tyler gegangen ist.« Sie sah zu Olivia hinüber, die inzwischen auf ihr Rad gestiegen war und über den Strand in Richtung Grandes Rocques davonfuhr. »Ich hoffe ja nur ...« Sie brach ab und presste die Lippen aufeinander.

»Jetzt mal den Teufel mal nicht an die Wand!«, blaffte Joelle. »Das kannst du gerne Silly überlassen.«

Ruby schluckte. Sie senkte den Blick, und als sie ihn nach einer Weile wieder hob, waren ihre Augen leicht gerötet. »Silly ist in der Klinik«, sagte sie heiser. »Wisst ihr das eigentlich schon?«

Joelle und Aimee sahen sich kurz an.

»Ähm ... nee«, sagte Aimee schließlich. »Wieso? Was ist denn passiert?«

»Sie soll total ausgeflippt sein«, erzählte Ruby mit zitternder Stimme. »Mum sagt, sie hätte geschrien und um sich geschlagen. Ihr ganzes Geschirr ist zu Bruch gegangen, sie hat sogar versucht, ihren Esstisch zu zertrümmern. Als die Bouviers, die neben ihr wohnen, den Lärm hörten und hinübereilten, um nachzusehen, was los ist, fanden sie Silly in der Küche. Sie hockte auf dem Fußboden und schnitt sich mit einer Porzellanscherbe an den Beinen herum.«

»Oh Gott!«, stieß Aimee hervor. Sie und Joelle waren aschfahl geworden, und auch ich spürte, wie mir die Farbe aus dem Gesicht wich.

»Silly wollte sich partout nicht besänftigen lassen«, berichtete Ruby unterdessen stockend weiter. »Die Bouviers wussten sich nicht anders zu helfen, als den Notdienst zu alarmieren. Die haben Silly eine Beruhigungsspritze verpasst und seitdem liegt sie in der Klinik. Wahrscheinlich steht sie die ganze Zeit unter Valium.«

»Weiß man denn, warum sie sich so aufgeregt hat?«, fragte ich zögernd. An mir hatte es diesmal ja offenbar nicht gelegen, allerdings konnte ich nicht behaupten, dass mich das wirklich beruhigte.

Ruby zuckte mit den Schultern. »Sie hat nur wirres Zeug geschrien ... von wegen, dass die Kanalinseln absaufen würden ... aber dass das nur der Anfang sei ... die ganze Welt wäre dem Untergang geweiht.«

»Das haben schon viele prophezeit«, sagte Joelle nüchtern. »Eigentlich dürfte es uns längst nicht mehr geben.«

»2012, also dieses Jahr, gibt es wieder so ein Datum, an dem die Welt angeblich untergehen soll. Und zwar am einundzwanzigsten Dezember«, setzte Aimee hinzu. »Bestimmt hat Silly das irgendwo aufgeschnappt und mit ihren eigenen Wahnvorstellungen verknüpft.«

»Dann wäre das mit Lauren also nur ein Zufall gewesen«, bekräftigte Joelle.

»Was Sillys Orakel betrifft, vielleicht«, pflichtete Ruby ihr bei. »Aber nicht, was eure Bekanntschaft mit Kyan, Elliot, Zak und ...« Sie hielt ihren Blick erwartungsvoll auf ihre Freundinnen gerichtet, doch weder Joelle noch Aimee schienen den Namen des vierten Typen verraten zu wollen. »... den Spezi von

Olivia angeht. Sollte einer von euch etwas Ähnliches zustoßen wie Lauren, dann ist die Sache für mich zumindest klar.«

Aimee seufzte leise und begann, auf ihrer Unterlippe zu nagen, Joelle jedoch schüttelte energisch den Kopf.

»Erstens will ich mir gar nicht vorstellen, dass uns so etwas passieren könnte«, erwiderte sie aufgebracht. »Und zweitens wäre auch das noch lange kein eindeutiger Beweis.«

Rubys Nasenlöcher blähten sich. Sie sah kurz zu Ashton, der sich allmählich wieder einzukriegen schien, und machte eine unwillige Geste.

»Ich finde diese Typen jedenfalls ziemlich merkwürdig. Denkt doch nur mal über die Umstände nach, unter denen sie sich mit euch treffen«, startete sie einen weiteren verzweifelten Versuch, Joelle und Aimee von ihrer Ansicht zu überzeugen. »Immer nur nachts, wenn es dunkel ist. Und immer auf Sark. Warum zum Beispiel haben sie euch noch nie mit zu sich nach Alderney genommen? Dieses warme sonnige Wochenende wäre für einen solchen Bootsausflug doch geradezu ideal gewesen.«

»Es ist ja noch nicht ganz vorbei«, entgegnete Joelle schnippisch. »Wer weiß, vielleicht haben wir ja bereits eine Einladung ... Zum Beispiel für heute Abend.«

Ruby hatte ihre Freundinnen noch ein paar Sekunden lang angesehen, dann hatte sie mich am Arm gepackt und mit sich fortgezerrt, auf das südliche Ende des Strandabschnitts zu, wo wir unsere Fahrräder abgestellt hatten.

Ashton war uns mit einigem Abstand gefolgt und nun damit

beschäftigt, kleine Steine aufzusammeln und in Richtung Wasser zu schleudern.

»Es ist absolut sinnlos!«, schimpfte Ruby. »Die sind so dermaßen verbohrt ... So kenne ich sie gar nicht.«

»Ja, ich weiß.« Ich nickte. »Das hast du schon mal gesagt.«

»Man kann es gar nicht oft genug wiederholen«, zischte sie. »Es macht mich total verrückt! Als ob diese verdammten Typen sie verhext hätten!«

Betroffen sah ich Ruby an. Natürlich dachte ich sofort an meinen Meerjungen. Hatte er mich etwa auch verhext?

Ruby erwiderte meinen Blick, schien zum Glück aber nicht zu merken, was in mir vorging. Schließlich stieß sie einen Schwall Luft aus und sagte: »So, und jetzt erklär mir bitte mal, wie du das eben mit Kyan gemeint hast. Weshalb wäre sein Eingeständnis, mit Lauren geschlafen zu haben, gleichzeitig ein Beweis dafür, dass er auch ihr Mörder ist? In deinen Augen scheint es diesbezüglich ja einen gravierenden Unterschied zu Tyler zu geben.«

»Das ist nicht der Punkt«, entgegnete ich, und als Ruby mich etwas irritiert ansah, setzte ich hinzu: »Mit Tyler hat es im Grunde überhaupt nichts zu tun, sondern einzig und allein mit Kyan. Er *muss* Lauren getötet haben, zumindest, wenn er derjenige ist, mit dem sie kurz zuvor geschlafen hat.«

»Okay ...?«, sagte Ruby gedehnt. Offenbar verstand sie noch immer nicht, worauf ich hinauswollte.

»Laut Zak und Elliot gab Kyan zwar vor, Lauren nach ihrem Date auf Sark aus den Augen verloren und vergeblich nach ihr gesucht zu haben«, fuhr ich also fort. »Das scheint mir allerdings eher eine Schutzbehauptung zu sein, denn nach allem, was wir wissen, ist Lauren total verrückt nach ihm gewesen.

Warum also sollte sie sich von ihm entfernt oder gar die Nähe eines anderen gesucht haben?«

Ruby kniff die Augen zusammen und nickte. »Da könntest du verdammt noch mal recht haben«, murmelte sie.

»Außerdem passt die Geschichte mit dem Meerwasser in Laurens Lungen zu Kyan«, fügte ich hinzu. »Vorausgesetzt, sie wurde tatsächlich nicht in einem Eimer ertränkt, muss ihr Mörder Bärenkräfte haben ... oder außergewöhnliche Fähigkeiten.«

Rubys Augen wurden mit jedem meiner Worte größer. »Du denkst doch nicht etwa ...?« Ihre Stimme klang leise und rau und schließlich brach sie ganz ab. Offenbar wagte sie nicht, das Ungeheuerliche auszusprechen.

»Doch, Ruby«, sagte ich voller Überzeugung. »Genau das denke ich. Die Gestalten, die uns auf unserem Weg von Dixcart Valley nach Sark Village begegnet sind, waren keine Menschen ... da bin ich mir ganz sicher.«

»Ja, aber ...« Hilflos glitt ihr Blick von mir ab, über die Felsen und den Sand, und blieb dann an Ashton hängen, der noch immer Steine in Richtung Wasser schleuderte und seine Trefferquote inzwischen um die Hälfte gesteigert hatte.

»Überleg doch mal«, beschwor ich sie, denn die Aussicht, in dieser Sache vielleicht schon bald so etwas wie eine Verbündete zu haben, empfand ich als ziemlich verlockend. »Sie liefen ohne Licht durch tiefschwarze Dunkelheit. Sie bewegten sich schnell ... viel zu schnell für einen Menschen!«

Ruby nickte mechanisch. »Sie müssen sehr gute Augen haben«, murmelte sie.

»*Außergewöhnlich* gute Augen«, betonte ich. »Und vielleicht sind diese Typen nicht nur besonders schnell, sondern auch ganz besonders stark.«

Ruby sah mich stirnrunzelnd an. »Du meinst, einer von ihnen könnte Lauren im Meer ertränkt, anschließend die Steilküste hinauf bis zur Wiese getragen und dort für jedermann sichtbar hingelegt haben?«

Sie sprach so leise, dass Ashton nichts davon mitbekam, jedenfalls ließ er sich nichts anmerken.

»Das scheint mir zumindest die einzig einleuchtende Erklärung zu sein«, sagte ich.

Ruby schob ihre Unterlippe vor und musterte mich nachdenklich. »Demnach wäre Laurens Tod also so etwas wie eine Warnung?«

Verdammt! Der Gedanke war gar nicht so abwegig.

»Aber wovor?«, fragte sie heiser.

Ich zuckte unwillig mit den Schultern. Plötzlich hatte ich keine Lust mehr, hier zu sein und mit Ruby über all das zu reden. Am liebsten hätte ich mich auf der Stelle in Luft aufgelöst, um mit meinem Gefühlswirrwarr allein sein zu können. Eine dunkle Ahnung fraß sich in mir fest und verdichtete sich zu einem entsetzlichen Gedanken: War es vielleicht möglich, dass mein Meerjunge und Kyan ein- und dieselbe Person waren? – Nein, Elodie, machte ich mir schmerzhaft klar, es ist nicht nur möglich, es ist sogar wahrscheinlich.

Eine Mischung aus Angst, dummer Eifersucht auf die arme getötete Lauren und Zweifeln an meinen – ebenso dummen? – Gefühlen ließ mich beinahe losheulen. Energisch biss ich mir auf die Unterlippe. Ruby durfte meine Unsicherheit auf gar keinen Fall spüren. Ich wollte mir erst einmal selbst darüber klar werden, wie ich mich jetzt verhalten sollte. Wieder überfiel mich eine tiefe Sehnsucht nach dem Meerjungen. Die Vorstellung, ihn bereits verloren zu haben, ehe er richtig bei mir gewesen war, riss mich innerlich entzwei. Es führte kein Weg daran vorbei: Ich musste ihn wiedersehen, und ich musste herausfinden, ob er tatsächlich Kyan war.

»*Wovor*, Elodie?«, hörte ich Ruby eindringlich fragen.

Ich schreckte auf und runzelte irritiert die Stirn.

»Was ist los?« Sie fasste mich bei den Schultern und richtete ihren Blick direkt in meine Augen.

»Ich weiß es nicht«, sagte ich leise.

»Du weißt es nicht?«

Ich holte tief Luft und allmählich kam ich wieder zu mir. Unsicher sah ich zum Meer hinüber, und plötzlich fiel mir ein, was Javen Spinx mir während unseres Flugs von London nach Guernsey über den Ärmelkanal erzählt hatte.

Weil er so eng ist, kommt es immer wieder zu Kollisionen. Wrackteile liegen herum, Öl und Chemikalien fließen aus. Manche Unternehmen verklappen nebenbei ihren Abfall, obwohl es nicht erlaubt ist. Und die Fischerei wird auch nicht wirklich kontrolliert. Die festgesetzten Fangquoten sind viel zu hoch und bedrohen den Erhalt der Bestände. Das Ganze dient einzig und allein der Gewinnmaximierung. Dabei kommt ein nicht unerheblicher Teil gar nicht erst beim Verbraucher an, sondern landet auf den Großmärkten im Müll, und zwanzig Prozent der gefangenen Fische wirft man sogar direkt von den Schiffen als Kadaver ins Meer zurück, weil sie nicht auf der Speisekarte stehen.

»Vielleicht kommt es aus dem Meer«, murmelte ich. »Vielleicht rächt es sich für das, was wir ihm antun.«

»Was?« Ruby schüttelte energisch den Kopf. »Das ist doch vollkommen absurd. Das sagst du nur, weil du dem Meer nicht traust.«

Ich zuckte mit den Schultern. Was auch immer es war, ich würde es herausfinden, und zwar allein, ohne irgendjemandem davon zu erzählen, nicht einmal Ruby. Vielleicht war der Gedanke, in ihr eine Verbündete zu finden, doch ein bisschen voreilig gewesen. Ich hatte das Gefühl, dass sie mich jetzt schon für total durchgeknallt hielt.

»Wir werden ja sehen«, hörte ich sie sagen. »Möglicherweise führt die Polizei einen Massenspeicheltest durch, vielleicht weiß Joelles Cousin aber auch gar nicht alles.« Sie schloss die Augen und schüttelte noch einmal den Kopf. »Ich habe genug von diesen ganzen Spekulationen, Elodie. Ich will nichts mehr darüber hören und mir auch nicht weiter über diese Dinge das Gehirn zermartern. Das kann ich immer noch tun, wenn die pathologische Untersuchung abgeschlossen ist und die Staatsanwaltschaft eine Presseerklärung herausgegeben hat.«

Auf ihrem Gesicht lag ein Ausdruck tiefen Schmerzes, und mir war sofort klar, dass sie in diesem Moment an ihren Bruder dachte. Auch ihn hatte sie an das Meer verloren, genauso wie Lauren. Ich konnte beinahe körperlich nachempfinden, wie sehr sie all das aufwühlte, und hätte sie am liebsten an mich gedrückt und ihr irgendetwas Tröstliches zugeflüstert, aber sie wusste ja nicht, dass Tante Grace mir von dem Unglück auf Lihou Island erzählt hatte. Und jetzt war ganz sicher nicht der passende Zeitpunkt, es Ruby zu beichten.

Kurz bevor sie die Augen wieder öffnete, verzog sich die schmerzvolle Erinnerung aus ihrem Gesicht, als wäre sie nichts weiter als ein flüchtiger Nebelschleier gewesen.

Ruby lächelte mich kurz an und wandte sich dann Ashton zu.

»Hey! Wenn du so weitermachst, liegt hier gleich kein einziger Stein mehr herum!«, rief sie fröhlich.

»Ach, das Meer bringt doch sowieso alles wieder zurück«, entgegnete Ashton und seine runden Augen leuchteten übermütig. Er kam auf Ruby zu, schloss sie in seine Arme, wirbelte sie im Kreis herum und küsste sie leidenschaftlich. Ashton wirkte wie ausgewechselt, der Tourette-Anfall schien ausgestanden zu sein, jedenfalls war ihm davon nicht mehr das Geringste anzumerken.

»Das hat er klug gesagt.« Als wäre er aus dem Boden geschossen, stand Cyril plötzlich neben mir. Mein Zusammenzucken beantwortete er mit einer sanften Berührung meiner Hand. »Entschuldige bitte, aber ich wollte mich nur von dir verabschieden.«

Verabschieden? – Völlig konsterniert schaute ich ihn an.

»Keine Panik«, sagte Cyril und grinste schief. »Es ist ja nicht für immer.«

Ich öffnete den Mund, um meiner Empörung Ausdruck zu verleihen oder besser noch etwas Sarkastisches zu erwidern, aber leider fiel mir nichts ein, sodass ich nun wahrscheinlich aussah wie ein Fisch, der gefüttert werden wollte.

»Wie wäre es mit übermorgen Vormittag?«, schlug Cyril ungerührt vor. »Abgesehen von ein paar Touristen oder Leuten, die keiner geregelten Tätigkeit nachgehen, hätten wir die Bucht dann für uns.«

Gordian

Ich war froh, als dieser Tag endlich vorbei war, ich den Abend für mich allein hatte und in Ruhe über alles nachdenken konnte.

Um kurz nach halb neun hatte Tante Grace mich aus ihren Fängen entlassen, woraufhin ich mich sogleich in mein Reich geflüchtet und die Tür hinter mir abgeschlossen hatte. Meiner Großtante zuliebe hatte ich ein wenig Regionalfernsehen geschaut, damit ich – wie sie sich ausdrückte – über das hinaus, was mir die Inseljugend zeigte und berichtete, alles Relevante über Guernsey und ihre vier großen und kleinen Schwestern erfuhr.

Von Lauren brachten sie nichts, und mir drängte sich der Verdacht auf, dass die Kripo versuchte, nichts von ihren bisherigen Erkenntnissen an die Öffentlichkeit dringen zu lassen.

Stattdessen wurde über ein anderes, weitaus harmloseres Delikt, das kurz vor meiner Abreise aus Lübeck begangen worden war, noch einmal ausführlich berichtet: der Diebstahl von Jeans, Sweatshirts und Turnschuhen aus einem Geschäft am Hafen von St Helier auf Jersey. Was die Polizei hier am meisten verwunderte, war der Umstand, dass es sich dabei sowohl um Markenklamotten als auch um billige No-Name-Ware handelte.

»Es hat den Anschein, als habe der Täter wahllos Kleidungsstücke zusammengerafft«, äußerte die Nachrichtensprecherin.

Das Ganze hatte sich vermutlich in den frühen Morgenstunden ereignet, zu einem Zeitpunkt also, an dem kaum mehr jemand auf der Straße anzutreffen gewesen war. Trotzdem wurde erneut an die Bevölkerung appelliert, sich bei der Polizei zu melden, sollte etwas Ungewöhnliches oder gar Verdächtiges beobachtet worden sein, selbst wenn es auf den ersten Blick vielleicht nicht mit dem Einbruchdiebstahl in Zusammenhang gebracht werden konnte. Der oder die Täter hatten die Schaufensterscheibe eingeschlagen, dabei jedoch keine verwertbaren Spuren hinterlassen.

Ich fand diese Geschichte mindestens so spannend, wie stundenlang in eine sich drehende Wäschetrommel zu schauen, und hatte sie daher umso dankbarer zum Anlass genommen, mich endgültig für die Nacht zu verabschieden, nicht ahnend, dass ausgerechnet dieses unspektakuläre, alltägliche Verbrechen schon sehr bald eine immense Bedeutung bekommen würde.

Ich legte die neue Adele-CD in den Player und nahm mir einen Apfel aus der Schale. Dann warf ich mich bäuchlings auf mein Palmenbett und überlegte, Sina anzurufen. Aber was sollte ich ihr erzählen? Etwa das Gleiche, das ich vorhin schon zu Ruby gesagt hatte? – Besser nicht. Sina würde mir ganz sicher noch weniger glauben als Ruby, vielleicht würde sie mich sogar auslachen und behaupten, ich hätte einen Inselkoller und würde bereits Wahnvorstellungen entwickeln. Nein, diese Geschichte war meine Geschichte, das spürte ich heute deutlicher als je zuvor, und Mam und meine Freunde in Lübeck wurden darüber immer weiter in den Hintergrund gedrängt.

»Ach, Pa«, murmelte ich und schloss für einen Moment die

Augen. »Würdest du mir zuhören? ... Würdest du meine Gedanken nachvollziehen können und es für möglich halten, dass es in den Meeren noch andere Lebewesen gibt, außer denen, die wir bereits kennen? Lebewesen, die uns ähnlich sehen, mindestens ebenso intelligent sind wie wir, uns in vielen Dingen aber haushoch überlegen und zudem vielleicht unglaublich gefährlich sind?«

Nein, wahrscheinlich nicht. Mein Vater war ein viel zu rationaler Mensch gewesen, hatte sich lieber auf Zahlen und Fakten verlassen als auf irgendwelche verwegenen Theorien. Nicht einmal mit den großen Philosophen hatte er etwas anfangen können.

Mam war eindeutig die Verspieltere, die »Spinnerte«, wie Pa sie manchmal zärtlich genannt hatte, diejenige, die sich schon immer besonders für all jene Dinge interessiert hatte, die man weder sehen noch anfassen konnte. Aber auch mit ihr wollte ich nicht noch einmal über all das reden, dafür hatte sie bei unserem letzten Telefongespräch viel zu abweisend reagiert.

Schon irgendwie verrückt: Es war gerade mal eine Woche her, dass ich am Frühstückstisch saß und Ruby mir bei der Auswahl der Aufstriche helfen musste, weil ich mich nicht entscheiden konnte, welchen ich zuerst probieren sollte. Inzwischen war ich – ja, genau: die mit der Wasserphobie! – über das Meer nach Sark gefahren, und zwar aus eigenem Antrieb, wäre gestern um ein Haar ertrunken und war trotz dieses Erlebnisses und Laurens mysteriösen Tods fest entschlossen, mich den Geheimnissen in den Gewässern des Ärmelkanals zu stellen.

Mittlerweile war ich mir ganz sicher: Cecily Windom hatte sich nicht getäuscht: Zwischen mir beziehungsweise meiner Reise nach Guernsey und Laurens Tod musste es eine Verbindung geben. Es war eine schreckliche und kaum zu begreifende Erkenntnis, und ich hatte weiß Gott eine ganze Zeit lang mit mir gerungen, bis ich sie endlich zulassen konnte.

Der Junge aus dem Meer, Kyan, oder wie auch immer er hieß, musste der Junge aus meinen Träumen sein, daran gab es nichts zu rütteln. Noch bevor ich auf dieser Insel gelandet war, hatte meine Seele gespürt oder sogar gewusst, dass ich ihm begegnen würde. Das war unglaublich, fast schon ein bisschen gruselig. Und trotzdem: So sehr es mich auch aufwühlte, ich konnte einfach nicht daran vorbeisehen. Ich hatte von diesem Jungen geträumt, er hatte mir vom Meer aus zugelächelt, mir gestern sogar das Leben gerettet, und seither ließ er mich nicht mehr los. Was auch immer ich tat, er war allgegenwärtig. Ich trug den Blick aus seinen türkisgrünen Augen im Herzen und spürte die Wärme seines Körpers, ja, ich hatte sogar noch immer den Duft seiner Haut in der Nase.

Noch nie zuvor war mein ganzes Sein so auf etwas oder jemanden ausgerichtet gewesen wie auf ihn. Nichts auf der Welt erschien mir wichtiger als er, und die Sehnsucht danach, ihn wiederzusehen, war mit keinem anderen Gefühl auch nur annähernd vergleichbar. Dass er womöglich Lauren umgebracht hatte, zählte für mich seltsamerweise fast gar nicht mehr. Stattdessen fixierte ich mich darauf, dass ihr Tod ein Unfall gewesen sein musste, und daran wollte ich festhalten, bis ich es – hoffentlich bald – genau wusste.

»Du hast dich verknallt«, hörte ich Sina flüstern.

Für einen kurzen Moment sah ich sie an, dann verbannte ich ihr Gesicht aus meinen Gedanken und schüttelte den Kopf.

Es war viel mehr als das, doch wie sollte ich es ihr erklären? Wollte ich es überhaupt?

Ich hob den Blick zum Fenster. Der Himmel war dunkelblau, fast schwarz, und färbte sich in Richtung Horizont unter einigen dünnen grauen Wolkenschlieren leuchtend rot. Unzählige Sterne funkelten und die breite Sichel des Mondes tanzte lockend wie eine geheimnisvolle Nymphe auf den sanften Wellen des Meeres.

»Romantikerin!«, sagte Sina.

»Und wenn schon!«

»So warst du früher nicht.«

»Früher gibt es nicht mehr«, flüsterte ich und stand vom Bett auf.

Langsam ging ich auf das Fenster zu. Ich legte den Griff um und zog daran, bis der Spalt gerade so breit war, dass ich bequem hindurchpasste. Frische kühle Luft strich mir übers Gesicht. Ich sog sie tief ein und schmeckte das Aroma von Algen, Fels und Salzwasser auf der Zunge.

Einem inneren Impuls folgend, trat ich einen Schritt auf den Balkon hinaus und ließ meine Hände auf das Geländer sinken. Die See lag weit und offen vor mir. Ich spürte ein feines Kribbeln oberhalb meiner Knöchel, das ich zu meiner eigenen Verwunderung jedoch als ziemlich angenehm empfand.

Suchend ließ ich meinen Blick über die sanft schillernde Meeresoberfläche gleiten. Natürlich wusste ich, dass das vollkommen sinnlos war. Der Meerjunge hätte schon inmitten der sich im Wasser spiegelnden Sichel auftauchen müssen, damit ich ihn bei dieser Dunkelheit überhaupt hätte ausmachen können, aber die Sehnsucht nach ihm zerrte so heftig an meinem Herzen, dass die Hoffnung den Wettstreit mit meinem Verstand mühelos für sich entschied.

Plötzlich vernahm ich unterhalb der Balustrade ein nahezu

lautloses Geräusch, das mich an das Gleiten eines Schlangenkörpers erinnerte. Augenblicklich schnellte mein Puls in die Höhe. Ich überlegte noch, welche Tiere hier wohl lebten und ob ich eventuell eine Taschenlampe holen und nachsehen sollte, da schwang sich ein Schemen über das Geländer, und bereits einen Atemzug später legte sich eine samten schimmernde karamellfarbene Hand neben meine.

Ich war so erschrocken, dass ich das Geländer losließ und in den offenen Fensterspalt zurücksprang.

»Was machst du denn hier?«, stieß ich hervor. »Wie bist du überhaupt heraufgekommen? Ich meine, vom Garten aus! ... D-das ist doch mindestens zwei Meter hoch!«

Ich hörte mich all das stammeln und hätte mir am liebsten selbst die Hand auf den Mund gepresst, aber leider war ich außerstande, irgendetwas auch nur ansatzweise Sinnvolles zu tun.

Atemlos starrte ich ihn an, sah das silberne Tuch um seine Hüften – das einzige Kleidungsstück an seinem Körper! –, seinen wohlgeformten Rücken und das Spiel der Muskeln unter seiner fein schillernden Haut. Ich war derart überwältigt von dieser überraschenden Begegnung, dass ich einfach nicht mehr klar denken konnte. Mein Herz trommelte mit einer Kraft gegen mein Brustbein, als würde ein Hammer auf einen Amboss geschlagen.

Vollkommen regungslos stand ich da und wünschte, er würde wieder verschwinden und es zu einem günstigeren Zeitpunkt noch einmal versuchen – zum Beispiel, wenn ich wirklich darauf vorbereitet war.

Doch offenbar hatte er anderes im Sinn.

In einer einzigen fließenden Bewegung drehte er sich zu mir um. Seine Lippen umspielte ein kleines Lächeln, das sich bis in seine türkisgrünen Augen hinaufzog, kurz darin aufblitzte und damit etwas ganz und gar Einzigartiges in mir auslöste: Ich entspannte mich von einer Sekunde auf die andere. Mein Atem strömte leicht wie eine Sommerbrise durch meine Lungen, mein Herz schlug immer noch kraftvoll, nun aber in ruhigem, unaufgeregtem Rhythmus, nur mein Gehirn schien noch nicht ganz einwandfrei zu funktionieren. Jedenfalls brauchte ich ein paar Sekunden, bis ich mich wieder völlig im Griff hatte.

»Bist du Kyan?«, fragte ich rau.

Ganz kurz schien er zu stutzen, dann kam er sachte den Kopf schüttelnd auf mich zu. Er stand jetzt direkt vor mir im Schein des Lichts, das aus dem Dachzimmer auf den Balkon fiel. Mein Schatten lag auf seinem Körper. Wie hypnotisiert starrte ich auf seine samtglatte Brust. Der betörende Duft seiner Haut breitete sich geradezu blitzartig bis hinter meine Stirn aus und kurz darauf konnte ich ihn an meinem Gaumen schmecken.

Ein heftiger Schwindel wirbelte alles in mir durcheinander, meine Knie gaben nach und ich taumelte zurück. Wahrscheinlich wäre ich einfach der Länge nach hintenübergeschlagen, hätte er nicht sofort meine Arme umfasst und mich gehalten.

Sein Griff war fest und zugleich so unendlich zart, als würde er mich gar nicht berühren. Die Wärme seiner Hände übertrug sich auf meine Haut und verfing sich als feiner Gänsehautschauer unter meinen Achseln.

»Du bist also nicht Kyan«, vergewisserte ich mich keuchend.

»Nein«, sagte er.

Er hatte sehr leise gesprochen – vielleicht, weil er um die Wirkung seiner Stimme wusste, vielleicht aber auch, weil er das Reden einfach nicht gewohnt war –, trotzdem hörte ich dieses simple *Nein* mit jedem Millimeter meines Körpers. Wie ein Echo sprang es vom Innenohr in meine Handfläche, anschließend in meinen Bauch, von dort aus in meine Füße und dann wieder in meinen Kopf zurück.

Er verzog das Gesicht. »Es tut mir leid«, flüsterte er. »Ich übe das Sprechen schon eine ganze Weile, nachts zwischen den Felsen, aber Luft reagiert vollkommen anders als Wasser.«

»Stimmt, sie überträgt den Schall viel besser«, erwiderte ich eifrig – stolz wie Primel, dass ich zur Abwechslung mal etwas Kluges von mir geben konnte.

Kaum merklich schüttelte er den Kopf. »Es ist genau umgekehrt, Elodie«, sagte er. »Wasser leitet den Schall ungefähr viermal schneller als Luft. Aber das hat nur etwas mit der Geschwindigkeit zu tun, nicht mit der Lautstärke.« Auf seiner Stirn bildete sich eine Steilfalte. Aufmerksam betrachtete er mich. »Ich merke schon, ich muss noch sehr viel leiser reden, als ich angenommen habe«, setzte er hinzu und senkte dabei bei jedem Wort noch weiter seine Stimme, bis seine Lippen sich kaum mehr bewegten und sein Kehlkopf nahezu stillstand. »Ist es so okay?«

Ich schluckte, weil mir sein Duft, seine Schönheit, seine Einzigartigkeit hier und jetzt viel bewusster waren als heute Morgen, als er mich am Strand in seinen Armen hielt und wärmte. Dann nickte ich rasch, um überhaupt eine Reaktion zu zeigen. Vor lauter Ehrfurcht hatte sich nämlich mein Sprachzentrum ausgeklinkt.

Mit sanftem Druck schob er mich weiter ins Zimmer, dann ließ er mich los, trat ganz selbstverständlich an mir vorbei und sah sich neugierig um.

»Woher weißt du, wie ich heiße?«, platzte ich heraus.

»Ich habe es gehört«, sagte er, grinste schief und machte eine lässig kreisende Bewegung mit der Hand. »Du weißt schon ... die Sache mit der Schallgeschwindigkeit.«

Jetzt schüttelte ich den Kopf. »Nein, nein.«

Er hob überrascht die Augenbrauen. »Was?«

»Das kann nicht die Erklärung sein«, sagte ich und bemühte mich um einen festen, klaren Tonfall. »Jedenfalls nicht die einzige. Du ... du musst einen besonders ausgeprägten Gehörsinn haben.«

»Ich habe ein ganz normales Gehör«, entgegnete er und lächelte wieder dieses kleine Lächeln, das seine türkisgrünen Augen aufblitzen ließ und diese sagenhaft entspannende Wirkung auf mich hatte. »*Deins* ist allerdings ein wenig gewöhnungsbedürftig.«

Ich stieß einen Schwall Luft aus. Dann wandte ich mich ab, weil ich das Gefühl hatte, nicht in sinnvollen Zusammenhängen denken zu können, wenn er mich allzu lange so ansah, ging ein paar Schritte auf und ab und fragte schließlich: »Wer bist du?«

Die Antwort kam prompt. »Gordian.«

Inzwischen hatte er die Frequenz seiner Stimme so weit angepasst, dass ich sie – fast – nur noch mit meinen Ohren vernahm. Ich blieb gut anderthalb Meter von ihm entfernt stehen und suchte zögernd seinen Blick. Mein Herz flatterte wie ein Schmetterling und meine Gedanken fühlten sich noch immer seltsam betäubt an – was vielleicht eine Erklärung dafür war, dass ich nun diese ausnehmend idiotische Frage stellte: »Was ist das ... ein Gordian?«

Ich sah die Verwunderung in seinem Gesicht, die kurz darauf einem breiten, unkontrolliert lauten Lachen wich, und im nächsten Moment spürte ich die Wucht eines Schlages, der zwar überhaupt nicht schmerzte, mich aber augenblicklich von den Füßen riss und im hohen Bogen aufs Bett katapultierte.

Verdattert starrte ich ihn an.

Das Lachen war verschwunden, seine Miene nun von einem dunklen, ja geradezu unheimlichen Ernst, und ehe ich mich versah, saß er bereits neben mir auf der Bettkante.

»Es tut mir leid«, flüsterte er. »Bitte verzeih mir.« Zögernd hob er seine Hand und fuhr mit den Fingern über meine Wange, mein Kinn und meinen Hals. »Ich bin kein Gordian. Ich heiße so. Gordy. Nenn mich einfach Gordy. Darauf höre ich am liebsten.«

Seine Finger wanderten langsam weiter, über meine Schulter und meinen Arm entlang bis zu meiner Hand, die auf meinem Bauch lag. Er streichelte jeden einzelnen meiner Finger und schließlich schob er meinen Arm zur Seite, hob den Saum meines Pullis an und ließ seine Hand daruntergleiten.

Mir stockte der Atem. Dann fing ich an zu zittern. Der Impuls, um Hilfe zu rufen, löste sich auf der Stelle in Wohlgefallen auf. Es war mir egal, was Gordy mit mir tat, und wenn es mich das Leben kostete!

»Kannst du mir so etwas geben?«, fragte er. »So einen Pullover und ...«, jetzt zupfte er am Bund meiner Jeans, »... eine Hose?«

Was?!

Mein erster Gedanke war, dass ich mich verhört haben musste, hatte ich mich doch bereits ganz und gar darauf eingestellt, dass er mich verführen würde. Insofern war es wirklich nicht einfach für mich zu realisieren, dass er in Wahrheit nur meine Klamotten wollte, und ich hatte große Mühe, meine Enttäuschung zu verbergen.

»Was ist los?«, fragte Gordy bestürzt.

Wie ertappt zog er seine Hand zurück. – Leider!

»Ähm, nichts …«, krächzte ich. »Ähm … sie, ähm …« Ich räusperte mich umständlich. »Sie dürften dir wohl kaum passen«, brachte ich endlich als vollständigen Satz über die Lippen. Flüchtig betrachtete ich seine kräftigen Schultern, die Muskeln an seinem Bauch und fixierte schließlich das silberne Tuch, das er sich um die Hüften geschlungen hatte. »Du bist sehr viel breiter und größer als ich.«

Er musterte mich ebenfalls vom Scheitel bis zur Taille, allerdings weitaus unverhohlener, als ich es getan hatte. Gordian ließ wirklich nicht einen einzigen Zentimeter aus und mir wurde kochend heiß unter diesem Blick.

»Gib mir einfach das Größte, was du besitzt«, sagte er.

Ich schloss die Augen, um mich ein wenig zu sammeln.

»Okay«, sagte ich. »Okay.«

Umständlich setzte ich mich auf, denn ich wollte ihn auf keinen Fall berühren oder sonst etwas tun, das meinen Verstand möglicherweise beeinträchtigte. Hastig erhob ich mich vom Bett und öffnete den Kleiderschrank. Mein Blick fiel sofort auf Pas dunkelgrünen Kapuzenpulli. Er hatte ihn während der Wanderung durch den Schwarzwald getragen, die er, Mam und ich im letzten Sommer unternommen hatten und die ich wie einen gut gehüteten Schatz in meiner Erinnerung bewahrte.

Mit zitternden Fingern zog ich ihn hervor, drückte meine Nase hinein und hielt ihn schließlich Gordy hin.

»Hier, der ist von meinem Vater.«

»Nein.« Er schüttelte den Kopf. »Das geht nicht. Den kann ich unmöglich annehmen.«

»Wieso nicht?«, entgegnete ich tapfer. »Mir passt er ja sowieso nicht.«

»Dann gibt es wohl einen anderen Grund, weshalb du ihn hier bei dir hast.«

»Das ist ... richtig«, sagte ich stockend.

Gordy sah mich an. Er saß noch immer auf meinem Bett, so fremd und doch so selbstverständlich, als gehörte er dorthin. Seine Miene war ernst, aber alles andere als unheimlich, eher weich, fast schon verletzlich.

»Dein Vater ist tot?«, flüsterte er.

Eigentlich war es bloß eine Frage, aber sie traf mich bis ins Mark hinein. Mit leichter Hand hatte Gordy einen Schalter umgelegt und damit sämtliche Schleusen geöffnet.

Ich empfand genau denselben Schmerz wie vor sieben Wochen, als die beiden Polizisten in unserem Wohnzimmer standen und Mam und mir die Unglücksnachricht überbrachten. Damals hatte ich ihn nicht ertragen, und um nicht auf der Stelle durchzudrehen, hatte ich ihn irgendwo tief in mir vergraben.

Jetzt war genau dieser Schmerz mit aller Macht zurückgekehrt, legte sich wie eine eiserne Hand um mein Herz und drohte es zu zerquetschen. Ich wusste dem Druck nicht anders zu entkommen als durch einen Schrei, der tief aus meiner Seele kam und meine Kehle anschwellen ließ.

Gordy war sofort bei mir, schlang mir seinen Arm um die Schultern und legte mir sanft, aber bestimmt seine Hand auf den Mund. »Schsch! Wenn deine Tante dich hört, muss ich gehen.«

Nein! Nein, bitte nicht! Der Schrei erstickte irgendwo zwischen Kehle und Gaumen und meine Augen füllten sich mit

Tränen. Mein Kopf sank gegen seine Brust und ich fing leise an zu schluchzen.

Gordy hielt mich fest umschlungen, kraulte meinen Nacken und streichelte mein Haar. Schweigend wartete er, bis ich mich etwas beruhigt hatte, dann zog er mich zum Bett. Er drückte mich auf die Kante und setzte sich neben mich. Meine Tränen schillerten auf seiner Haut wie Perlen, langsam rollten sie an ihm herab und verschwanden in seinem Hüfttuch.

Ich spürte, dass Gordians Blick geradezu an mir klebte. Eine Hand lag noch immer in meinem Nacken, mit den Fingern der anderen wischte er mir fortwährend über die Augen.

»Es hört nicht auf«, sagte er nach einer Weile. »Ich fühle es.«

Der Klang seiner samtenen Stimme löste einen schmerzenden Knoten in meiner Brust und ich fing aufs Neue an zu weinen. Bestürzt sah Gordy mich an. Ein paar Sekunden lang wirkte er hilflos, dann begann er, mir die Tränen aus den Augen zu küssen.

Seine Lippen waren warm und unendlich liebevoll. Sie hatten dieselbe Wirkung wie ein Pflaster, ein tröstendes Wort und das Versprechen, dass schon sehr bald alles wieder gut sein würde.

Und während seine Hände meinen Kopf hielten und seine Lippen mein Gesicht trockneten, über Wangen, Nasenflügel und Mundwinkel fuhren, übermannte mich der unbändige Wunsch, ihn zu küssen.

Der Schmerz und die Trauer um meinen Vater verblassten und plötzlich zählte nur noch eins: seine Lippen, die mein Gesicht liebkosten, und meine, die sehnsüchtig danach fieberten, seine weiche Haut zu berühren.

Sanft legte ich meinen Arm auf seine Hüfte, doch bevor

ich meinen Mund auf seinen drücken konnte, hatte er bereits seine Finger dazwischengeschoben.

Ich spürte seinen stoßenden Atem auf meiner Wange, registrierte die Feuchtigkeit, die sich auf seiner Stirn gebildet hatte, und die dunklen Pupillen, die sich allmählich weiteten. Der Blick aus seinen türkisfarbenen Augen war wie ein Sog, der mich mit aller Macht in sich hineinzog. Von einem Augenblick auf den anderen hatte ich das Gefühl zu ersticken – und ebenso schnell war es auch schon wieder vorbei.

Jetzt saß ich allein auf dem Bett. Gordy hatte sich erhoben, hielt mir den Rücken zugewandt und sah aus dem Fenster.

»Es geht zu schnell«, sagte er leise.

»Was?«, hauchte ich.

Langsam drehte er sich zu mir um. Er stand mitten im Lichtkegel der Stehlampe. Mein Herz setzte einen Schlag aus, denn nun fiel mir auf, dass er überhaupt keinen Schatten warf. Es war ein seltsamer, aber irgendwie auch magischer Anblick, denn es wirkte ein bisschen so, als ob er schwebte, und der erste Gedanke, der mich durchzuckte, war, dass Gordy vielleicht gar nicht existierte, sondern bloß so etwas wie eine Wunschvorstellung meiner angeschlagenen Seele war, die sich danach sehnte, dass ihr jemand beistand. – Aber nein. Nein! So viel Fantasie hatte ich gar nicht, um mir so etwas Wundervolles wie ihn ausdenken zu können!

Ich schloss die Augen, und als ich sie wieder öffnete, war Gordy immer noch da. Groß und schön und sehr präsent, nur eben ohne Schatten.

»Wir dürfen es nicht überstürzen«, sagte er eindringlich. »Wir müssen sehr vorsichtig sein. Du musst wissen: Ich bin anders als du. Ganz anders.«

»Das weiß ich«, erwiderte ich. »Zum Beispiel, wenn du lachst … Das haut mich glatt von den Füßen.«

So verkehrt konnte es nicht sein, die bedrückte Stimmung durch einen kleinen Scherz aufzuheitern. Doch Gordian schüttelte nur unwillig den Kopf. »Du bist ein Mensch«, flüsterte er. »Du lebst auf dem Land.«

»Ja«, sagte ich, und das Herz schlug mir bis zum Hals hinauf, als ich diese Frage stellte: »Und du, Gordy … Was bist du?«

»Ein Nix«, antwortete er. »Genau gesagt, ein Delfinnix.«

Moment mal – »Ein was?«

Mir schwirrte der Kopf. Unter einem Nix konnte ich mir ja durchaus noch etwas vorstellen. – Aber ein Delfinnix? – Was zur Hölle sollte das sein? Ein Mischwesen aus Meermensch und Delfin? Eine Mutation?

Doch anstatt mir eine Erklärung zu geben, setzte Gordy noch eins drauf. »Exakt ausgedrückt: ein Plonx.«

»Aha«, sagte ich. »Alles klar. Das kann man ja bestimmt googeln.«

Es bereitete mir eine gewisse Genugtuung zu sehen, dass er nun wiederum mit *diesem* Begriff nichts anfangen konnte.

»Eins zu eins, unentschieden!«, rief ich übermütig.

Gordy sah mich an. Lange und ohne ein Lächeln oder seine Miene sonst irgendwie zu verziehen. Mir wurde schrecklich unbehaglich zumute. Am liebsten hätte ich den Blick gesenkt, doch ich tat es nicht, denn ich hatte viel zu viel Angst, dass er dann verschwinden könnte.

Schließlich ergriff er die Stehlampe, zog sie zum Bett herüber und setzte sich wieder neben mich. Er winkelte seinen Arm ab, hielt ihn über meine Beine und ließ den Lichtstrahl darauf fallen. Eigentlich hätte sich der Schatten seines Arms nun auf meinen Oberschenkeln abzeichnen müssen. Doch da war nichts. Nicht einmal die Ahnung einer Verdunkelung. Im Gegenteil: Jeder Quadratmillimeter meiner Jeans leuchtete hell im Licht der Stehlampe.

»Als ob es mich nicht gäbe«, wisperte Gordy und wiederholte damit den Gedanken, der auch mich bei diesem Anblick durchzuckt hatte.

Wieder sah er mich an. Das Türkis in seiner Iris hatte seine Leuchtkraft verloren. Eine beklemmende Traurigkeit lag nun in seinen Augen.

»Aber es gibt dich«, sagte ich in meiner Hilflosigkeit und berührte ihn zaghaft am Arm. »Ich kann dich anfassen.«

»Ja.« Er nickte. »Das kannst du.«

Ein eisiger Schauer raste mir über den Rücken. »Sonst niemand?«, presste ich tonlos hervor.

Plötzlich schien es eine Erklärung dafür zu geben, warum Cyril ihn nicht gefunden hatte, als er im Meer nach ihm suchte. Ich hatte meine Einbildungskraft unterschätzt, ganz offensichtlich war ich tatsächlich kurz davor, verrückt zu werden.

»Doch«, erwiderte Gordy. »Alle Menschen. Alle Nixe. Alle Tiere. Selbst die Luft und das Meer können es.«

»Du bist also kein Geist?«, rief ich unendlich erleichtert aus und berührte ihn flüchtig am Arm, um mich noch einmal davon zu überzeugen, dass er auch wirklich existierte und hier bei mir in meinem Zimmer war.

»Nein, ich bin ein Plonx«, betonte er, und ehe ich nachfragen konnte, setzte er auch schon hinzu: »Vielleicht solltest du es googeln.«

»Gordy, das war ein Scherz. Ich habe keine Ahnung, was ein Plonx ist, und ich wette, niemand auf der Welt weiß es.«

»Weil deine Welt nur aus Land besteht«, sagte er finster.

»Warum erklärst du es mir nicht einfach?«, fragte ich.

»Weil es genau das nicht ist«, entgegnete er. »Einfach.«

Okay. Ich holte tief Luft, hielt einen Moment inne und versuchte, mich zu sammeln. Vielleicht kamen wir der Sache ja näher, wenn ich ihm Fragen stellte. Möglicherweise war es so leichter für ihn.

»Warum bist du hier?«

»Das weiß ich nicht«, antwortete Gordian.

»Bin ich die Einzige, mit der du Kontakt aufgenommen hast?«

Er nickte.

»Warum?«

Ein Lächeln huschte über sein Gesicht, das er jedoch sogleich unwillig beiseitewischte. »Du warst die Erste, die ich sah«, sagte er dann. »Irgendwas hat mich an Land gezogen«, fuhr er fort, ehe ich etwas erwidern konnte. »Mit ungeheurer Macht. Ich habe versucht, mich dagegen zu wehren, aber es war stärker als ich. Stärker als mein Wille.«

Ich schluckte. Meine Kehle fühlte sich schrecklich trocken an. Ich hätte mir gern etwas zu trinken geholt, aber ich brachte es nicht fertig, mich auch nur eine einzige Sekunde von Gordian wegzubewegen.

»Hast du eine Erklärung dafür?«, fragte ich heiser.

»Ja. Ich bin ein Plonx. Das habe ich gesehen, als das Mondlicht auf mich fiel und ich merkte, dass mein Schatten verschwunden war.«

Ich zog seine Hand zu mir herüber und er flocht sogleich seine Finger in meine. Die Wärme, die von ihm ausging, strömte sofort in mein Herz.

»Gordy, was ist ein Plonx?«

Er schwieg. Seine Lippen zuckten und seine Wangenmuskeln traten rhythmisch hervor.

»Ein Plonx ist ein Sonderling«, krächzte er schließlich. »Einer, der nirgendwo hingehört. In dem Moment, in dem man seinen Schatten verliert, geht auch die Heimat verloren, die Familie und alle Freunde. Es ist, als wären sie tot.«

Deshalb also hatte er so gut verstanden, was ich fühlte, als ich mich an Pas Todestag erinnerte. Und darum war es für mich so leicht gewesen, mich ihm gegenüber zu öffnen. Diese Erkenntnis berührte mich tief. So verschieden wir auch sein mochten, hier gab es etwas, das uns verband. Etwas ganz Wesentliches.

»Bedeutet das, du hast deinen Schatten nur verloren, weil du dieser Macht, die dich an Land gezogen hat, gefolgt bist?«, fragte ich leise.

»Ja«, sagte Gordy. »Doch als ich das erkannte, war es zu spät. Wenn ich es geahnt hätte, hätte ich mich vehementer gewehrt. Ich hätte mit meinem Leben dagegen angekämpft.« Seine Hand spannte sich und drückte schmerzhaft gegen meine Finger. Als ihm bewusst wurde, was er tat, lockerte er erschrocken seinen Griff. »Aber ich bin zu jung«, fuhr er fort. »Ich hatte noch nicht allzu oft die Gelegenheit, den Erzählungen der Alten zu lauschen. Noch kenne ich nicht alle Gesetze. Aber ich weiß, dass es nichts Schlimmeres gibt, als ein Plonx zu sein.«

Ich schluckte, und weil ich nicht wusste, was ich sagen sollte, wie ich ihn vielleicht trösten könnte, erzählte ich ihm von meinen Träumen.

»Ich habe dich im Schlaf gesehen«, sagte ich. »Das erste Mal, als ich auf dem Weg hierher war.«

»Das hier ist nicht deine Heimat?«, fragte Gordy verwundert.

»Nein. Eigentlich wohne ich in Deutschland. Die Stadt heißt Lübeck und liegt an der Ostsee. Nachdem mein Vater verunglückt war, habe ich es zu Hause nicht mehr ausgehalten. Und irgendwann ist meine Mutter auf die Idee gekommen, mich für eine Weile nach Guernsey zu meiner Großtante Grace zu schicken.«

Gordian wandte den Blick ab und starrte nachdenklich ins Leere.

»Du hast also von mir geträumt?«, fragte er leise. »Obwohl du mich noch nie zuvor gesehen hattest?«

»Ich weiß, es ist merkwürdig«, sagte ich. »Anfangs habe ich es mir mit meiner panischen Angst vor Wasser zu erklären versucht …«

Er schaute mich ungläubig an. Ich bildete mir sogar ein, eine Spur von Belustigung in seinen Augen aufblitzen zu sehen.

»Du hast Angst vor Wasser? Vor dem Meer?«

»Ja, Gordy«, seufzte ich. »Mir ist schon klar, dass das albern ist. Und es gibt auch keine Erklärung dafür. Seit ich denken kann, bin ich dieser Angst ausgeliefert gewesen. Erst als ich dich das zweite Mal in der Vazon Bay entdeckt habe und dachte, dass du in diesem eiskalten Wasser erfrieren oder ertrinken könntest …«

»… hast du diese Angst verloren?«

Ich zuckte mit den Schultern. Genau konnte ich es nach wie vor nicht sagen. Es hatte mit Gordy zu tun, aber auch mit Cyril, ebenso wie mit Javen Spinx. Eines jedoch wusste ich definitiv: »Meine Angst, dass dir etwas zustoßen könnte, war größer als die Angst vor dem Meer.«

Nachdem ich es ausgesprochen hatte und mir die Tragweite

dessen, was es bedeutete, allmählich klar wurde, fing ich an zu zittern.

Noch nie hatte ich einem Jungen gesagt, dass ich ihn liebte. Weil ich noch nie einen Jungen geliebt hatte.

Es war unvernünftig, hirnrissig, unlogisch, aber: Ich liebte Gordian. Dass ich ihn kaum kannte, zählte nicht. Ich wollte nie wieder ohne ihn sein.

Menschen und Nixe

Gordian und ich hatten eine halbe Ewigkeit nebeneinandergesessen und stumm auf den Boden geblickt, als er seine Finger schließlich sanft aus meiner Hand löste und sich erhob. »Ich muss gehen, Elodie«, sagte er leise. »Ich kann nicht die ganze Nacht hier sein.«

Ich schüttelte den Kopf. »Warum denn nicht? Das Bett ist groß. Wir ...«

»Ich muss ins Wasser zurück«, unterbrach er mich, und für den Bruchteil einer Sekunde glaubte ich, einen Anflug von Qual über sein Gesicht huschen zu sehen. Es war genug, um mich innerlich aufmerken zu lassen, aber zu wenig, um ihn darauf anzusprechen. »Hin und wieder kann ich an der Luft schlafen, doch ganz sicher nicht in einem so engen Raum wie diesem hier.«

»Aber ...« Es gab doch so vieles, das ich noch nicht wusste.

»Außerdem muss ich mir etwas zu essen besorgen.«

»Du kannst hier frühstücken«, erwiderte ich. »Wir haben mehr als genug im Haus. Meine Großtante ist eine hervorragende Köchin.«

»Elodie, ich ernähre mich aus dem Meer«, sagte Gordy. »Auch ein Plonx geht auf die Jagd.« Er hob die Schultern, als wollte er sich dafür entschuldigen, dass er Fisch aß. »Die frühen Morgenstunden sind dafür am besten geeignet. Und vorher muss ich mich noch ein wenig ausruhen.«

Aber das kannst du doch hier tun!, dachte ich verzweifelt. Der Gedanke, ihn jetzt gehen zu lassen und mit den tausend Fragen im Kopf und diesem berauschenden Gefühl im Herzen allein zurückbleiben zu müssen, war mir unerträglich.

Ich sprang vom Bett auf und wollte meine Arme um Gordys Taille schlingen, doch er fasste mich blitzschnell an den Schultern und hielt mich von sich weg. »Nicht«, sagte er heiser. »Bitte.«

Beschämt senkte ich den Kopf.

Was war ich doch für ein dummes Huhn! Wahrscheinlich ging es ihm nicht einmal ansatzweise so wie mir. Er kam aus dem Meer, hatte seine Heimat, seine Familie und seine Freunde verloren – oh, er hatte weiß Gott andere Probleme, als sich ausgerechnet in ein gewöhnliches Menschenmädchen zu verlieben!

»Es tut mir leid«, krächzte ich.

»Aber du hast doch keine Schuld«, sagte Gordy sanft.

Er sah mich an, lächelte mit Mund und Augen und ich entspannte mich. Meine Muskeln gaben ihren Widerstand auf, mein Puls normalisierte sich und meine Gedanken flogen für einen Moment davon.

»Ich komme bald wieder«, hörte ich ihn sagen. »Versprochen.«

Als das wohlige Gefühl der Gelöstheit sich verflüchtigte, war Gordian längst verschwunden. Verwirrt ließ ich mich aufs Bett zurückfallen, löschte das Licht und vergrub mich in meiner Decke. Ich fühlte mich leer, ausgehöhlt, verlassen.

Er hatte versprochen zurückzukommen, aber ich wusste nicht, wann das sein würde. Ohnehin schien mir jede Sekunde ohne ihn viel zu lang zu sein.

»Das gönne ich dir«, hörte ich Sina sagen.

»Vielen Dank«, brummte ich und musste unwillkürlich grinsen. Ich war so froh, dass sie noch da war. Ob sie mich allerdings wirklich und wahrhaftig verstand, war dahingestellt.

»Nein, ich verstehe dich überhaupt nicht«, bemerkte sie spitz. »Wie kann man nur so blöd sein und sich in einen Nix verlieben! Himmel noch mal, El, du hättest Frederik haben können! Dein Leben wäre so schön unkompliziert verlaufen. – Noch dazu ohne Wasser.«

»Ich habe keine Angst mehr vor Wasser«, erklärte ich ihr.

Ich hatte nur noch Angst um Gordy.

Solange ich nicht wusste, was es bedeutete, ein Delfinnix, ein Plonx zu sein ... solange nicht klar war, was Gordian möglicherweise mit Kyan und seinen Freunden und mit Laurens Tod zu tun hatte, würde ich nicht zur Ruhe kommen.

Entschlossen setzte ich mich auf, knipste die Nachttischlampe an und öffnete den Deckel des Laptops. Ich startete Word und öffnete die Datei mit meinen letzten Notizen.

Wasser – Angst – Jucken: Elliot und Zak, Kyan (?)

Cyril, J. Spinx, Zak, Elliot, Kyan (?): ähnliche Art, sich zu bewegen / Geheimnis / Anziehung – Abstoßen

Cyril und Javen Spinx: vermindern das Jucken und die Angst vor dem Meer

Zak und Elliot: verstärken das Jucken

Junge im Meer: Träume / Geheimnis / Anziehung / Jucken und Brennen / MAGIE

Ich starrte eine ganze Weile auf den Text und ergänzte ihn schließlich um neue, mir inzwischen viel wichtiger erscheinende Punkte.

Gordian: Delfinnix – Plonx (verlassen/Sonderling)
Kyan, Elliot, Zak: Nixe???
Cyril und Javen Spinx: Menschen oder Nixe?
Ruby: Warum reagiert sie so heftig »abwehrend« auf Cyril? Was steckt wirklich dahinter?
Mam: Wusste sie damals, als sie mit JS »befreundet« war, dass er ein Nix ist (wenn er einer ist)?
meine Ankunft auf Guernsey / Sillys Prophezeiung / Laurens Tod – Zusammenhang?
Welche Verbindung gibt es zwischen Gordy, Kyan, Zak und Elliot?

Ich rollte mich auf den Rücken, richtete meinen Blick zur Zimmerdecke und fasste in Gedanken zusammen, was meine nächsten Schritte sein würden: Als Erstes sollte Gordian mir erklären, was genau ein Delfinnix war und inwiefern er sich von anderen Nixenarten unterschied. Außerdem musste ich in Erfahrung bringen, ob Gordy Kyan, Elliot und Zak kannte und etwas über Laurens Tod wusste.

Immerhin war es möglich, dass er der geheimnisvolle Vierte war, dessen Namen Aimee, Joelle und Olivia bisher noch nicht erwähnt hatten.

Die Idee, Cyril zu fragen, ob er ein Nix war, schob ich nach kurzer Überlegung wieder beiseite. Ich war beinahe sicher, dass er mir das sowieso nicht verraten und sich nur wieder irgendwie herausreden würde.

Am meisten würde mir wohl immer noch Javen Spinx über das Meer und seine Bewohner erzählen können. Doch wie sollte ich ihn finden? Ich wusste ja nicht mal, wo ich mit meiner Suche beginnen sollte, außer bei der Polizeistation und den Hafenarbeitern in Port – und diese Idee hatte ich schließlich bereits verworfen.

Es half nichts, meine ganze Hoffnung konzentrierte sich auf Gordy. Es war nicht unwahrscheinlich, dass er einen Großteil meiner Fragen beantworten konnte. Und bis dahin – ich schloss die Augen und seufzte – musste ich eben irgendwie durchhalten.

Nachdem ich meine Notizen gespeichert hatte und mir klar war, dass ich so bald ganz sicher kein Auge zukriegen würde, rang ich mich dazu durch, noch einen Blick in mein E-Mail-Postfach zu werfen. Bestimmt verging die Zeit schneller, wenn ich beschäftigt war und nicht unentwegt aus dem Fenster starrte und Gordys Rückkehr entgegenschmachtete.

Tatsächlich hatte ich eine ganze Menge Nachrichten bekommen: Eine von Mam, die mir einen Gruß schickte und mir eine schöne nächste Woche wünschte. Je eine von Luis, Jannik und Sarah, die sich über die Fotos amüsierten, die Sina ins Netz gestellt hatte, und mindestens zehn von Frederik. – Verdammt, es half nichts. Ich musste mich noch mal bei ihm melden.

Ich tippte rasch ein paar Antworten, dann wechselte ich zu Facebook und stellte fest, dass Frederik online war. Na, das passte ja hervorragend. Ohne lange zu fackeln, schrieb ich ihn an.

ELODIE: hey ^^
FREDERIK: verdammt noch mal, elodie, endlich!
ELODIE: tut mir leid, aber war bestimmt besser so
FREDERIK: du hast ja kA, mann. ich werd hier noch verrückt, weiß echt nicht, wie ich das bis september ohne dich aushalten soll
ELODIE: das solltest du aber
FREDERIK: jetzt hör schon auf damit, was willst du überhaupt noch auf dieser insel, jetzt, nachdem das zwischen uns war?
ELODIE: frederik, zwischen uns war nichts, ich habe luis und jannik auch geküsst, schau dir sinas bilder an
FREDERIK: das mit uns war ganz anders
ELODIE: war es nicht
FREDERIK: el, was soll das? warum sperrst du dich so?
ELODIE: ich hab mich verliebt, hier auf guernsey, und zwar richtig

Auf der anderen Seite passierte nichts mehr. Fast bildete ich mir ein, Frederiks Herz brechen zu hören. Unsinn, sagte ich mir. Er wird es überleben. Dann ploppte seine Antwort rein:

elodie, bitte tu mir das nicht an! ☹☹☹ …

Tut mir leid, schrieb ich zurück und ging offline. Eigentlich hatte ich Sina noch einmal wegen der Fotos ansprechen wollen, aber das hatte auch Zeit bis morgen.

Als ich aufwachte, trug ich noch immer die Klamotten vom Vortag. Ich lag quer über dem Bett, der Laptop war eingeschaltet und ich hielt Pas grünen Kapuzenpulli im Arm. Er fühlte sich feucht an. Vielleicht hatte ich geschwitzt, vielleicht aber auch im Schlaf geweint. An einen Traum konnte ich mich nicht erinnern. Offenbar hatte ich tief und, wie mir die Zeitanzeige in der rechten unteren Bildschirmecke des Laptops vorwurfsvoll vor Augen hielt, auch ziemlich lange geschlafen. Trotzdem fühlte ich mich wie gerädert.

Langsam setzte ich mich auf und blinzelte zum Fenster hinaus. Die Sonne schien, aber der Himmel war mit einem dünnen Schleier überzogen. Das Meer schimmerte petrolfarben und war so glatt wie eine Folie. Es wirkte unschuldig, und zwar auf dieselbe Weise wie jemand, der einen nur deshalb anlächelt, weil er ein dunkles Geheimnis zu verbergen versucht.

»Gordy«, murmelte ich.

Ob er seinen Hunger inzwischen gestillt hatte?

Wie lange würde ich heute auf ihn warten müssen? Wieder bis zum Abend?

In der Hoffnung, ihn irgendwo zwischen den Felsen sitzen zu sehen, öffnete ich das Fenster und trat auf den Balkon hinaus. Langsam ließ ich meinen Blick über die gezackte Uferlinie gleiten, nahm jede Unregelmäßigkeit und jeden hellen Fleck genauestens in Augenschein und suchte zu guter Letzt auch noch die gesamte Wasseroberfläche ab, doch von Gordy fehlte jede Spur. Und plötzlich war sie wieder da, die Angst.

Angst, dass ihm etwas zugestoßen sein könnte und ich ihn womöglich nie wiedersah. Und mit dieser Angst kam auch das Brennen über meinen Knöcheln zurück, so plötzlich und so unerträglich heftig, dass ich aufstöhnte.

Ich wusste genau: Diesmal lag es nicht am Wasser, jedenfalls nicht direkt, sondern vielmehr an dem Gefühl der Ohnmacht, das es in mir auslöste.

Wie war es möglich, dass jemand, der mir so viel bedeutete, ausgerechnet dem Element angehörte, vor dem ich mich seit meiner Kindheit am meisten fürchtete! In diesem Moment verfluchte ich mich dafür, dass ich nie schwimmen gelernt hatte, denn das schien gerade mein größtes Handicap zu sein. Was hätte ich darum gegeben, wenn ich mich jetzt einfach in die Fluten hätte stürzen und nach Gordy suchen, mich notfalls sogar noch einmal von ihm hätte retten lassen können.

»Stopp, Elodie!«

Diesmal war es nicht Sina, die an meinen Verstand appellierte, sondern ich selbst. Den Teufel würde ich tun und das Schicksal auf diese Weise herausfordern. Das Meer hatte mich bereits in meine Schranken gewiesen, wer weiß, ob ich noch ein zweites Mal so glimpflich davonkommen würde.

Zitternd ging ich ins Zimmer zurück, schloss das Fenster bis auf einen schmalen Spalt und riss mir die Jeans vom Leib. Keine Sekunde länger konnte ich diesen festen, strammen Stoff auf meiner brennenden Haut ertragen.

Ich ließ mich auf die Bettkante fallen und strich mit sanftem Druck über meine Beine, die an den Außenseiten von den Knöcheln bis zu den Schenkeln hinauf tief gerötet waren. Außerdem war die Verletzung an meinem Fußgelenk dick geschwollen und fühlte sich glühend heiß an.

Ich legte den Kopf in den Nacken, schloss die Augen und zwang mich, tief und ruhig zu atmen. Es half weder Gordy noch mir, wenn ich jetzt durchdrehte. Also sagte ich mir immer und immer wieder, dass ihm bestimmt nichts passiert war und es auch keinen Grund gab, gleich das Schlimmste anzunehmen. Gordy war ein Plonx – das war wahrscheinlich tragisch für ihn, aber musste ja nicht gleich bedeuten, dass er in Gefahr war.

Das Einzige, was ich fürchten musste, war, dass ich ihm vielleicht nicht genügte. Dass wir niemals wirklich Freunde und schon gar nicht mehr als das sein könnten. Ich wollte nicht darüber nachdenken, denn diese Vorstellung schnitt mir Herz und Seele entzwei, lieber konzentrierte ich mich auf das kleine Fünkchen Hoffnung, das sich dahinter verbarg. Okay, ich war ein Mensch. Ich war ganz anders als Gordian, das hatte er selber gesagt. Menschen und Nixe passten nicht zueinander, andernfalls wäre die Verbindung zwischen ihnen nichts Ungewöhnliches und die Existenz von Meermenschen für uns kein Mysterium. Niemand schien zu wissen, dass es Delfinnixe gab. Ich war die Einzige, die dieses Geheimnis kannte. – Ausgerechnet ich! Das musste doch etwas zu bedeuten haben!

Ich seufzte leise und mit einem Mal tauchte Gordys Gesicht vor mir auf. Er lächelte – mit den Lippen und mit seinen Augen.

Es dauerte nicht einmal zwanzig Minuten und ich war geduscht, eingecremt und angezogen. Aus der Küche holte ich mir ein Glas Orangensaft und nahm dazu ein Stück von dem Butterkuchen, der auf dem Tisch angerichtet war und einen warmen süßen Duft verströmte.

Tante Grace saß draußen auf der Terrasse und blätterte in einer Gartenzeitschrift. Sie musterte mich abschätzend, machte mir aber ob der Tatsache, dass es bereits kurz nach halb zwölf war, keine Vorwürfe.

»Dein Leben scheint sich einen neuen Rhythmus zu suchen«, meinte sie nur.

»Ja«, sagte ich. »Sieht ganz so aus.«

Ich setzte mich neben sie, weil ich so aufs Meer schauen konnte, und fragte: »Haben die Läden hier eigentlich durchgehend geöffnet?«

»Nur zum Teil«, erwiderte meine Großtante. »Wieso? Brauchst du etwas Bestimmtes?«

»Ja.«

»Etwas, das wir nicht im Haus haben?«

Ich nickte.

Tante Grace zog ihre Augenbrauen zusammen. »Bist du dir sicher?«

Nicht gleich mit allem und jedem dienen zu können, schien sich außerhalb ihres Vorstellungsvermögens zu befinden.

»Na ja«, sagte ich. »Fast.«

Ich biss in den Kuchen, um etwas Zeit zu gewinnen.

»Wann, sagtest du noch, hattest du deine letzte Liebschaft?«, fragte ich, nachdem ich den Bissen gründlich zerkaut und hinuntergeschluckt hatte.

»Na, also hör mal!« Tante Grace schlug lachend nach mir. »Ich erinnere mich nicht, überhaupt darüber gesprochen zu haben.«

Ich beugte mich zu ihr rüber und sah ihr tief und treuherzig in die Augen. »Verrätst du es mir trotzdem? ... Der Kuchen schmeckt übrigens fantastisch«, fügte ich nach einer kleinen bedeutungsvollen Pause hinzu.

»Vielen Dank, mein Engel, aber ich bin nicht erpressbar«, brummte meine Großtante.

»Wie du meinst.« Ich tat eingeschnappt. »Dann kann ich dir leider auch nicht sagen, ob wir das, was ich so dringend brauche, im Haus haben.«

Tante Graces Miene verfinsterte sich. »Wenn es mit einem Mann zu tun hat, in der Tat nicht.«

»Hab ich es mir doch gedacht«, entgegnete ich, trank meinen Orangensaft aus und schob mir den Rest des Kuchens in den Mund.

»Was?«, knurrte sie.

»Dass es nicht Cyril im Speziellen ist, sondern Männer im Allgemeinen sind, die du nicht ausstehen kannst.«

Meine Großtante wedelte energisch mit dem Zeigefinger hin und her. »Ich habe nie gesagt, dass ich ihn nicht ausstehen kann.«

»So wie du Mam damals auch Javen Spinx niemals ausgeredet *hättest?*«

»Das war doch etwas völlig anderes«, erwiderte Tante Grace. »Deine Mutter war damals schließlich bereits liiert.«

»Du *hast* ihn ihr also ausgeredet!«, sagte ich voller innerer Genugtuung darüber, dass es mir gelungen war, ihr ein weiteres Detail zu entlocken.

»Natürlich!« In ihrem Gesicht stand nun so viel Empörung, dass ich unwillkürlich grinsen musste. Klar war das nicht besonders klug, aber leider schaffte ich es nicht, es mir zu verkneifen.

»Ich weiß wirklich nicht, was daran so lustig ist«, blaffte sie auch gleich.

»Na jaaa«, sagte ich gedehnt, denn jetzt galt es, die richtigen Worte zu finden. »Du bist doch ein ziemlich offener Mensch ... jemand, dem die Freiheit über alles geht ...«

Tante Grace warf mir einen lauernden Blick zu, nickte aber.

»Wenn Mam sich damals nun ernsthaft in Javen Spinx verliebt hätte und ...«

»Er war siebzehn!«, fuhr meine Großtante sofort dazwischen. »Und deine Mutter einundzwanzig!«

Ich nickte, denn ich sah ein, dass es keinen Sinn hatte, sie weiter in dieser Sache auszuquetschen. Außerdem schoss mir etwas durch den Kopf: Vielleicht war Gordy ja auch erst zwölf oder bereits dreißig. Vielleicht alterten Nixe einfach in einem anderen Rhythmus als Menschen. Javen Spinx war mir jedenfalls nicht wesentlich jünger vorgekommen als Pa – wenn man mal davon absah, dass sein Alter wegen seines ungewöhnlichen Aussehens tatsächlich schwer zu bestimmen war.

Gefährliche Küsse

Ich nahm den Bus No 7, der an der Nordküste Guernseys entlang nach St Peter Port fuhr. Es dauerte eine Dreiviertelstunde, bis er die Haltestelle am Hafen erreichte, und ich ärgerte mich, dass ich keine andere Linie gewählt hatte.

Zum Glück fand ich recht schnell einen Laden mit Freizeitklamotten und suchte eine verwaschene Jeans, ein schwarzes T-Shirt und einen grauen Sweater aus – alles Sachen, die unauffällig, aber trotzdem gut aussahen. Außerdem ein Paar dunkle Chucks, von denen ich nur hoffen konnte, dass sie Gordy passten. Breite und Länge der Jeans waren bereits ein Problem gewesen, seine Schuhgröße wusste ich überhaupt nicht einzuschätzen.

Der Spaß kostete mich fast zweihundert Euro, aber das war es mir wert. Neben dem Taschengeld, das ich von Tante Grace bekam, hatte Mam mich fürs Erste mit einem großzügigen Startkapital ausgestattet.

Als ich am Kassentresen stand und der Verkäuferin dabei zusah, wie sie die Sachen zusammenlegte und in eine Tüte packte, fiel mir der Diebstahl auf Jersey wieder ein, und plötzlich konnte ich es kaum noch erwarten, zurück nach Richmond zu kommen.

Diesmal ergatterte ich einen Bus der Linie 5 und war bereits eine gute halbe Stunde später zu Hause.

Tante Grace hatte inzwischen einen Salat gemacht und dazu ein Baguette aufgebacken.

»Leider kann ich dir beim Essen keine Gesellschaft leisten«, begrüßte sie mich und deutete auf die Wohnstube, hinter deren angelehnter Tür das laute Geschnatter aufgeregter Frauenstimmen zu hören war. Ich hatte den Eindruck, dass sie über Lauren sprachen, und hätte gern einen Moment gelauscht, doch meine Großtante hatte offensichtlich anderes im Sinn.

In ihrer resoluten Art packte sich mich bei den Schultern und bugsierte mich sofort wieder nach draußen.

»Es ist auf der Terrasse angerichtet«, sagte sie. »Dort hast du deine Ruhe. Es fehlte mir nämlich gerade noch, dass dieser Hühnerhaufen über dich herfällt.«

»Aber vielleicht wissen sie etwas Neues über ...«

»Nein, das tun sie nicht«, unterbrach Tante Grace mich. »Außerdem erfährst du garantiert alles exklusiv von Ruby.«

»Aber es ist sehr unhöflich, wenn du mir deinen Besuch nicht vorstellst«, versuchte ich, sie rumzukriegen.

»Das ist kein Besuch, sondern Kundschaft«, erwiderte meine Großtante und schubste mich weiter auf die Terrasse zu. »Das Shiftkleid hat ihnen so gefallen, dass die Damen nun auch noch eine Tunika und eine ...«, sie verdrehte die Augen, »*Jodpurhose* nähen wollen. Ich werde also bis in den Abend hinein beschäftigt sein.«

Das klang so gut, dass ich mich nun widerstandslos fügte.

Wenn Tante Grace im Haus zu tun hatte, konnte ich in aller Ruhe nach Gordy Ausschau halten. Mit einem Mal war ich so euphorisch, dass mir eventuelle Neuigkeiten über Laurens Tod völlig unwichtig erschienen. Ich hoffte sogar, dass Ruby nicht tatsächlich auf die Idee kam, heute hier vorbeizuschauen.

Sicherheitshalber schickte ich ihr eine SMS.

Bin todmüde heute,
brauche einen tag zum entspannen
ist das okay?
((elodie))

Ich legte das Handy auf den Tisch, setzte mich auf die Holzbank, die inzwischen im Schatten stand, und platzierte die Tüte mit den Klamotten neben mir. Noch ehe ich die erste Gabel Salat verdrückt hatte, kam Rubys Antwort.

Kein problem,
ich bin sowieso gerade auf alderney
((ruby))

Hey, was machst du denn da?,
schrieb ich sofort zurück.

Dreimal darfst du raten!

Das musste ich gar nicht, mir war sofort klar, wieso Ruby dorthin gefahren war.

Du bist doch nicht etwa sauer deswegen?,
wollte sie wissen, nachdem sie nicht gleich eine Antwort von mir bekam.

Natürlich nicht! Ich bin sehr gespannt, was ihr herausfindet!
Bis morgen!
Hdl, elodie

Ich hatte nun wahrlich keinen Grund, Ruby wegen dieses Alleingangs irgendwelche Vorwürfe zu machen, immerhin hütete von uns beiden ich zurzeit das größere Geheimnis.

Gordy, Gordy, Gordy, dachte ich und blickte sehnsüchtig auf die Bay hinunter.

Um Tante Grace nicht zu verärgern, leerte ich die Salatschale, die sie für mich hingestellt hatte, bis auf das letzte Maiskorn und aß auch das Baguette komplett auf. Bevor ich mir die Tüte schnappte und mich an den Abstieg zu den Klippen hinunter machte, brachte ich noch rasch das Geschirr in die Küche zurück.

Inzwischen war es kurz nach halb vier, die Sonne stand im Südwesten und ließ das Meer in der Farbe von Gordians Augen leuchten.

Es war ein leichter Wind aufgekommen, und ich stellte fest, dass es nicht besonders klug gewesen war, ohne Jacke zum Wasser hinunterzuklettern.

Ich suchte mir eine große Felsplatte aus, die von der Terrasse aus nicht direkt zu sehen war und ungefähr bis zur Hälfte von glasklaren Wellen überspült wurde.

Fröstelnd zog ich den Sweater, den ich für Gordian gekauft hatte, aus der Tüte und schlüpfte hinein. Dann hockte ich mich in eine einigermaßen bequeme Steinspalte, ließ die Stirn auf meine Knie sinken und schloss die Augen. Ich stellte mir vor, dass es Gordy leichter fiel, aus dem Meer zu steigen, wenn er sich sicher sein konnte, dass ich ihn nicht dabei beobachtete. Außerdem war das Warten auf diese Weise unendlich intensiver.

Ein oder zwei Minuten lang spürte ich noch ein leichtes Frösteln auf meiner Haut, dann hielt der Sweater warm genug, und das Frösteln ging in ein Kribbeln über, das nach und nach meinen ganzen Körper erfasste. Ich hörte das Rauschen des Meeres in meinen Ohren, roch den frischen Duft der feinen Gischt, die die Wellen auf die Felsen sprühte, und dachte mit aller Kraft an Gordian.

Ich schickte meine Sehnsucht mit dem Wind aufs Meer hinaus und stellte mir vor, wie sie ins Wasser hinabtauchte und sich um die Inseln verteilte, bis der ganze Kanal darunter vibrierte.

»Hey«, raunte Gordy. Seine warme Hand glitt durch mein Haar und spielte mit einer Locke.

Mein Herz machte einen Satz, denn ich hatte nicht bemerkt, wie er auf die Felsplatte geglitten war, und im ersten Augenblick dachte ich, seine Stimme und die Berührung wären bloß meinem Wunsch entsprungen, ihn endlich wiederzusehen.

»Hey«, sagte ich und blinzelte zu ihm hoch.

Sein blondes Haar glänzte golden im Licht der Sonne und seine Haut hatte diesen samtenen silbernen Schimmer. So wie er dastand, mitten am helllichten Tag und ohne einen Schatten zu werfen, kam er mir plötzlich schrecklich verletzlich vor.

»Gordy«, murmelte ich, tastete nach seiner Hand und zog ihn zu mir herunter. »Ich sterbe vor Angst um dich, wenn du nicht bei mir bist … wenn ich dich nicht sehen kann.«

»Das brauchst du nicht«, wisperte er.

Sachte strich er mir über die Wange und senkte seinen Blick in meine Augen.

Schlagartig schnellte mein Puls in die Höhe. Mir wurde schwindelig und einen keuchenden Atemzug lang hatte ich wieder dieses beklemmende Erstickungsgefühl.

Gordy ließ seine Hand sinken. In seiner Miene spiegelte sich eine Mischung aus Schmerz und Enttäuschung.

»Tut mir leid«, stammelte ich.

»Nein, mir tut es leid«, erwiderte er leise. »Du kannst doch gar nichts dafür.«

»Was meinst du damit?«

Anstatt mir zu antworten, schüttelte er nur unwillig den Kopf. Er warf einen suchenden Blick zum Cottage hinauf, dann packte er mich ganz plötzlich und hob mich auf seinen Arm. Ich hatte gerade noch Zeit genug, nach der Tüte zu greifen, da hastete er bereits über die Felsen und durch Tante Gracies Garten bis zum Haus hinauf. Und ehe ich verstand, was hier gerade geschah, waren wir bereits auf dem Balkon vor meinem Zimmer.

Gordy setzte mich ab und trat einen Schritt zurück.

Ich starrte in sein Gesicht und dann auf seine Füße.

»Wie kannst du so schnell über diese scharfkantigen Felsen laufen?«

Er zuckte leicht mit den Schultern. »Warum habe ich keinen Schatten?«

»Das ist etwas anderes«, hielt ich dagegen. »Du bist ein Nix. Du kommst aus dem Meer. Es gibt keinen Grund, weshalb du dich auf dem Land besser bewegen kannst als im Wasser.«

Gordy grinste. »Wer sagt das? Du?«

Beschämt sah ich zur Seite. Er hatte ja recht. *Ich* war diejenige, die keine Ahnung hatte, also sollte ich mich mit meinen Vermutungen besser zurückhalten.

»I-ich habe dir Kleidung besorgt«, stotterte ich und hielt ihm die offene Tüte hin. Er griff hinein und zog die Jeans heraus.

»Danke«, sagte er und hauchte mir einen Kuss auf die Stirn. Dann schob er seine Finger in den schmalen Fensterspalt, den ich heute Mittag offen gelassen hatte, und drückte die Scheibe auf.

Ich schlüpfte nach ihm ins Zimmer und schloss das Fenster hinter mir. »Der Pulli ist auch für dich«, sagte ich und streifte mir den Sweater über den Kopf.

Gordy nickte und lächelte mich zaghaft an. »Der ist besser als der von deinem Vater«, sagte er, nahm ihn mir aus der Hand und sah sich unschlüssig um.

Ich deutete auf die Badezimmertür am anderen Ende des Raumes. »Dort kannst du dich anziehen.«

Gordy nickte abermals, und während er nach nebenan verschwand, tigerte ich am Fenster auf und ab und versuchte, mich auf die Dinge zu konzentrieren, über die ich mit ihm reden wollte. Auf diese Weise vergingen fast fünf Minuten – eigentlich hätte er längst fertig sein müssen –, und schon wieder begann ich, mir Sorgen zu machen.

Ich huschte zur Badezimmertür und klopfte leise dagegen.

»Gordy?«

Keine Antwort.

»Gordy, bist du fertig?

Stille.

»Passen die Sachen?«

Noch immer nichts.

Wieder schlug mein Herz ein paar Takte schneller.

»Gordy, ich komme jetzt rein«, keuchte ich, drückte die Klinke herunter und stieß die Tür auf.

Er trug das schwarze T-Shirt und die Jeans, das silbrig schimmernde Tuch lag neben seinen Füßen auf dem Boden. Seine Haare waren zerzaust, eine goldblonde Strähne fiel ihm bis auf den Nasenrücken. Gordian stand da wie in Stein gehauen, den Blick wie hypnotisiert auf den Badezimmerspiegel gerichtet. Er schien überhaupt nicht gemerkt zu haben, dass ich hereingekommen war.

»D-du siehst aus wie ... ein Mensch«, wisperte ich.

Gordy zuckte zusammen. Er sah mich an und seine Miene entspannte sich.

Tatsächlich wirkte er in diesem relativ dunklen Badezimmer überhaupt nicht mehr exotisch, sondern eher wild und urtümlich. Außerdem fiel kaum noch auf, dass er keinen Schatten warf. Ich war wie gebannt von seiner Schönheit und konnte es kaum fassen, dass sich jemand wie er hier bei mir in meinem Apartment befand.

»Elodie«, sagte er rau.

Er griff nach meiner Hand und zog mich zu sich herüber. Nicht einmal einen Atemzug später lag ich in seinen Armen. Er hielt mich einfach umschlungen, seine Hände still und warm auf meinem Rücken und seine Wange in mein Haar gedrückt.

Angefangen von den Zehen, gab es kaum eine Stelle an unseren Körpern, mit der wir uns nicht berührten. Ich spürte ihn atmen, hörte seinen kräftigen Herzschlag und sog seinen unglaublichen Duft tief in mich ein.

Wir standen eine Weile ganz still – ich hätte mühelos bis ans Ende aller Zeiten so ausharren können! –, und natürlich war es Gordy, der sich schließlich sanft wieder aus der Umarmung löste.

»Ihr habt ulkige Dinge, ihr Menschen«, sagte er und nahm meine Haarbürste von der Spiegelkonsole.

Übermütig grinsend pikste er mir den Stiel in den Bauch.

»Ach ja?«, erwiderte ich. »Und was denkst du, wozu das gut sein soll, he?«

»Ich habe keine Ahnung«, meinte er lachend. »Ich habe wirklich keine Ahnung.«

»Na, dann pass mal auf«, sagte ich, entwand ihm die Bürste und fuhr ihm damit durch die widerspenstigen Locken. »Damit macht man sich hübsch.«

»Hübsch?« Gordy runzelte die Stirn. »Das ist also dein Geheimnis?«, fragte er, umfasste mein Handgelenk und betrachtete fasziniert die Bürste. »Darum bist du so hübsch!«

»Was?«, hauchte ich, im nächsten Moment hatte sein Blick mich bereits gefangen.

Diesmal bekam ich keinen Erstickungsanfall. Meine Luftnot rührte schlicht daher, dass ich zu atmen vergaß.

Langsam schob Gordy mich auf die Wand neben der Dusche zu. Die kalten Fliesen drückten sich gegen meinen Rücken und ein Gänsehautschauer raste über meine Haut.

Gordian legte seine Stirn auf meine. Er atmete ebenso wenig wie ich, sondern sah mich nur an. Ich spürte, wie sehr er darum kämpfte, die Intensität seines Blickes unter Kontrolle zu halten. Und dann, nach einer halben Ewigkeit, während der ich mindestens dreitausend Tode starb, küsste er mich. Ganz sanft legte er seinen Mund auf meinen.

Einen Moment lang verharrte ich mit rasendem Herzen, aber ansonsten völlig reglos, spürte nur Gordys heißen stoßenden Atem auf meiner Wange und wartete voller Sehnsucht darauf, dass mehr geschah. Doch offenbar traute er sich nicht, mich richtig zu küssen, also fing ich zögernd an, seine Lippen zu liebkosen. Sie fühlten sich weich und fest zugleich an – und so wunderbar warm und verlockend, dass ich meine Scheu verlor und meinen Mund immer drängender auf seinen presste.

Augenblicklich stand ich vom Scheitel bis zu den Sohlen in Flammen. Ich konnte mich kaum noch auf den Beinen halten. Gordy stöhnte leise, während er meine Unterlippe umschloss und kaum merklich mit seinen Zähnen daran zupfte. Für den Bruchteil einer Sekunde berührten sich unsere Zungen, dann riss er mit einem plötzlichen Ruck seinen Kopf zurück und ein Schwall warmen Wassers ergoss sich über mein T-Shirt.

»Wa-was war das denn?«, stammelte ich erschrocken.

Gordy war zurückgetreten. Er hatte sich die Hände vors Gesicht geschlagen und schüttelte unentwegt den Kopf.

»Hey«, sagte ich leise. Ich ging auf ihn zu, umfasste seine Unterarme und versuchte, sie herunterzuziehen. »Sag mir, was passiert ist.«

»Wasser«, antwortete er rau. »Das habe ich befürchtet.« Er gab meinem Zug nach, ließ die Hände sinken und sah mich an. Er schien absolut untröstlich zu sein. »Elodie, wir können nicht *so* beieinander sein.«

Mein Herz krampfte sich zusammen. Unfähig, etwas zu denken oder zu fühlen, starrte ich ihn an. Und plötzlich ahnte ich, wie Lauren gestorben war.

Ich hatte mich in mein Bett verkrochen. Mit der Decke über dem Kopf war dies der einzige Ort, an dem ich mich wirklich sicher fühlte. Ich wollte nichts sehen und nichts hören.

Es dauerte eine Weile, bis Gordian mir folgte. Ich spürte, wie sich die Matratze bewegte, und schlug die Decke zurück.

»Kennst du Kyan?«, fragte ich.

Er nickte.

»Und Zak und Elliot?«

»Und Liam, ja.«

Liam! – Der Vierte im Bunde! Derjenige, in den Olivia sich verliebt hatte!

»Sind sie deine Brüder oder deine Freunde … gewesen?«

Wieder nickte Gordy. »Meine Freunde, ja.«

Ich setzte mich auf und sah ihn durchdringend an. »Was ist passiert?«

»Ich weiß es nicht«, sagte er schulterzuckend. »Sie müssen mir gefolgt sein.«

»Was soll das heißen?«, fragte ich ungeduldig.

Gordy seufzte leise.

»Hör zu, Elodie«, begann er schließlich. »Delfinnixe gehen niemals an Land. Es sei denn, sie sind Halbwesen … oder Plonxe.«

»Was ist der Unterschied?«, fragte ich atemlos.

»Halbnixe sind Mischwesen. Sie entstehen, wenn ein Nix und ein Mensch sich vereinen«, erklärte er. »Plonxe sind ebenfalls Mischlinge. Sie gehen aus der Verbindung zwischen einem Delfinnix und einem Hainix hervor. Allerdings offenbart sich ihre wahre Natur erst, wenn sie das erste Mal an Land gehen.«

»Warte«, sagte ich und hob die Hand. Ich war nicht sicher, ob ich das alles richtig verstanden hatte. »Es gibt also Hainixe und Delfinnixe?«

»Und Walnixe«, ergänzte Gordy. »Sie gehören ihrem Wesen nach zu den Delfinen.«

»Und die Haie?«

»Sind Landgänger«, sagte Gordy, »... und unsere natürlichen Feinde«, fügte er zögernd hinzu.

»Haie gehen an Land und Delfine nicht?«, vergewisserte ich mich, und als Gordian abermals nickte, führte ich meine Überlegungen weiter: »Es ist also eigentlich gar nicht möglich, dass ein Mischwesen aus einem Menschen und einem Delfin- oder Walnix entsteht.«

»Es kommt auch zwischen Haien und Menschen absolut selten vor«, entgegnete Gordy mit bebender Stimme. »So lauten jedenfalls die Legenden der Alten. Ob das stimmt, kann ich dir nicht sagen. Normalerweise habe ich weder mit Haien noch mit Menschen zu tun.«

Er hockte wie ein Häufchen Elend auf der Bettkante, hielt die Stirn auf seine Handballen gestützt und zitterte.

»Komm her«, sagte ich leise, kroch auf ihn zu und schlang meine Arme um ihn.

Bereitwillig ließ Gordy sich zu mir auf die Matratze herunterziehen. Ich breitete die Decke über uns und streichelte sein Gesicht.

»Es ist mir egal, ob wir *so* ... zusammen sein können oder nicht«, wisperte ich. »Hauptsache, du bist bei mir.«

Du bist der Einzige, der wirklich mit mir mitempfinden kann, fügte ich in Gedanken hinzu, der weiß, wie es sich anfühlt, wenn man jemanden verloren hat. Und ich, Gordy, ich glaube ebenfalls zu wissen, wie es in deinem Inneren aussieht, auch wenn ich vieles im Augenblick noch nicht voll und ganz begreife.

Als hätte er mich verstanden, sah Gordian mich leise seufzend an, dann schob er seinen Arm unter meinem Hals durch und drückte mich an sich. Ich schmiegte mich an seine Schulter, küsste vorsichtig seine warme, samtweiche Haut und konnte nichts mehr denken, außer wie sehr ich ihn liebte.

Ich erwachte in der Dunkelheit. Die einzige Lichtquelle war der Fernseher, der vom Bett weggedreht war und nur ein unverständliches Flüstern von sich gab. Offenbar hatte Gordy es nicht allzu lange neben mir unter der Decke ausgehalten und sich, während ich schlief, mit weiteren *ulkigen Menschendingen* vertraut gemacht.

Ich schnellte hoch und sah zu den Rattanmöbeln hinüber, aber da war er nicht. Also sprang ich aus dem Bett, schaute im Bad nach und stellte fest, dass das silberne Tuch dort nicht mehr auf dem Boden lag. Ich lief ins Zimmer zurück und schaltete das Licht ein. Zwischen den Blumentöpfen neben dem Bett fand ich die Sachen, die ich für ihn gekauft hatte, fein säuberlich zusammengelegt: ganz unten die Jeans, dann den Sweater, das T-Shirt und obendrauf die Chucks.

Ich zog das T-Shirt heraus, faltete es auseinander und tauschte es gegen mein eigenes. Gordys Duft strömte in meine Nase und die fast schon vertraute Mischung aus Angst und Sehnsucht breitete sich in mir aus. Mein Blick glitt zum Fenster hinüber. Draußen war es stockdunkel, das Meer kaum vom Himmel zu unterscheiden und nur ein paar vereinzelte Sterne funkelten.

Ich dachte an Lauren und Kyan. Hatten sie das Gleiche füreinander empfunden wie Gordy und ich?

Empfand Gordy überhaupt etwas für mich? Oder war es

doch nur seine plötzliche Einsamkeit als Plonx, die ihn zu mir hinzog? Und was meinte er damit, dass Kyan, Elliot, Zak und Liam ihm gefolgt seien? Wie konnten sie das tun, wenn Delfinnixe normalerweise gar nicht in der Lage waren, an Land zu gehen?

Wieder einmal schwirrte mir der Kopf. Zweifellos würde es mir gut bekommen, wenn ich noch ein wenig schlief. Im Augenblick konnte ich mir allerdings kaum vorstellen, dass ich überhaupt jemals wieder Ruhe finden würde.

Lautlos hasteten die vier Gestalten über die Ponyweiden auf das Dorf zu. Soweit es möglich war, mieden sie den beleuchteten Teil des Ortes, bis sie die Mermaid Tavern *erreichten.*

Sie wussten, dass Olivia, Joelle und Aimee heute nicht kommen würden. Olivia musste sich auf Klausuren vorbereiten, Joelle würde bis Mitte April in St Brelade auf Jersey arbeiten, wo sie im September eine Ausbildung begann, und an Aimee hatte Elliot mittlerweile ohnehin das Interesse verloren. Sein »Drang«, wie Kyan dieses alles beherrschende Gefühl nannte, das nicht zu vergleichen war mit dem, was ihn bisher zu den Nixmädchen getrieben hatte, drohte ihm jedoch allmählich die Sinne zu rauben. Elliot konnte nicht mehr klar denken, weshalb eine effektive Verständigung mit ihm kaum noch möglich war. Es war zu befürchten, dass er sich aus der Allianz löste und sie alle durch seine Unvorsichtigkeit verriet. Deshalb hatte Kyan beschlossen, ein weiteres Mädchen zu opfern.

Zak und Liam würden sie aussuchen, während Kyan mit Elliot gegenüber der Taverne hinter den Büschen zurückblieb und aufpasste, dass dieser nicht durchdrehte.

»In zwei Wochen, sobald der Mond richtig steht, kehren wir in unsere alte Form zurück«, beschwor Kyan seinen Freund. »Wir müssen uns überlegen, was wir Gordys Familie sagen.«

»Diese dreckige Missgeburt von einem Plonx interessiert mich nicht«, presste Elliot hervor. »Für mich ist er gestorben. Meinetwegen können ihn die Haie erledigen.«

Kyan schüttelte den Kopf. »Das würde ich lieber selber tun.«

»Wozu denn das?«, zischte Elliot. »Ist dein Hass auf ihn wirklich so groß?«

»Das geht dich nichts an«, erwiderte Kyan harsch. »Es ist ganz allein meine Sache, kapiert?«

Elliot keckerte leise. »Und ich dachte, wir wären eine Allianz und würden solche Entscheidungen gemeinsam tragen.«

»Dann scheinst du etwas Grundlegendes missverstanden zu haben«, gab Kyan finster zurück.

»Ach, meinetwegen soll der verdammte Plonx tun, was er will«, knurrte Elliot, den Blick fest auf das Licht der Mermaid Tavern geheftet.

Kyan machte eine unwillige Geste. »Hörst du mir überhaupt zu?«, blaffte er seinen Freund an. »Wir müssen Gordy unbedingt finden, bevor wir uns wieder zurückverwandeln.«

»Das kannst du getrost vergessen«, entgegnete Elliot. »Wir werden ihn nicht finden. Jedenfalls nicht, solange er sein Echolot nicht benutzt. Und wenn ich dir richtig zugehört habe«, betonte er, »wird er nie wieder einen Grund haben, das zu tun.«

Kyan gab ein leises Knurren von sich, dann hellte seine Miene sich plötzlich auf. Auch Elliot hatte das Mädchen gerochen. Er machte Anstalten, Liam und Zak und der rothaarigen Schönheit, die sie in ihre Mitte genommen hatten, entgegenzugehen, aber Kyan hielt ihn zurück.

»Beherrsch dich!«, raunte er. »Du musst ihr nicht wehtun, sie wird alles mit sich geschehen lassen.«

Elliot stöhnte. Wenn es nach ihm gegangen wäre, hätte er dem Mädchen auf der Stelle die Kleider vom Leib gerissen, sie genommen und getötet. Aber leider war es nicht an ihm, irgendwelche Entscheidungen zu treffen.

Das Beste von allem – der Kuss – war ohnehin Kyan vorbehalten.

Die Wahrheit über Delfine

Ich lag wach, bis der Morgen dämmerte, lauschte dem Flüstern des Fernsehers und versuchte zu verstehen, was Gordy mir über Nixe und Plonxe erzählt hatte, doch es wollte mir nicht wirklich gelingen.

Schließlich kroch ich aus dem Bett, duschte und zog mir frische Sachen an. Die Digitalanzeige des Receivers stand auf 06:33. Ich würde mich also noch eine Weile gedulden müssen, bis ich Cyril treffen konnte – und Gordy wiedersah.

Ich wollte gerade das Fernsehgerät ausschalten, als hinter der Nachrichtensprecherin Laurens Foto eingeblendet wurde. Hektisch sah ich mich nach der Fernbedienung um. Gordy hatte sie auf den Tisch gelegt. Ich schnappte sie mir und stellte den Ton lauter.

»... wurden in ihrem Körper artfremde DNA-Spuren gefunden, die Ähnlichkeit mit denen eines Delfins aufweisen. Die Polizei geht davon aus, dass Lauren Venoir möglicherweise einem mutierten Wesen zum Opfer gefallen ist. Die Bevölkerung ist dazu aufgerufen ...«

Ich drückte auf den Ausschaltknopf. Es war ein Reflex, eigentlich wollte ich es gar nicht. Ich musste wissen, was die Leute dachten, es konnte lebenswichtig für Gordy sein. Und zugleich machte es mir eine solche Angst, dass ich kaum noch atmen konnte.

Wie betäubt starrte ich auf den schwarzen Bildschirm.

Ich musste etwas tun. Noch drei oder vier Stunden hier zu hocken und zu warten, allein diese Vorstellung war schon unerträglich für mich. Also zog ich die Strickjacke über, schnappte mir meine Schuhe und tappte leise nach unten.

Wie ich befürchtet hatte, hantierte Tante Grace bereits in der Küche. Rasch huschte ich zur Haustür, drückte die Klinke herunter und schlüpfte hinaus. Ich war sicher, dass sie mich nicht bemerkt hatte. Dummerweise hatte ich aber nicht daran gedacht, meine Taschenlampe mitzunehmen, und so musste ich im schwachen Licht der Dämmerung durch den Garten bis zu den Klippen hinunterklettern. Es war jedoch weitaus weniger schwierig, als ich angenommen hatte, denn meine Augen gewöhnten sich überraschend schnell an die Dunkelheit.

Ich mochte mir gar nicht ausmalen, was mit Gordy passieren würde, wenn ihn jemand entdeckte, und deshalb musste ich ihn warnen, und zwar so bald wie möglich! Da mir nichts Besseres einfiel, setzte ich mich an dieselbe Stelle wie gestern Nachmittag, schloss die Augen und dachte mit ganzem Herzen an ihn. Es schien mir die einzige Möglichkeit zu sein, Gordian herbeizulocken – selbst wenn ich mir das vielleicht bloß einbildete. Er hatte seinen eigenen Kopf, vermutlich tat er ohnehin nur das, wonach ihm der Sinn stand, oder was er – aus welchem Grund auch immer – gezwungen war zu tun.

»Gordy«, murmelte ich. »Bitte, bitte, komm.«

Über mir hellte sich der Himmel allmählich auf, das dunkelgrüne Meer wogte sanft hin und her, und die Klippen, die sich zu meiner Rechten in Richtung Norden zogen, leuchteten in einem warmen Goldton. Es war ein wunderschönes Bild, und ich wünschte mir so sehr, dass ich diesen Anblick Seite an Seite mit Gordian genießen könnte.

»Elodie?«, hörte ich Tante Grace rufen.

Ich ballte die Fäuste. Mir war verdammt danach, so zu tun, als hätte ich sie nicht gehört, aber ich wusste, sie würde sowieso nicht lockerlassen und womöglich noch zu mir heruntersteigen, wenn ich nicht reagierte. Also drehte ich mich um und winkte zu ihr hinauf.

»Hast du dir so etwas wie eine Therapie verordnet?«, rief sie mir zu.

Ich schüttelte den Kopf.

»Dein neuer Lieblingsplatz?«, fragte sie.

Ich nickte. Schließlich erhob ich mich widerstrebend und stapfte über die Terrassen zu ihr hinauf.

Tante Grace brauchte eine Weile, bis sie sich dazu durchrang, mir von den Neuigkeiten über Laurens Tod zu erzählen. Wir saßen zusammen in der Küche und aßen Rührei mit gebackenen Tomaten und Toast.

»Ich weiß es schon«, sagte ich. »Ich war heute Morgen sehr früh wach und habe die Nachrichten gesehen.«

Meine Großtante nickte kaum merklich. »Unter diesen Umständen wäre es vielleicht wirklich das Beste, wenn du so schnell wie möglich nach Lübeck zurückkehren würdest«, sagte sie, ohne mich anzusehen. Geschäftig säbelte sie an ihrem Rührei-Toast herum.

Ich musste mich ziemlich beherrschen, um nicht laut »nein«

herauszuschreien. Je geschickter ich es anstellte, desto eher würde ich sie überzeugen können.

»Für euch ist es wohl nicht gefährlich?«, erwiderte ich also, nachdem ich kurz die Luft angehalten und bis fünf gezählt hatte.

Meine Großtante schüttelte unwillig den Kopf. »Ich bin nun weiß Gott zu alt dafür, mich im Bikini an den Strand zu legen oder auf einem dieser schmalen wackeligen Bretter durch die Wellen zu reiten.«

»Und was ist mit Ruby, Ashton und all den anderen?«, fragte ich. »Soll ich Mam fragen, ob wir sie für eine Weile bei uns aufnehmen können?«

Tante Grace kniff ihr rechtes Auge zu und fixierte mich mit dem anderen, als ob sie mich erdolchen wollte.

»In deinen Adern scheint tatsächlich ein nicht unerheblicher Anteil meines Blutes zu fließen«, meinte sie schließlich. »Und das deiner Mutter im Übrigen auch. Anders kann ich es mir nämlich nicht erklären, wieso du jahrelang vollkommen grundlos vor dem Wasser davonläufst und erst in dem Moment seine Nähe suchst, da es dir tatsächlich gefährlich werden könnte.« Seufzend ließ sie ihr Besteck auf den Tellerrand sinken und fasste mit beiden Händen nach meinen. »Hör zu, Elodie«, beschwor sie mich. »Versprich mir, dass du dich von den Stränden fernhältst! Ich möchte dich nie wieder so nah am Wasser sehen wie heute Morgen. Ist das klar?«

Ich nickte beklommen. Natürlich dachte ich sofort an Gordy. Die Sorge um ihn brachte mich fast um den Verstand. Doch ob es mir nun passte oder nicht, dem Wunsch meiner Großtante musste ich Folge leisten. Garantiert würde sie mir nicht die kleinste Unregelmäßigkeit durchgehen lassen. Um wenigstens ein bisschen Stärke zu demonstrieren – und vielleicht auch, um mich selbst ein wenig aufzuheitern –, ließ ich mich zu einer weiteren Stichelei hinreißen.

»Ist das dein Ernst? Nie wieder?«

»Herrgott noch mal!« Meine Großtante ließ mich los, nahm ihr Besteck wieder auf und fuhr fort, ihr Rührei zu traktieren. »Wenn du in dieser Sache unbedingt das letzte Wort haben musst … Bitte schön!«

Nein, das musste ich ganz und gar nicht. Egal von welcher Seite man sie betrachtete, *diese Sache* war viel zu ernst, um sich darüber noch weiter in Spitzfindigkeiten zu verlieren.

»Tut mir leid, Tante Grace«, entschuldigte ich mich kleinlaut und sah ihr nun fest in die Augen. »Ich verspreche es dir. Allerdings …«

Ihre Augenbrauen wanderten nach oben.

»Ich bin heute Vormittag mit Cyril verabredet«, erklärte ich ihr. »An der Cobo Bay. Er hat kein Handy, auf dem ich ihn erreichen könnte, und ich möchte ihn dort nicht einfach warten lassen.«

Meine Großtante schürzte die Lippen.

»Es gefällt mir nicht«, brummte sie. »Aber was soll's? Mir bleibt ohnehin nichts anderes übrig, als mich auf deinen Verstand zu verlassen.«

Als Gegenleistung für ihr Vertrauen hatte Tante Grace mir feste Zeiten aufgebrummt, an denen ich von nun an zu Hause sein musste. Und zwar mittags um zwei Uhr und abends um sieben. Ausnahmen sollten rechtzeitig abgesprochen werden.

Das Ganze war mir nur recht. Ich wollte so viel Zeit wie nur irgend möglich mit Gordy verbringen, und das ging schließlich nur daheim in meinem Zimmer – dem einzigen Ort, an dem wir ungestört und vor allem unbeobachtet waren.

In der Hoffnung, dass er heute vielleicht schon etwas früher kam, ließ ich das Fenster einen Spalt breit offen stehen und machte mich gegen halb elf dann schweren Herzens auf den Weg zur Cobo Bay. Natürlich wäre ich nach dem Frühstück am liebsten gleich noch einmal zum Wasser hinuntergestiegen, um nach Gordy zu »rufen«. Doch leider hatte meine Großtante sich in den Kopf gesetzt, ausgerechnet heute das Gartenstück hinter dem Haus in Ordnung zu bringen. Ich konnte also nur eines tun: darauf vertrauen, dass Gordian schon unversehrt zurückkam. Außerdem hoffte ich ja nach wie vor, dass Cyril mir vielleicht doch die eine oder andere Frage beantworten würde.

Entgegen der Prognose hatte das Wetter inzwischen umgeschlagen. Eine Schicht bizarr geformter Schleierwolken überzog den fahlblauen Himmel und ließ nur noch ein wenig schmutzig gelbes Sonnenlicht hindurch. Dazu wehte ein böiger, aber immer noch angenehm warmer Wind.

Auf den Straßen schien mir mehr los zu sein als sonst, dafür war der Kanal wie leer gefegt. So weit mein Auge reichte, konnte ich weder Surfer noch Boote ausmachen. Allerdings zog ein Hubschrauber seine Kreise über den Buchten, und Männer in Uniform waren damit beschäftigt, die Parkplätze vor den Forts und die Abfahrten zu den Stränden abzusperren. An jeder Ecke standen nun Schilder, die das Schwimmen, Surfen und Bootfahren gegen Strafe verboten. Quasi über Nacht war auf den Kanalinseln der Ausnahmezustand eingetreten.

Cyril kam mir bereits am Ende der Vazon Bay entgegengelaufen. Ich drosselte das Tempo, sprang vom Rad und lehnte es gegen die Befestigungsmauer.

Mit wenigen schnellen Schritten war Cyril bei mir. »Elodie«, sagte er und schloss mich fest in seine Arme. »Elodie, es ist etwas Schreckliches passiert.«

»Was?«, hauchte ich.

Ich konnte an nichts anderes als an Gordy denken und hatte das Gefühl, dass mir das Blut in den Adern stockte.

Cyril ließ mich los, nahm mein Gesicht in seine Hände und fing an, mich abzuküssen. Es waren kleine verzweifelte Küsse, eine Gefühlsregung, die mich völlig überraschte, weil sie überhaupt nicht zu ihm passte.

Entschieden schob ich ihn von mir weg. »He, was soll das? Hör sofort auf damit!«

»Entschuldigung«, stammelte Cyril. »Entschuldigung ... Ich wollte dich nicht ... Es ist nur ...« Er brach ab und ließ die Hände sinken. In seinem Blick lag tiefe Besorgnis.

»Was, Cyril, was?«, schrie ich ihn an.

»Schsch.« Er machte Anstalten, mir seine Finger auf den Mund zu legen, aber ich schlug seine Hand zur Seite und wich einen Schritt zurück.

»Es ist wieder ein Mädchen getötet worden«, wisperte er.

»Was?«, stieß ich hervor. »Nein!«

»Es ist niemand, den du kennst«, sagte er. »Eine Touristin. Die Tochter eines britischen Unternehmers. Sie wollten nur ein paar Tage auf Sark verbringen.«

Ich ließ mich auf die Mauer sinken.

»Wann ist es passiert?«, fragte ich tonlos.

»Gestern Nacht. Sie war mit ein paar Freunden in der *Mermaid Tavern* und ist danach nicht nach Hause gekommen.«

»Und wo hat man sie gefunden? Etwa an der gleichen Stelle wie Lauren?«

Cyril schüttelte den Kopf. »Nein. Sie lag ein ganzes Stück nordöstlich vom Dorf. Auch auf einer Wiese.« Er setzte sich neben mich und legte mir zögernd seinen Arm um die Schultern. »Hör zu, Elodie. Ich glaube inzwischen, dass wir das, was Cecily Windom gesehen hat und vielleicht immer noch sieht, ernst nehmen sollten.«

»Das habe ich doch von Anfang an getan«, erwiderte ich. »Im Gegensatz zu dir oder Ruby ...« Ich stockte, als ich seinen eindringlichen Blick bemerkte.

»Du musst nach Hause fahren«, sagte Cyril. »Sofort.«

Im ersten Augenblick war ich sprachlos, dann schüttelte ich den Kopf. »Du denkst mittlerweile also auch, dass ich schuld am Tod der Mädchen bin?«, presste ich fassungslos hervor. »Und dass noch mehr Morde geschehen, wenn ich hier auf Guernsey bleibe?« Mit allem hatte ich gerechnet, aber ganz bestimmt nicht damit.

»Natürlich bist du nicht schuld!«, entgegnete Cyril. »Im Gegenteil, Elodie. Du bist in Lebensgefahr!«

»Ts!« Wieder konnte ich nur den Kopf schütteln. »Wie kommst du denn auf einen solchen Schwachsinn!«

»Das ist kein Schwachsinn«, wies Cyril zurück. »Bitte stell keine Fragen, sondern glaub mir einfach.«

»Ich dir? – Nein, Cyril«, sagte ich entschieden. »Du hast viel zu viele Geheimnisse vor mir. Weder sagst du mir, wo du wohnst, noch was du letzte Woche auf Sark getrieben hast. Du ... du ...« Auf der Suche nach den richtigen Worten fing ich an zu stottern.

»Stimmt«, unterbrach er mich. »Du hast recht. Ich habe Geheimnisse vor dir. Aber das hat seinen Grund. Irgendwann, wahrscheinlich schon sehr bald, wirst du alles erfahren. Jetzt ist noch nicht der richtige Zeitpunkt dafür. Bitte, Elodie, vertrau mir!« Wieder drückte Cyril mich so fest an sich, dass ich kaum noch Luft bekam. Er fuhr mir durch die Haare, umfasste mein Kinn und sah mich flehend an. »Bitte«, flüsterte er. »Bitte, Elodie, bitte!«

»Cyril, so geht das nicht«, keuchte ich.

Was er da sagte, wühlte mich auf. Und es machte mich wütend. Ich nahm all meine Kräfte zusammen, um mich aus seinem Klammergriff zu befreien, doch er war einfach zu stark für mich.

»Bleib ruhig«, sagte er eindringlich. »Und zwing mich bitte nicht ...«

»Was?«

»Etwas zu tun, das ich unter normalen Umständen niemals tun würde, aber tun müsste, wenn du ...«

In diesem Moment sprang unmittelbar neben uns ein Schatten über die Befestigungsmauer und sofort lockerte Cyril seinen Griff.

Vor uns stand – ich konnte es kaum glauben – Gordy! In Jeans, Sweater, Shirt und Chucks. Mit vor Zorn funkelnden Augen sah er Cyril an.

Bist du wahnsinnig! Was machst du hier?, rutschte es mir beinahe heraus. In buchstäblich letzter Sekunde biss ich mir auf die Zunge und warf Gordy einfach nur einen entsetzten Blick zu. Doch er beachtete mich überhaupt nicht. Seine Augen fixierten Cyril, der inzwischen aufgestanden war, die Hände auf die Hüften stemmte und drohend seine Brust herausstreckte.

Das ist jetzt nicht wahr, dachte ich. Die beiden werden doch wohl keinen Hahnenkampf veranstalten!

»Stopp!« Ich sprang ebenfalls auf und stellte mich zwischen sie. »Bevor hier irgendwelche Missverständnisse aufkommen … Gordy, das ist Cyril, ein wirklich guter Freund … Und Cyril, das ist Gordian, der Junge, der mich vor dem Ertrinken gerettet hat.«

»Vor dem Ertrinken?« Cyrils Mund verzog sich zu einem breiten Grinsen. »*Gerettet?*« Kopfschüttelnd nahm er die Hände von den Hüften. Dann wandte er sich ab und lief laut lachend davon.

Völlig perplex starrte ich ihm hinterher. Hätte Gordy mich nicht umgehend zu meinem Fahrrad gezerrt und »Los, komm, weg hier!« gezischt, hätte ich eine Viertelstunde später womöglich immer noch dort gestanden. So aber radelte ich neben Gordian her, der in schnellen geschmeidigen Schritten den Küstenweg zurück zur Perelle Bay hastete.

Zum Glück war das Sonnenlicht noch immer so schwach, dass sich unter mir und meinem Rad nur die Andeutung eines Schattens bewegte. Trotzdem machte ich mir schreckliche Sorgen, jemandem könnte auffallen, dass sich unter Gordys Füßen überhaupt nichts abzeichnete.

Jedenfalls war ich heilfroh, als wir die Vazon Bay hinter uns ließen und die ersten Häuser von Richmond auftauchten.

»Ich warte in deinem Zimmer auf dich!«, rief Gordy mir zu, dann sprang er plötzlich über eine Hecke und verschwand so schnell in einem der Nachbargärten, dass ich ihn nicht mehr vor meiner Großtante warnen konnte. Dann fiel mir ein, dass Gordy sie eigentlich längst gesehen haben musste, da er sich ja bereits seine Klamotten aus meinem Zimmer geholt hatte.

Trotzdem fuhr ich zitternd weiter bis zum Cottage und atmete erst erleichtert auf, als ich feststellte, dass Tante Grace ihre Arbeit auf den Gartenterrassen beendet oder zumindest unterbrochen hatte.

»Da bist du ja schon wieder!«, rief sie mir lächelnd von der Haustür aus zu.

»Sie haben die ganze Küste abgesperrt«, erzählte ich atemlos, während ich das Rad abstellte. »Man kommt gar nicht bis zum Strand. Wir haben uns nur kurz unterhalten und dann ist Cyril wieder nach Hause gefahren.«

»Aha«, sagte Tante Grace und musterte mich mit zusammengekniffenen Augen. »Ich habe heute übrigens ein paar Dinge zu erledigen. Hast du Lust mitzukommen?«

»Ähm ...«

Jetzt bloß nicht zu schnell Nein sagen, dachte ich noch, aber da war sie bereits in den Flur geeilt. Ich folgte ihr zögernd.

»Vielleicht möchtest du dir aber auch ganz in Ruhe diesen Artikel hier durchlesen«, meinte sie, nahm eine Plastiktüte vom Garderobenschränkchen und hielt sie mir unter die Nase. »Das hat Ruby für dich vorbeigebracht. Ich habe mir erlaubt, einen Blick darauf zu werfen.«

»Wo ist sie denn jetzt?«, fragte ich.

»In der Schule, nehme ich an.«

Ich nickte. – Natürlich! Auch wenn es mir tatsächlich ein bisschen so vorkam: Guernsey war nicht aus der Welt. Außer mir ging hier selbstverständlich jeder seinem gewohnten Tagesgeschäft nach.

Mit klopfendem Herzen ergriff ich die Tüte. »Und was ist da drin?«

»Sieh selber nach«, entgegnete Tante Grace schulterzuckend.

»Ich möchte nun wirklich nicht schon wieder die Spielverderberin sein«, fügte sie vielsagend hinzu.

Mein Herz schlug noch einen Tick schneller. Unentschlossen sah ich zur Treppe. »Also gut«, krächzte ich und setzte mich in Bewegung. Während ich langsam die Stufen hinaufstieg, öffnete ich die Tüte und zog eine Sonntagsausgabe der *London Times* heraus. Ich faltete sie auseinander und blickte direkt auf das Konterfei von Javen Spinx. Zusammen mit einem englischen Bobby zierte er die Titelseite. Die Schlagzeile lautete: Die Wahrheit über Delfine. Darunter stand: *Meeresforscher und Umweltaktivist warnt vor Mutation* und genau daneben hatte Ruby einen Post-it-Zettel gepappt.

Vielleicht hast du recht, Elodie. Vielleicht sind Cyril, Zak und Elliot tatsächlich keine Menschen. Ruf mich an. Bin gegen 15 Uhr daheim. Ruby

Ich ließ mich auf die Stufen sinken, löste Rubys Zettel ab und fing an zu lesen:

…wurden nach dem mysteriösen Sexual-Mord an einer jungen Frau auf der Kanalinsel Sark in der vergangenen Woche tierische DNA-Spuren an ihrem Körper entdeckt. »Es handelt sich um eine Mischung aus menschenähnlichen Genen und denen eines Delfins«, gab ein Sprecher eines Londoner Wissenschaftsinstituts bekannt.

In diesem Zusammenhang meldete sich nun auch der Initiator spektakulärer Aktionen gegen die Verschmutzung und Ausbeutung der Meere, Javen Spinx, zu Wort. Auf einer Pressekonferenz stand er den Journalisten nicht nur detailliert Rede und Antwort, sondern plädierte zudem eindringlich dafür, sich endlich von den »allzu naiven Vorstellungen, die wir über Delfine pflegen«, zu verabschieden. Ihr »niedliches« Aussehen und ihr zutrauliches Verhalten dem Menschen gegenüber dürfe nicht darüber hinwegtäuschen, dass es sich bei diesen Meeressäugern um außerordentlich kluge Jäger handele, die sich mit ihren Artgenossen zu Allianzen zusammenschlössen, um ihre Beute in die Enge zu treiben, Feinde zu töten oder Weibchen gefangen zu halten und gefügig zu machen.

»Seit vielen Jahren warne ich nun schon vor möglichen Mutationen, die durch die sich potenzierende chemische und akustische Verunreinigung der Meere hervorgerufen werden könnten«, so Javen Spinx. »Es ist nicht auszuschließen, dass genau das nun eingetreten ist.«

Spinner im Netz

Ich hatte die Tür noch nicht ganz geöffnet, da sprang Gordian bereits auf mich zu und zog mich ins Zimmer.

»Du darfst nicht mehr zum Strand gehen«, sagte ich, während ich die Tür mit dem Rücken zudrückte und anschließend den Schlüssel herumdrehte. »Eigentlich darfst du gar nicht mehr ins Wasser zurück.«

Gordy schüttelte den Kopf. »Das ist vollkommen unmöglich. Ich brauche das Meer genauso sehr wie ihr die Sonne.«

»Aber wenn sie dich entdecken, werden sie dich jagen. Sie nehmen dich gefangen und ...«, stammelte ich mit sich überschlagender Stimme.

»Sie werden mich nicht finden«, unterbrach er mich.

»Wie kannst du dir da so sicher sein?«

Er zuckte mit den Schultern. »Das Meer ist seit fast zwanzig Jahren meine Heimat. Menschen brauchen Boote, Taucheranzüge ...«

»Sie haben Hubschrauber«, fiel diesmal ich ihm ins Wort. »Sie können aus der Luft auf dich schießen. Außerdem gibt es riesige Fangnetze.«

»Treibnetze.« Gordy nickte. »Ja, ich weiß. Es sind schon einige von uns darin umgekommen.« Um seinen Mund zeichnete sich eine tiefe Bitterkeit ab. »Wir ersticken in euren Netzen ... verlieren wegen eurer Schallkanonen, mit denen ihr Gas- und Erdölreservoirs aufzuspüren versucht, die Orientierung ... vergiften uns an euren Chemikalien.«

Jedes einzelne Wort war wie ein Hammerschlag. Ich hatte sofort das Gefühl, mich rechtfertigen zu müssen, und wusste gleichzeitig, dass es keine Entschuldigung gab. Also sagte ich gar nichts, sondern hielt Gordy nur die *Times* unter die Nase. »Kennst du den hier?«, fragte ich und tippte auf das Titelfoto. »Javen Spinx?«

Gordy nahm mir die Zeitung aus der Hand und betrachtete das Bild eingehend.

»Nein«, sagte er nach einer Weile und gab mir die Zeitung zurück. »Wer ist er? Was bedeutet das?«

»Kannst du nicht lesen?«, fragte ich.

Er runzelte verwirrt die Stirn, und es dauerte einen Moment, bis ich kapierte, dass er überhaupt nicht verstand, was ich meinte.

»Wieso sprichst du Englisch?«, fragte ich. »Ist das die allgemeine Meeressprache der Nixe?«

Gordy schüttelte den Kopf. »Wir verständigen uns eher über Gedanken«, erklärte er mir. »Ähnlich wie der Schall erzeugen auch sie Wellen, die vom Wasser übertragen werden. Man nennt so etwas Echolot.«

»Ach ja, klar.« Ich warf die Zeitung aufs Bett und begann, vor dem Fenster auf und ab zu laufen. »Du bist ja ein Delfin. Hätte ich fast vergessen. Ich dachte immer, die verständigen sich mit Gesängen.«

»Ich bin kein Delfin, sondern ein Nix«, sagte Gordy hart. »Ein Plonx.«

»Aber du warst ein Delfin...nix?« Die plötzliche Heftigkeit in seiner Stimme hatte mich verunsichert.

Gordian seufzte leise und nickte.

»Und Cyril?«, bohrte ich vorsichtig weiter. »Was ist mit ihm? Ist er auch ein Nix? Ein Delfin?«

Wieder schüttelte er den Kopf. »Nein, kein Delfin.«

»Also ein Hai?«, fragte ich rau.

Gordian presste die Lippen aufeinander. »Ich weiß es nicht, Elodie. Ich habe ihn noch nie zuvor gesehen.«

»Weil er ein Landgänger ist?« Ich hatte nicht vor lockerzulassen, bis ich mir sicher war, dass er wirklich nicht mehr über Cyril sagen konnte.

»Auch Landgänger müssen ab und zu ins Wasser«, erwiderte Gordy.

Ich blieb stehen und sah ihn an. »Warum bist du zur Vazon Bay gekommen?«

»Wollest du nicht eigentlich wissen, warum ich deine Sprache spreche?«, versuchte er abzulenken.

»Ja, bitte.« Ich wollte noch so vieles wissen und befürchtete schon, dass ich ohnehin nie alles erfahren würde.

»Wenn ein Hai oder ein Plonx an Land geht, ist er darauf angewiesen, sich mit den dort lebenden Menschen zu verständigen«, erklärte Gordy mir. »Sobald auffällt, dass er anders ist als sie, läuft er Gefahr, angegriffen zu werden. Deshalb tragen alle Nixe die Fähigkeit in sich, jede menschliche Sprache zu beherrschen. Es passiert ganz von allein.«

»Wie praktisch.« Ich dachte an die Schule, insbesondere an den Lateinunterricht, und verspürte fast ein wenig Neid. »*Wir* müssen jede neue Sprache mühsam erlernen.«

Gordian hob die Schultern und lächelte. Ich registrierte sein

Grübchen und das Blitzen in seinen Augen und wandte den Blick hastig zur Seite. »Okay ... Und verrätst du mir jetzt, was du in der Vazon Bay wolltest?«

»Ich habe dich gesucht«, sagte er. »Ich habe gedacht, dort würde ich dich am ehesten finden.« Er kam auf mich zu und versuchte, mich an sich zu ziehen. Aber ich war zu durcheinander, ich konnte mich einfach nicht fallen lassen.

Ihr »niedliches« Aussehen und ihr zutrauliches Verhalten dem Menschen gegenüber dürfe nicht darüber hinwegtäuschen, dass es sich bei diesen Meeressäugern um außerordentlich kluge Jäger handele, die sich mit ihren Artgenossen zu Allianzen zusammenschlössen, um ihre Beute in die Enge zu treiben, Feinde zu töten oder Weibchen gefangen zu halten und gefügig zu machen.

Diese Zeilen hatten sich geradezu in mein Gehirn eingebrannt.

»Wie kann ich sicher sein, dass du nicht gefährlich bist?«, stieß ich hervor. »Dass du mich nicht tötest, so wie Kyan Lauren getötet hat ... und dieses andere Mädchen.«

»Was?« Ungläubig starrte Gordy mich an. »Kyan hat ein Menschenmädchen umgebracht?«

»Zwei«, korrigierte ich.

»Woher weißt du das?«

»Ich weiß es nicht, aber ich bin ziemlich sicher, dass er es gewesen sein muss«, sagte ich. »Lauren war eine Freundin von Ruby und Ruby ist eine Freundin von mir. Lauren war verliebt ... in Kyan. Vor genau einer Woche wurde sie ertränkt ... und zwar an einer Stelle, an der es überhaupt kein Wasser gab. An ihrem leblosen Körper hat man Spuren von einem nichtmenschlichen Wesen gefunden. Die Einheimischen hier glauben, dass sie von einer Bestie aus dem Meer getötet wurde. Genau wie das andere Mädchen in der letzten Nacht. Darum haben sie die Strände gesperrt. Und deshalb suchen sie auch das Meer rund um die Inseln ab. Es ist ihnen egal, wen sie finden, Hauptsache, er hat in irgendeiner Weise Ähnlichkeit mit einem Delfin.«

Ich hatte Mühe, nicht allzu hysterisch zu klingen, doch bei den letzten Worten brach mir die Stimme weg und mein Herz schlug mir vor Aufregung bis zum Hals.

Gordy stand da wie versteinert. Seine karamellfarbene Haut erinnerte nun eher an ein Sahnebonbon und wirkte so fast noch verführerischer auf mich. Aber nach wie vor war ich fest entschlossen, mich nicht zu einer Berührung oder gar Umarmung hinreißen zu lassen.

»Welche Gestalt hast du, wenn du ins Wasser hinabgetaucht bist?«, fragte ich rau.

Um Gordys Mundwinkel zuckte es. »Das willst du nicht wissen«, wisperte er.

Mit dieser Antwort gab ich mich nicht zufrieden und sie erschreckte mich auch nicht. Im Gegenteil, sie machte mich nur noch neugieriger.

»Siehst du aus wie ein Delfin?«

»Nein ...«, sagte er zögernd.

»Sondern?«

Gordian presste die Lippen fest aufeinander und schüttelte den Kopf.

»Ich muss es wissen. Bitte«, flehte ich. »Nur so kann ich beurteilen, ob du in Gefahr bist und vor wem du dich besonders in Acht nehmen musst. Verstehst du, Gordy, *nur so* kann ich dich beschützen.«

Jetzt lächelte er wieder. »*Du mich?*«, sagte er leise. »Eben hast du mich noch gefragt, ob ich dich töten werde.«

Ich lächelte unsicher zurück. »Bestimmt hättest du es längst getan.«

Gordy richtete seine Augen auf mich. Ich bemerkte, dass sich sein Kehlkopf langsam auf und ab bewegte.

»Wenn ich dich sehe, möchte ich bei dir sein«, begann er stockend. »Und wenn ich bei dir bin, möchte ich dich berühren.«

Ich hörte seine Worte und verlor mich in seinem Blick. Wenn er gewollt hätte, hätte er mich auf der Stelle umbringen können, es wäre mir egal gewesen. Ich hätte mich ganz sicher nicht gewehrt.

»Und wenn ich dich berühre, Elodie ...«

Seine Stimme drang in meine Ohren, in meine Brust und meinen Bauch. Sie erfüllte mich vom Kopf bis zu den Zehen, es war, als würde ich von innen gestreichelt.

Wie in Trance fasste ich den Saum meines Pullis und zog ihn mir über den Kopf, danach folgte das T-Shirt und dann mein BH.

Ich dachte überhaupt nicht darüber nach, sondern ließ einfach alles auf den Boden fallen und bewegte mich nun langsam auf Gordy zu.

»Nein, Elodie!«, rief er erschrocken, bückte sich hastig, hob meinen Pulli auf und zerrte ihn mir über den Kopf. »Tu das nie, nie wieder!«, zischte er in mein Ohr.

Ich brauchte einen Moment, um zur Besinnung zu kommen. Und dann explodierte die Röte förmlich in meinem Gesicht. Hektisch schob ich meine Arme in die Pulliärmel und wandte mich ab.

»Es tut mir leid. Ich weiß auch nicht, was in mich gefahren ist.«

Gordian schwieg. Schließlich sprach er in sehr leisem und sehr rauem Tonfall weiter: »Wenn ich dich berühre, wird meine Sehnsucht nach dir unerträglich. Deine Haut ist so zart und so fremd und deine Lippen sind so süß …«

»Hör auf, Gordy«, sagte ich, und meine Stimme zitterte so sehr, dass ich Mühe hatte, einigermaßen verständlich zu klingen. »Wenn du nicht willst, dass ich das von eben noch einmal mache, darfst du mir bitte auch nicht solche Dinge sagen.«

Gordy schwieg. Plötzlich spürte ich seine Wärme in meinem Nacken.

»Ich wollte nur, dass du weißt, wie es mir geht«, flüsterte er. Sein Atem blies in mein Ohr und jagte mir einen feinen Gänsehautschauer über die Schultern. »Wie hart es für mich ist, meine Gedanken und meine Gefühle zu kontrollieren. Noch nie ist mir etwas schwerer gefallen, als gegen all das anzukämpfen. Ich bin fast gestorben, als ich dich mit diesem Jungen sah. Arm in Arm, kurz davor, euch zu küssen.«

»Nein, Gordy!« Ich wirbelte herum und umfasste seine Taille. »Cyril und ich, wir hätten uns nicht geküsst.«

»Das ist nicht entscheidend«, presste er hervor. Mit einem Mal sah er unendlich traurig aus. »Denn ihr könntet es tun, ohne dass es gefährlich für dich wäre.«

»Nicht, wenn Cyril ein Hainix ist«, entgegnete ich.

Mittlerweile war ich beinahe davon überzeugt, dass es so war, dass es gar nicht anders sein konnte.

»Na ja.« Gordy versuchte ein Lächeln. »Entscheidend ist: Wir zwei können es nicht tun.«

»Aber wir haben es ja noch gar nicht richtig versucht!«

»Doch, das haben wir«, widersprach er sofort. »Danach war dein T-Shirt von oben bis unten nass.«

Er wollte sich von mir lösen, aber ich hielt ihn umso fester umklammert.

»Das stimmt nicht«, beschwor ich ihn. »Es war nur ein Schwall. Ich verstehe ja, dass du Angst hast. Aber ich bin überzeugt davon, dass du auch das kontrollieren kannst … ebenso wie deine Stimme, deine Gedanken und deine Gefühle.«

Wieder sah er mich an, und seine Augen schillerten jetzt in einem beinahe unwirklichen Grünton, der mich ganz schwindelig machte.

»Ich wünschte wirklich, es wäre so«, hörte ich ihn wispern, dann spürte ich seine warmen Hände, wie sie über meine Schultern wanderten, meinen Hals streichelten und schließlich sanft mein Gesicht umschlossen.

Ich stand ganz still und unbeweglich da, versuchte, nicht zu atmen, und wartete mit sich überschlagendem Herzen darauf, was er nun tun würde.

»Elodie«, murmelte er zärtlich und fuhr mit dem Daumen über meine Unterlippe. Dann drückte er flüchtig seinen Mund auf meinen und im nächsten Augenblick war er bereits verschwunden.

Ich lief ihm nach und stürzte auf den Balkon hinaus, doch Gordy war schon längst unten auf den Klippen. Er trug nichts als das silberne Tuch um seine Hüften, die Jeans, die Chucks und die anderen Sachen lagen neben meinen Füßen auf dem Boden.

Mit einem geschmeidigen Sprung landete er im Wasser und tauchte sofort unter die dunkle Oberfläche ab.

»Gordy«, flüsterte ich. »Bitte, pass auf dich auf.«

Mein Hals fühlte sich wie zugeschnürt an, und in meinen Augen brannten Tränen, so salzig wie das Wasser des Meeres.

Ich starrte eine ganze Weile auf die bewegte graugrüne Nordsee, und in dem Moment, als ich mich schließlich abwandte, bildete ich mir ein, für den Bruchteil einer Sekunde eine silberne Flosse zwischen den Wellen zu bemerken.

»Gerettet?«, hörte ich Cyril rufen. »Wie kommst du denn auf die Idee?« Er fing an zu lachen, lauter und immer lauter, bis es von den Wänden widerhallte. Darunter mischte sich die Stimme von Javen Spinx.

»Ihr niedliches Aussehen und ihr zutrauliches Verhalten dem Menschen gegenüber darf nicht darüber hinwegtäuschen, dass es sich bei diesen Meeressäugern um außerordentlich kluge Jäger handelt, die sich mit ihren Artgenossen zu Allianzen zusammenschließen, ihre Beute gefügig machen und töten!«

Töten! – Töten! – Töten!

Cyrils Lachen brach abrupt ab. Der Blick seiner dunklen Augen drang in mich ein. »Verstehst du denn nicht, Elodie ... Dieser Teufel von einem Nix hat dich doch nur gerettet, um mit dir zu spielen.«

»Delfine lieben das Spiel mit ihrer Beute«, sagte Javen Spinx. »Sie sind perfide Verführer und genießen es, wenn ihr Opfer ihnen verfällt. Sie scheuen sich nicht einmal, sich dabei selbst in Gefahr zu bringen. Im Gegenteil: Sie suchen diesen Nervenkitzel geradezu.«

»Er wird dich töten«, zischte Cyril. »Das ist sein Wesen. Er kann gar nicht anders.«

Ich versuchte, ihn wegzustoßen, trat ihm auf die Füße, und als das alles nichts half, zerkratzte ich ihm das Gesicht. Doch Cyril blieb, wo er war, und lachte nur. Lachte und lachte ...

Plötzlich vernahm ich ein Poltern. Ich schreckte hoch und stellte erleichtert fest, dass ich in meinem Bett lag. Kissen, Laken und Decke waren zerwühlt und jemand klopfte an die Tür.

»Elodie?« – Tante Grace!

Oh mein Gott, ich hatte nur geträumt!

»Elodie?«

»Ja ...!« Der Pulli klebte mir auf der Haut und meine Haare waren nass geschwitzt. So konnte ich meiner Großtante unmöglich unter die Augen treten. »Was ist los?«

»Würdest du bitte mal aufmachen?«, rief Tante Grace.

»Nein ... ähm, das geht gerade nicht«, rief ich zurück.

Schweigen.

»Ist jemand bei dir?«, fragte sie schließlich.

»Nein, ich ... äh ...« Hektisch rannte ich vor dem Bett auf und ab und durchforstete mein schlaftrunkenes Hirn nach einer Ausrede. »Ich ... äh, ich wollte gerade unter die Dusche gehen.«

»Ach so ...« Meine Großtante klang fast ein bisschen enttäuscht. »Ich habe uns etwas zu essen gemacht. Aber ich kann es natürlich noch ein paar Minuten warm stellen.«

»Okay!« – Wunderbar!

»Beeilst du dich? Ruby müsste jeden Augenblick hier sein.«

Oh! – »Hat sie angerufen?«

»Ja, vor einer Viertelstunde«, erwiderte Tante Grace. »Also ... lass sie nicht zu lange warten.«

»Ich bin in spätestens zehn Minuten unten!«, antwortete ich, riss mir die Klamotten vom Leib und hechtete ins Bad.

Das Duschen ging blitzschnell, ebenso das Eincremen. Anstatt mir die Haare zu föhnen, flocht ich sie zu Zöpfen und setzte nach dem Anziehen eine Mütze auf. Zum Schluss raffte ich die Dreckwäsche zusammen und lief die Treppe hinunter.

»Hey!«, begrüßte Ruby mich und drückte mir einen Kuss auf die Nase. Sie musste gerade erst zur Tür hereingekommen sein, denn ihre Wangen glühten und sie war sichtlich außer Atem.

»Na, was sagst du zu der Geschichte?«

»Darüber reden wir besser nachher in Ruhe«, raunte ich mit einem mahnenden Blick in Richtung Küche. »Wenn wir gegessen haben und ganz für uns in meinem Zimmer sind.«

Nachdem Ruby und ich uns mit Tante Gracies Hackbraten, Kartoffelbrei und Bohnengemüse vollgestopft und ihr anschließend beim Abwasch geholfen hatten, verzogen wir uns sofort nach oben.

»Komisch, deine Großtante scheint diese Geschichte um das Meermonster von Sark gar nicht zu interessieren«, meinte Ruby. Sie hatte es sich in einem der Rattansessel bequem gemacht und sah mich erwartungsvoll an.

»Hast du eine Ahnung!«, sagte ich, vergewisserte mich, dass das Fenster fest verschlossen war, und setzte mich ihr gegenüber. »Sie war drauf und dran, mich nach Hause zu schicken. Und übrigens«, setzte ich voller Überzeugung hinzu, »ich glaube nicht an ein Monster.«

»Sondern?«

»Nixe.« Ich zögerte mit dieser Antwort nicht eine Sekunde.

Entweder konnte Ruby etwas damit anfangen oder nicht. Je mehr sie wusste und je weniger ich vor ihr geheim halten musste, desto besser. Ich brauchte jetzt jemanden, der mir im Zweifelsfall zur Seite stand und den Rücken stärkte.

Ruby sah mich stirnrunzelnd an. »Eine ziemlich romantische Vorstellung ... Aber gut. Wieso nicht?« Sie zuckte mit den Schultern. »Ein Nix wäre mir jedenfalls tausendmal lieber als ein Monster.«

Ich überhörte den Anflug von Spott in ihrer Stimme und erinnerte sie daran, dass sie selbst es gewesen war, die mir gleich am ersten Tag von den Legenden über Meermenschen erzählt hatte.

»Eben.« Ruby nickte energisch. »*Legenden*!«

»Und wenn doch etwas Wahres dahintersteckt?«, hielt ich dagegen.

Ruby schob die Unterlippe vor. Ihr Blick war nach wie vor skeptisch, aber ich konnte ihr ansehen, dass es in ihr arbeitete.

»Wenn es nämlich tatsächlich so ist, wie ich annehme, sind es sogar mehrere«, fuhr ich eifrig fort. »Und dann wäre auch Lauren möglicherweise gar nicht aus böser Absicht umgebracht worden.«

Ruby zog eine Grimasse. »Sondern?«, fragte sie noch einmal.

»Aus Versehen.«

»Oh, du meinst, Lauren ist einem Nix verfallen. Die beiden hatten Sex und dabei hat er sie ... ooops! ... getötet?«

Ihre Ausdrucksweise war für meinen Geschmack einen Tick zu ironisch. Entweder dachte sie, dass ich sie veräppeln wollte, oder sie fand diese Vorstellung so gruselig, dass sie nicht anders damit umzugehen wusste.

»Ja«, sagte ich also nachdrücklich und setzte eine ernste

Miene auf. »Sie und das andere Mädchen, das man heute Morgen auf Sark gefunden hat.«

»Was?« Ruby schoss aus ihrem Sessel hoch. »Noch ein Mädchen? Woher weißt du das?«

»Von Cyril. Er hat es mir heute Morgen erzählt. Ich dachte, es wäre bereits offiziell.«

»Nein.« Ruby schüttelte den Kopf. Sie war kreidebleich geworden. »Und wer ist sie? Eine Sarkee?«

»Nein, eine Touristin.«

»Und auch diesmal ist Cyril der Erste gewesen, der darüber Bescheid wusste?«, fragte sie, während sie sich langsam wieder hinsetzte.

»Keine Ahnung«, sagte ich. »Gefunden hat er dieses Mädchen, glaube ich, nicht.«

Ruby warf mir einen scharfen Blick zu. »*Glaubst* du?«

Ich zuckte mit den Schultern.

Sie stöhnte. »Ein bisschen komisch ist es aber schon. Findest du nicht?

»Doch«, lenkte ich ein und machte eine bedeutungsvolle Pause, ehe ich mit der nächsten Ungeheuerlichkeit herauskam. »Vielleicht ist Cyril ja auch ein Nix. Oder er hat irgendwie eine besondere Verbindung zu ihnen.«

Ruby starrte mich an und einige Sekunden lang herrschte eine angespannte Stille zwischen uns.

»Ja«, sagte sie dann ganz plötzlich. »So irrsinnig es klingt, es wäre in der Tat eine Erklärung. Und zwar für alles. Dafür, dass er so anders ist, so ungreifbar und so wenig emotional«, fing sie an aufzuzählen. »Dafür, dass niemand weiß, wo er eigentlich genau herkommt, und vor allem natürlich dafür, dass er so irrsinnig gut schwimmen und tauchen kann. Ich hab schon oft gedacht, dass er sich überhaupt kein Boot nimmt, sondern einfach nach Sark hinüberschwimmt.« Sie schüttelte unwillig den Kopf. »Eine völlig hirnrissige Vorstellung, aber vielleicht ist sie ja gar nicht so abwegig gewesen.«

»Jedenfalls hast du dir eine Menge Gedanken um Cyril gemacht«, entgegnete ich. »Dafür, dass du ihn eigentlich nicht leiden kannst.«

»Ich mag es nun einmal nicht, wenn Leute so ein Geheimnis um sich machen und alle anderen auf Distanz halten, indem sie eine unsichtbare Mauer um sich herum aufbauen.«

»Das kann immer seine Gründe haben«, sagte ich. »Du erzählst ja vielleicht auch nicht gleich jedem alles.«

Rubys Augen wurden schmal, und ich war sicher, dass sie an ihren Bruder dachte.

»Das ist etwas anderes«, meinte sie schließlich. »Aber gut, nehmen wir einmal an, die Legenden haben einen wahren Kern und es gibt tatsächlich Nixe. Normalerweise leben sie in den Tiefen der Ozeane und halten sich von den Menschen fern. Doch alle paar Hundert oder Tausend Jahre passiert es, dass einige von ihnen an Land kommen *müssen* oder so. Sie üben eine magische Anziehung auf Menschen aus und die verlieben sich Hals über Kopf in sie. Aber in dem Moment, in dem es zur Vereinigung der beiden ... ähm ... *Spezien* kommt, bedeutet das automatisch den Tod des Menschen. Das könnte zum Beispiel der Grund dafür sein, dass Cyril sich nie für ein Mädchen interessiert hat«, fuhr sie eifrig fort. »Er lebt schon länger an Land und weiß, dass Mensch und Nix nicht zusammenpassen.«

»Schade eigentlich«, murmelte ich.

»Ja«, sagte Ruby, und ihr Blick war für einen Moment abwesend, bevor ein Ruck durch ihren Körper ging und sie mich hochgradig alarmiert ansah. »Du hast dich doch wohl nicht tatsächlich in ihn verguckt!«

»Nein, keine Sorge«, erwiderte ich mit klarer, fester Stimme, denn es war mir sehr wichtig, dass Ruby mir glaubte. »Zugegeben: Ich finde ihn unglaublich faszinierend und irgendwie mag ich ihn auch. Aber das ist eher ein freundschaftliches Gefühl.«

Seitdem ich Gordy kannte, war ich mir diesbezüglich vollkommen sicher, und entsprechend ehrlich kam es offenbar auch bei Ruby an.

»Na gut. Aber weißt du auch, auf welche Weise *er dich* mag?«, fragte sie nun.

»Er ist sehr besorgt um mich«, sagte ich. »Und zwar sehr viel mehr als um die anderen Mädchen. Keine Ahnung, wieso. Vielleicht hängt es damit zusammen, dass ich neu auf dieser Insel bin.«

»Oder einfach damit, dass er dich besonders gern hat«, meinte Ruby. »Was an sich ja nichts Schlechtes ist, nur ... Ach, vergiss es!«, sagte sie plötzlich, machte eine unwillige Geste und setzte dort wieder an, wo wir vor der Diskussion um Cyrils und meine Gefühle füreinander aufgehört hatten. »Okay, dann hätten wir also auf der einen Seite Kyan, Zak und Elliot, die gerade frisch aus dem Meer gekommen sind, und auf der anderen Cyril, der sie erkannt hat und nun versucht, eine Katastrophe zu verhindern.« Ihre Miene hellte sich kurz auf, um sich gleich darauf wieder zu verfinstern. »Leider sieht es nicht so aus, als ob ihm das gelänge.«

»Nein«, sagte ich. »Aber vielleicht wird die Wasserschutzpolizei einen von ihnen fangen oder töten und sich damit zufriedengeben. Und vielleicht werden die anderen sich dann wieder ins Meer zurückziehen.«

Solange Gordy dies nicht ebenfalls tat, schien es mir eine gute Lösung zu sein.

»Hmmm«, machte Ruby. »Und Cyril könnte hier ganz in Ruhe weiterleben.«

Ich sah sie überrascht an, denn ihre Stimme hatte ungewöhnlich sanft geklungen, allerdings blieb mir keine Zeit, noch weiter darüber nachzusinnen, da in dieser Sekunde mein Handy losdudelte. Reine Glückssache, dass es überhaupt so eingestellt war und nicht unbemerkt in meinem Rucksack vor sich hin vibrierte.

Vom Display grinste mir Sinas Foto entgegen, ich drückte die Verbindungstaste, und noch ehe ich mich melden konnte, sprudelte sie bereits los: »Hast du schon gesehen, was jemand unter deinem Namen auf deine Pinnwand geschrieben hat?«

»Wie?« Ich verstand nicht gleich, was sie damit meinte. »Jemand anderer ...?«

»Na, dass du es nicht selber warst, kann ich mir denken«, sagte Sina aufgebracht.

Ich atmete einmal tief durch, damit ich nicht bereits ausrastete, bevor ich überhaupt im Bilde war. »Was ist denn los?«

»Das siehst du dir am besten selber an«, erwiderte Sina. »Los, fahr dein Notebook hoch!«, forderte sie mich ungeduldig auf.

»Okay ...« Unter Rubys stirnrunzelndem Blick ging ich zum Bett hinüber, schnappte mir den Laptop und schaltete ihn ein.

Wie immer dauerte es eine Weile, bis ich Facebook aufrufen konnte, und als ich meinen Account endlich geöffnet hatte, stieß ich einen Fluch aus.

Kleine Schlampe, ich warne dich,
du gehörst mir ganz allein!

Ich schwöre dir, du wirst nie wieder
einen anderen küssen!

Ischen, die sich mit allen einlassen, gehören bestraft!

Frederik!, schoss es mir sofort durch den Kopf. Daheim in Lübeck hatte er mir oft genug über die Schulter geschaut, wenn ich mein Passwort eingab. Das hatten andere zwar auch, aber Frederik war der Einzige, der einen Grund gehabt hätte ... wenn man es so nennen wollte.

Wütend ballte ich die Fäuste. Dieser Mistkerl! Wie konnte er mir das nur antun!

»Am besten, du ignorierst das«, empfahl Sina mir. »An deiner Stelle würde ich mich jetzt gar nicht mehr bei ihm melden. *Ich* werde Frederik allerdings meine Meinung sagen.«

Sina hatte also den gleichen Verdacht wie ich!

»Viel wichtiger ist es, dass du endlich die Partybilder aus dem Netz nimmst«, knurrte ich sie an.

»Das habe ich ja versucht«, jammerte sie. »Aber dieses Arschloch hat sie irgendwie abgefischt und auf deine Seite gestellt.«

»Was?«, rief ich. »Wo denn?«

Ich fing Rubys fragenden Blick ein und machte eine ungeduldige Geste. Natürlich würde ich ihr alles erklären, zunächst einmal musste aber diese unerfreuliche Angelegenheit in Ordnung gebracht werden.

Hektisch scrollte ich den Bildschirm runter und schon präsentierte sich mir ein wenig schmeichelhafter Zusammenschnitt all meiner Partysünden: Jannik und ich, Luis und ich und mittendrin und riesengroß: Frederik und ich in einer leidenschaftlichen Umarmung.

»Verdammt noch mal, ich kann mich gar nicht mehr daran erinnern, dass er seine Hände so weit unter mein T-Shirt geschoben hatte«, fluchte ich.

»Ach, das hatte er gar nicht«, beruhigte Sina mich. »Ich hätte dieses Foto doch niemals öffentlich gemacht, wenn darauf mehr zu erkennen oder auch bloß zu erahnen gewesen wäre als nur ein Kuss.«

»Nur?«, schnaubte ich, während ich das Bild mit zitternden Fingern markierte, um es zu löschen. »Sina, das verzeihe ich dir nie!«

»Ich mir auch nicht«, erwiderte sie nach einer kleinen Pause. Sie klang ziemlich zerknirscht.

»Schon gut«, murmelte ich. »Ich werde es überleben.«

Zum Glück hatte das Internet ja auch seine Vorteile. Ein einziger Klick und meine Weste würde wieder rein sein – zumindest vorerst.

Sina seufzte leise, als die Fotocollage vom Bildschirm verschwand.

»Ich fahre jetzt sofort zu Frederik«, sagte sie dann. »Er muss mir hoch und heilig versprechen, die Bilder nicht wieder hochzuladen. Und zwar weder auf deiner noch auf seiner oder sonst irgendeiner Seite.«

»Hoffentlich hört er auf dich«, seufzte ich.

»Gut, dass du gerade keinen Freund hast«, sagte Sina. »Der würde dir jetzt nämlich garantiert die Hölle heißmachen.«

Gut, dass Gordy aus dem Meer kommt und keine Ahnung von Computern hat, dachte ich.

Ich war wirklich heilfroh, dass Sina mich alarmiert hatte. Bis ich nicht hundertprozentig sicher sein konnte, dass diese Fotos nicht noch einmal irgendwo auftauchten, würde ich meinen Laptop auf gar keinen Fall in Gordians Gegenwart einschalten.

Verrat

Eine Woche lang wartete ich vergeblich auf Gordy. Es waren die schrecklichsten Tage meines Lebens, aber auch die intensivsten. Noch nie zuvor hatte ich mich so gespürt. Es fühlte sich an, als würde meine Seele nach außen gekehrt.

Tante Grace gegenüber versuchte ich, mir nichts anmerken zu lassen. Wenn wir zu den Mahlzeiten zusammensaßen, unterhielten wir uns fast nur über unverfängliche Dinge. Ich wollte weder über Ruby und Ashton und deren Probleme reden noch über mich und meine Gefühle und schon gar nicht über die beklemmende Stimmung, die seit der Entschlüsselung der »Mörder-DNA«, wie es in den Nachrichten hieß, über den Inseln lag.

Meine Großtante machte es mir leicht, das Thema zu umschiffen. Sie sprach auch Pas Tod nicht an, sondern beschränkte sich darauf, eher heitere Geschichten aus ihrer Vergangenheit zu erzählen. Ich war ihr unendlich dankbar dafür und zwang mich, nicht darüber nachzudenken, ob sie nicht vielleicht, genauso wie ich, ihre guten Gründe haben könnte, weder Cyril noch Javen Spinx oder diese unsägliche Suche nach der *Mörderbestie* zu erwähnen.

Erst abends, wenn der Rotorenlärm der Hubschrauber

verklungen war, die Dunkelheit hereinbrach und ich allein in meinem Zimmer saß, stürzten all die Fragen auf mich ein, von denen ich mich tagsüber abzulenken versuchte. Aber auch dann verdrängte ich die Möglichkeit, dass Tante Grace eventuell weitaus mehr wusste, als sie eingestand, in den hintersten Winkel meines Gehirns.

Mein Bett hatte ich inzwischen bis ganz ans Fenster geschoben, und die Pflanzenkübel dienten nun dazu, mich, den Blick auf das Meer und das zermürbende Warten auf Gordy gegen den Rest der Welt abzuschirmen.

Während der ersten drei Tage nach meinem Telefongespräch mit Sina hatte ich meine und Frederiks Seite genauestens im Auge behalten, doch die Partyfotos waren nicht mehr aufgetaucht. Frederik hatte zuerst Sina und schließlich auch mich in einer SMS beschworen, nichts mit der Sache zu tun zu haben.

Ich liebe dich, elodie,
ich würde dir niemals so etwas antun,

hatte er geschrieben und ich glaubte ihm. Eigentlich war Frederik nicht rachsüchtig. Außerdem hielt ich ihn für klug genug, sich ausrechnen zu können, dass er sich durch eine solche Aktion ganz sicher ein für alle Mal jede Chance bei mir verdorben hätte.

Jemand anders musste also die Fotocollage gemacht und auf meine Seite gestellt haben. Aber wer? Wie war er an mein Passwort gekommen? Und *warum* hatte er es getan?

Die Vorstellung, dass sich ein Unbekannter auf diese Weise Zutritt zu meinem Leben verschafft hatte, war ziemlich gruselig, und ich entfloh dem Ganzen schließlich, indem ich mein Notebook einfach ignorierte.

Seit vier Tagen lag es nun wie tot auf dem Rattantisch, die Cyberworld existierte für mich nicht mehr, im Grunde lebte ich nur noch auf dreieinhalb Quadratmetern Bett, die Perelle Bay im Blick und die Sehnsucht nach Gordy im Herzen. Mir fehlte sein Lächeln, das mir diese wunderbare Ruhe und Sicherheit gab, ebenso sehr wie das tiefe Gefühl des Vertrauens, das ich niemandem sonst gegenüber empfand. Mochte Javen Spinx doch über Delfine erzählen, was er wollte, und mochte Gordys Kuss auch noch so gefährlich sein, es war mir egal. Ich hatte keine Angst vor ihm. Im Gegenteil: Nur wenn er bei mir war, fühlte ich mich wirklich vollständig.

Und alles andere interessierte mich nicht.

Der Akku meines Handys war seit gestern Abend leer, und ich machte keinerlei Anstalten, ihn wieder aufzuladen. Ich wollte weder mit meiner Mutter noch mit Sina, Ruby oder sonst jemandem telefonieren, und ich wollte auch niemanden sehen. Nur in Momenten, in denen meine Angst um Gordy übermächtig wurde, wenn ich heulend unter der Bettdecke lag und das schreckliche Gefühl hatte, innerlich in Stücke gerissen zu werden, wünschte ich mir, dass Cyril vorbeikäme. Ich brauchte jemanden, den ich für diesen unerträglichen Schmerz verantwortlich machen, den ich anschreien und auf den ich mit meinen Fäusten eintrommeln konnte, und niemand schien mir dafür geeigneter zu sein als er.

Obwohl Cyril sich mir gegenüber auch nicht immer korrekt verhielt, schämte ich mich für diesen Gedanken. Noch nie hatte ich einen anderen Menschen als Blitzableiter benutzt und ich wollte es auch jetzt nicht. Eigentlich.

»Pa, was geschieht mit mir?«, wimmerte ich in den grünen Kapuzenpulli, den ich mir um den Hals geschlungen hatte. Ich lag auf dem Bett, die Beine angezogen wie ein Embryo im Mutterleib, und fühlte mich unendlich verloren.

Meine Vergangenheit zählte kaum noch, sie erschien mir dünn und verblasst, meine Zukunft war dunkel, konturlos und ohne erkennbaren Weg, und die Gegenwart hielt mich gefangen, indem sie denjenigen, der mir am meisten bedeutete, mit Hubschraubern, Polizeibooten, Fangnetzen, Gewehren und Harpunen bedrohte.

»Pa, bitte hilf mir!«, schrie ich lautlos.

Ich vergrub meine Nase in seinem Pulli und sog seinen vertrauten Geruch in mich hinein, von dem mittlerweile nicht viel mehr als ein flüchtiger Hauch übrig war.

Warum war ich bloß dazu verdammt, alles, was mir wichtig war, zu verlieren? Warum war ich Gordy überhaupt begegnet, wenn er nicht zu mir passte und wir uns sowieso nicht lieben konnten? Und warum zum Teufel konnte ich an all dem nichts ändern?

Wahrscheinlich wäre ich an diesem Abend anstatt im Ärmelkanal noch in meinem Selbstmitleid ertrunken, wenn es nicht plötzlich an der Tür geklopft hätte.

»Elodie?«, vernahm ich Ashtons zaghafte Stimme. »Bist du wach?«

Ich fuhr hoch und wischte mir hastig die Tränen aus dem Gesicht.

»Ähm … ja … ähm …«, stammelte ich. »Bist du allein?«

»Jep.«

Kopfschüttelnd stand ich vom Bett auf und tappte zur Tür. Was hatte das nur wieder zu bedeuten?

Ich drehte den Schlüssel herum und zog sie einen Spalt breit auf.

Ashton grinste mich an. »Alles okay?«

»Ähm ... ja«, sagte ich, machte einen Schritt zur Seite und ließ ihn eintreten. »Wo ist Ruby?«

»Schön, dass du dich darüber freust, dass ich dich mal besuche«, begrüßte Ashton mich fröhlich und schlenkerte ein wenig mit seinen Armen. Er sah mir direkt in die Augen. »Leck mich am Arsch, du siehst vielleicht scheiße aus!«

»Hast du gerade einen Anfall oder sollte das ein Kompliment sein?«, fragte ich bissig, dabei freute ich mich tatsächlich, dass er gekommen war. Ich freute mich sogar sehr.

»Beides«, meinte Ashton, während er sich auf die Bettkante schob und wieder mit dem rechten Arm schlenkerte. »Vielleicht machst du Musik an, dann fällt es nicht so auf.«

»Tut mir leid«, sagte ich und setzte mich neben ihn. »Warum bist du hier?«

»Weil wir das Gefühl haben, dass es dir nicht gut geht. Ruby macht sich schreckliche Sorgen.« Er seufzte leise. »Aber das tut sie ja eigentlich immer.«

»Oh, dann hat sie wohl Angst gehabt, sie könnte mir damit auf die Nerven gehen.«

»Nein.« Ashton senkte den Kopf und blickte angestrengt auf seine Knie. »Du musst wissen, Ruby hat einen Bruder ...«

»Ich weiß es schon«, sagte ich leise. »Meine Großtante hat mir die Geschichte erzählt.«

Einen Moment lang war es ganz still im Zimmer. Ashton öffnete und schloss seine Knie in unregelmäßigem Rhythmus und drückte seine Hände so fest gegeneinander, dass das Blut aus seinen Fingern wich. »Na ja, seitdem schert Ruby sich jedenfalls nicht mehr darum, ob sie irgendjemandem auf die Nerven geht«, presste er schließlich hervor.

»Hat sie dich geschickt?«, fragte ich.

»Nein, das habe ich ganz allein entschieden«, antwortete er. »Eigentlich wollte sie nach dir sehen, s-sie hat auch sch-schon versucht, d-dich anzurufen«, fing er an zu stottern und warf dabei den Kopf hin und her.

»Der Akku von meinem Handy ist seit ein paar Tagen leer«, sagte ich entschuldigend.

»Alter Hurensohn! D-du willst mit niemandem r-reden!«, stieß Ashton aus. »St-stimmt's?«

Er machte Anstalten aufzustehen, doch ich hielt ihn zurück.

»Warum ist Ruby nicht mitgekommen?«

»S-sie trifft sich gerade mit Aimee und Olivia. Die beiden drehen völlig am Rad«, erwiderte er.

»Wegen Zak und Elliot und Liam und Kyan?«, fragte ich.

»Es sind vier … verdammte …« Wieder nickte Ashton. »So heißt er also …«, murmelte er. »Liam.« Dann zuckte sein Kopf noch heftiger. »Drecksäue!«

»Das glaube ich nicht«, widersprach ich entschieden. »Sie sind keine Mörder.«

»T-tut mir l-leid, war bloß'n Anfall. Arschloch!«

»Okay«, sagte ich. »Okay. Hör zu, Ashton, wenn dich das alles zu sehr aufregt, dann solltest du jetzt vielleicht besser wieder nach Hause gehen.«

»Nein, nein, nein!« Er riss seine Hände beinahe gewaltsam auseinander und packte mich bei den Schultern. »I-ich muss dir etwas s-sagen«, begann er stockend. »Ruby hat mir alles erzählt. D-deine Theorie mit den Nixen und dass dieser Kyan Lauren m-möglicherweise aus V-versehen getötet hat.« Seine rechte Hand rutschte von meiner Schulter und schlug gegen meinen Unterarm. »I-ich habe Ruby schon oft körperlich wehgetan. U-unabsichtlich.«

Ich starrte Ashton an. Mein Gehirn erfasste die Bedeutung seiner Worte nur in kleinen Portionen, und so dauerte es eine Weile, bis ich kapierte, dass er meine Ansicht teilte.

»Wenn wir davon ausgehen, dass die Wissenschaftler und die Kriminalbeamten uns keine Märchen erzählen, dann leben hier im Kanal Mischwesen aus Mensch und Delfin«, sprudelte es plötzlich klar und deutlich und ohne jedes Gestotter aus ihm hervor. »Aus welchem Grund auch immer, vielleicht war es nur ein dummer Zufall, sind sie an Land gekommen und haben einigen Mädchen hier den Kopf verdreht. Ruby hat mir erzählt, dass Zak und Elliot eine besondere Ausstrahlung haben.«

»Hat sie das tatsächlich so empfunden?«, rief ich erstaunt. »Mir gegenüber hat sie davon keinen Ton gesagt.«

»Arschficker!« Ashton verdrehte stöhnend die Augen. »Ja, w-weil sie davon überzeugt ist, d-dass du, genau wie Lauren, Aimee, Joe...«

Ich ließ ihn nicht ausreden. »Ich weiß schon, Ashton, ich weiß. Ruby glaubt offenbar noch immer, dass ich Cyril verfallen bin. Aber das ist nicht so.«

»D-du hältst Cyril a-also n-nicht für ein solches M-Mischwesen?«

»Im Gegenteil«, entgegnete ich. »Ich bin sogar überzeugt davon, dass er eines ist. Aber ich habe mich nicht in ihn verliebt, okay?«

Ashton sog geräuschvoll Luft in seine Lungen. »Sondern in einen anderen ... Nix? Ist das so, Elodie?«

Mir entging die Schärfe in seiner Stimme nicht, und so

presste ich instinktiv die Lippen aufeinander, damit mir bloß nichts Unüberlegtes herausrutschte.

»Und genau wie Aimee und Olivia hast auch du jetzt eine Scheißangst davor, dass sie ihn gefangen nehmen, hab ich recht?«

Wie auf Knopfdruck fing ich an zu zittern.

»Das werden sie nicht, Elodie«, fuhr Ashton fort. »Und soll ich dir auch sagen, warum?«

Ich rutschte ein Stück von ihm weg und schlang mir die Arme um den Oberkörper, als ob ich mich und alles, was mir wichtig war, auf diese Weise schützen könnte.

»W-weil der Kanal v-vor D-Delfinen nur so w-wimmelt«, hörte ich Ashton stottern.

»Was?«, keuchte ich. »Aber …?«

Mein Blick fiel zum Fenster. Ein Teil von mir wollte hinaussehen, ein anderer wehrte sich mit aller Macht dagegen.

»Katzenkotze! … Sie werden sich nicht die Zeit nehmen, sie zu beobachten oder einen von ihnen in ihre Netze zu treiben. S-sie werden sie weder erforschen noch d-danach fragen, warum sie plötzlich hier aufgetaucht sind, e-ebenso wenig wie es sie interessiert … Arschloch! … w-welcher von ihnen die beiden M-Mädchen getötet hat«, redete er sich in Rage. »Es ist ihnen nämlich völlig egal, welche Gründe es dafür gibt … ob es mit Absicht oder aus Versehen geschah. Danach fragen sie nicht, Elodie. Die Menschen hier tun sich schwer damit, jemanden zu akzeptieren, der ihrer Meinung nach nicht hierher passt, d-der anders ist als sie. Mit einem wie mir haben sie sich vielleicht arrangiert. A-aber diesen N-Nixen da draußen im Meer werden sie nicht einmal die Ch-Chance geben, sich zu verteidigen.«

Ich stöhnte auf, dann fing ich an zu heulen.

»Ashton, bitte!«

Es war mir unerträglich, all das aus seinem Mund zu hören. Hatte ich eben noch gedacht, dass er nur gekommen war, um mich vor Cyril zu warnen und zu verhindern, dass mir ein Mördernix den Kopf verdrehte, war mir inzwischen klar, worauf er in Wahrheit hinauswollte. Ashton und Ruby waren meine Freunde, sie verstanden mich besser, als ich gedacht hatte, und sie wollten mir helfen. Mir *und* den Nixen.

»Versteh mich nicht falsch, Elodie«, fuhr Ashton derweil aufgebracht fort. »Wenn jemand einen anderen tötet, muss er dafür bestraft werden. U-und wenn diese Nixe t-tatsächlich eine Gefahr für uns M-Menschen sind, m-müssen wir sie bekämpfen. Wenn es sich aber anders verhält ... wenn die b-beiden M-Mädchen nicht so gestorben sind, wie es auf den ersten Blick den A-Anschein hat ...«

»Was dann, Ashton?«, fragte ich gepresst.

»Dann sollten sie so schnell wie nur irgend möglich von hier verschwinden«, sagte er nun mit ruhiger, fester Stimme. »Der Ozean ist riesig. Es gibt sicher unzählige Stellen, an die noch nie ein Mensch vorgedrungen ist.«

»Ja, was glaubst du eigentlich, wie ich darüber denke, he?«, schrie ich. »Meinst du nicht, dass ich versucht habe, ihm klarzumachen, in welcher Gefahr er schwebt! Aber er hört nicht auf mich. Er macht, was er will. Sie alle machen, was sie wollen. Ich habe keine Ahnung, warum das so ist.«

Ashton nickte. Er saß so unbeweglich da wie ein Stein. Nicht einmal um seine Mundwinkel zuckte es.

»Wie viele sind es, Elodie?«, fragte er schließlich.

»Fünf«, sagte ich. Die Tränen rannen mir sturzbachartig über die Wangen. Ich kam gar nicht mehr nach, sie wegzuwischen. »Fünf, von denen ich weiß.«

»Cyril eingeschlossen?«

Ich senkte den Kopf. »Nein. Mit ihm wären es sechs.«

Sanft legte Ashton mir seine Hand auf den Rücken. »Ist ja schon gut ... Kackfresse! ... Niemand wird Cyril etwas anzuhängen versuchen. I-ich nicht und Ruby auch nicht. G-glaub mir, sie kann ihn besser l-leiden, als sie v-vorgibt.«

Ich schüttelte den Kopf, weil ich einfach nicht fassen konnte, was hier gerade vorging. »Warum willst du ihnen helfen?«, murmelte ich. »Warum? Ich meine, du hast bisher ja nicht mal einen von ihnen gesehen.«

»Das muss ich auch nicht«, erwiderte Ashton leise an meinem Ohr. »Ich b-bezweifle schon lange, dass es ausschließlich auf dem L-Land intelligentes Leben gibt, d-das m-mit uns Menschen vergleichbar ist.« Er warf den Kopf nach hinten und schlenkerte ein wenig mit dem rechten Arm. »W-wir dringen ins Weltall vor, um nach Aliens zu suchen. Dabei kennen wir uns noch nicht einmal auf unserem eigenen P-Planeten aus. W-wir machen uns gar nicht die M-Mühe, ihn w-wirklich zu erforschen und zu verstehen. U-und ich bilde mir ein, auch zu w-wissen, w-warum. Wir wollen einfach nicht genau hinschauen, damit wir nicht sehen, welchen Schaden wir in W-Wahrheit anrichten.«

Ich fand Ashtons Gedankengang wahnsinnig interessant, und wäre ich nicht so fertig gewesen, hätte ich ganz sicher gern mehr davon gehört. Im Moment konnte ich jedoch nur an eines denken: an Gordy und die vielen Delfine dort draußen. Und daran, dass diese Nacht vielleicht die letzte war, die mir noch blieb, um ihn davon zu überzeugen, dass er und seine ehemaligen Freunde so schnell wie nur irgend möglich in die Tiefen des Atlantiks hinaus fliehen mussten.

Tante Grace gegenüber gab ich vor, Ashton noch bis zur Bushaltestelle begleiten zu wollen. Tatsächlich verabschiedete ich mich aber bereits im Vorgarten von ihm und hastete dann im Schatten des Cottages an der Veranda vorbei und die Terrassen hinunter auf die Felsklippen zu. Die privaten Grundstücke waren natürlich nicht mit Absperrungen versehen, die Schutzpolizei vertraute darauf, dass inzwischen jeder hier über die *Mörderbestie* Bescheid wusste und sich niemand mehr freiwillig dem Wasser näherte.

Obwohl es auf Vollmond zuging, war es an diesem Abend ungewöhnlich düster. Aber meine Augen gewöhnten sich sehr schnell an die Dunkelheit, und ich war froh, dass ich die Taschenlampe nicht einschalten musste.

Das Meer lag dunkelgrau und glatt vor mir und die Wolken hingen tief darüber. Als ob ich in den Schlund eines Ungeheuers blickte, das nur darauf wartete, mich zu verschlucken, durchzuckte es mich.

Ich verharrte ein paar Sekunden auf der Stelle, und in dem Moment, als ich mich entschied, bis zu der Felsplatte weiterzulaufen, auf der ich schon einmal auf Gordian gewartet hatte, bemerkte ich den Schemen rechts von mir, der blitzschnell auf mich zuschoss.

»Verdammt noch mal, was machst du hier?«, zischte Gordy.

Er warf seine Arme um mich, hob mich hoch und rannte mit mir den Hang hoch zurück auf das Cottage zu.

»Du bist hier«, murmelte ich. »Du bist hier.« Ich hatte es so sehr gehofft, und jetzt konnte ich es beinahe nicht fassen, dass er tatsächlich gekommen war. Selig schmiegte ich mein Gesicht in seine Halsbeuge, strich mit meinen Lippen über seine weiche Haut und atmete seinen wundervollen Duft ein. »Du darfst mich nie wieder so lange im Ungewissen lassen.«

Gordian erwiderte nichts, sondern hangelte sich mit mir im Arm den Balkon hinauf. Dort stellte er mich auf die Füße, umfasste meine Schultern und sah mich mit zornig funkelnden Augen an.

»Ich war nicht fort«, sagte er. »Ich verbringe jeden Tag und jede Nacht dort unten im Garten deiner Großtante. In den frühen Morgenstunden gehe ich auf die Jagd, und noch ehe der Tag anbricht, bin ich wieder zurück und halte mich in den Felsspalten verborgen. Du musst dir also keine Sorgen um mich machen.«

Ich starrte ihn an und konnte es nicht glauben. »Du-du bist immer dort unten gewesen? Jeden Tag und jede Nacht? Wieso bist du nicht zu mir heraufgekommen?«

Gordy zog die Augenbrauen über seiner Nasenwurzel zusammen. »Das habe ich dir erklärt«, presste er grimmig hervor.

»Nein, das hast du nicht.«

»Doch, Elodie.« Der Zorn verschwand aus seinem Blick und machte einem gequälten Ausdruck Platz. »Wir können nicht zusammen sein.«

»Was redest du denn da?«, schrie ich ihn an. »Wir haben es ja nicht mal probiert!«

»Sch!« Erschrocken legte er seine Finger auf meinen Mund.

Ich sah, wie er ein Lächeln versuchte, und bemerkte auch das Grübchen unter seinem rechten Nasenflügel, doch das Lächeln kam nicht in seinen Augen an. Stattdessen tasteten seine Finger sehnsüchtig über meine Lippen.

Unsere Blicke trafen sich und ich ließ seinen nicht mehr los.

»Küss mich«, forderte ich ihn auf. »Bitte, Gordy, tu es einfach.«

Er schüttelte den Kopf.

»Ich will es und du willst es auch«, flüsterte ich und schob meine Hände in seinen Nacken. »Also, versuch es ... Bitte!«

»Nein, Elodie«, wisperte Gordy. Mit einem Mal sah er so traurig aus, dass es mir schier das Herz zerriss.

Ich dachte an Ashton, der mir einzubläuen versucht hatte, dass die Delfine aus dem Kanal verschwinden mussten, und wäre vor Scham am liebsten im Boden versunken. Wie konnte ich nur so selbstsüchtig sein!

»Es tut mir leid«, stammelte ich. Es war wirklich töricht gewesen zu glauben, dass Gordian mich auch nur annähernd so faszinierend finden könnte wie ich ihn. Und auf einmal hatte ich wahnsinnige Angst, ihn zu verlieren. »Bitte, verzeih mir.«

»Ja«, sagte er schlicht, während er seine warme Hand wie beiläufig auf meine Wange legte und flüchtig mit dem Daumen über meinen Nasenrücken strich. »Natürlich verzeihe ich dir.«

Es ging mir durch und durch, seine Worte und seine Berührung.

»Du darfst nicht hierbleiben«, krächzte ich. »Es ist viel zu gefährlich.«

Gordy lächelte zaghaft. »Du weißt auch nicht, was du willst, hm?«

Doch, das tat ich. Zum ersten Mal in meinem Leben wusste ich es ganz genau. Ich wollte ihn. Noch mehr aber wollte ich, dass er am Leben blieb.

»Du und Kyan und alle anderen, ihr müsst euch aus dem Kanal zurückziehen. Das Meer ist groß genug ...«

»Sagt wer?«

»Ich, Gordy, *ich* sage das!«

»Das scheint nur so«, unterbrach er mich abermals. »Es gibt Gesetze, denen wir uns beugen müssen. Der Mond steht noch nicht richtig. Kyan, Zak, Liam und Elliot können frühestens in ein paar Tagen von hier fort. Sie sind bei abnehmendem Halbmond an Land gekommen, und das bedeutet, dass sie auch erst bei abnehmendem Halbmond wieder in ihre Nixenkörper zurückschlüpfen können. Vorausgesetzt, sie haben ihre Häute nicht verloren.«

»Und du?«, keuchte ich. »Was ist mit dir?«

Gordian antwortete nicht, sondern schüttelte nur unwillig den Kopf. Offenbar wollte er seinen alten Freunden beistehen und das ehrte ihn.

»Aber die Delfine«, fuhr ich fort. »Sie müssen wieder verschwinden. Die Menschen hier nehmen sie als Bedrohung wahr. Bitte, sieh doch ein: Sie bringen sich selbst und euch unnötig in Gefahr.«

»Ich fürchte, das wissen sie«, entgegnete Gordy. »Und ich fürchte ebenso, es ist ihnen egal.«

Ich schluckte. »Warum sind sie eigentlich hergekommen? Etwa, um noch mehr Mädchen zu verführen ... und zu töten? Sind es überhaupt alles Nixe?«

Anstatt mir zu antworten, verdunkelte sich Gordians Blick. »Es ist gut, dass du endlich verstanden hast«, sagte er rau. »Die Begegnung zwischen einem Menschen und einem Nix endet immer tödlich. Hörst du, Elodie. IMMER. Aber keine Angst, sie sind nicht euretwegen hier.«

Das Herz schlug mir bis zum Hals. Ich konnte kaum noch atmen. »Sondern?«, brachte ich mühsam hervor.

Gordy presste die Lippen aufeinander. »Meinetwegen«, murmelte er. »Ganz allein meinetwegen.«

Er legte seine Hand auf das Geländer und machte schon Anstalten, sich darüberzuschwingen, doch ich hielt ihn am Arm fest.

»Wenn du jetzt gehst …«

Um seine Mundwinkel zuckte es. »Was?«

»Wenn du mich so zurücklässt, ohne eine Erklärung, ohne dass ich eure Gesetze verstehe …«

Weiter kam ich nicht, denn in diesem Augenblick flackerte in meinem Zimmer ein Licht auf. Eine Sekunde später öffnete sich das Fenster und Cyril stand auf der Schwelle. Er hielt meinen Laptop in den Händen und hatte seinen Blick fest auf Gordy gerichtet. »Ich finde auch, dass du noch einen kleinen Moment warten solltest«, sagte er kühl.

»He, was soll das?«, rief ich. »Wie bist du überhaupt hier hereingekommen?«

Cyril sah mich gar nicht an, sondern schob mich grob zur Seite, drehte den Laptop um und hielt Gordy den Bildschirm entgegen. »Ich bin der Meinung, dass du das hier unbedingt wissen solltest.«

»Nein, Cyril, nein!«, brüllte ich und versuchte, ihm das Notebook zu entwinden. Zwar hatte ich noch keinen Blick auf den Monitor werfen können, dennoch war mir so klar wie nur was, welche Bilder dort zu sehen waren.

Cyril stand da wie ein eiskalter Vollstrecker. Ich hatte keine Chance, mich an ihm vorbeizudrängen und alles zu erklären, sondern musste hilflos mit ansehen, wie Gordy auf den Bildschirm starrte und sich ein Ausdruck tiefer Enttäuschung auf sein Gesicht legte – und wie er schließlich in den Garten hinuntersprang und mit der Dunkelheit verschmolz.

»Wie lange noch?«, raunte Zak.

»Zehn Tage«, sagte Kyan.

Er hockte auf einem scharfkantigen Felsen, den Oberkörper tief herabgebeugt, und tastete die mit dunklen Algen überzogenen Spalten nach Schalentieren ab, die die letzte Flut zurückgelassen hatte.

Zak kniff die Augen zusammen und blinzelte gegen das grelle Licht, das durch den hohen schmalen Eingang in die Höhle fiel.

»Das hält er nicht durch«, knurrte er.

»Es wird ihm gar nichts anderes übrig bleiben«, erwiderte Kyan.

Mit einer schnellen Bewegung zog er einen Krebs aus dem Wasser, brach seinen Panzer und die Scheren auf und sog den Inhalt gierig in den Mund. »Er darf nicht noch ein Mädchen töten. Nicht jetzt. Und auch nicht hier.«

»Noch eins?« Zak lachte bitter. »Darf ich dich erinnern? Die schöne Goldene war nicht seine Beute.«

»Meine auch nicht«, brummte Kyan. Er fischte einen zweiten Krebs heraus und warf ihn seinem Freund zu, der ihn geschickt aus der Luft fing.

»Oh, dann hat sie sich also selbst ertränkt?« Auf Zaks kantigem Gesicht breitete sich ein Grinsen aus. »Aus lauter Verzweiflung darüber, dass sie dir nicht folgen konnte?« Er schleuderte den Krebs gegen einen Felsgrat, wieder und wieder, bis sein Panzer aufplatzte und Zak das Innere herausschlürfen konnte.

Kyan richtete sich auf. Um seine Augen lagen tiefe Schatten. »Du weißt nicht, wie es ist, wenn man auf diese Weise die Beherrschung verliert«, sagte er dunkel.

»Nein«, entgegnete Zak. »Das weiß ich nicht. Und ich will es auch gar nicht wissen. Was ich mit anschauen musste, genügt mir vollkommen.« Er zog eine Grimasse. »Es war geradezu widerlich, Elliot so zu sehen.«

»Er trägt keine Schuld«, sagte Kyan leichthin. »Und ich auch nicht. Die Menschen machen es so miteinander. Es ist ihre Natur.«

»Mag sein.« Zak warf die leer gesaugten Krebskörper ins Wasser zurück. »Aber sie töten einander nicht. Wenn es so wäre, müssten sie sich schon längst ausgerottet haben. Außerdem ...« Er sah seinen Freund scharf an. »Unsere Natur ist das nicht. Wir würden niemals so die Kontrolle verlieren.«

Kyan schüttelte den Kopf. »Wir können unsere Mädchen ja auch nicht so berühren«, rechtfertigte er sich. »Wir können sie weder riechen noch schmecken. Außerdem haben sie keinen solchen Unterleib. Der Duft eines Menschenmädchens und der Anblick ihres Geschlechts rauben uns die Sinne ... und die Vereinigung mit ihr ...« Er brach ab und ein Ausdruck gequälter Verzückung breitete sich über sein Gesicht. Kyan atmete tief ein und aus und seine Züge entspannten sich wieder. »Aber gut, dafür gehören unsere Mädchen uns allen«, fügte er hinzu.

»Diejenigen ausgenommen, die einem Einzigen bestimmt sind«, warf Zak ein.

»Ja. Aber die rührt ohnehin keiner an.«

»Weil sie sich nicht fangen lassen«, sagte Zak.

»All das ist nicht entscheidend«, erwiderte Kyan mürrisch. »Abgesehen von wenigen Ausnahmen, gehören die Mädchen allen. Im Grunde ihres Herzens lieben sie es, gejagt zu werden, und sie paaren sich bereitwillig mit jedem. Wenn man hingegen eines dieser Landmädchen berührt hat, lassen sie nie wieder einen anderen an sich heran.«

»Was macht dich da so sicher?«

»Sie hat es mir gesagt.«

»Lauren?«

Kyan nickte. »Sie sagte es, während das Leben aus ihrem Körper wich. Ich wollte es zuerst nicht glauben, dachte schon, ich hätte mich verhört. Schließlich waren ihre letzten Worte mehr wie ein Seufzen, kaum zu verstehen. Aber glaub mir, Lauren war dankbar dafür, dass ich sie getötet habe. Sie wollte nur mich. Der Tod war eine Erlösung für sie.«

Zak machte eine abfällige Geste. »Damit kommst du jetzt?«

Kyan wandte den Blick ab und zuckte kaum merklich mit den Schultern.

»Du hast es dir also nur so zurechtgelegt«, meinte Zak abfällig. »Um dein Gewissen zu beruhigen.«

»Pah!« Kyans Augen funkelten zornig auf. »Als ob ich das nötig hätte!« Mit einem langen Satz sprang er zu Zak hinüber. Seine Sohlen fanden mühelos Halt auf dem glitschigen, unebenen Grat. »Als ob wir das nötig hätten!« Er fasste seinen Freund an der Schulter und rüttelte ihn. »Wer verseucht denn die Meere? Wer quält uns mit ohrenbetäubendem Lärm? Erzähl mir bloß nichts, Zak. Sie haben schon Unzählige mehr von uns umgebracht als wir von ihnen.«

»Das wird sie nicht davon abhalten, Elliot oder Liam ebenfalls zu töten«, gab Zak unbeeindruckt zurück. »Sie kreisen in ihren donnernden Maschinen so lange über den Kanal, bis sie einen von uns niedergestreckt haben.«

»Mag sein.« Kyans Blick rückte in die Ferne. »Aber das müssen ja nicht unbedingt unsere beiden Freunde sein. Liam ist sehr umsichtig. Er wird nicht zulassen, dass Elliot etwas Unbedachtes tut. Solange sie ihre menschliche Form haben, sich unauffällig verhalten und der Westküste Guernseys fernbleiben, sind sie geschützt.«

Zak schüttelte unwillig den Kopf. »Wie kannst du dir da so sicher sein?«

»Die Leute in den Booten und Hubschraubern suchen keine Menschen, sondern etwas anderes«, entgegnete Kyan. »Du hast selbst gesehen, dass sie sogar die Delfine in Ruhe lassen. Noch zehn Tage«, fuhr er lächelnd fort. »Bis dahin haben sie den Plonx erwischt. Dieser Idiot benimmt sich wie ein paarungswütiger Hai. Seitdem wir hier sind, hat er die westlichen Buchten von Guernsey nicht verlassen.«

»Was macht dich da so sicher?«

»Ich empfange seine Signale wieder. Sehr schwach nur, aber ich empfange sie. Ich glaube, er versucht, Kontakt mit seinen Geschwistern aufzunehmen.«

»Das ist wirklich dumm«, sagte Zak.

»Allerdings«, grunzte Kyan. »Entweder erledigen sie ihn ... oder die Inselbewohner. Gordy ist der Einzige von uns, der nach menschlicher Vorstellung das Aussehen eines Nix' hat, er passt also perfekt in ihr Beuteschema. Er ist jetzt schon so gut wie tot.« Und dann gehört sein Mädchen mir, fügte Kyan im Stillen hinzu. Allein bei der Vorstellung raste ein erregtes Zittern durch seinen Körper. Dieses Mädchen zu besitzen, würde ihn noch weitaus mehr befriedigen, als Gordy zu töten.

Im Fieber

»Warum hast du das getan?«, brüllte ich.

Cyril hatte mich über seine Schulter geworfen und ich hieb wie eine Besinnungslose mit den Fäusten auf seinen Rücken ein. Doch weder mein Geschrei noch die Schläge reichten aus, um auch nur ansatzweise zum Ausdruck zu bringen, wie es in mir aussah. Ich hatte Gordy verloren. Und Cyril war schuld – mein vermeintlich bester Freund hatte mir das Unfassliche angetan.

In meinem Herzen tobten Wut, Enttäuschung und tiefe Verzweiflung, doch Cyril schien das überhaupt nicht zu kratzen. Er trug mich ins Zimmer, schloss das Schiebefenster und legte den Griff um. Dann schaltete er die Nachttischlampe an, setzte sich auf die Bettkante und ließ mich neben sich auf die Matratze hinuntergleiten.

Ich schoss sofort wieder hoch und schlug weiter auf ihn ein.

»Warum? Warum? Waaarum?«

»Schsch, Elodie, schsch.« Cyril packte meine Handgelenke und drückte sie von sich weg. »Es ist besser so«, murmelte er. »Glaub mir, irgendwann wirst du es verstehen.«

»Nein! Nein! Neiiin!«

Ich versuchte, mich aus seinem Griff zu befreien, doch genauso gut hätte ich gegen die Umklammerung einer riesigen Schraubzwinge ankämpfen können.

»Wenn du weiter so schreist, wird deine Großtante heraufkommen und wissen wollen, was hier los ist«, zischte Cyril.

»Na und?«, kreischte ich völlig außer mir. »Soll sie doch! Wenn sie es war, die dich hereingelassen hat, dann soll sie sich gefälligst anschauen, was sie mir damit angetan hat.«

Cyril schüttelte den Kopf. »Elodie, du bist ungerecht.«

»Und du bist ein mieses, hinterhältiges Schwein!«

Cyril senkte den Kopf und schwieg, hielt mich jedoch immer noch fest.

»Woher hast du überhaupt gewusst, dass Gordy hier ist?«

Er antwortete nicht gleich, sondern seufzte nur.

»Hab ich nicht«, sagte er schließlich. »Aber ich gebe zu, dass ich es gehofft habe.«

Ich starrte auf seinen Brustkorb, der sich in schnellem Rhythmus hob und senkte. »Dann hast *du* also die Drohungen verfasst, meine Zugangsdaten geklaut und die Fotos auf meine Seite gestellt?«, fragte ich tonlos. »Du hast sie von Sinas Seite gefischt und in aller Ruhe auf eine Gelegenheit gewartet, sie Gordy zu zeigen.«

Cyril nickte stumm. Er hatte Glück, dass er mich noch nicht wieder losgelassen hatte, sonst hätte ich jetzt garantiert aufs Neue auf ihn eingedroschen.

»Und ich habe gedacht, so ein Passwort wäre sicher«, presste ich hervor. »Aber offenbar kennst du dich besser mit Computern und dem Internet aus, als du uns allen weisgemacht hast.«

»Ich habe nie das Gegenteil behauptet.«

»Arschloch!«

Cyril zuckte zusammen. Dieses Wort schmerzte ihn offensichtlich mehr als jeder Schlag. – Gut so!

»Warum?«, spie ich ihn an. »Gib mir eine Erklärung! Gib mir nur einen einzigen Grund. Ich will es verstehen.«

»Nein«, sagte er leise.

»Du bist es mir schuldig!«

Als Cyril wieder nur den Kopf schüttelte, schaltete ich um und probierte es auf die Mitleidstour. »Es würde mir helfen, wenn ich es verstehen könnte«, jammerte ich.

»Kannst du nicht«, erwiderte er knapp. »Noch nicht.«

Er lockerte seinen Griff ein wenig und sah mir nun direkt in die Augen. Meine Muskeln erschlafften quasi auf Knopfdruck, und ich spürte, wie sich ein feiner Nebelschleier über meine Gedanken legte. Keine Frage, Cyril versuchte, mich einzulullen, und in dem Moment, als mir das bewusst wurde, kämpfte ich mit ganzer Willenskraft dagegen an. Entschlossen hielt ich seinem hypnotischen Blick stand.

Cyrils Pupillen weiteten sich und ein Lächeln huschte über sein Gesicht. Dann ließ er mich los.

»Ich hasse dich«, sagte ich, aber ich schlug ihn nicht.

»Das stimmt nicht«, behauptete er seelenruhig. »Und das weißt du auch. Du brauchst mich viel zu sehr.«

Ich schloss die Augen und rang um Selbstbeherrschung. Es war einfach unfassbar, welch eine Arroganz er an den Tag legte.

»Ich ... brauche ... dich ... nicht«, schleuderte ich ihm entgegen und betonte jedes einzelne Wort. »Im Gegenteil, du schadest mir. Du zerstörst mein Leben. Und bloß, weil du egoistisch und eifersüchtig bist!«

Cyril schnaubte leise. »Das ist nicht ganz richtig.«

Tsah! – »Aus Liebe tut man so etwas jedenfalls nicht!«

»Aus Liebe, Elodie«, sagte er eindringlich, »tut man sogar noch ganz andere Dinge.«

Ich schnappte nach Luft. Dann sprang ich auf und hechtete an ihm vorbei vom Bett runter. Es reichte! Ich hatte keine Lust mehr, mir noch weiter diese Sprüche anzuhören. Es war bescheuert gewesen, dass ich mich überhaupt auf diese Diskussion mit ihm eingelassen hatte. Cyril hatte in meinem Leben nichts mehr verloren. Ich wollte ihn nie, nie wiedersehen!

»Hau ab!«, schrie ich und deutete zur Tür. »Halt deine verdammte Klappe und verschwinde endlich.«

»Nein, das werde ich nicht tun«, sagte er. »Ich lasse dich ganz sicher nicht in dieser Verfassung allein hier zurück.«

»Keine Angst, Cyril, ich werde mich schon nicht vom Balkon stürzen.«

»Das ist auch nicht meine Sorge«, erwiderte Cyril, während er sich von der Bettkante erhob und langsam auf mich zukam. »Sobald ich das Zimmer verlassen habe, wirst du in den Garten hinunterklettern und zu den Klippen gehen …«

»Und wenn schon! Ertrinken kann ich ja nicht. Zumindest hast du das behauptet. Und Gordy wird mir ganz sicher nichts antun.«

»Natürlich nicht«, sagte Cyril. »Er wird nämlich gar nicht zurückkommen. Er wird *nie wieder* zurückkommen, Elodie. Und je eher du das verstehst und akzeptierst, desto schneller wirst du darüber hinweg sein.«

Ich sah ihn an und hatte das Gefühl, dass der Boden unter mir wegbrach. Nein!, schrie alles in mir. Nein! Nein! – Neiiin! Es pulsierte durch meine Adern, hallte in meinen Ohren und brach meine Seele in tausend Stücke. In meiner Brust flammte ein wilder, verzweifelter Schmerz auf – unmöglich, ihn zu ertragen!

Ich warf den Kopf zurück und fiel.

Cyril fing mich auf und hielt mich.

Er trug mich in seinen Armen durchs Zimmer, drückte und streichelte mich und redete dabei unaufhörlich auf mich ein. Doch mit jedem seiner Worte wurde mein Schmerz über Gordys Verlust und mein Hass auf Cyril größer. Ich wollte, dass er mich losließ. Ich wollte allein sein. Aber Cyril kümmerte das alles nicht und schließlich wusste ich mir nicht mehr anders zu helfen: Mit aller Kraft schlug ich meine Zähne in seine Schulter, bis ich sein warmes süßes Blut auf der Zunge schmeckte.

Als ich zu mir kam, fand ich mich auf dem Sofa in Tante Gracies Wohnzimmer wieder. Durch das Sprossenfenster fiel sanftes Sonnenlicht herein und malte helle Flecken auf die Wände und die Wolldecke, unter der ich lag. Auf dem Couchtisch standen ein Glas, das zur Hälfte mit Wasser gefüllt war, und eine Schüssel, über deren Rand ein feuchter Waschlappen hing.

Ich fühlte mich wie ausgehöhlt, meine Zunge klebte am Gaumen fest und meine Lippen waren so rau wie Schmirgelpapier. Ein säuerlicher Geruch brannte in meiner Nase, und es dauerte einen Moment, bis ich kapierte, dass er von mir ausging.

An meinem Kopfende ertönte ein Geräusch, das mich an das Knarzen von Matratzenfedern erinnerte, und einen Lidschlag später tauchte das Gesicht meiner Großtante über mir auf. Sie trug ein violettes Haarband mit orangefarbenen Punkten und lange Goldohrringe. »Willkommen zurück«, sagte sie lächelnd.

Moment mal – »Wo bin ich denn gewesen?«, fragte ich verwirrt. Ich versuchte, mich aufzurichten, aber meine Muskeln gehorchten mir nicht, und so sackte ich gleich wieder ins Kissen zurück.

»Das kann ich dir leider nicht sagen«, erwiderte Tante Grace. »Aber nach allem, was du im Fieberwahn von dir gegeben hast, kann es nicht besonders schön dort gewesen sein.«

Im Fieberwahn? – Oh Gott!

»Äh … was hab ich denn gesagt?«, fragte ich erschrocken.

»Außer Stöhnen, Schreien und dunklem Gemurmel nicht viel«, antwortete meine Großtante. »Ich habe jedenfalls kein einziges Wort verstanden.« Ein Grinsen zupfte an ihren Mundwinkeln. »Ich nehme an, das beruhigt dich.«

Und wie! Ich war unendlich erleichtert, versuchte mir davon jedoch nichts anmerken zu lassen und erkundigte mich so beiläufig wie möglich nach Cyril.

»Den jungen Mann hast du ziemlich übel zugerichtet«, meinte Tante Grace vorwurfsvoll.

Ich ihn? – Ja klar!

»Das Blut, das aus der Bisswunde in seiner Schulter quoll, war kaum zu stoppen«, fuhr sie fort. »Ich war bereits drauf und dran, den Notarzt zu verständigen, in der Hoffnung, dass man das herausgebissene Stück Muskelfleisch wieder annähen könnte, aber dein Cyril wollte partout nicht in die Klinik.«

»Er ist nicht *mein* Cyril«, sagte ich harsch. Und das mit seiner Schulter geschah ihm ganz recht.

Tante Grace schürzte die Lippen. »Na, wie auch immer«,

sagte sie und erhob sich aus dem Sessel. »Hast du eigentlich Hunger? Mit einem klaren herzhaften Ja würdest du mir übrigens eine große Freude machen.« Sie kniff mich zärtlich in die Wange. »So schmal, wie du geworden bist.«

»Eher Durst«, entgegnete ich und lächelte matt.

»Na, immerhin.« Meine Großtante gab ein leises zufriedenes Grunzen von sich. »Dann wollen wir dich mal hinsetzen.«

Sie schob einen Arm in meinen Rücken und versuchte, mich hochzudrücken. Ich aktivierte meine letzten Reserven, biss die Zähne zusammen und krallte meine Finger in die Sofalehne. Dann stieß ich eine Art Tarzanschrei aus, meine Muskeln zogen sich reflexartig zusammen und mit Tante Gracies Hilfe richtete ich mich auf. Sie klopfte hastig die Kissen zurecht, fasste mich unter den Achseln und zog mich schwungvoll in die Sofaecke.

Schweißüberströmt sank ich zurück.

»Nix da!« Meine Großtante nahm das Glas vom Tisch und setzte es mir an die Lippen. »Es wird Zeit, dass du wieder zu Kräften kommst.«

»Wie lange war ich denn überhaupt …?«, fragte ich zwischen zwei Schlucken.

»Fast drei Tage.«

Waaas? So lange!

»Hat Cyril eigentlich erzählt …?«

Tante Grace nickte. »Natürlich hat er das.« Sie schüttelte den Kopf und ihr Blick drückte tiefes Mitgefühl aus. »Der arme Junge. Es tut ihm so leid. Weißt du, er hat dich wirklich gern. Wenn er geahnt hätte, dass du dich so heftig in ihn verlieben würdest, hätte er sich etwas mehr zurückgehalten.«

Ungläubig sah ich sie an. Cyril konnte von Glück sagen, dass ich ihn nur an der Schulter verletzt hatte. Eigentlich hätte er es verdient, dass man ihm das Schandmaul aus dem Gesicht biss.

»Jetzt hofft er inständig, dass du irgendwann darüber hinweg sein wirst und …«, fuhr meine Großtante zögernd fort.

Den Rest des Satzes verkniff sie sich, aber mir war eh klar, wie er gelautet hätte: *… ihr dann gute Freunde werden könnt.* – Hahaha!

»Schön, dass du so viel Verständnis für ihn hast«, bemerkte ich. »Scheint fast so, dass er dir nur deshalb plötzlich so sympathisch ist, weil er nichts von mir will.«

Ich nahm ihr das Glas aus der Hand und leerte es in einem Zug. Mit der Wut auf Cyril kehrten auch meine Lebensgeister zurück.

»Na ja …« Tante Grace zuckte arglos mit den Schultern. »Vielleicht bin ich ihm gegenüber auch bloß etwas voreingenommen gewesen.«

»Du hast wirklich keine Ahnung von Männern«, brummte ich.

»Ja, woher auch«, meinte sie ehrlich und lockte mir damit ein Lächeln auf die Lippen.

Meine Großtante grinste ebenfalls, doch bereits einen langen geräuschvollen Atemzug später musterte sie mich wieder mit ernster Miene.

»Sag mal«, begann sie und hob die Wolldecke über meinen Beinen an, »wie hast du dir eigentlich diese Verletzung hier zugezogen?« Sie deutete auf die deutlich hervortretende Schwellung an meinem rechten Fuß.

»Ähm …«, stammelte ich, während ich überlegte, ob es möglicherweise klug war, irgendwas zu erfinden. Doch dann entschied ich mich für die Wahrheit. Ich musste ja nicht gleich *alles* erzählen. »Ach so, das!«, rief ich also. »Da bin ich in einer Felsspalte hängen geblieben.«

»Wann?«

»Vorletzte Woche«, erwiderte ich zögernd. »So genau weiß ich es nicht mehr.«

»Hm.« Tante Grace musterte mich forschend. »Warum hast du denn nichts gesagt? Das scheint mir nämlich keine ganz harmlose Geschichte zu sein.«

»Ach, Quatsch«, wiegelte ich sofort ab. »Ich hab es kaum gespürt. Außerdem hat Mam mir eine super Salbe mitgegeben.«

Meine Großtante nickte, machte jedoch nicht den Eindruck, als ob das Thema damit für sie erledigt wäre. »Während du im Delirium lagst …«, begann sie.

Ich stöhnte leise. »Im Delirium?« Okay, es ging mir nicht gut, und ich war ein paar Tage lang in den Untiefen meiner Seele gefangen gewesen, aber *das* schien mir dann doch etwas übertrieben zu sein.

»Ich wüsste nicht, wie man diesen Zustand sonst nennen sollte«, entgegnete Tante Grace. »Wenn ich nicht sicher gewesen wäre, dass die Ursache dafür in deiner Psyche lag, und ich das Fieber nicht mit Essigwickeln unter einundvierzig hätte halten können, hätte ich dich nach St Peter Port in die Klinik bringen lassen müssen.«

Na toll! Dann hätte ich mir dort ja mit Cyril ein Zimmer teilen können!

»Jedenfalls bin ich froh, dass die Sache nun ausgestanden ist«, setzte sie hinzu. »Und deiner Seele scheint dieser abenteuerliche Ausflug in die Welten des Fieberwahns ja sogar gutgetan zu haben.« Sie fixierte mich abwartend, doch nachdem ich ihre Überlegung weder bestätigte noch zurückwies, fuhr sie schließlich fort: »Und um noch mal auf diese böse Verletzung an deinem Knöchel zurückzukommen ... Die ist unter dem hohen Fieber kräftig angeschwollen, und heute Morgen habe ich gesehen, dass sich dort nun ein ziemlich großes Hautstück ablöst.«

»Offenbar bin ich gerade dabei, sämtlichen alten Kram abzuwerfen«, witzelte ich, doch meine Großtante zeigte wenig Verständnis für meine Art von Humor.

»Du solltest das wirklich nicht auf die leichte Schulter nehmen«, sagte sie streng. »Sobald du wieder auf den Beinen bist, lassen wir das von einem Arzt untersuchen.«

»Okay«, lenkte ich ein. »Vielleicht hast du recht.«

»Ich hab recht, verlass dich drauf«, brummte Tante Grace unnachgiebig.

»Und *ich* würde jetzt doch gerne etwas essen«, sagte ich, woraufhin sich ihr Gesicht sofort aufhellte.

»Kein Problem. Was möchtest du denn? Gemüsesuppe? Englisches Frühstück? Butterstreusel?«

»Von allem ein bisschen«, erwiderte ich lächelnd und meine Großtante machte sich sofort geschäftig in Richtung Küche davon.

Ich war froh, dass ich einen Moment für mich allein hatte. Seufzend lehnte ich meinen Kopf in die Kissen zurück und schloss die Augen. Vielleicht hatte der Fieberwahn meiner Seele gutgetan, geheilt war sie darum aber noch lange nicht. Im Gegenteil: Ich fühlte mich schrecklich wund und auf eine neue, seltsam fremde und beklemmende Weise hilflos und leer. Noch immer dachte ich unentwegt an Gordy. Er war alles, was ich wollte, und nichts wünschte ich mir sehnlicher, als dass irgendeine Himmelsmacht, an die ich in dieser ausweglosen Situation nur zu gerne glauben wollte, mir die Chance gab, ihm alles zu erklären.

Ich hatte mich nicht getraut, Tante Grace zu fragen, ob die Polizei die *Mörderbestie* inzwischen gefangen genommen oder gar erlegt hatte. Lieber wollte ich noch eine Weile davon überzeugt sein, dass Gordy nichts zugestoßen war, dass er lebte und mir verzieh – und sich irgendwann wieder über das Balkongeländer vor meinem Zimmer schwang.

»Ich liebe dich«, flüsterte ich. Dieses Gefühl füllte mich vollkommen aus und war so übermächtig – das musste er doch spüren!

Aber vielleicht war es ihm auch egal. Vielleicht hatte er das mit meiner zarten Haut und meinen süßen Lippen bloß so dahergesagt, und vielleicht waren Kyan, Elliot, Zak, Liam und er nur an Land gekommen, um sich an Menschenmädchen zu vergehen. – Wie hatte Javen Spinx sich noch ausgedrückt? Delfine bildeten Allianzen, um Beute zu jagen und Weibchen in die Enge zu treiben. Mit Lauren, Joelle, Aimee, Olivia, der Sark-Urlauberin und mir war das nicht einmal nötig gewesen. Wir hatten uns allein von ihrem Anblick betören lassen.

Gordy hätte alles mit mir machen können – hatte er aber nicht. Seine Angst, dass er mich töten, mich durch seinen Kuss womöglich ertränken könnte, war ganz offensichtlich zu groß gewesen.

Und schon flammte wieder ein winziges Fünkchen Hoffnung in mir auf: Vielleicht war ich ihm ja doch nicht ganz gleichgültig!

Der Motorenlärm eines sich nähernden Hubschraubers riss mich aus meinen Träumen. Erschrocken öffnete ich die Augen und bemerkte den Schatten, der über das Fenster hinwegzog. Ein paar Sekunden lang vernahm ich das FRAPP-FRAPP-FRAPP der Rotorblätter und dann hatte sich der Helikopter auch schon in Richtung Wasser entfernt.

Es war also noch nicht vorbei.

Delfinblut

Es dauerte noch einige Tage, bis ich wieder einigermaßen auf den Beinen war. Tante Grace versorgte mich mit allen nur erdenklichen Köstlichkeiten – inklusive bunt gefärbten Eiern und einem selbst gebackenen Osterhasen – und achtete mit Argusaugen darauf, dass ich bloß nicht auf die Idee kam, das Haus zu verlassen. Cyril musste ihr sehr anschaulich beschrieben haben, was ich mir alles antun könnte, wenn ich die Gelegenheit dazu bekam. Und er musste dabei sehr glaubwürdig geklungen haben.

Zunächst machte es mir kaum etwas aus, dass ich gewissermaßen bewacht wurde, ich war ohnehin viel zu schlapp und fühlte mich nach jedem Toilettengang so, als ob ich den Mount Everest bestiegen hätte. Bis zu den Klippen hinunter hätte ich es also niemals geschafft.

Doch mit zunehmender Körperkraft kehrten auch meine inneren Widerstände zurück. Meine Großtante fing an, mir mit ihren Süppchen, Soufflés und Obsthäppchen auf den Geist zu gehen, und auch die Telefonate mit meiner Mutter, in denen sie sich jedes Mal voller Sorge zu vergewissern versuchte, dass ich auch wirklich schon bald wieder *ganz* gesund sein würde, strapazierten mein Nervenkostüm aufs Ärgste.

»Komm doch vorbei und überzeug dich selbst«, wäre mir einmal beinahe herausgerutscht. In der Tat wunderte es mich ein bisschen, dass sie sich nicht gleich in den nächsten Flieger gesetzt hatte und nach Guernsey gekommen war. Der Grund dafür sollte sich mir allerdings erst sehr viel später erschließen. Im Augenblick war ich eher erleichtert darüber, dass meine Mutter sich auf die Telefonate beschränkte und mir nicht zusammen mit Tante Grace auf der Pelle hockte.

Inzwischen neigte sich meine vierte Woche hier in Richmond dem Ende zu. Die Sonne schien, und die klare warme Luft, die durch das weit geöffnete Zimmerfenster hereinströmte, duftete nach sattem Grün und Blumen. Ich bildete mir ein, bereits den Sommer riechen zu können.

»Welchen Tag haben wir heute?«, fragte ich meine Großtante, nachdem ich eine Riesenportion Rührei mit Schinken und zwei Toasts mit selbst gemachter Erdbeermarmelade verdrückt hatte.

»Freitag«, gab sie zur Antwort. »Freitag, den dreizehnten April. Zehn Uhr dreiundzwanzig.«

»Zeit, um endlich aufzustehen«, sagte ich und schlug die Wolldecke zurück.

»Und ein ausgiebiges Bad zu nehmen«, setzte Tante Grace hinzu.

»Ich weiß«, sagte ich und verdrehte die Augen. »Ich stinke zum Himmel. Und ich fühl mich auch so.«

Es kostete mich einiges an Überredungskunst, aber dann brachte ich meine Großtante dazu, mir zu erlauben, dass ich mich oben in meinem Reich unter dem Dach in die Wanne legte. Schließlich waren dort all meine Sachen, und es machte doch keinen Sinn, das ganze Zeug herunterzuschleppen. Außerdem versprach ich ihr hoch und heilig, mir nicht ausgerechnet auf ihrem Grundstück das Leben zu nehmen, was sie mit einem Grinsen quittierte. »Ich glaube, du bist wirklich über den Berg«, sagte sie und tätschelte mir die Wange.

Das Bad war im Nu eingelassen, und das warme Wasser und der prickelnde Schaum taten mir unendlich gut, ließen aber auch alle Erinnerungen an Gordian schmerzhaft in mir aufflammen. Egal wo mein Blick hinfiel, aufs Bett, den Balkon, den Fernseher, den Badezimmerspiegel oder meine Haarbürste, immer sah ich nur ihn. Groß und schön und lebendig. Ich bildete mir sogar ein, seine Stimme zu hören und seinen Duft wahrzunehmen.

Nachdem ich meine Haare trocken geföhnt und ein wunderbar fruchtig riechendes Öl in meine Haut einmassiert hatte, fühlte ich mich fast wie neugeboren. Ich nahm die Verletzung an meinem rechten Fußgelenk etwas genauer unter die Lupe. So wie Tante Grace es beschrieben hatte, löste sich ein schätzungsweise drei Millimeter dickes und etwa zwei Zentimeter breites Hautstück über der Wunde ab, die sich inzwischen fast bis zur Wade hinaufzog. Schmerzen verspürte ich keine, erstaunlicherweise hatte diese Verletzung eigentlich nie besonders wehgetan.

Ich versuchte, das lose Stück abzuzupfen, es war jedoch an einer Stelle noch zu fest mit der Haut oberhalb des Knöchels verwachsen. Also drückte ich es wieder an, schmierte alles gründlich mit Mams guter Salbe ein und zog einen Strumpf darüber, der ganz oben auf einem Stapel frischer Wäsche auf dem Rattansofa thronte. Dort fand ich auch meine Lieblingsjeans, ein olivfarbenes T-Shirt und meinen dunkelblauen Cardigan. Ich hatte nun schon so lange in verschwitzten Klamotten gesteckt, dass sich diese Sachen wie eine Offenbarung auf meinem Körper anfühlten.

Anschließend fischte ich ein breites Gummiband aus einem der Sessel, mit dem ich meine Haare im Nacken zu einem Knoten binden wollte, und dabei fiel mein Blick auf das Notebook, das zusammengeklappt auf dem Tisch lag.

Ob Cyril die Bilder nach seiner Untat gelöscht hatte?

Nach kurzem Zögern fuhr ich den Rechner hoch und durchsuchte meine Seite. Aber ich fand nichts, ebenso wenig wie bei Frederik, Sina oder anderswo. Wahrscheinlich hatte Cyril eine eigene Seite, auf der er die Fotos gespeichert hatte; wenn er allerdings einen anderen Namen benutzte, würde ich sie ohnehin nicht aufspüren können.

Also wechselte ich zu meinem E-Mail-Postfach, wo erstaunlicherweise nur eine einzige Nachricht eingegangen war. Sina hatte sie geschickt und erkundigte sich darin ausführlich nach meinem Gesundheitszustand.

Ich hoffe, du bist bald wieder auf den Beinen.
Hab dich lieb, Sina :-***,
beendete sie ihre Mail.

Liebe Sina, schrieb ich zurück,
ja, es geht mir wieder besser. Inzwischen weiß ich übrigens, dass Frederik tatsächlich nichts mit dieser Sache zu tun hatte. Es war Cyril. Keine Ahnung, was das sollte. Er ist eben leider doch ein Arschloch. Ich rufe dich an, sobald mein Handy wieder aufgeladen ist. Hab dich auch lieb ******

Vielleicht würde ich Sina irgendwann von Gordy erzählen. Aber noch war nicht der richtige Zeitpunkt dafür. Außerdem wollte ich ihr dabei gegenübersitzen, damit sie sich mit eigenen Augen davon überzeugen konnte, dass ich nicht durchgeknallt war und mir diese Geschichte nicht einfach nur ausgedacht hatte.

Ach, Gordy, Gordy, Gordian! Wehmütig wanderte mein Blick zum Fenster hinüber. Tante Grace hatte die Jalousien heruntergelassen. Durch die schräg gestellten Lamellen fiel goldgelbes Licht herein und das Meer schimmerte türkisgrün unter einem tiefblauen Himmel.

Wären da nur nicht die vielen Boote gewesen!

Langsam zog ich die Jalousien hoch, öffnete das Schiebefenster und war bereits im Begriff, auf den Balkon hinauszutreten, als es an die Tür klopfte.

»Elodie? Ich bin's, Ruby.«

»Komm rein!«, rief ich und ein paar Sekunden später lagen wir uns in den Armen.

»Es tut mir leid, dass ich die ganze Zeit so darauf fixiert gewesen bin, dass du und Cyril ...«, stammelte sie. »Ich habe gar nicht in Betracht gezogen, dass es noch einen anderen geben könnte. Jemanden wie Zak und Elliot.«

»Ach, Ruby«, sagte ich nur. Nichts schien mir im Augenblick unwesentlicher zu sein als das.

»Wie heißt er?«, wollte sie wissen.

»Gordy«, sagte ich zärtlich. »Na ja, eigentlich Gordian.«

»Klingt irgendwie exotisch-delfinisch«, meinte sie lächelnd, löste sich von mir und zog mich auf den Balkon hinaus. »Hast du gesehen, was da draußen los ist?«, wisperte sie in beinahe andächtigem Tonfall.

»Nein, ich wollte gerade …«

»Dann schau«, sagte sie leise und deutete auf die Perelle Bay hinaus. »Alles voller Delfine.«

Ich kniff die Augen zusammen und blinzelte gegen die Sonne. Noch immer spürte ich einen gewissen Widerstand in mir, doch jetzt konnte ich nicht mehr wegsehen.

Tatsächlich schimmerten unter der Wasseroberfläche große dunkle Schemen, die sich gemächlich zwischen den Booten der Küstenwache hin und her bewegten. Plötzlich erhoben sich nacheinander drei Delfine aus dem Wasser und sprangen in hohem Bogen über die Bugspitze eines der Boote. Mir blieb fast das Herz stehen.

»Ist es nicht magisch?«, schwärmte Ruby. »Als ob sie ihnen sagen wollten, dass sie völlig friedlich sind.« Sie hatte es kaum ausgesprochen, da flogen bereits die nächsten drei Delfinkörper durch die Luft. Ihre silbernen Leiber schillerten in der Sonne, und die Wassertropfen, die sie versprühten, blitzen auf wie Abertausende winzige Sterne. Es war ein überwältigender Anblick. – Und trotzdem!

»Lauren und ein weiteres Mädchen sind tot …«, begann ich.

»Bethany«, unterbrach Ruby mich. »Ihr Name ist … war … Bethany Simon.«

Ich nickte beklommen. »Niemand weiß, ob von Zak, Elliot, Kyan und Liam keine Gefahr ausgeht«, sagte ich leise. »Natürlich hoffe ich, dass sie nicht wirklich böse sind …«

Ich mochte mir einfach nicht ausmalen, dass Lauren und Bethany anders gestorben waren als an einem allzu leidenschaftlichen Kuss. Und Gordy war für mich ohnehin über jeden Zweifel erhaben. Er konnte sich kontrollieren, da war ich mir sicher. Ich musste nur an ihn denken, schon raste die

Sehnsucht nach ihm wie ein alles versengendes Feuer durch meinen Körper. Mir vorzustellen, dass ich ihn nie wiedersehen und er mich niemals richtig küssen würde, brachte mich fast um.

»Vielleicht ist es nicht anders als bei uns Menschen«, hörte ich Ruby sagen. »Es gibt Gute und Schlechte und jede Menge dazwischen.«

»Wie auch immer.« Ich holte tief Luft und zwang mich, nicht auf der Stelle loszuheulen. »Zwei Mädchen sind tot. Ihre Mörder kommen aus dem Meer. Ich glaube nicht, dass die Männer da draußen ihre Suche so schnell aufgeben werden«, presste ich mit zitternder Stimme hervor. »Sie könnten Gordy immer noch erwischen.«

»Stimmt«, sagte Ruby. »Es ist ein reines Wunder, dass sie die Delfine in der Bucht nicht schon längst abgeschlachtet haben.« Sie seufzte schwer, dann sah sie mich mit glühenden Augen an. »Hast du Gordy denn nicht gesagt, dass er von hier verschwinden soll?«, fragte sie aufgebracht. »Bist du nicht deshalb so krank geworden, weil du dich von ihm trennen musstest?«

»Ja, schon ...« Hilflos hob ich die Schultern. »Aber eigentlich ist Cyril an allem schuld.«

Ruby sog geräuschvoll Luft ein. »Cyril? ... Aber wieso denn das?«

»Er hat Gordy Fotos von mir aus dem Internet gezeigt«, erzählte ich stockend. »Von meiner Abschiedsparty in Lübeck.«

»Was? Etwa die, auf denen du mit deinen Schulkameraden ...«

Ich kniff die Lippen zusammen und nickte stumm. Der Gedanke an Cyrils unsägliches Verhalten ließ erneut die Wut in mir hochkochen.

Ruby starrte mich an. Eigentlich hatte ich erwartet, dass auch sie nun einen Schwall wilder Beschimpfungen gegen ihn loslassen würde, doch genau das Gegenteil geschah: Sie nahm ihn in Schutz.

»Vielleicht hat Cyril geahnt, dass du Gordian nicht fortschicken kannst«, sagte sie leise.

Es dauerte eine Weile, bis sich mir die tiefere Bedeutung ihrer Worte erschloss. »Du meinst, er hat es getan, um Gordy zu schützen?«

Das hätte ich wirklich nur zu gerne geglaubt, und zwar aus zweierlei Gründen: Erstens ließ sich daraus schlussfolgern, dass Gordy tatsächlich etwas an mir lag, da er mich offenbar ohne diese drastische Maßnahme nicht verlassen hätte, und zweitens hätte es Cyril rehabilitiert.

Allerdings gab es leider einen gewichtigen Punkt, der gegen Rubys These sprach: Cyril hätte mir seine Motive hinterher beichten können. Gordy wäre zwar noch immer fort gewesen, aber ich hätte mich damit trösten können, dass er mich gern hatte, vielleicht sogar liebte. Stattdessen hatte Cyril nur behauptet, dass ich *noch* nicht in der Lage sei, den Grund für seine abscheuliche Tat zu verstehen.

»Glaubst du, das sind alles Nixe?«, hörte ich Ruby flüstern, während sie weiter wie verzaubert auf die silbrig schimmernde Wasseroberfläche hinunterblickte. Eine Antwort schien sie nicht zu erwarten, denn ehe ich etwas erwidern konnte, fuhr sie bereits leise fort: »Stell dir nur mal vor, es gäbe gar keine Delfine und Wale, und der Grund für die Faszination, die sie auf uns ausüben, liegt schlicht und einfach darin, dass sie in Wahrheit hochintelligente Wesen – also Nixe – sind, die uns ähneln …«

»Die uns überlegen sind«, korrigierte ich sie. »Sie sind schneller und stärker und können besser hören, sehen und klettern als wir.«

Von ihren mentalen Fähigkeiten ganz zu schweigen, setzte ich in Gedanken an Gordys besonderes Lächeln stumm hinzu, das auf der Stelle meine Muskeln und mein Gemüt entspannte und darüber hinaus zumindest für ein paar Sekunden eine äußerst unvorteilhafte Auswirkung auf meinen Geisteszustand hatte.

»Und sie leben hier bei uns auf der Erde«, bekräftigte Ruby in bitterem Tonfall. »Grund genug also, sie auszurotten.« Sie sah mich erschrocken an. »Tut mir leid. Ich hätte das lieber nicht so deutlich sagen sollen. Die Vorstellung, dass Gordy …« Sie sprach immer leiser und brach schließlich ganz ab. »Tut mir leid«, wiederholte sie flüsternd.

Ich nickte und ein paar Minuten lang standen wir still nebeneinander und sahen dem Spiel der Delfine draußen in der Bucht zu.

»Ich will doch nur, dass man sie anhört«, sagte Ruby nach einer Weile. »Und nicht einfach einen von ihnen erlegt wie einen Mörderhai. Womöglich stellt man später, nachdem die genetische Analyse abgeschlossen ist, fest, dass man den Falschen erwischt hat.«

»Ja«, sagte ich und lehnte meinen Kopf gegen ihre Schulter. Das lange Stehen hatte mich ein wenig angestrengt. Ich war eben doch noch nicht wieder völlig auf dem Damm.

»Na, komm.« Ruby schlang ihren Arm um meine Schultern. »Ich glaube, du solltest dich mal hinsetzen.«

Bereitwillig ließ ich mich von ihr zum Sofa bugsieren, auf dem ich mich sogleich lang ausstreckte. Ruby schloss das Schiebefenster und ließ sich mir gegenüber in einen der Rattansessel fallen.

»Der Großteil der Inselbewohner sieht das übrigens genauso«, erzählte sie. »Die meisten sind auf der Seite der Delfine. Es rührt sie, dass diese Tiere die *Mörderbestie* zu beschützen versuchen. Überall an den Küsten gibt es Demonstrationen. Die Menschen hier auf Guernsey plädieren dafür, dass man das mutierte Meereswesen einfängt und nicht einfach tötet. Vielleicht ist das der Grund, weshalb sie noch kein Blutbad unter den Delfinen angerichtet haben.«

»Und was ist mit den Sarkees?«, entgegnete ich. »Und Laurens und Bethanys Familien?«

»Das weiß ich nicht«, sagte Ruby. »Davon abgesehen, finde ich ihre Sichtweise auch nicht entscheidend. Klar wollen sie, dass der Mörder bestraft wird. Es nützt ihnen aber wenig, wenn *irgendein* Wesen, das vielleicht völlig unschuldig ist, dafür sein Leben lässt. Das bringt ihnen weder Lauren oder Bethany zurück noch den Frieden, den sie vielleicht finden können, wenn sie irgendwann mit diesem schrecklichen Verlust abgeschlossen haben.«

Ich nickte gedankenverloren und begann, mich zu fragen, was schlimmer für mich war: das sichere Wissen, dass Pa tot war und nie wieder zu mir zurückkam, oder die ewige Ungewissheit darüber, ob Gordy es geschafft hatte, den Kanal rechtzeitig zu verlassen, um irgendwo in den Tiefen der Ozeane ein glückliches Dasein zu führen. Die Antwort darauf war schnell gefunden. Meinen Vater vermisste ich so sehr, dass es wehtat, aber allmählich fing ich an, mir die schönen Erlebnisse mit ihm in Erinnerung zu rufen, was die Schmerzen langsam zu lindern begann. Wenn ich aber an Gordy dachte, fühlte ich mich wund und leer und unvollständig. Und es half meinem Seelenheil auch nicht, wenn ich mir immer wieder einzutrichtern versuchte, dass ich ihm das Leben retten konnte, indem ich auf ihn verzichtete. Zumal ich darüber ja niemals Gewissheit haben würde. Davon abgesehen, stellte ich mir wieder und wieder die Frage, ob ich ihm damit überhaupt einen Gefallen tat. Schließlich hatte ich nur eine vage Vorstellung davon, was ein Leben als Plonx für ihn bedeutete.

»Was ist los mit dir?«, fragte Ruby. »Warum sagst du nichts?«

»Oh ... ähm ...« Wäre ich an der Reihe gewesen, etwas von mir zu geben? Ich hatte schon völlig vergessen, was sie zuletzt gesagt hatte.

»Soll ich dir von Alderney erzählen?«

»Ja ... klar.« Ich stützte meinen Kopf auf und nickte ihr zu. »Stimmt, Ashton und du, ihr wart ja auf Alderney. Habt ihr etwas herausgefunden?«

Ruby zuckte mit den Schultern. »Nur das, was wir ohnehin erwartet hatten.«

»Nämlich?«

»Niemandem dort scheinen Typen aufgefallen zu sein, die so aussehen wie Zak und Elliot.«

»Dann haben sie Aimee, Joelle und Olivia also belogen«, sagte ich.

»Na klar«, meinte Ruby. »Was hast du denn gedacht?«

Ich warf ihr einen Seitenblick zu. »Nichts anderes. Ich habe es schon die ganze Zeit über für sehr viel wahrscheinlicher gehalten, dass sie sich in den Höhlen von Sark verstecken.«

Ruby runzelte die Stirn. »Und dass Cyril das weiß?«

Ich schnitt eine Grimasse. »Schon möglich.« Tatsache war: Es interessierte mich nicht mehr die Bohne. Cyril konnte mir gestohlen bleiben. Aber das rieb ich Ruby lieber nicht unter die Nase. Sie schien inzwischen ja einen echten Narren an ihm gefressen zu haben. »Wie geht es den Mädchen eigentlich?«, lenkte ich vom Thema ab.

»Ach, Joelle ist im Augenblick ja eh nicht hier. Ich hab zweimal mit ihr telefoniert und da hat sie total auf cool gemacht und bloß von ihrer Arbeit erzählt«, antwortete Ruby nüchtern, »aber Aimee und Olivia sind offensichtlich völlig fertig. Sie haben Zak, Liam und Elliot nun schon seit Tagen nicht mehr gesehen.«

Wahrscheinlich sind sie schlau genug gewesen und haben sich rechtzeitig abgesetzt, dachte ich, aber dann fiel mir das, was Gordy gesagt hatte, wieder ein.

Es gibt Gesetze, denen wir uns beugen müssen. Der Mond steht noch nicht richtig. Kyan, Zak, Liam und Elliot können frühestens in ein paar Tagen von hier fort. – Nämlich nach allem, was ich wusste, erst dann, wenn der Mond genauso stand, wie kurz vor meiner Abreise aus Lübeck.

Ich konnte es kaum erwarten, einen Blick in meinen Kalender zu werfen.

Ruby aß mit uns zu Mittag und machte auch danach keine Anstalten, nach Hause zu fahren. In mir stieg allmählich der Verdacht auf, dass Tante Grace sie womöglich dazu überredet hatte, bei mir zu übernachten, doch dann, um kurz vor halb fünf, verabschiedete sie sich plötzlich, und ich war endlich wieder allein in meinem Zimmer.

Um nicht das Misstrauen meiner Großtante zu erregen, verzichtete ich darauf, die Tür abzuschließen, und hoffte einfach, dass sie mich eine Weile in Ruhe ließ.

Eigentlich hatte ich auch überhaupt nicht vor, etwas Unvernünftiges zu tun, doch in dem Augenblick, als ich meinen Schülerkalender aufschlug und feststellte, dass exakt heute, am Freitag, dem 13. April, abnehmender Halbmond war, änderte sich dies schlagartig.

Hastig raffte ich ein paar meiner Klamotten und die Kissen aus den Rattansitzen zusammen, drapierte sie in einer sanft gebogenen Linie auf mein Bett und breitete die Decke darüber. Solange Tante Grace nicht direkt herantrat, sondern sich mit einem Blick von der Tür aus begnügte, konnte es funktionieren. Aber letztendlich war es mir auch egal. Ich musste zum Wasser hinunter, koste es, was es wolle.

Nachdem ich einen dicken Pulli übergezogen hatte und in meine Sneakers geschlüpft war, huschte ich auf den Balkon hinaus.

Ich schloss das Fenster bis auf einen Spalt, der gerade mal so breit war, dass meine Finger dazwischenpassten. Dann kletterte ich über das Geländer und sprang.

Es war gut, dass ich nicht gezögert und die Entfernung noch einmal mit den Augen abgemessen hatte, denn sonst hätte ich mich am Ende womöglich doch nicht getraut.

So kam ich hart und etwas unglücklich mit leicht verdrehtem Fuß auf dem Rasenstück zwischen der Veranda und einem Rhododendron auf, rieb mir leise stöhnend Knöchel, Knie und Handgelenke und lief schließlich über die Gartenterrassen aufs Wasser zu.

Die Sonne stand schon ziemlich tief und tauchte die Felsen und das türkisblaue Meer in ein helles warmes Licht, das hier und dort die silbrig schimmernden Leiber der Delfine aufblitzen ließ.

Schätzungsweise fünf- bis sechshundert Meter von der Küste entfernt trieb eine Art Fischerboot. Die Schiffe der Küstenwache hatten sich auf die Höhe von Lihou Island verzogen, wo sie bewegungslos im Wasser lagen, den Bug in Richtung Perelle Bay gerichtet, fast so, als ob sie den Trawler beobachteten.

Sofort überkam mich ein ungutes Gefühl. Irgendetwas ging hier vor sich. Kein einziger Delfin erhob sich mehr aus dem Wasser, kein Tropfen spritzte. Nichts bewegte sich. Alles stand still. Die Atmosphäre war zum Reißen gespannt.

Einige Sekunden lang war auch ich wie erstarrt und blickte atemlos und mit pochendem Herzen auf die wie hypnotisiert unter der Oberfläche verharrenden Körper, dann rannte ich weiter, so schnell ich nur konnte, zu den Klippen hinunter, bis ich *meine* Stelle erreichte. Doch jetzt lag das Meer viel weiter zurück als die Male zuvor, eine riesige zerklüftete und mit glitschigen schwarzen Algen und Tang überzogene Felsfläche tat sich vor mir auf. Es würde nicht einfach sein, bis ans Wasser zu gelangen, schon gar nicht in meinem angeschlagenen Zustand.

Plötzlich ging eine Erschütterung durch die See. Es war, als hätten die Delfine sich allesamt gleichzeitig um einen Flossenschlag zurückbewegt. Das Meer kräuselte sich, ich hörte, wie es nun leise gegen das Riff klatschte. Und dann bäumte sich nur wenige Meter von dem Fischerboot entfernt etwas auf.

Gordy, dachte ich voller Panik, und in mir zog sich alles zusammen. Wer sonst sollte das sein? Elliot, Kyan, Zak und Liam waren hier nie aufgetaucht. Sie gehörten auf die andere Seite der Insel, nach St Peter Port und Sark. Bitte, bitte nicht, flehte ich, doch schon im nächsten Moment brach ein wild zappelnder Leib durch die Wasseroberfläche und wirbelte blutrote Fontänen auf. Ich sank in mich zusammen, schlug die Hände vors Gesicht und erstickte mühsam den Schrei in meiner Kehle.

Nacht der Nixe

Ich hockte auf den Klippen und fühlte mich wie betäubt. Meine Kehle war rau und trocken und mein Herz lag wie ein schwerer stummer Brocken in meiner Brust. Ich konnte weder weinen noch irgendetwas denken, sondern betrachtete das grausige Schaupiel wie jemand, der in einer Theatervorstellung sitzt und mit dem dargebotenen Stück nichts anzufangen weiß. Ich hörte Männerstimmen schreien, sah, wie eines der Küstenwachschiffe sich in Bewegung setzte und genau auf das Fischerboot zuhielt. Ein Netz wurde aus dem Wasser gezogen – mit einem sich windenden dunklen Körper darin.

Er lebt noch!, durchzuckte es mich und schlagartig kam ich wieder zu mir. Es war noch nicht zu spät!

»Gooordiiie!«, brüllte ich, so laut ich konnte, doch der Südwind hielt mit ganzer Kraft dagegen und trug meinen Schrei in entgegengesetzter Richtung davon.

Ohnmächtig musste ich mit ansehen, wie die Männer ihn an Deck hievten und mit Knüppeln auf ihn einschlugen.

»Neiiin!«, brüllte ich. »Neiiin! Nein! Nein!«

Obwohl ich wusste, dass sie mich nicht hören konnten, schrie ich mir die Kehle wund, denn anders hätte ich die unsägliche Qual, den Schmerz und das Gefühl der Hilflosigkeit nicht ausgehalten. Ich begriff einfach nicht, wie sie so etwas tun konnten.

Einen Moment lang war ich drauf und dran, mich ins Wasser zu stürzen, aber damit hätte ich Gordy auch nicht geholfen. Die Boote waren viel zu weit weg und ich konnte ja sowieso nicht schwimmen. Und dann – nicht einmal eine Minute später – war auch schon alles vorbei. Das Schiff der Küstenwache und der Trawler setzten sich in Bewegung und verschwanden kurz darauf hinter Lihou Island aus meinem Blickfeld. Danach blieb eine Weile alles still, bis sich mit einem Mal – so als ob sie dem Kommando eines Anführers gehorchten – alle Delfine zugleich aus dem Wasser erhoben und in langen, hohen Sprüngen die Perelle Bay verließen.

»Gordy«, flüsterte ich. »Gordy, bitte sei nicht tot, bitte bleib bei mir.«

Tränen schossen in meine Augen und verschleierten mir die Sicht, trotzdem tastete ich mich zitternd weiter über den schlierig-feuchten Felsgrat zum Wasser vor.

Ich musste jetzt das Meer spüren, meine Hände hineinstecken und so zumindest eine Ahnung von der Welt bekommen, in der Gordy zu Hause gewesen war. Ich wollte ihm einfach noch ein letztes Mal nahe sein.

Weil ich nicht darüber nachdachte, was ich hier gerade tat, erreichte ich das Wasser ziemlich schnell. Ich fand eine Klippe, die wie eine Wanne geformt war, leicht zum Wasser hin abfiel und sich am unteren Ende dem Meer öffnete. – Wie für mich gemacht!

Ich zögerte nicht eine Sekunde, streifte mir den Pulli vom Leib, warf mich der Länge nach auf den Bauch und tauchte meine Arme schluchzend bis zu den Ellenbogen ins Wasser. Es war eiskalt, aber das war mir egal und nach ein paar Sekunden nahm ich es kaum noch wahr.

Ich schloss die Augen, dachte an Gordy und drängte das Bild, wie er blutüberströmt auf dem Trawler lag, verzweifelt zurück, und stellte mir stattdessen vor, dass er tief unter mir im Wasser trieb und aus ganz anderen Gründen nicht mehr zurückkommen konnte.

Sina hätte »einen solchen Unsinn« natürlich niemals akzeptiert. »Du musst der Wahrheit ins Auge sehen, El«, hätte sie mich ermahnt. Aber das konnte ich nicht. Und ich wollte es auch nicht. Wie sollte ich weiterleben in einer Welt, in der die Menschen so mit Wesen umgingen, die ihnen unheimlich waren? Die sich nicht einmal die Mühe machten, diese zu verstehen und einen Weg zu finden, mit ihnen zurechtzukommen! Und wie erst sollte ich weiterleben in einer Welt, in der es Gordy nicht mehr gab?

»Ich hätte so gern noch so viel mehr über dich erfahren«, wisperte ich und streckte meine Hände tief ins Meer hinein, in der Hoffnung, dass etwas hindurchglitt – ein Fisch oder eine Alge –, das vielleicht noch mit Gordy in Berührung gekommen war. – Ein mehr als törichter Gedanke, das war mir auch ohne Sinas weise Worte klar. Eigentlich hätte ich sofort zurücklaufen, mich aufs Fahrrad setzen und versuchen müssen, die beiden Boote zu verfolgen. Aber ich konnte die Vorstellung nicht ertragen, Gordy tot zu sehen – lieber wollte ich selber sterben.

Das Wasser kräuselte sich sanft unter meinen sehnsüchtig tastenden Fingern, es streichelte meine Unterarme, und dann, ganz unvermittelt, packte es meine Handgelenke und zog mich von der Klippe herunter in die Tiefe. Große starke Hände zerrten an meinem Shirt und umfassten meine Hüfte, und muskulöse Arme umklammerten mich schließlich so fest, dass ich mich kaum noch rühren konnte. Ich trat um mich und versuchte, irgendwie freizukommen, aber die Arme griffen nur umso härter zu und rissen mich einfach mit sich fort. Es wurde kalt und dunkel um mich herum und in meiner Brust breitete sich ein schmerzhafter Druck aus. Panisch riss ich den Mund auf, um nach Atem zu ringen, doch irgendetwas tief in mir hinderte mich daran.

Ich registrierte ein Paar giftgrüne Augen, die mich hasserfüllt anstarrten, dann ertönte ein heller, alles durchdringender Laut, etwas prallte gegen uns und im nächsten Moment war ich frei. Ein Sog erfasste mich und zog mich nach oben, weg von den beiden Körpern, die nun unter mir erbittert miteinander kämpften: ein Braunhäutiger mit wildem schwarzem Haar und ein Wesen, das nur zur Hälfte menschlich war. Es schlug mit seiner Schwanzflosse auf den Braunen ein, rammte ihm seinen Schädel in den Leib und würgte ihn mit seinen Händen.

Ich paddelte wie verrückt mit Armen und Beinen und versuchte, so schnell wie möglich von den beiden weg und an die Oberfläche zurückzukommen. Fast glaubte ich schon, den Himmel über mir zu sehen, da umschloss etwas meine Knöchel und zerrte mich wieder nach unten. Der Braunhäutige tauchte vor mir auf, legte seine Arme um mich und presste seinen Köper gegen meinen. Schmerzhaft vergrub er seine Finger in meinen Haaren und drückte mein Gesicht in seine Halsbeuge, sodass ich kaum mehr wahrnehmen konnte, was um mich herum geschah. Ich spürte nur, wie er mich durchs Wasser wirbelte, mal hierhin und mal dorthin stob und so einer silbernen Schwanzflosse auswich, die wie ein Derwisch um uns herumtanzte.

Meine Lunge fühlte sich an, als würde sie jede Sekunde in Stücke gerissen, und ich sehnte mich fast schon danach, dass es tatsächlich geschah. Dann wäre dieser schreckliche Kampf endlich beendet gewesen und meine Seele hätte für immer bei Gordy sein können.

Plötzlich ging ein Ruck durch den Körper des Braunen, ich wurde von ihm weggerissen und sah, wie das Braun sich in Silber verwandelte und als Delfin davonstob. Der Druck in meiner Brust ließ allmählich nach, und mir fiel wieder ein, was Cyril gesagt hatte – dass ich gar nicht ertrinken könne. Ein nie gekanntes Glücksgefühl durchflutete mich. Selig breitete ich die Arme aus. Ich reckte mich der orangerot schillernden Fläche über mir entgegen, öffnete meine Lungen und spürte, wie das Meer und ich eins wurden. Doch die Euphorie währte nur kurz, denn schon war wieder jemand bei mir, umfasste mich mit seinen Armen und drückte seine Lippen fest auf meinen Mund.

Ich brauchte ein paar Sekunden, um zu begreifen, dass es Gordy war und dass er noch lebte. Er hielt mich umschlungen und verschloss meine Lippen, um zu verhindern, dass noch mehr Wasser in meine Lungen strömte. Seine kräftigen Flossenschläge trugen uns pfeilschnell nach oben, bis wir die Oberfläche durchstießen.

Erst dann löste er seinen Mund von meinem.

»Atme, Elodie, atme!«, hörte ich ihn rufen, seine Stimme

schien unendlich weit weg zu sein. Ich spürte seine Hände auf meinem Rücken und auf meiner Brust. Mit kräftigem rhythmischem Druck pressten sie meinen Oberkörper zusammen. Ich keuchte und hustete und röchelte, schließlich schoss ein Schwall Wasser durch meine Kehle und rann aus meinem Mund. Vollkommen erschöpft sank ich in Gordys Arme und allmählich kehrten all meine Sinne zurück.

Zitternd sah ich mich um.

Wir trieben mitten im Meer, über uns erstreckte sich der Abendhimmel, im Osten lagen die schmalen dunklen Streifen der Inseln und im Westen versank die Sonne in einem warmen Orange hinter dem Horizont. Ich saß auf Gordys silbernem Unterleib, der auf der Wasseroberfläche schwamm, während er seinen Oberkörper aufgerichtet hatte, hielt mich an seinen Schultern fest und konnte mich nicht sattsehen an seinem schönen, so sehr vertrauten Gesicht.

»Verdammt noch mal, Elodie, was hast du dir nur dabei gedacht?«

Seine samtene Stimme, so zornig sie auch klang, fuhr warm in mich hinein und füllte mich ganz und gar aus.

»Ich wollte bei dir sein«, sprudelte ich los. »Bloß bei dir sein, Gordy. Bitte, du musst mir glauben: Die Bilder, die Cyril dir gezeigt hat, bedeuten gar nichts. Sie gehören in eine völlig andere Zeit. Damals gab es dich noch nicht. Ich hätte nie gedacht, dass ich jemals so etwas empfinden könnte.«

Gordy betrachtete mich schweigend.

»Es ist also wahr«, sagte er dann.

»Was? Dass Cyril uns auseinanderbringen wollte?«

»Nein, dass Menschenmädchen tatsächlich so töricht sind, wie es unsere Legenden erzählen«, erwiderte er. »Sie lassen sich von einem Nix verzaubern und folgen ihm willenlos in die Tiefe des Ozeans, obwohl sie genau wissen, dass sie dort nicht leben können.«

Ich versuchte zu begreifen, was er mir damit sagen wollte, und hätte ihm gern widersprochen, aber ich konnte ja nun wahrlich schlecht behaupten, dass ich nicht von Gordy verzaubert war.

Der Umstand, dass ich gerade zum zweiten Mal innerhalb kurzer Zeit beinahe mein Leben verloren hatte und jetzt und hier mitten in der Nordsee trieb, rittlings auf einem Fischschwanz sitzend, der knapp unterhalb von Gordys Hüfte nahtlos in seinen menschlichen Oberkörper überging, war außerdem so wundersam, dass ich schon befürchtete, es wäre alles nur ein Traum.

»Oder wie erklärst du es dir, dass du ausgerechnet an einen wie mich dein Herz verschenken willst?«

»*Willst?*« Ich umfasste seinen Nacken und zog mich noch etwas dichter an ihn heran. »Gordy, das habe ich doch längst. Mein Herz gehört dir. Nimm es und mach damit, was du willst. Du kannst es beschützen oder darauf herumtrampeln ... Ganz egal was du damit tust, du wirst nicht zerstören können, was es für dich empfindet.«

Gordians Blick wurde wehmütig. »Ich würde niemals darauf herumtrampeln«, sagte er leise. »Aber ...« Er brach ab und senkte die Lider.

»*Du* kannst mich nicht lieben«, fuhr ich an seiner Stelle fort. Eine Messerspitze, die sich in meine Brust bohrte, hätte keine schlimmeren Schmerzen verursachen können, aber ich musste es jetzt wissen. Gordy durfte mir nicht mehr ausweichen. Nach meinem Geständnis hatte ich einfach eine klare Antwort verdient. »Du kannst es nicht, weil ich bloß ein Mensch und viel weniger begabt bin als du ... Ich bin nicht gut genug für dich, nicht wahr?«

»*Du* für *mich?*« Gordy sah mich wieder an und sein Blick ließ meinen Puls in die Höhe schnellen. Flüchtig berührte er mein Haar. »Du bist perfekt. Wunderschön von deinen duftenden Locken bis hinunter zu deinen hübschen kleinen Zehen. Ich bin es, der nicht vollkommen ist, der ...«

»Nicht, wenn du an Land kommst«, unterbrach ich ihn. »Dann bist du mindestens so ...« – ich brachte das Wort kaum über die Lippen – »... *perfekt* wie ich.«

Gordy zog eine Grimasse. »Du hast ja keine Ahnung«, stieß er hervor. »Ich werde nie so sein wie du ... und wir werden nie ...« Er schüttelte unwillig den Kopf.

»Warum hast du mich dann überhaupt gerettet?«, entgegnete ich heftig.

Gordians Miene drückte Erstaunen aus, gefolgt von Fassungslosigkeit. »Ich hätte niemals zugelassen, dass Kyan dich tötet! Oder dass du ertrinkst und nie wieder auf den Klippen sitzt und über das Meer schaust!«

Ich schloss leise stöhnend die Augen, denn ich wusste nicht, welche Frage ich zuerst stellen sollte.

»Der Kerl, mit dem du dort unten gerungen hast, ist also Kyan gewesen?«, platzte ich schließlich heraus.

»Der Kerl, der dich ertränken wollte«, korrigierte Gordy mich. »Ja, das war Kyan. Er muss rasend gewesen sein vor Wut. Ich fürchte, er gibt mir die Schuld an allem. Wahrscheinlich wollte er sich an mir rächen, indem er dich ...« Gordy schluckte schwer. »Ich darf gar nicht darüber nachdenken, was passiert wäre, wenn er sich auch nur eine Sekunde später zurückverwandelt hätte.« Seine Lippen wurden schmal und seine Kiefermuskeln spannten sich. Finster blickte er über das Wasser.

»Aber das ist doch Unsinn«, wandte ich ein. »Wieso und woran solltest du schuld sein? Du kannst doch gar nichts dafür, dass Kyan, Elliot, Liam und Zak dir an Land gefolgt sind.«

»Das kümmert ihn nicht«, knurrte Gordy. »Kyan und ich hatten schon immer ... gewisse Probleme.«

»Was willst du damit sagen?«, fragte ich und musterte aufmerksam sein Gesicht. »Was bedeutet, ihr hattet *gewisse Probleme?*« Vielleicht ließ sich an einer Regung ja bereits eine Antwort ablesen. Doch Gordians Miene blieb verschlossen.

»Ich hielt ihn nie für einen besonders guten Anführer«, erwiderte er knapp. »Und jetzt, da ich ein Plonx bin ... Na ja, ich nehme an, er gönnt es mir nicht, dass ...«

»Was?«

Gordy sah mich an und seufzte leise. »Eigentlich war Kyan hinter Elliot her«, sagte er, »denn auch der wollte ihm nicht mehr gehorchen. Elliot hat ...« Wieder brach er ab und senkte den Blick.

»Was hat er getan, Gordy?«, rief ich und rüttelte ihn an den Schultern, bis er mir wieder in die Augen sah. »Sag es mir! Hat Elliot die beiden Mädchen getötet?«

»Nein. Wenn ich es richtig verstanden habe, ist Kyan es gewesen.«

»Was heißt, *wenn ich es richtig verstanden habe?*«, fragte ich ungeduldig.

Gordys Fingerspitzen strichen gedankenverloren über meine nackten Arme. »Dass du gar nicht frierst«, murmelte er. »Menschen sind doch so empfindlich.«

»Jetzt lenk bitte nicht schon wieder ab«, sagte ich energisch, obwohl ich mir nichts sehnlicher wünschte, als dass er mich weiter streichelte.

»Es tut mir leid«, sagte er. »Ich versuche ja, mich zusammenzureißen.«

»Schon gut.« Ich bemühte mich um einen festen Klang meiner Stimme. »Es gibt schließlich auch einiges, über das ich mich wundere: zum Beispiel, dass du einfach so im Wasser sitzen kannst. Und mich dazu noch trägst.«

»Das ... ist ... in der Tat ... nicht ganz einfach«, meinte er stockend. »Hast du etwas dagegen, wenn ich meine Hände auf deinen Rücken lege?«

»Ähm, nein ... wenn es dir das Sitzen erleichtert.«

Nicht mal einen Atemzug später spürte ich Gordys warme Hände auf meinem Rücken. Eigentlich hatte ich nicht das Gefühl, dass er sich an mir festhielt, vielmehr durchdrang seine Wärme mein T-Shirt, das ebenso wie meine Jeans nass und schwer an meinem Körper klebte. Er seufzte wieder und fuhr schließlich fort: »Um auf Kyan und Elliot zurückzukommen: Ich habe dir ja schon erklärt, dass Delfinnixe sich ähnlich wie echte Delfine über eine Art Echolot verständigen. Als ich bemerkte, dass ich ein Plonx bin, habe ich meine Signale zurückgenommen, weil ich nicht wollte, dass man mich aufspüren kann. Doch seit ein paar Tagen ... seitdem eure Wachleute uns beobachten, versuche ich, zumindest einen ungefähren Überblick über die Ereignisse zu bekommen. Ich habe Gesprächsfetzen zwischen Zak, Liam und Kyan aufgeschnappt und wusste immer, wo Elliot sich aufhielt. Wenn ich alles richtig gedeutet habe, hat Kyan beide Mädchen getötet«, schloss Gordy beklommen.

Auch ich konnte meine Betroffenheit und mein Entsetzen

nicht vor ihm verbergen. »Dann ist es also gar nicht aus Liebe geschehen!«

»Nein.« Gordy schüttelte traurig den Kopf. »Höchstens aus Leidenschaft.« Seine Mundwinkel zuckten und er konnte mir kaum in die Augen sehen. »Zumindest bei dem ersten Mädchen. Lauren. Für sie hatte Kyan durchaus etwas übrig. Das zweite Mädchen war ein Geschenk für Elliot. Er hatte seine Triebe leider überhaupt nicht im Griff.«

»Triebe?«, fragte ich stirnrunzelnd. »Was meinst du damit? Drängt es euch etwa danach, Menschen umzubringen?«

»Nicht ... direkt.« Gordys Blick streifte mich kurz, huschte dann aber sofort wieder weg. Ich spürte, wie schwer es ihm fiel, mir all diese schrecklichen Dinge zu erzählen, aber ich konnte jetzt nicht nachgeben und das Ganze auf sich beruhen lassen. »Es ist etwas anderes, das die Nixe zu den Mädchen zieht«, quälte er sich über die Lippen. »Das Töten liegt nicht in ihrer Absicht, es passiert gewissermaßen zwangsläufig. Allerdings hat Kyan eine große Lust dabei empfunden«, setzte er angeekelt hinzu.

»Gordy, was ist heute passiert?«, fragte ich rau.

»Heute ist der Tag, an dem die vier wieder in ihre Nixenhaut schlüpfen mussten.«

Ich nickte. »Abnehmender Halbmond. Ich weiß.«

Gordian sog geräuschvoll Luft ein, bevor er fortfuhr. »Wäre Elliot nicht so töricht gewesen und in diese Bucht geschwommen, hätte alles gut ausgehen können. Kyan, Zak, Liam und er wären verschwunden und hoffentlich niemals wieder zurückgekehrt. Aber eure Wachposten haben ihn aufgespürt, die Fischer das Netz an der richtigen Stelle ausgelegt und ...«

»Dann ist es also Elliot gewesen, den sie getötet haben«, unterbrach ich ihn. »Und das, obwohl er zu dem Zeitpunkt noch seine menschliche Form hatte!« Die tiefe Empörung und Verzweiflung, die ich empfunden hatte, als ich sah, wie die Fischer auf seinen Körper einprügelten, kam mit ganzer Wucht zurück, und in diesem Moment war es für mich nur ein schwacher Trost, dass es nicht Gordy war, sondern Elliot, den es erwischt hatte. »Warum?«, wisperte ich kopfschüttelnd. »Warum nur?«

Gordian blickte mich mitfühlend an. »Sie müssen gemerkt haben, dass er etwas anderes ist als ein Mensch«, sagte er leise. »Elliot war stundenlang unter Wasser. Das können nur Meereslebewesen und das wussten natürlich auch die Wachposten. Ihre Angst vor ihm muss übermächtig gewesen sein.«

Und ihre Ignoranz, dachte ich zornerfüllt, und mit einem Mal verstand ich Kyans Gefühle sehr gut.

»Ihr konntet Elliot nicht helfen. Ihr konntet nicht verhindern, dass die Männer ihn abschlachten. Deshalb ist Kyan so wütend gewesen, nicht wahr?«

Gordy stöhnte. Er schloss die Augen und legte seinen Kopf in den Nacken. Wahrscheinlich wollte er nicht, dass ich sah, wie sehr auch er unter dem Tod seines ehemaligen Freundes litt. Doch dafür brauchte ich meine Augen gar nicht, sein Schmerz floss einfach durch mich hindurch, als wäre es mein eigener.

»Die Jäger haben sich durch die Delfine leider nicht ablenken lassen«, sagte er schließlich. »Zwar haben einige Nixe versucht, Elliot zurückzurufen, aber er war wie von Sinnen. Er wollte partout nicht auf ihre Warnungen hören. Natürlich hätten sie ihn davon abhalten können, in die Nähe des Netzes zu schwimmen, aber damit hätten sie auch sich selbst in Lebensgefahr gebracht.«

»Und du?«, flüsterte ich. »Wo bist du die ganze Zeit über gewesen?«

»Ich war wie immer hier in der Bucht, habe in den frühen Morgenstunden gejagt und mich den Rest des Tages zwischen den Felsen verborgen gehalten.«

Mein Herzschlag setzte für einen Atemzug aus. »Du bist also gar nicht fortgeschwommen, nachdem Cyril dir diese schrecklichen ...«

»Nein«, fiel Gordy mir sofort ins Wort, und ich war ihm unendlich dankbar dafür, dass er mich diese peinliche Sache nicht beim Namen nennen ließ. »Ich bin zwar sehr aufgebracht gewesen ... zu Anfang. Aber dann habe ich begriffen, dass das nun mal dein Leben ist.« Er zuckte mit den Schultern und lächelte ein wenig missglückt. »In dieser Hinsicht unterscheidet ihr euch nicht sehr von den Nixen.«

Oje, ich merkte schon: Jede Antwort auf eines der vielen Rätsel warf sofort neue Fragen auf. Wahrscheinlich würde es noch eine ganze Weile dauern, bis ich Gordys Welt verstand. Im Augenblick war es allerdings viel wichtiger für mich, ihm klarzumachen, dass diese Fotos keine Bedeutung hatten und mir überhaupt nichts daran lag, möglichst viele Jungen zu küssen. Erst recht nicht, seitdem ich ihn kannte.

»Gordy«, flüsterte ich eindringlich, »bitte sag mir die Wahrheit: Hast du jetzt eine schlechte Meinung von mir? ... Oder wärst du hier in der Perelle Bay geblieben? ... Hättest du vielleicht sogar versucht, mich wiederzusehen?«

Ein Schatten huschte über sein Gesicht. »Ich würde niemals etwas Schlechtes über dich denken«, erwiderte er heiser. »Und ja, ich habe bereits versucht, dich wiederzusehen. Jeden Tag habe ich gehofft, dass du zu den Klippen herunterkommst, aber du ...«

»Ich war krank, Gordy«, unterbrach diesmal ich ihn. »Gleich

nachdem Cyril dir die Bilder gezeigt hatte und du verschwunden warst, bin ich zusammengebrochen. Ich konnte den Gedanken, dich vielleicht für immer verloren zu haben, einfach nicht ertragen. I-ich war ein paar Tage überhaupt nicht ansprechbar«, fuhr ich stammelnd fort. »Und ich hatte schrecklich hohes Fieber. Vielleicht wollte mein Unterbewusstsein so die schmerzhafte Erinnerung an dich verbrennen.«

Gordy seufzte gequält. »Kluges Unterbewusstsein.«

»Überhaupt nicht!«, protestierte ich. »Außerdem wäre es ihm sowieso nicht gelungen. Als ich wieder auf den Beinen war, habe ich die nächstbeste Gelegenheit genutzt, um ans Wasser zu kommen.«

Jetzt zupfte ein Lächeln an seinen Mundwinkeln. »Das ist so typisch für dich«, sagte er beinahe zärtlich und der Druck seiner Hände in meinem Rücken verstärkte sich. Mein Herz klopfte voller Erwartung, doch Gordys Blick verdunkelte sich erneut. »Ausgerechnet heute«, seufzte er.

»Ja, ausgerechnet!« Schon standen mir die schrecklichen Bilder von der Jagd auf die *Mörderbestie* wieder vor Augen. »Ich musste mit ansehen, wie sie jemanden aus dem Meer gefischt und getötet haben. Und ich war überzeugt davon, dass es nur du gewesen sein konntest.« Die Erinnerung daran trieb mir die Tränen in die Augen.

»Bist du deshalb *so nah* ans Wasser gekommen?«, fragte er leise.

Sehnsüchtig starrte ich auf seine samtglatte Brust, die sich unter seinen Atemzügen hob und senkte. »Ich wollte dich noch einmal spüren, mich von dir verabschieden. Es wäre mir sogar beinahe recht gewesen, wenn Kyan mir das Leben genommen hätte. Ich dachte, auf diese Weise wäre ich dir vielleicht näher.«

»Das darfst du niemals sagen, Elodie!« Gordian war über alle Maßen bestürzt. »Und das darfst du dir auch niemals wünschen. Dein Leben ist viel zu kostbar …«

»Deins auch, Gordy. Deins auch!«

»Nein, meins nicht«, sagte er und schüttelte einmal mehr entschieden den Kopf. »Ich bin eine Kreatur, die niemand braucht oder will.«

»Doch, Gordy, ich!«, rief ich. »Ich will dich.«

Ich suchte seinen Blick und er erwiderte ihn stumm. Seine Hand glitt in meinen Nacken hinauf und er drückte mich leicht zu sich hin. Seine Pupillen vergrößerten sich, sodass seine Augen nun in einem sanften Petrolton schimmerten. Ich sah ihm an, dass er mich küssen wollte, doch anstatt sich mir zu nähern, keuchte er nur und sagte: »Das denkst du bloß, weil ich anders bin als du. Weil ich in der Sonne glänze und keinen Schatten habe. Irgendwann wirst du dich daran gewöhnt haben und dann werde ich nichts Besonderes mehr für dich sein.« Ich wollte ihm widersprechen, aber Gordy legte mir blitzschnell seinen Finger auf die Lippen. »Du wirst feststellen, dass ich dir nicht dasselbe geben kann wie ein Menschenjunge, und merken, dass du mich nicht mehr brauchst«, schloss er bitter.

»Nein, Gordy!«, rief ich. »Ich weiß, dass …«

Er ließ mich nicht ausreden, sondern wischte meine Beteuerungen mit einer ungeduldigen Geste fort. »Ich bin nicht gut für dich, Elodie. Wir werden nie wirklich miteinander leben können, nie eine richtige Familie haben … Verstehst du denn nicht? Meine Küsse können genauso tödlich sein wie die von Kyan. Du musst endlich einsehen, dass wir nicht zusammen sein können.«

Ich spürte, wie eine Mischung aus Zorn und tiefer Verzweiflung in mir hochkochte. »Ja, und was dann?«, fuhr ich ihn an. »Was ist, wenn ich das tatsächlich tue und beschließe, dich nie mehr wiederzusehen? Würdest du dann von hier verschwinden? Oder würdest du weiter in den Felsspalten hocken bleiben und auf mich warten?«

Gordys Kiefermuskeln traten hart hervor. Eine Antwort bekam ich allerdings nicht.

»Ja oder nein?«

Er schüttelte unwillig den Kopf.

»Du weißt es also nicht!«

Wieder nur ein Kopfschütteln.

»Verdammt noch mal, Gordy, aber ich – ich weiß es«, redete ich mich nun in Rage. »Ich habe mich nämlich längst entschieden. Und zwar für dich! Wenn du also nicht willst, dass ich weiter auf eine Zukunft mit dir hoffe, dann musst du für immer von hier verschwinden.«

Ich wollte das nicht sagen, und ich hasste mich dafür, dass ich es getan hatte. Mein Zorn war verraucht, was blieb, war die Verzweiflung und eine ohnmächtige Angst, dass er diese unbedachte Forderung auf der Stelle in die Tat umsetzen würde.

Tatsächlich ließ er mich los. Seine türkisgrünen Augen funkelten wütend, dann stieß er einen dumpfen, gequälten Schrei aus und drehte sich unter mir weg. Ich fiel ins Wasser und meine durchnässten Kleider zogen mich gleich unter die Oberfläche. Es war wirklich eiskalt, aber das störte mich nicht.

Der Himmel, der über dem Horizont inzwischen eine glutrote Färbung angenommen hatte, spiegelte sich in der See und tauchte Gordys Körper in ein sanftes rosiges Licht. Er schwamm nun langsam in einem Abstand von ungefähr zehn Metern um mich herum. Seine Bewegungen waren kraftvoll und geschmeidig, sie schienen vollkommen eins zu sein mit dem Meer, und der Delfinschwanz harmonierte nicht weniger perfekt mit dem Rest seines Körpers als seine Beine, wenn er an Land war.

Sein Anblick rührte etwas in mir an, das mir tief vertraut und zugleich absolut fremd war. Und während er um mich herumschwamm, drehte ich mich ebenso langsam um die eigene Achse, immer seinen Blick haltend und völlig verzaubert von dem Bild, das sich mir bot.

Du bist keine Kreatur, sagte mein Herz. Du bist das wundervollste Lebewesen, das mir je begegnet ist, und ich werde dich immer, immer lieben.

Ich bemerkte, dass sich im Ausdruck von Gordys Augen etwas veränderte, und ich dachte schon, dass er meine Gefühlsregung wahrgenommen hatte, da spürte ich plötzlich eine leichte Strömung unter meinen Füßen, und im nächsten Moment stieg ein schlanker, ausgesprochen hübscher Delfin vor mir auf. Sein Rücken war etwas dunkler als sein Bauch, und sein rechtes Auge zierte eine weiße Braue, eine Art Abzeichen, das wie eine Welle geformt war. Er umkreiste mich einmal, dann tauchte er wieder ab, glitt zwischen meine Beine und drückte mich energisch nach oben.

Gordian und ich brachen gleichzeitig durch die Meeresoberfläche, er noch immer ein ganzes Stück von mir entfernt und ich auf dem Rücken des fremden Delfins.

Ich hielt seine Rückenflosse umklammert und spürte die feste glatte Haut zwischen meinen Fingern. Fasziniert sah ich auf ihn hinunter und fiel vor Schreck fast wieder ins Wasser zurück, denn erst jetzt erkannte ich, dass ich in Wahrheit auf den Hüften einer Nixe saß.

Sie blickte über ihre Schulter zu mir herauf, und ich sah, dass sie etwas jünger war als ich und den gleichen silberfarbenen Schwanz und ebenso wilde blonde Locken und türkisgrüne Augen wie Gordy hatte. Im Unterschied zu ihm war ihr Leib jedoch von einer zart schillernden, durchsichtigen Hülle umspannt, die ihr den äußeren Anschein eines Delfins gab. Innerhalb dieser Hülle hatte ihr menschlicher Oberkörper kaum Bewegungsfreiheit. Ihre Arme waren eins mit den Seitenflossen, nur ihr Kopf schien etwas wendiger zu sein als jener, der zu ihrer Delfinform gehörte. Der Anblick war so unglaublich, dass ich für ein paar Sekunden das Atmen vergaß. Hingerissen starrte ich sie an.

Auch Gordian hielt seinen Blick fest auf sie gerichtet, und ich glaubte, in seinen Augen Missfallen, ja sogar Zorn aufblitzen zu sehen.

»Wer ist das?«, stammelte ich.

»Ein Delfin, was sonst?«, war seine harsche Antwort. Er machte sich nicht einmal die Mühe, mich anzusehen.

»Nein, das ist kein Delfin«, sagte ich entschieden. »Das ist eine Nixe. Ein Mädchen, das dir bis aufs Haar gleicht. Sie könnte deine Schwester sein.«

Jetzt richtete er seine Augen doch auf mich. »Du kannst sie erkennen?«, fragte er irritiert.

»Ja«, sagte ich und verschluckte mich fast an meinem Herzschlag.

»Das ist nicht möglich«, entgegnete Gordy mechanisch. »Kein Mensch kann einen Nix von einem Delfin unterscheiden.«

Ich holte tief Luft, denn ich musste mich erst mal ein wenig sammeln, bevor ich das offensichtlich Außergewöhnliche in zwei schlichte Worte fasste: »Ich schon.«

Gordy sah mich an, dann die Nixe unter mir, und eine rasche Abfolge der unterschiedlichsten Emotionen spiegelte sich in seiner Miene wider. Schließlich räusperte er sich und sagte mit zitternder Stimme: »Elodie, das ist Idis, meine Schwester. Sie ist gekommen, um mir zu sagen, dass meine Familie zu mir steht und meine Eltern mich sprechen wollen.«

Er hatte Mühe, die Fassung zu bewahren. Schmerz und Freude zuckten abwechselnd über sein Gesicht und rührten mich fast zu Tränen. Ich glitt von Idis' Rücken herunter und schwamm auf Gordian zu.

Er verharrte auf der Stelle. »Sie … sie findet dich übrigens toll«, stammelte er. »Und wunderschön dazu.«

Ich schloss kurz die Augen, denn dieses Kompliment machte mich verlegen, und ich brauchte einen Moment, um mich zu fangen. »Und du?«, wisperte ich. »Wie denkst du über mich? Du hast mir immer noch nicht auf meine Frage geantwortet.«

Gordy musterte mich eine Weile stumm, dann machte auch er einen Schwimmzug auf mich zu und schaute mir tief in die Augen.

»Dafür gibt es keine Worte«, sagte er zärtlich. »Ich trage dich in meinem Herzen, seit ich dich das erste Mal gesehen habe. Das ist die Wahrheit, Elodie … Die Wahrheit, die du eigentlich nie erfahren solltest.«

Ich spürte seine inneren Widerstände, aber ich spürte auch, dass sie sich allmählich auflösten, und wie ein Kanal trug das Wasser seine Sehnsucht zu mir herüber.

»Ich schaffe es einfach nicht, mich von dir fernzuhalten«, fuhr er flüsternd fort. »Und das ist es, was mich so zornig macht.«

»Das braucht es nicht.« Am liebsten hätte ich ihm auf der Stelle meine Arme um den Hals geschlungen, doch ich befürchtete, dass er gleich wieder zurückweichen könnte, wenn ich jetzt allzu stürmisch war. »Ich bin mir sicher: Deine Küsse sind nicht gefährlich für mich. Sie haben mich getröstet, als ich um meinen Vater weinte, und eben, nach dem Kampf mit Kyan, haben sie mir sogar das Leben gerettet.«

Gordians Blick verschleierte sich, ich sah, wie er mit sich rang, doch schließlich entspannten sich seine Züge. Er wandte sich Idis zu, die neben uns im Wasser lag. »Es tut mir leid, dass ich Elodie abgeworfen habe«, wisperte er. »Und ich verspreche dir, ich werde sie unversehrt nach Hause bringen. Es ist also in Ordnung, wenn du dich jetzt zurückziehst.«

Ich konnte nicht hören, was seine Schwester ihm antwortete, ich vermochte nicht mal zu sagen, ob ihre Lippen sich überhaupt bewegten. Plötzlich ging ein Ruck durch ihren Körper und ein einziger kräftiger Schlag mit ihrer Schwanzflosse ließ sie in der Dunkelheit des Meeres verschwinden.

»Komm her«, flüsterte Gordy. Ehe ich mich in Bewegung setzen konnte, hatte er seine Hand bereits in meinen Nacken gelegt und mich zu sich herangezogen. Sanft zeichnete er die Linie meiner Brauen, meiner Nase und meines Kinns nach und ließ dieser Berührung einen sehnsüchtigen Blick folgen. »Elodie«, murmelte er. »Elodie.«

Ich hielt ganz still, sah ihn nur an und betete inständig, dass ich nicht ohnmächtig wurde, damit ich auch bloß keine Sekunde von dem verpasste, was nun kam.

Hinter uns verschmolz der glutrote Streifen des Horizonts mit dem tiefgrünen Meer und über uns blinkten die ersten Sterne auf.

Gordy nahm mein Gesicht in seine Hände. Behutsam strich er mit den Daumen über meine Wangen. »Elodie«, sagte er noch einmal, dann küsste er mich. Zart wie ein Hauch legte er seinen Mund auf meinen. Ich tastete nach seinen Schultern, schob meine Hände bis in seinen Haaransatz hinauf und schlang meine Beine um seine Taille. Leise seufzend drückte Gordy mich an sich, küsste meinen Mundwinkel und öffnete sanft, aber bestimmt meine Lippen. Er liebkoste sie auf eine Weise, die mich schwindelig machte, als ob er süchtig nach ihnen wäre und nie mehr von ihnen lassen wollte, und gab sich dem Moment vollkommen hin. Ich küsste ihn leidenschaftlich zurück, kostete den feinen Salzgeschmack seiner Haut und schließlich seine Zunge.

Gordy keuchte, sein Atem verfing sich in kleinen Stößen hinter meinem Ohr und kräuselte das Wasser unter unseren Gesichtern. Einen kurzen Augenblick spürte ich seine tiefe Angst, die Kontrolle zu verlieren, doch schließlich lehnte er sich der Länge nach auf der glitzernden Wasseroberfläche zurück und zog mich über sich.

»Ich wünschte, es könnte immer so sein«, murmelte er, und dann gab er mir endlich all das, wonach ich mich die ganze Zeit über so sehr gesehnt hatte.

Es war ein Kuss, der mit keinem anderen Kuss auf der Welt vergleichbar war. Er erlöste uns von der Anspannung, die so viele Tage auf uns gelastet hatte, und gab uns gleichzeitig einen Vorgeschmack auf das, was uns erwartete, wenn wir uns eines Tages mit all unseren Sinnen aufeinander einlassen konnten. Und es war ein Kuss, der bis tief in die Nacht hinein dauerte, während wir eng umschlungen im Ärmelkanal trieben, über uns der samtdunkle Himmel, ein halber Mond und Tausende funkelnde Sterne, die sich in den sanften Wellen des Meeres spiegelten. Ich spürte weder Kälte noch Nässe, nur Gordys

Wärme und seinen Schutz, und überließ mich überglücklich dem Schaukeln seines Körpers, auf dem ich ruhte wie auf einem Bett.

Erst als der Mond zu sinken begann und sich im Osten ein heller Streifen bildete, brachte er mich in die Perelle Bay zurück. Als er sich aus dem Wasser zog, verwandelte sich sein Delfinschwanz schneller in ein Paar Beine, als meine Sinne es erfassen konnten. In der Sekunde jedoch, bevor er sich die silberne Haut um die nackten Hüften schlang, bemerkte ich sein menschliches Geschlecht. Verlegen senkte ich den Kopf und hockte mich auf einen glatten Felsen.

»Was ist?«, fragte Gordy. Er setzte sich hinter mich, zog mich in seine Arme und vergrub sein Gesicht in meiner Halsbeuge.

»Und du hast dir Sorgen gemacht, dass wir nicht richtig zusammen sein können«, stieß ich grinsend hervor.

»Mhmm, das mache ich immer noch«, murmelte er und küsste meine Schulter. »Aber eines verspreche ich dir: Ich werde dir niemals mehr wehtun.«

Sachte fuhr ich über seinen Handrücken und verflocht meine Finger mit seinen. »Ich weiß.«

»Ich möchte alles mit dir teilen, Elodie ... Deinen Schmerz und dein Lachen ... dein Leben ... mein Leben ...«

»Dann müsstest du schon für immer zu mir an Land kommen«, erwiderte ich vorsichtig scherzend. »Du weißt ja, ich bin nicht unbedingt die geborene Wasserratte.«

»Hmmm«, machte Gordy und hauchte mir einen Kuss hinters Ohr. »Dafür hast du dich heute Nacht aber ganz gut geschlagen. Du kannst tauchen ...«

»Das war unfreiwillig!«

»Schwimmen ...«

»Ganz sicher nicht!«

»Okay, einigen wir uns auf Herumpaddeln.«

»Gordy!«

»Ja?«

»Du bist …«

»Was?«

»Ach, nichts.«

»Jetzt sag schon!«

»Ich liebe dich einmal quer durch alle Ozeane und wieder zurück«, stieß ich ein wenig übertrieben inbrünstig hervor.

»Siehst du«, meinte Gordy lachend. »Ich wusste, du kannst es.«

»Blödmann«, murmelte ich.

Eine wunderbare Leichtigkeit beseelte mich. Ich schmiegte mich so dicht an ihn, wie es nur irgend möglich war, und auch er schloss seine Arme noch ein bisschen fester um mich.

Eine ganze Weile blieben wir so sitzen und genossen das Meer und die Nähe, die uns verband, dann hob Gordy mich auf seinen Arm und huschte den Hang hinauf bis zum Balkon, wo er mich absetzte und noch einmal zärtlich küsste.

»Idis wartet im Westen von Jersey auf mich«, sagte er. »Wir werden zusammen zu meiner Familie in den Atlantik hinausschwimmen. Es wird sicher einige Zeit dauern, bis ich zurückkehre.«

Der Gedanke, schon wieder ohne ihn auskommen und mich um ihn sorgen zu müssen, brachte mich schier um den Verstand. »Wie lange?«, wisperte ich.

»Das kann ich dir nicht genau sagen. Vielleicht eine Woche, vielleicht auch länger.«

Ich nickte, denn ich fühlte, wie wichtig es für ihn war, seine

Eltern zu sehen, und ich hoffte so sehr, dass er etwas in Erfahrung bringen konnte, das ihm sein Dasein als Plonx erträglich machte.

»Bitte pass auf dich auf!«, flehte ich. »Kyan könnte …«

»Keine Angst, Elodie«, unterbrach er mich sanft. »Ich werde keine Signale aussenden, aber zu jeder Zeit ganz genau mitbekommen, was im Meer vor sich geht. Niemand wird mich aufspüren.«

»Gut«, sagte ich. Daran wollte ich mich festhalten, wissend, dass seine Reise trotzdem nicht ungefährlich war und dass danach auch hier ein unsicheres Schicksal auf ihn wartete. Spätestens dann, wenn Elliots DNA entschlüsselt war und den Behörden klar wurde, dass sie die falsche *Bestie* getötet hatten, würde die Jagd aufs Neue losgehen.

Aber darüber mochte ich jetzt nicht nachdenken. Bis Gordy zurückkehrte, zählte nur noch eins für mich: unsere Liebe und die Erinnerung an diesen unglaublichen ersten richtigen Kuss in meinem Leben, den ich ganz sicher für immer auf meinen Lippen spüren würde.

Mein besonderer Dank gilt

meinem Mann **Tim,** der mir auf meinen Reisen mit seinen hervorragenden Englischkenntnissen zur Seite stand und sich über viele Wochen hinweg auf unseren täglichen Spaziergängen geduldig alles Sinnige und Unsinnige über Nixe angehört hat.

Meiner Tochter **Anna** für das aufmerksame Lesen, das Aufspüren der »vielen Marienkäfer im Gras« und die unzähligen wertvollen Tipps – und, ach ja, für die spaßigste Fotosession meines Lebens.

Meinem Sohn **Raoul,** der einfach immer da ist.

Edina, der Sonne, die ganzjährig scheint und in deren Strahlen ich mich immer ein bisschen wärmen kann, und **Mikko,** der mich mit seinen so wunderbar trockenen Witzen unwissentlich aus der ein oder anderen gedanklichen Sackgasse geholt hat.

Silke Weniger, meiner Agentin, für ihre Begeisterung und ihren Weitblick und dafür, dass sie mich schon so manches Mal aus den Tiefen der Ozeane gefischt hat. Außerdem ihr und **Anne Kästner** fürs erste Lesen und die Tipps zum Umbau des Exposés.

Nicola Dröge, meiner Lektorin, für die Idee mit dem Umstellen der Einschübe, den wochenlangen Feinschliff, den dicken Geduldsfaden und den unermüdlichen Einsatz der »Hasenkarte«, die bei den beiden Folgemanuskripten hoffentlich nicht mehr so oft hervorgezogen werden muss.

Conny Hepting für das wunderschöne Cover.

Renate Herre und dem ganzen Verlagsteam für das Vertrauen und die vielen kleinen, großen und sehr großen Dinge, die dazu beitragen, dass dieses Buch so gut gerüstet seinen Weg nach »draußen« gehen kann. – Außerdem für die unzähligen lieben Grüße und Aufmerksamkeiten rund ums Jahr – diese Art der Wertschätzung hat wirklich Seltenheitswert!

Petra Trittig für ihre Rechenkünste.

Den vielen so unglaublich freundlichen Menschen auf Guernsey und Sark, die mir zu jeder Zeit alle meine Fragen beantwortet haben, allen voran der **Bedienung im »Vazon Bay Café«,** dem **Herrn auf dem »Victoria Tower«,** mit dem wir uns den Schlüssel teilten, und dem **Gastwirt im »La Sablonnerie«,** der mir mit seinen Berichten vom Leben auf Sark einen unschätzbaren Dienst erwies.

Patricia Schröder
Jolande. Der Sommer meines Lebens.
272 Seiten. Hardcover. Jugendbuch.
ISBN 978-3-8157-5527-3

Sieben Briefe, sieben Aufgaben, Absender unbekannt!

»Für Jolande« ist das Einzige, was auf dem ersten Umschlag steht. Doch Jo kann sich beim besten Willen nicht vorstellen, dass dieser mysteriöse Brief tatsächlich an sie gerichtet ist. Am Ende siegt ihre Neugier und sie lässt sich auf das ungewöhnliche Spiel ein – ein Spiel, das sie nicht nur ans Meer, sondern in das Abenteuer ihres Lebens führt ... bis ihr klar wird, dass hinter Handball und Schule die ganze Welt auf sie wartet.
Aber ist Jo wirklich bereit, sich jeder Herausforderung zu stellen? Und was hat Mika, ihr großer Schwarm, mit der ganzen Sache zu tun?

Jutta Wilke
Wie ein Flügelschlag
288 Seiten. Hardcover. Jugendbuch.
ISBN 978-3-649-60566-9

Ein aufwühlender Roman, der tief unter die Haut geht – spannend wie ein Psychokrimi!

Ein Stipendium an einem der renommiertesten Sportinternate! Für die sechzehnjährige Jana geht damit ein großer Traum in Erfüllung. Bis sie eines Tages ihre Freundin Melanie leblos im Schwimmbecken findet und sich alles in einen Albtraum verwandelt. Jana will nicht glauben, dass Mel an plötzlichem Herzversagen gestorben ist. Aber egal, an wen sie sich wendet, überall stößt sie auf eine Mauer des Schweigens. Schließlich versucht sie, auf eigene Faust herauszufinden, was hinter den Machenschaften im Internat steckt, und kommt zusammen mit Mels Bruder Mika der schrecklichen Wahrheit auf die Spur …

Antje Szillat
Solange du schläfst
256 Seiten. Hardcover. Jugendbuch.
ISBN 978-3-649-60291-0

Romantisch, magisch, tief berührend ...

So idyllisch das kleine Dorf Malhausen ist, die sechzehnjährige Anna fühlt sich dort alles andere als wohl. Doch dann trifft sie auf Jérôme, der ebenso wie sie ein Außenseiter im Dorf ist, und plötzlich ist nichts mehr, wie es war. Trotz zahlreicher Widerstände entwickelt sich zwischen den beiden eine zarte, bedingungslose Liebe.
Eines Abends jedoch, nach einem Dorffest, verschwindet Jérôme spurlos und wird am nächsten Tag mehr tot als lebendig auf einem nahe gelegenen Feld gefunden. Schnell verbreitet sich im Dorf das Gerücht, dass Jérôme mit Drogen gedealt haben soll. Anna ist verzweifelt und will die Anschuldigungen gegen Jérôme einfach nicht glauben. Doch dann hört sie mit einem Mal eine vertraute Stimme in ihrem Kopf und sieht Bilder, die nicht ihrer Erinnerung entstammen ...